庫

現代語訳
義経記

高木　卓 訳

kawade bunko

河出書房新社

目次

◎

現代語訳　義経記

巻一

巻二

巻三

巻四

巻五

巻六

巻七

巻八

現代語訳　義経記

巻一

源《みなもとの》 義朝《よしとも》の都おち

わが国で、むかしから知られた勇将《ゆうしょう》をたずねると、(1)坂上田村麿《さかのうえのたむらまろ》、藤原利仁《ふじわらのとしひと》、平 将門《たいらのまさかど》、藤原純友《ふじわらのすみとも》、藤原保昌《ふじわらのやすまさ》、源 頼光《みなもとのらいこう》、さらに漢の樊噲《はんかい》、張良《ちょうりょう》らがいるが、これらのひとびとは、武勇すぐれたひとびとではあっても、こんにちは、名をつたえきくばかりで、だれもじっさい目でみたわけではない。

それにひきかえ、われわれの目のまえで武芸を世にあらわし、何ごとにつけても、ひとびとの耳目《じもく》をおどろかせたのは、下野守《しもつけのかみ》や左馬頭《さまのかみ》をつとめた源義朝《みなもとのよしとも》の、末のむすこと生まれた源九郎義経《げんくろうよしつね》である。この義経は、わが国でならぶ者もない名将であった。

父の源義朝は、[2]平治《へいじ》元年（一一五九）十二月二十七日に、衛門督《えもんのかみ》藤原信頼《のぶより》（一一三三—五九。後白河上皇《ごしらかわじょうこう》に仕《つか》えた政治家）にみかたして、京都での戦いに敗れた。代々つかえてきた家来たちが、ほとんど討《う》たれてしまったため、義朝は、軍勢もわずか二十騎あまりとなって、東国《とうごく》のほうへ、落ちのびていった。成人したむすこたちを、みなひきつれていったが、おさないむすこたちは、京都にのこしたまま、のがれたのである。

長男の鎌倉の悪源太義平《あくげんたよしひら》、次男で十六歳の中宮太夫進朝長《ちゅうぐうのだいぶのしんともなが》、三男で十二歳の兵衛佐頼朝《ひょうえのすけよりとも》が、父義朝にしたがった。義朝は、長男義平に、北国《ほっこく》の軍勢をあつめよといって、越前《えちぜん》（福井県）へつかわした。それがうまくいかなかったためか、義平は、近江《おうみ》（滋賀県）の石山寺《いしやまでら》にひそんでいたところを、平家がききつけて、妹尾《せのお》、難波《なんば》らの家来をつかわし、京都へひきたてたうえ、六条河原で斬《き》りすてた。
その一方、次男の朝長は、父とともにのがれるうち、山賊の矢で、左の膝《ひざ》もとを射《い》られて、美濃《みの》の国（岐阜県）の青墓《あおはか》という宿場《しゅくば》で死んだ。
義朝のむすこたちは、ほかにも、ほうぼうに、たくさんいた。尾張《おわり》の国（愛知県西部）熱田《あつた》の大宮司《だいぐうじ》の娘がうんだ子もひとりあったが、このむすこは、遠江《とおとうみ》（静岡県）の蒲《かば》というところで成人したので、「蒲の御曹司《おんぞうし》」といわれ、のちに三河守《みかわのかみ》となった。〈源義朝と熱田大宮司の娘とのあいだのむすこは、じっさいは頼朝で、範頼《のりより》〈蒲の御曹司〉ではない。範頼は蒲の遊女の子といわれる。なお、義朝の九人のむすこは、1義平、2朝長、3頼朝、4義門、5希義《まれよし》、6範頼、7今若《いまわか》〈僧全成《ぜんさい》〉、8乙若《おとわか》〈僧円成《えんさい》〉、9牛若《うしわか》〈義経〉である。のちに名だかくなる3頼朝、6範頼、9義経の三名と、幼時の今若、乙若、牛若〈常盤《ときわ》を母とする7 8 9〉の三名を、混同しないようにご注意ありたい。なお巻二の「遮那王《しゃなおう》の元服」の条には、八名しかあげてないうえ、範頼が四男、義経が八男となっている――訳者〉
九条院《くじょういん》（藤原呈子《ふじわらのていし》）につかえた常盤《ときわ》がうんだ子も三人あったが、今若《いまわか》が七歳、乙若《おとわか》が五歳、牛若《うしわか》は、その年にうまれた当歳《とうさい》であった。
平清盛《たいらのきよもり》〔一一一八―八一〕は、この三人をとらえて斬れと命令した。

常盤《ときわ》の都おち

永暦《えいりゃく》元年（一一六〇）正月十七日の朝はやく、常盤《ときわ》は、三人の子どもをつれて、大和国《やまとのくに》（奈良県）宇陀《うだ》郡岸岡《きしのおか》というところに、したしい知りあいがいるのを、たよりにして、たずねていったが、世の中がみだれているときなので、たよることができなかった。それで、この国の大東寺《だいとうじ》というところに、身をひそめていた。

常盤の母で関屋《せきや》というものが、〔京都の〕楊梅町《やまももまち》にいたのを、平家が六波羅《ろくはら》〔京都市東山区六波羅蜜寺《みつじ》のあたり、平家一門の本拠地〕から人をおくってひきたて、きびしくとりしらべている、といううわさがつたわったので、常盤はふかく悲しんだ。——母（関屋）のいのちをたすけようとすれば、三人の子どもが斬《き》られるであろう。しかし子どもらをたすけようとすれば、老母をうしなうことになろう。それにつけても、どうして子を親に思いかえてよかろう。親に孝行するものは、大地の女神もまもってくださるときくから、それが子のためにもなるだろう、と、そうかんがえたすえ、常盤は三人の子どもをつれて、泣く泣く京都めざして出かけた。

六波羅へこのことがつたわったので、悪七兵衛景清《あくしちびょうえかげきよ》と堅物太郎《けんもつたろう》がめいれいをうけて、子どもらもろとも、常盤を六波羅へひきたてた。平清盛《たいらのきよもり》は常盤をみて、日ごろは、火にも焼きたい、水にもつけたいとさえ憎んでいたのに、その怒りの心が、たちまちやわらいだ。常盤という女は、日本一の美人だったのである。九条院《くじょういん》（藤原呈子《ていし》＝近衛《このえ》帝の中宮《ちゅうぐう》）の父藤原伊通《ふじわらのこれみち》は、好色のひとだったので、京都じゅうから顔だちの美しい女を千人あつめたが、そのなかから百人、その百人から十人、その十人から一人、というふうに、さいごにえらびだされた美女が、すなわち常盤であった。まことに漢の李夫人《りふじん》や、唐の楊貴妃《ようきひ》も、常盤の美しさにはおよぶまいとおもわれた。

清盛は常盤に心をうつし、じぶんのいうことさえきくならば、のちの世に常盤の三人の子らが、平家の子孫にたいして、たとえどんな敵になろうとも、三人のいのちをたすけてやろうと思った。それで景清と頼方《よりかた》（堅物太郎）にめいじて、常盤らを、七条朱雀《しちじょうすざく》においたが、頼方のはからいで、毎日交代の護衛の武士もつけられた。

清盛はたえず常盤のもとへ手紙をおくったが、常盤は手にとりさえもしなかった。しかし、子どものいのちをたすけたいため、ついに清盛の意にしたがった。

そのおかげで常盤は、三人の子どもを、あちらこちらで成人させることができた。今若《いまわか》は、八つの春ごろから観音寺《かんのんじ》にいれて学問をさせたが、十八の年に受戒《じゅかい》して〔仏法に誓いを立て、僧侶となり〕「禅師《ぜんじ》の君《きみ》」とよばれる身になった。のちには駿河国《するがのくに》（静岡県東部）の富士の裾《すそ》野にいて、ひとびとから「悪禅師《あくぜんじ》殿」とよばれた。

乙若《おとわか》は、八条にいて、やはり僧ではあったが、腹ぐろくおそろしいひとで、賀茂《かも》、春日《かすが》、稲荷《いなり》、祇園《ぎおん》などのお祭のたびに平家をねらった。のちに、紀伊国《きのくに》（和歌山県）にいた新宮《しんぐう》十郎義盛《よしもり》（源行家《みなもとのゆきいえ》）が乱をおこしたとき、東海道の墨俣川《すのまた》でうたれた。

牛若《うしわか》は、四つの年まで母のもとにいたが、世間のおさないものらよりも、心がまえやふるまいがすぐれていたので、清盛も日ごろそれを気にして、「かたきの子を、おなじところでそだてることは、ゆくすえもどうであろうか」といった。そのため常盤は、京都の東の山科《やましな》という土地に、代々源氏のものが世をのがれてひそかにくらす所があったので、そこへ牛若をあずけて、七歳までそだてさせた。

牛若《うしわか》の鞍馬《くらま》いり

常盤《ときわ》は、子どもらが成人するにつれて、かえって気がかりが多くなった。家柄をおもえば、いきなり人の家来にすることもつまらないし、そうかといって、経験がないから、公卿《くぎょう》とつきあうことも、彼らはできない。だからただ法師《ほうし》にして、亡き父や兄の供養をさせようと、そう常盤は思った。

鞍馬寺《くらまでら》の別当《べっとう》（長官）である東光坊《とうこうぼう》の阿闍梨《あじゃり》（高僧）は、亡き義朝《よしとも》が、生前、祈禱《きとう》をたのんだ坊さんだったので、常盤はそこへつかいのものをおくって、

「義朝の末の子の牛若《うしわか》というものを、ごぞんじでございましょう。いまは、平家がさかえている世の中なので、女の身として、源氏の子をもっていることは、まことに心ぐるしいままに、鞍馬のお寺へさしあげたいと思います。たけだけしい子ではあっても、おだやかな心もそなわりますように、どうか本の一巻もならわせ、お経《きょう》の一字もおぼえさせていただきとうございます」

そうつたえたところ、東光坊の返事は、

「なき左馬頭《さまのかみ》どの（源　義朝《みなもとのよしとも》）のご子息とは、ことのほかうれしくぞんじます」

と、さっそく山科《やましな》へ、むかえのひとをよこした。そこで牛若は、とって七つの二月のはじめに、鞍馬山へのぼっていった。


その後は、牛若は、ひるまは一日じゅう、師の東光坊のまえでお経をよみ、夕日が西へかたむくと、夜がふけて仏前のお燈明《とうみょう》がきえるころまでも、師の東光坊とともに本をよみ、ついに東の空が白《しら》んでくるまで、ひたすら学問にはげんだ。


東光坊も、これほどの稚児《ちご》は、比叡山《ひえいざん》の延暦寺《えんりゃくじ》や大津《おおつ》の三井寺《みいでら》（園城寺《おんじょうじ》）にもあるまいと思ったが、じじつ、学問には精進《しょうじん》するし、そのうえ、心がまえや顔だちまで、くらべものがないような稚児だったので、良智坊《りょうちぼう》の阿闍梨や、覚《かく》日坊《にちぼう》の律師《りっし》〔僧〕らも、

「このまま二十《はたち》のころまでも学問をつづけたら、鞍馬の東光坊のあとをついで、仏法をうけつたえ、多聞天《たもんてん》（鞍馬寺の本尊の毘沙門《びしゃもん》さま）の宝物のようなおかた

になるであろう」

　母の常盤は、これをつたえきいて、

「さいわい牛若が、学問に精をだしていても、もしも里の家にいつづけたいなどという思いがおこったら、心があれて、学問をなまけることになろう。母がこいしくて会いたいのなら、つかいをよこしてくれれば、母のほうからそちらへいきます。そうして、たがいに姿を見せも見られもしてから、母は京都へひっかえします」

という心を、手紙にかいて、東光坊につたえたが、東光坊のほうでは、

「ただでさえ稚児をさとへ出すことは、おろそかにはできないことです」

と、年に一度、あるいは二年に一度しか、山をおりさせなかった。

　牛若は、これほど学問に精進したひとだったのに、どんな天魔にそそのかされたのであろう。十五の秋のころから、学問する心が、思いもかけないほどかわっていった。そのわけは、むかしの家来が、平家へのむほんをすすめたからである。

正門坊《しょうもんぼう》

〔京の〕四条室町《しじょうむろまち》に、むかしからの源氏の家来がいた。頭をそった法師《ほうし》だったが、おそるべきものの子孫で、すなわち、左馬頭《さまのかみ》（源《みなもとのよしとも》　義朝）の乳母《うば》を母とする鎌田《かまた》次郎正清《じろうまさきよ》の子であった。平治《へいじ》の乱のときは十一歳だったが、義朝をころした長田《おさだ》の庄司《しょうじ》（内海忠致《うつみただむね》）がこの子を斬《き》るつもりだといううわさがあったので、したしい外戚《がいせき》〔母方の親族〕のものが、からくもかくまって、十九歳になったとき元服《げんぷく》〔成人〕させ、鎌田三郎正近《まさちか》と名のらせたのである。

鎌田正近は、二十一歳のとき、こうかんがえた。――平治の乱で源義朝がうたれたのちは、源氏の子孫はかげをひそめ、武名もうもれたまま、長い年月をすごしているが、じぶんの親〔正清〕も、おなじく平治の乱で平清盛《たいらのきよもり》にほろぼされたのだから、じぶんは僧となって諸国を修行してまわり、主君の菩提《ぼだい》をとむらうとともに、親の供養《くよう》もしよう。——

　そこで鎌田正近は、九州のほうへ修行に出かけ、筑前国《ちくぜんのくに》（福岡県北西部）御《み》笠《かさ》郡《だ》大宰府《ざいふ》の安楽寺《あんらくじ》という寺で、学問をつづけたが、故郷のことを思いだして、京都へかえり、四条の御堂《みどう》で修行につとめていた。法名を、正門坊《しょうもんぼう》といい、世間では、四条の上人《しょうにん》ともいわれた。

　正近は、勤行《ごんぎょう》のひまひまには、平家の繁栄ぶりをみて、目ざわりなことに思っていた。——どうして平家は、清盛が太政大臣《だじょうだいじん》の官にすすみ、一門の末のものどもまで、御所づとめの公卿《くぎょう》になるのだろう。源氏は、保元《ほうげん》の乱と平治《へいじ》の乱のたたかいに、みなほろぼされて、成人したものは斬りころされ、おさないものは、あちらこちらにおしこめられて、これまでぜんぜん世に出るにいたっていない。果報をおびて生まれ、心も剛勇な源氏が、ああ、どうか決起してくれないものか。そうしたら、じぶんはどこへでも出かけて、平家打倒のたたかいにくわわり、本望をとげたい、と、そう正近は思って、勤行のひまひまには、指をおって、諸国の源氏をかぞえるのであった。

すると、紀伊国《きのくに》には新宮十郎義盛《しんぐうじゅうろうよしもり》、河内国《かわちのくに》（大阪府）には石川判官義兼《いしかわのほうがんよしかね》、摂《せっ》津国《つのくに》（大阪府）には多田蔵人行綱《ただのくろうどゆきつな》、京都には源三位頼政《げんざんみよりまさ》、京の君円成《きみえんさい》（乙若《おとわか》）、近江国《おうみのくに》には佐々木源三秀義《ささきのげんぞうひでよし》、尾張国《おわりのくに》には蒲《かば》の冠者《かんじゃ》（範頼《のりより》）、駿河国《するがのくに》には阿野禅《あののぜん》師《じ》（今若《いまわか》）、伊豆国《いずのくに》（静岡県伊豆半島）には兵衛佐頼朝《ひょうえのすけよりとも》、常陸国《ひたちのくに》（茨城県）には志《し》田三郎先生義教《だのさぶろうせんじょうよしのり》、佐竹別当昌義《さたけのべっとうまさよし》、上野国《こうずけのくに》（群馬県）には利根《とね》や吾妻《あがつま》の一族がいる。これらは、遠い国で、はなれているから、力およばないけれども、京都にちかいところでは、ほかならぬ鞍馬山《くらまやま》に左馬頭義朝《さまのかみよしとも》の末の子、牛若どのというかたがおられる。

そうだ、いちど出かけてみておあいし、気性がしっかりしておられたなら、書状をいただいて、伊豆国へくだり、兵衛佐《ひょうえのすけ》どの（頼朝）の味方にはせさんじ、国々をうながして、平家に叛旗《はんき》をひるがえそう、とそう鎌田正近《かまたのまさちか》は思った。そのため、おりから夏で四条のお堂も、おこもりの季節なのに、それをすてさって、ただちに鞍馬山へのぼっていった。

鞍馬寺の別当である東光坊の、すまいのえんさきにたたずんでいると、

「四条の上人《しょうにん》がおみえです」

とりつぎのものから、そうきいて、東光坊も、さようか、わかった、といったので、それならばと、正近は東光坊のもとへみちびき入れられた。坊のひとびとは、正近がおそろしい心をいだき、平家に謀叛《むほん》をくわだててここへ来たとは、つゆ知らなかった。

ある夜、ひまなとき、ひとびとが寝しずまったのをみると、正門坊《しょうもんぼう》こと鎌田正近は、牛若がいる部屋へいって、耳に口をあてていった。

「これまでお思いつきにならないのは、ごぞんじないからでしょうか。あなたは清和《せいわ》天皇十代の子孫、左馬頭《さまのかみ》どの（源義朝）のご子息ですぞ。こう申す私は、左馬頭どの乳母子《めのとご》〔乳兄弟〕の鎌田次郎兵衛《ひょうえ》のむすこで、正近というものです。ご一門の源氏のかたがたが、あちらこちらの国々で、おさえつけられているのを、心ぐるしいこととお思いにはなりませんか」

牛若は、平家が天下をとって全盛の世の中なので、じぶんをたくらみにかけてだますのではないかと警戒して、うちとけた様子をみせなかった。それで正近は、源氏の代々のことを、くわしく話した。牛若は、かたる当人をこれまで見知ってはいなかったが、かねてから、そういうものがいるということはきいていたので、さてはそうであったか、それにしても、いつも一つところで会うのはよくあるまい、このつぎは所をかえて会うことにしよう、といって正門坊をかえした。

牛若《うしわか》の貴船《きぶね》まいり

正門坊《しょうもんぼう》こと鎌田正近《かまたのまさちか》にあってからは、牛若《うしわか》は、学問のことはすっかり忘れはてて、あけてもくれても、平家に叛旗《はんき》をひるがえすことだけをかんがえていた。およそ旗あげをするほどのものは、まず、早わざをけいこしなければなるまい。さっそく、その練習をしよう、と思いたったが、まてよ、この僧坊《そうぼう》は、ひとびとがよりあつまるところだから、どうしてもむりだ、と気がついた。

すると、鞍馬山《くらまやま》のおくに「僧正《そうじょう》ガ谷《だに》」というところがあった。むかし、だれがうやまって、まつったのであろう、貴船明神《きぶねみょうじん》という神社があり、霊験《れいげん》あらたかな神さまだったので、神仏混淆《しんぶつこんこう》の世に、(3)高僧もそこで勤行《ごんぎょう》した。そのころは、鈴《れい》〔密教で用いる金剛鈴のこと〕の音がいつもきこえ、神主《かんぬし》もいたし、おかぐらのつづみの音も、たえたことがなかった。それほど霊験あらたかだったのに、世も末となっては、仏のちえも神の力もおとろえてきて、神社は、住みあらされたあげく、ただもう天狗《てんぐ》のすみかになって、夕日が西にかたむくと、妖怪《ようかい》がわめきさけぶようになった。そうして、おまいりするひとびとをも、なやましたので、だれひとり、そこにおこもりしようとするものもなくなった。

しかし、牛若は、こういうところがあるときいて、ひるは学問をするさまをよそおい、夜は、ふだん同じところにいるひとびと、すなわち、どんなことがあろうとも助力しましょうと日ごろいってくれる坊さんたちにも知らせないで、別当《べっとう》からおまもりにもらった敷妙《しきたえ》という腹巻（簡単な鎧《よろい》、胴当て）に、黄金《こがね》づくりの太刀《たち》を腰にさし、ただひとりきりで貴船明神におまいりをした。心のなか

で、神仏にいのり、お経をとなえながら、

「なむ、大慈《だいじ》大悲《だいひ》の明神、八まん大ぼさつ」

と両手をあわせて、「どうか源氏をおまもりください。宿願《しゅくがん》がほんとうに成就《じょうじゅ》しましたら、うつくしいご宝殿をつくり、千町《ちょう》〔一町＝一〇反歩《たんぶ》。約一〇〇アール〕の領地をささげます」

そう、誓ったのち、正面から西南のほうにむかって、すっくと立った。

牛若は、四方の草木を、平家の一門とよんだが、二本の大木があったのを、まず、一本に清盛《きよもり》という名をつけ、太刀をぬいて、さんざんに切りたてた。つづいて、ふところから、毬杖《ぎっちょう》あそびのまり(4)のようなものを二つとりだすと、木の枝にかけて、一つを清盛の首、もう一つを重盛《しげもり》の首とよんだ。

こうして、夜があけてくると、すまいへかえり、ふとんをかぶってねたのである。

このことは、だれも知らなかった。しかし、日ごろ牛若のせわをしていた和泉坊《いずみぼう》という法師が、どうも牛若のようすが、ただごとではないようだと思って、目をつけはじめた。ある夜、和泉坊は牛若のあとを追い、ひそかにくさむらのかげにかくれて見ていると、右のような牛若のふるまいだったので、いそいで鞍馬へひっかえし、事のしだいを東光坊《とうこうぼう》につげた。

東光坊はすっかりおどろいて、良智坊《りょうちぼう》にも知らせ、さらに寺じゅうに、

「牛若どののおぐし〔髪〕を、お剃《そ》りしてしまえ」

と、ふれまわった。

良智坊はこれをきいて、

「おさないひとのかみを剃ることは、すがたかたちによるべきもの。牛若どのは(5)、顔だちも、ひとなみすぐれて秀《ひい》でているし、ことし受戒《じゅかい》させることは、かわいそうに思う。髪は、来年の春ごろ、剃ることになさい」

そういうと、東光坊は、

「だれにしても、僧の形にすることは、なごりおしくは思うけれども、牛若どのがこのような不こころえになっては、この東光坊のためにも、当人のためにも、よくないとおもう。……かまわぬ、お剃りしてしまえ」

その言葉に、牛若は、何はさておき、じぶんに近づいて髪を剃りにかかるものなど、ひと突きにしてやろうと、刀のつかに手をかけて身がまえたので、だれも、むぞうさに近づいて剃りかかることなど、できそうにもなかった。これをみて、覚日坊《かくにちぼう》の律師《りっし》も、

「ここはひとびとがあつまるところで、しずかではないから、牛若どのが学問に身をいれないのもむりはない。私のところは、はずれで、しずかなところだし、うちへきて、おちついて学問をなさったらいかがでしょう」

そういったので、東光坊も、さすがに牛若をあわれに思ったらしく、それならばと、覚日坊のもとへ、牛若の身がらをうつした。

牛若は、これを機として名まえをかえ、「遮那王《しゃなおう》」(6)とよばれることになった。それからは、貴船明神まいりもさしひかえたが、そのかわり、毎日、多聞天《たもんてん》のお堂にこもって、旗あげのことをいのりつづけた。

吉次《きちじ》の奥州《おうしゅう》ものがたり

こうして年もくれて、遮那王《しゃなおう》こと牛若《うしわか》は、あけて十六になった。正月から二月にかけてのころも、遮那王は、多聞天《たもんてん》のまえにいっては、祈りをささげた。

そのころ、京都の三条に、大金持がいて、名を吉次信高《きちじのぶたか》(7)といった。まいとし奥州《おうしゅう》〔東北地方〕へくだる砂金《さきん》買いの商人だったが、鞍馬《くらま》への信仰心があつかったので、その日も、遮那王とおなじく、やはり多聞天におまいりして、祈っていた。

吉次は少年遮那王をみかけて、なんというつくしいお稚児《ちご》さんだろう。いったいどういう人のむすこさんなのか。それにしても、しかるべき身分のひとだったら、おともの坊さんも大ぜいいるはずなのに、これまで幾たびか見かけながら、いつもただひとりでいるのは、どうも、ふにおちない。この鞍馬山には、なき左馬頭《さまのかみ》どの（源　義朝《みなもとのよしとも》）の若ぎみがおられるというが、ほんとうだろうか。そういえば奥州の秀衡公《ひでひらこう》（藤原秀衡）も、――鞍馬寺という山寺に、左馬頭どのの若ぎみがおられる、日ごろ大宰大弐《だざいのだいに》清盛《きよもり》が日本六十六カ国をなびかせると広言している世の中では、源氏の若ぎみを、どなたでもひとり奥州へおつれしてきて、磐井郡《いわい》〔岩手県西磐井郡〕に都をつくり、じぶんの二人のむすこには陸奥《むつ》（主として奥羽《おうう》地方東側）と出羽《でわ》（同西側）を知行《ちぎょう》〔領有・支配〕させ、じぶんも、生きているかぎり代官になって、源氏を主君とあおいで仕《つか》えながら、威勢をふるう身の上になってみたい、――と、いっていた。

そうだ、この話をして、いまこのうつくしい少年を誘惑し、奥州までつれていって、秀衡公に紹介し、お礼の贈りものをもらって、たんまりもうけようと、金売《かねう》り吉次は思いたった。そこで、遮那王のまえに、かしこまってすすみでて、

「あなたは、この都で、どちらさまの若ぎみでいらっしゃいますか。わたくしも京都のもので、まいとし、黄金のあきないのため、奥州へくだりますが、もしや、おしりあいのかたが、奥州方面におありでございましょうか」

そういったが、遮那王は、

「いや、わたしは都の片ほとりのものです」

といって、それ以上は返事もしなかった。しかし心のなかで、さてはこの男だな、名だかい黄金《こがね》商人の吉次というのは。きっと奥州の事情にも通じているにちがいない。よし、たずねてみよう。と、そう思いなおして、

「陸奥《むつ》という国は、いったい、広さはどのくらいですか」

ときくと、金売り吉次は、

「ひじょうにひろい国でございます。常陸国《ひたちのくに》と陸奥のさかいには、菊田《きくた》の関《せき》（勿来《なこそ》の関）という関所がありますが、陸奥と出羽のさかいには、伊奈《いな》という関所（うやむやの関）があり、この二つの関のなかの陸奥の国（福島、宮城、岩手、青森の四県）は、じつに五十四郡にわかれております」

「そういう大きな国なら、もし源平のいくさがおこったとすれば、役にたつひとびとは、どのくらいいるでしょう」

吉次は、陸奥国のことは、事情もよく知っているし、こう説明した。

――かつて安倍頼時《あべのよりとき》（頼義《よりよし》）というものが、(8)陸奥と出羽を支配していたが、むすこの貞任《さだとう》、宗任《むねとう》らとともに、お上《かみ》にそむいた。朝廷の命令で、源頼義《よりよし》が京都から奥州へくだり、長いあいだ安倍氏とたたかったのち、ようやく頼時を討《う》ったが、子の貞任、宗任らは、なおも抵抗をつづけた。源頼義の子義家《よしいえ》は、源氏のまもり神の石清水八幡宮《いわしみずはちまんぐう》で成人式をあげたので、「八幡太郎《はちまんたろう》義家」とよばれていたが、この八幡太郎も、父頼義をたすけて大いに奮戦した。さいわい源氏は、ついに安倍氏をほろぼすことができたが、八幡太郎義家は、その後、奥州がふたたびみだれたとき、思いがけない苦戦をくりかえしたところ、こんどは、さいわい藤原清衡《ふじわらのきよひら》の助けをかりて、ようやく奥州を平定しおえた。――と、そこまでくわしく語ったのち、吉次は、

「こうして清衡公は、陸奥と出羽の警固をゆだねられ、両国あわせて五十万騎をしたがえていましたが、いまの秀衡公はその孫にあたります。秀衡公の家来だけでも十八万騎ありますが、これこそ源平のあいだにいくさがおこったとき、お味方にかけつけるひとびとでございます」

遮那王《しゃなおう》が鞍馬《くらま》を出る

遮那王《しゃなおう》の牛若《うしわか》は、金売《かねう》り吉次《きちじ》の話をきいて、——かねてからきいていたことと、すこしもちがわず、秀衡《ひでひら》は、いまをさかりのあっぱれのものだ。ああ、奥《おう》州《しゅう》へくだりたい。あっさり頼むことができるものなら、秀衡の十八万騎のうち、十万騎を奥州にとどめ、八万騎をひきいて関東へ出陣しよう。関東八カ国は、源氏に心をよせているし、父義朝《よしとも》が支配した地方でもある、と思った。

——八万騎をはじめとして、関東各地から十二万騎をつのり、あわせて二十万騎になったら、その半《なか》ばの十万騎を伊豆の兵衛佐《ひょうえのすけ》どの（兄頼朝《よりとも》）にさしあげ、のこりの十万騎は木曾《きそ》どの（従兄義仲《いとこよしなか》）の軍勢にくわえ、じぶんは越後国《えちごのくに》（新潟県）へはいって、鵜川《うかわ》、佐橋《さはし》、金津《かなづ》、奥山《おくやま》の兵士らをあつめ、さらに越《えっ》中《ちゅう》（富山県）、能登《のと》（石川県北部）、加賀《かが》（同南部）、越前《えちぜん》（福井県）の兵士らをしたがえて十万騎になろう。そうして越前ざかいの荒乳山《あらちやま》のとうげをこえて西近江《にしおうみ》

〈滋賀県西部〉にはいり、大津《おおつ》の浦《うら》についたら、関東からの二十万騎をまちうけ、逢坂《おうさか》の関《せき》〔逢坂山にあった、京を守る重要な関所〕をこえて、都へせめのぼろう。十万騎を朝廷にさしあげて、源氏が御所をおまもりしますと申しいでよう。それでもなおかつ平家が都でさかえつづけ、じぶんの努力があだとなったら、何よりも名をのちの世にのこしたいこの身、平家をあいてにたたかおう。たとえ死体を都大路《みやこおおじ》にさらしても、じぶんにとって、なんの不足があろう。――

遮那王こと牛若は、そうかんがえたが、十六という若さのただなかに、まことにおそろしいことと思われた。遮那王は、このことを、金売り吉次にも知らせておこうと、こういいだした。

「おまえだからこそ、おしえるのだが、けっしてひとには語るなよ。じぶんこそは、左馬頭義朝《さまのかみよしとも》の子だ。秀衡のもとへ、たよりをおくろうとおもうが、いつごろ返事をとってきてくれるか」

そのことばに、吉次は、座をすべりおり、烏帽子《えぼし》の先を地につけながら、

「あなたさまのことは、まえにも秀衡公が話しておられました。おたよりをお

待ちになるより、直接、奥州へおくだりください。道中はこの吉次が、お宿などもお世話いたします」

そうこたえた。遮那王は、心のなかで、たしかに、手紙の返事をまつのも、たよりないことだ、この吉次がすすめる以上、いっそ同道しよう、と思いたった。

「奥州くだりは、いつごろの予定だ」

「あすが吉日《きちじつ》ですから、ならわしどおり出発したいとおもいます」

吉次がそういったので、遮那王は、

「それでは〔京の〕粟田口《あわたぐち》（東三条口）の十禅寺《じゅうぜんじ》のまえで、おまえを待つことにするぞ」

「承知いたしました」

と、吉次は鞍馬山をおりていった。

遮那王こと牛若は、別当《べっとう》の坊《ぼう》へかえって、ひとしれず旅だちの用意をした。

それにしても、七つの春のころから、十六のいまにいたるまで、朝はほのじろい霧をはらい、夕方はきらめく星をいただき、日ごと夜ごと、したしみなれた師の御坊《ごぼう》とも、今夜がさいごのなごりかとおもえば、遮那王は、こらえようとつとめても、涙にむせばずにいられなかった。

しかし、よわ気になってすむことではないから、承安《しょうあん》四年（一一七四）二月二日のあけがた、遮那王は、ついに鞍馬の山をでた。⑨

ひとかさねの白い小袖《こそで》〔下着の一種〕に、唐綾《からあや》をかさね、さらに播磨浅黄《はりまあさぎ》の帷子《かたびら》を上にきて、白い大口《おおぐち》ばかまに、唐織物《からおりもの》の直垂《ひたたれ》をつけ〔いずれも当時の武家の装束《しょうぞく》〕、れいの敷妙《しきたえ》という腹巻をその下にかくし、紺地《こんじ》の錦《にしき》でつかもさやもつつんだ護身用の短刀、と、それにあの黄金《こがね》づくりの太刀《たち》を身におびたうえ、うす化粧で、まゆをほそくし、髪をたかく結《ゆ》いあげた。こころさびしいようすで、牛若は、壁をあいだにへだてて、ひとしれず、坊をたちいでた。

しかし、じぶんでないだれかが、この坊へたずねてきて、ここを通りすぎるたびに、ああこの部屋には、しかるべきものがいたことだなあと、あとをとむらってもらいたいものだと、遮那王は思った。そこで、漢竹《かんちく》〔中国産の節の長い竹〕の横笛をとりだし、一時間ほどふいて、その音さえあとの形見《かたみ》にのこってくれよと願いながら、泣く泣く鞍馬山をおりたのである。

牛若は、その夜は、正門坊《しょうもんぼう》こと鎌田正近《かまたのまさちか》の家へいって、奥州へくだるつもりだとうちあけた。すると、正近は、何はともあれ、じぶんもおともしたいと、いさみたったが、遮那王は、

「そなたは、京都にとどまり、平家の様子をうかがって、しらせてもらいたい」

と、ひきとめた。

さて、遮那王が粟田口《あわたぐち》へ出かけるとき、正門坊もそこまで見おくっていったが、十禅寺《じゅうぜんじ》のまえで金売《かねう》り吉次《きちじ》をまっていると、吉次も未明のうちに京都を出て粟田口へやってきた。じつは吉次は、いろいろ高価な品々を、二十何匹かの駅馬にのせて、すでに送りだし、じぶんはふつうの旅すがたで、京をあとにしてきたのである。

柿渋《かきしぶ》をところどころにひき、染草《そめくさ》で模様をすりだした直垂《ひたたれ》に、秋毛《あきげ》の行縢《むかばき》〔腰から下をおおう、皮製の乗馬用具〕をはき、黒栗毛《くろくりげ》〔黒っぽい栗色〕の馬に、角《つの》

覆輪《ふくりん》のくらをおいて、金売り吉次はのってきた。そのほか、遮那王をのせるつもりで、赤みをおびた白い月毛《つきげ》〔トキの羽裏の色の意〕の馬に、金銀の粉をうるし地にかけた沃懸地《いかけじ》のくらをおき、はでな大まだらの行縢《むかばき》を、その鞍《くら》にかぶせて引いてきた。遮那王が、

「吉次、どうだ。誓うな」

と声をかけると、吉次は、いそいで馬をとびおり、もう一ぴきの馬をひきよせて遮那王をのせ、こういう縁にあったのを、この上なくよろこんだ。

遮那王の牛若は、吉次をまねきよせて、

「きっと駅馬を、腹すじも切れるほど走らせて、雑人《ぞうにん》めら〔身分の低い者たち〕が追っかけてくるだろう。おそらくは全速力でくるにちがいない。鞍馬にいないとなると、京都をさがすだろうが、京都にもいないとなると、僧徒らは、きっとわれわれが東海道をくだったろうと、あとを追ってこよう。そうして、おそらく近江《おうみ》の摺針《すりばり》とうげの手まえで、われわれは早くも追いつかれ、帰れといわれることになろう。

帰らなければ、仁義礼智信の五常《ごじょう》の道にはずれるし、そうでなくても、都は敵の周辺の地だ。相模《さがみ》（神奈川県）へはいる足柄峠《あしがらとうげ》をこえるまでが大切で、こえて関東となれば、東国《とうごく》は源氏に心をよせる土地柄だから、言葉のはしばしにさえ気をつければ、宿場《しゅくば》々々の馬をつかって、奥州《おうしゅう》へくだることもできよう。こうして白河《しらかわ》の関〔福島県白河にあった〕もこえれば、あとは秀衡《ひでひら》が知行《ちぎょう》する土地だから、雨がふろうと風がふこうと、もうおそれることはない」

この遮那王のことばを、吉次はきいて、こんなおそろしいことが世にもあろうか。おとなしい馬一ぴきさえ持たず、これというおとものの家来ひとりさえもない身で、現在敵の平家方《がた》が知行している国々の馬をとって、奥州へくだっていこうと言いきるその心根がおそろしい、と思った。

それでも吉次は、遮那王の命令にしたがい、馬をいそがせて東海道をくだっていくうちに、松坂《まつざか》や、四《し》ノ宮河原《みやがわら》〔いずれも、京都市東山区にあった〕をすぎ、逢坂《おうさか》の関もこえ、大津の浜をよぎり、瀬田《せた》の唐橋《からはし》〔滋賀県大津市と瀬田町をつないでいた〕をわたり、近江国の鏡《かがみ》の宿場についた。この宿場の遊女宿のかしらの女、すなわち長者《ちょうじゃ》は、吉次が年来知っている女だったので、遊女を大ぜいよびだして、いろいろさかんにもてなした。

巻一の本文で諸略したところは、吉次の奥州談のうち、いわゆる前九年の役（一〇五一—六二）と後三年の役（一〇八三—八七）に関する部分である。比較的大きなこの史実にたいして、原文は、記述に不備が多すぎ、また叙述のしかたも、物語の流れをさえぎっている観がある——訳者

巻二

鏡《かがみ》の宿《しゅく》の強盗

近江《おうみ》の鏡《かがみ》の宿場(10)は、そもそも京都から近いところなので、人目もはばかられて、吉次《きちじ》は、遮那《しゃな》王《おう》の牛若《うしわか》を、遊女たちのはるか末席のほうへ、移してすわらせた。吉次は、そのため、内心、ひじょうに恐縮していた。

酒もたけなわになったころ、長者《ちょうじゃ》の女が吉次のそでをひいていった。

「いったいあなたは、年に一度だか、二年に一度だか、この道をとおらないことはないかたですけれど、こんなに美しいお稚児《ちご》さんをつれてきたことは、こんどがはじめてですね。あのひとはあなたのしたしいひとですか。それとも、他人のあいだがら？」

そうたずねられて、吉次は、

「したしくはないが、そうかといって、まんざらの他人でもない」

すると長者は、はらはらと涙をながして、

「かなしいことです。これまで世に生きながらえて、どうしていまごろはじめて、こんなつらい思いをさせられるのでしょう。ただもうむかしのことが、目の前によみがえってくる思いがします。

あのひとの物ごしや顔かたちをみていると、左馬頭《さまのかみ》さまの、なくなられたご次男朝長《ともなが》さまに、そっくりそのままですわ。あなた、どんなふうに、いいまぎらわして、ここまでおつれしてきたの？　保元《ほうげん》・平治《へいじ》のたたかいこのかた、源氏の子孫は、あちらこちらにおしこめられているときいていますが、それらのかたがたが、大人《おとな》になって、大事を思いたたれたら、たとえどんなふうにでもうまく説きふせて、おつれしてきてくださいね。

　壁に耳、岩に口ということがあるけれど、ほんとうに、紅い花は[11]、どんな庭にうえても、かくれようがないものですわね」

「いや、そんなふうなひとじゃない。まあ、したしいほうのあいだがらだ」

　吉次はそういったが、長者は、

「ひとはなんとでもいうがいいわ」

と、席をたっていった。そうして、少年遮那王のそでをひいて、上座《かみざ》にすわりなおさせると、酒をすすめたが、やがて夜がふけると、遮那王を、じぶんの部屋へみちびいた。吉次も酒に酔って、寝床についた。

　その夜、鏡の宿場に、思いもかけないことがおこった。いったい、この年は不作で、飢饉《ききん》の世の中だったため、出羽《でわ》の国（秋田県、山形県）で名だかい山賊の大将の由利太郎《ゆりたろう》というものと、越後国《えちごのくに》で知られた頸城《くびき》郡の住人の藤沢入道《ふじさわにゅうどう》というものが、ふたり共謀して、まず信濃国《しなののくに》（長野県）へわたった。そうして、土地の権守《ごんのかみ》のむすこをはじめ、遠江《とおとうみ》、駿河《するが》、上野《こうずけ》など各国の、いずれも名のき

こえた盗賊二十五人と、その手下七十人をしたがえて、

「東海道は、いまは、しけている。いくらかでもましな山里の家々におしいって、身分などひくくても物持ちのやつがいたら、強奪《ごうだつ》しよう。手下の若いものにはうまい酒をのませて、都までおしのぼり、いずれ夏もすぎて秋風がふきはじめたら、北国《ほっこく》まわりで、郷里へひきあげることにしよう」

そうきめて、じじつ、各地の宿場や山家《やまが》へおしいり、あらしまわりながら、この日、ここまできたのであった。

その夜、強盗らは鏡の宿場で、長者《ちょうじゃ》の家とのきをならべたやどに泊ったが、由利太郎が、相棒の藤沢入道にいうには、

「都で名のしれた吉次という黄金《こがね》商人が、奥州へいくため、たくさんの売物をもって、こん夜、長者の家にとまっている。どうしたらよかろう」

「そいつぁ出船《でふね》に追風《おいかぜ》、ねがってもないことだ。おしよせて、やつの売物を、ごっそりちょうだいし、若いものらに酒をのませて、まかり通ることにしよう」

さっそく用意にとりかかった。腕っぷしの強い五、六人の足軽《あしがる》〔徒歩で戦う

身分の低い兵卒〕どもに腹巻をつけさせ、油をひいた十文字のたいまつを、五、六本もやして、高くかざしたので、外は暗かったが、そこは真昼のように明るくなった。

　由利太郎《ゆりたろう》と藤沢入道《ふじさわにゅうどう》のふたりは、そろって大将となり、手下八人をつれて出かけたが、由利は唐萌黄《からもえぎ》のひたたれに、萌黄おどしの腹巻をつけ、折烏帽子《おりえぼし》に、かけひもをつけてむすび、三尺五寸〔約一メートルあまり〕の太刀《たち》をさした。また藤沢入道は、黒藍《くろあい》色の直垂《ひたたれ》に、黒革《くろかわ》おどしの鎧《よろい》をきて、かぶとの緒《お》をしめ、黒ぬりの太刀に毛皮の太刀ぶくろをかけ、大なぎなたを地につきたてるというでたちだった。こうして、かれらは、ま夜中ごろ、長者の家へおしいった。

　ところが、ふみこんだところに、だれもいなかった。つぎの部屋へすすんだが、やはりだれもいない。これはどうしたことかと、ひっさげ刀で、おくふかく侵入し、障子《しょうじ》を五、六間《けん》〔間は、柱と柱のあいだをいう〕、きりたおした。

　吉次は、その物音におどろいて、ぱっとはねおきると、まるで鬼神のようなものが、ぬっとせまってきた。じぶんの財宝に目をつけて、おしよせた強盗なのに、吉次はそうとは知らず、さては源氏の若ぎみをつれだして奥州《おうしゅう》へくだることが、六波羅《ろくはら》へしれて討手《うって》がきたのだな、とばかり思いこんで、とるものもとりあえず、頭をかかえて逃げだした。

遮那王《しゃなおう》の牛若は、これをみて、およそ匹夫《ひっぷ》〔身分の低い男〕というものは、頼りにならないものだ。たとえ形ばかりでも、武士だったなら、吉次も、こうまで臆病ではあるまいのに。それにしても、ともかく、都を出た日から、いのちはすてたも同じこの身、鏡の宿に、しかばねをさらすのも、かくごの上のこと、――と、大口ばかまの上に、さっと腹巻をつけ、太刀を小わきにはさんで、すばやく唐綾《からあや》の小袖《こそで》をかぶりながら、部屋の障子のかげから、するりとぬけだし、二つ折りの屏風《びょうぶ》を、ひったたむや、それを小盾《こたて》にとって、八人の盗賊を、いまやおそしと待ちかまえた。強盗らは、

「吉次のやつから、目をはなすな」

と、さけびつつ乱入したが、屏風のかげに人がいるとは気づかず、たいまつをふりかざして、ふとみると、なんと、おどろくばかり美しい顔だちのものがい

る。

奈良でも比叡山《ひえいさん》でも美少年の名のたかい牛若が、鞍馬《くらま》の山をおりてきたままの稚児《ちご》すがたなので、色の白さはもとより、おはぐろでそめた歯、ほそくかいたまゆ、そうして被衣《かずき》をかかげたそのすがたは、さながら、むかしの松浦佐用《まつらさよ》姫《ひめ》が、夫を見おくって領巾《ひれ》をふったすがた〔肥前国《ひぜんのくに》（佐賀県）松浦の美女・佐用姫が、夫の百済《くだら》行きに際して別れを惜しんだ故事。領巾は、首を飾る布〕も、こうかと思いあわされるほどであり、ことに寝みだれ髪の、どこかなまめかしいふぜいは、うぐいすの羽風さえいとう、いたいけな、あでやかさである。れいの、唐の玄宗《げんそう》皇帝のころなら楊貴妃《ようきひ》に、また漢の武帝《ぶてい》のころなら李夫人《りふじん》にくらべたいような、美しいすがたであった。

盗賊どもは、この遮那王の牛若を、遊女だとばかりおもって、屛風をおしのけて進んでいった。しかし遮那王としては、まるで無視されたようなあつかいをうけては、じぶんもなんの生きがいがあろう、ひょっとして、のちの世に、「義朝《よしとも》の子の義経《よしつね》という男は、平家にそむいて奥州へくだるとき、鏡の宿で強盗にあって、生きがいもないいのちを、おしみながらえた身なのに、それがこんどまた、もったいなくも太政大臣《だじょうだいじん》（平清盛《たいらのきよもり》）を、討《う》とうとねらっているそうな」などといわれたら、これほどざんねんなことはない。いずれにしても、いまはもう、のがれられないところだ、と、そう思って、太刀をぬくや、大ぜいの盗賊のなかへ、走って切りこんでいった。八人の賊は、さっと、左右へひらいたが、由利太郎はそれをみながら、

「女かとおもったら、たいした剛《ごう》の者だぞ」

たちまち、遮那王と由利のあいだに、はげしい切りあいがはじまった。やがて由利太郎は、おのれ一《ひと》太刀にと、さっと身をひらきざま、えいっと、うってかかると、大男なので、上へのびた太刀先が、天井のへりにくいこんだ。その太刀風《たちかぜ》をかわした遮那王は、あいてが天井から大太刀をぬきかねているところを、やっと、小太刀《こだち》で左腕を、そでもろとも切りおとし、かえす刀で、首までうちおとした。

藤沢入道は、由利太郎がうたれたのをみると、

「おのれ、切りおったな。そこのくな」
と、大なぎなたをふりかざして、走りむかってきた。遮那王の牛若は、入道とわたりあって、しきりに切りむすぶうち、入道はなぎなたの端をにぎるや、さっと鋭くつきだしてきたのを、とたんに遮那王は、おどりかかりざま切りさげた。遮那王の太刀は、音にきこえた名刀だったので、藤沢入道のなぎなたは、すぱりと長く、柄《え》を切りおとされた。いちはやく、入道は、腰の太刀に手をかけたが、ぬきおえるひまもあたえず、遮那王は、あいてのかぶとのまっ正面から、おのれっと、入道の顔までも切りさげた。

吉次は、ものかげから、このありさまをみていたが、なんというおそるべき若とのの早わざだろう。それにつけても、じぶんはどんなに、卑怯者《ひきょうもの》と思われていることか。……そうおもうと、かたわらに、幕をめぐらした寝台がかたむいた中へとびこみ、腹巻を身につけ、もとどり〔まげ〕をといて、ざんばら髪になり、刀をぬくや、賊がすてたたいまつをふりかざしつつ、広庭めざして走りだした。

吉次とともに、遮那王は、しきりに賊をおいまくりつつ、手ごわいものどもを、たちまち五、六人きりたおした。傷をおって北へのがれていく二人のうち、一人は、ついにのがしてしまった。ほかの賊どもも、すっかり、すがたをけしていた。

夜があけると、遮那王は、宿場の東のはずれに、盗賊五人の首をかけ、木札にこうかいたのを、わきに立てた。

「音にもきけ、目にもみよ。

出羽の国の住人、由利太郎、越後の国の住人、藤沢入道をはじめ、五人の賊の首をきって、ここを通りすぎていくこの自分を、だれと思うか。

三条の黄金《こがね》商人吉次に縁のあるものだが、いま、これらの首を、十六歳の初手柄とする。

くわしいことが知りたければ、鞍馬山の東光坊《とうこうぼう》のところへいって、きけ。

承安《しょうあん》四年（一一七四）二月四日」

こういう言いまわしだったので、時がたつと、さてこそ源氏が門出《かどで》の血まつりをしてのけたぞと、ひとびとは、舌をまいておそれあった。

遮那王の牛若は、この日、鏡の宿をあとにしたが、吉次は、いよいよ、かしこまってつかえながら、遮那王にしたがっていった。

小野《おの》〔滋賀県彦根市〕の摺針峠《すりばりとうげ》をこえ、(13)番場《ばんば》、醒井《さめがい》〔いずれも滋賀県米原町〕をすぎると、その日もほどなくくれて、遮那王は美濃《みの》の国〔岐阜県〕の青墓《あおはか》の宿場についた。ここはかつて亡父義朝《よしとも》がふかいなさけをかけた長者《ちょうじゃ》がいた土地である。また亡兄の中宮太夫朝長《ちゅうぐうのだいぶともなが》の最期《さいご》の土地でもあるので、遮那王は、朝長の墓をたずねて、夜もすがら、法華経《ほけきょう》をよんだ。夜が白んでくると、卒塔婆《そとば》をつくり、みずから梵字《ぼんじ》をかいて、供養《くよう》をしたのち、この土地をさった。

児安《こやす》の森〔岐阜県赤坂町の小安神社の森〕を、よそながら見て、杭瀬《くいせ》川をわたり、墨俣《すのまた》川を、まだ朝のうちにながめながら通りすぎたが、この日はもう旅も三日目になったので、尾張国《おわりのくに》の熱田《あつた》神宮についた。

遮那王《しゃなおう》の元服《げんぷく》

熱田《あつた》神宮の、まえの大宮司《だいぐうじ》は、遮那王《しゃなおう》のなき父 源 義朝《みなもとのよしとも》のしゅうとにあたり、いまの大宮司は、小じゅうとにあたった。また遮那王の兄頼朝《よりとも》の母も、熱田の、外ノ浜《そとはま》というところにいた。

これらのひとびとは、なき父の形見《かたみ》のひとびとだ、と遮那王はおもって、吉次《きちじ》をつうじて熱田到着をしらせると、大宮司が、いそいで出むかえのものをよこし、やしきへみちびいて、いろいろ、旅の疲れをなぐさめた。

遮那王は、そのまま次の日に出発しようとしたが、なにかとひきとめられて、あれこれしているうちに、熱田に三日間もとどまることになった。遮那王は、思いたって吉次にいった。

「稚児《ちご》すがたで奥州《おうしゅう》へくだるのはよくない。かりの元服《げんぷく》でもすませて、烏帽子《えぼし》すがたで行きたいとおもうが、どうだろう」

「どのようにおきめになってもよろしいとぞんじます」

と吉次はこたえた。

　そこで元服の式がおこなわれ、大宮司が、烏帽子親の役で遮那王の髪をとりあげ、遮那王は、はじめて烏帽子をかぶった。

「こうして奥州までくだっていって、秀衡《ひでひら》から、なんという名かとたずねられたとき、遮那王とこたえたのでは、いま、こうして烏帽子をかぶって一人まえの男になった意味がない。このまま名もかえないで、むこうへいけば、きっと、あらためて元服の式をすすめられるだろう。しかし秀衡は、わが源氏の家柄にとっては、代々、家来のすじであり、むこうで式などあげては、ほかのひとびとのそしりもうけよう。

　さいわいここは熱田神宮のごぜんだし、兵衛佐《ひょうえのすけ》どのの母ぎみも、かねてからこの地におられる。名のりは、この熱田できめよう」

　遮那王《しゃなおう》は、そういって、精進潔斎《しょうじんけっさい》して心身をきよめたのち、熱田の大神宮におまいりした。大宮司や吉次も、あとにしたがったが、遮那王は、二人にむかって、

「なき父ぎみ左馬頭《さまのかみ》どのの子は、嫡子《ちゃくし》が悪源太義平《あくげんたよしひら》、次男が朝長《ともなが》、三男が兵衛佐どの、四男が蒲殿《かばどの》、五男が禅師《ぜんじ》ノ君《きみ》、六男が卿《きょう》ノ君、七男が悪禅師《あくぜんじ》ノ君、したがってじぶんは『左馬ノ八郎』とよばるべきところだが、保元《ほうげん》のいくさで、叔父《おじ》の鎮西《ちんぜい》八郎為朝《ためとも》どのが勇名をあげられたから、八郎はそのあとをつぐようでよくない。末の数になっても、いとうことはない、じぶんは左馬九郎《さまのくろう》といおう。実名は、祖父が為義《ためよし》、父が義朝《よしとも》、長兄が義平だから、じぶんはそれらにちなんで、義経《よしつね》と名のりたい」

このことばで、きのうまでの遮那王は、きょうは、左馬九郎義経と名をあらためた。

こうして義経は、熱田神宮の地をあとにして、鳴海《なるみ》の塩干潟《しおひがた》、さらに三河国《みかわのくに》（愛知県東部）の八橋《やつはし》をすぎ、遠江国《とおとうみのくに》（静岡県西部）の浜名《はまな》の橋をながめこえたが、このあたりは、かねて業平《なりひら》中将や山蔭《やまかげ》中納言が歌によんだ名所が多い(14)ところながら、牛若《うしわか》あらため義経は、心がくつろいだときならおもしろかろうが、気がかりな思いがあるときは、名所もなんの意味があろうと、ただ通りすぎていったので、やがて宇津《うつ》の山〔静岡県西方の宇津ノ谷峠《や》〕もこえ、駿河国《するがのくに》〔静岡県中部〕の浮島《うきしま》ガ原《はら》〔富士市から沼津市にかけての地〕についた。

阿野禅師《あののぜんじ》との対面

義経《よしつね》は、阿野禅師《あののぜんじ》（もとの今若《いまわか》）のところへ、つかいをおくった。

阿野禅師は、大いによろこんで、義経をむかえみちびき、たがいに目と目をみあわせて、過去のことなど話しつづけながら、涙にむせんだ。阿野禅師は、「おもえばふしぎなことで、わかれたときは、そなたは二歳だったが、近年は、どこにいるかもしらなかった。それがこんなに成人して、しかもそういう大事をこころざしているとは、ほんとうにうれしい。じぶんもいっしょにいって、同じところで、しかるべく動きたいと思うけれども、たまたま仏の道をまなぶ身となり、師のもとで墨《すみ》ぞめの衣《ころも》をまとうことになったので、いまさら、よろいかぶとをつけ、弓矢をとることは、どうかと思われる。それで、いっしょにはいかないが、いけばまた、なき父うえの菩提《ぼだい》は、だれがともらうであろう。さらに源氏一門のひとびとのため、祈りをささげようとも、わたしは思っている。そなたとは、ひと月さえも、共にすごさず、また別れなければならないのは、じつにさびしい。

兵衛佐《ひょうえのすけ》どの〔頼朝《よりとも》〕も伊豆《いず》の北条《ほうじょう》におられる〔静岡県韮山《にらやま》町沖の蛭《ひる》ヶ小島《こじま》に流されていた〕が、警固のものどもが、きびしく見はっているそうなので、手紙をかくことさえひかえている。近いところにくらしていることが、せめてものたよりで、日ごろ消息もない。そなたも、こんどは訪ねてお会いすることもむずかしかろうから、手紙をかいておくがいい。折をみておとどけしよう」

そういったので、義経は手紙をかいて、あとにのこした。

その日、義経は、伊豆の国府《こう》（三島《みしま》）についたが、三島神社におまいりして、夜じゅう祈りをささげた。

「なむ、三島大明神《みとうだいみょうじん》、走湯権現《そうとうごんげん》、吉祥駒形《きちしょうこまがた》、ねがわくは義経を、三十万騎の大将軍となしたまえ。さもなくば、将来、この箱根山より西のほうへは越えさせたもうな」

そう、まごころをこめて、ふかくいのったのは、まだ十六のさかりという年ごろにしては、おそろしいことであった。

こうして義経は、足柄《あしがら》の宿《しゅく》〔神奈川県の足柄山にあった関所付近か〕もすぎ、武蔵野《むさしの》の名所、堀兼《ほりかね》の井《い》〔埼玉県狭山《さやま》市〕もよそながらみて、むかし在原業平《ありわらのなりひら》がながめて歌によんだ土地(15)をゆかりふかくしのびつつ、下総国《しもうさのくに》〔千葉県北部〕の高野《たかの》というところについた。

日数がたつにしたがって、都は遠く、奥州《おうしゅう》が近くなるままに、その夜は、とかく都のことが思いだされた。義経は宿の主人をよんで、

「このあたりは、どこの国だ」

「下総国でございます」

「ここは郡《こおり》か庄《しょう》か」

「下河辺《しもかわべ》の庄です」

「庄の領主は、なんという名だ」

「少納言信西《しんぜい》（藤原通憲《ふじわらのみちのり》）というひとの母方の伯父《おじ》にあたる陵介《みささぎのすけ》というひとの嫡子《ちゃくし》です。陵《みささぎ》の兵衛《ひょうえ》（陵重頼《しげより》）ともうします」

主人は、そうこたえた。

義経《よしつね》、陵《みささぎ》の館《たち》をやきはらう

そのこたえに、義経《よしつね》は、はっと思いだした。

まだ九つのころ、鞍馬《くらま》山《やま》で、東光坊《とうこうぼう》のひざの上によこたわっていたとき、そこへたずねてきて、こういったものがある。

「おや、このお稚児《ちご》さんは、目のようすが、ただびとではない。どういうかたの若ぎみですか」

「このおさないひとこそ、左馬頭《さまのかみ》どのの若ぎみです」

と、東光坊がこたえると、相手は、

「ああ、のちの世に、平家にとっては、たいへんなことになるでしょう。このような若ぎみをたすけて、日本のどこかに生かしておくことは、獅子《しし》や虎《とら》を、千里の野に放してやるようなもの。成人のあかつきは、かならず平家に叛旗《はんき》をひるがえすでしょう。

もし、稚児のおかた、よくきいておいてください。将来、もし旗あげするようなときは、かならずこの私を、たずねてきてください。下総国《しもうさのくに》の下河辺《しもかわべ》というところにいますから」

と、いったのである。

だからこそ義経は、はるばる奥州《おうしゅう》へくだるよりも、まずこの陵《みささぎ》のもとへいこうと思いたち、そのため吉次《きちじ》にむかって、

「下野《しもつけ》（栃木県）の室八島《むろのやしま》〔栃木市の六所明神のこと〕で待っていてくれないか。じつは、たずねたいひとがあるのだ。あとですぐ追いつくから」

そういって、陵《みささぎ》のところへむかったので、金売《かねう》り吉次は、不本意ながらも、

それではお先にと、ひとりで奥州路をくだったのであった。

義経は、陵の宿所をたずねてみると、世にさかえた家らしく、門には、鞍《くら》をおいた馬がたくさんつないである。のぞいてみると、ひろい番所には、老若《ろうにゃく》のものらが、五十人ばかりも詰めている。義経は、ひとりをまねきよせて、

「奥へ御案内いただきたい」

「どこからおいでになりました」

「京都からですが、まえにお目にかかったことがあるものです」

そう義経がいうと、陵のけらいが主人にそれをとりついだ。陵は、

「どんなひとだ」

「りっぱなかたです」

「それなら、こちらへお通しせよ」

と、義経をそこへ通した。陵は、

「しつれいながら、どういうおかたでしょうか」

「おさないころ、お目にかかったものですが、お忘れになりましたか。鞍馬の

東光坊のもとで、なにか事があったときは訪ねよとおっしゃったので、いろいろよろしくお願いしたいとおもって、まいりました」

義経のことばをきいて、陵は、心のなかで、——これは、あろうことか、とんでもないことになった。成人したわが子らは、二人とも京都へいって、小松《こまつ》殿《どの》(平重盛《たいらのしげもり》)に仕えている。いま、じぶんが源氏の味方をしたら、二人の子らは、むざむざ殺されるだろう。——と思いなやんだ。そこで、しばし、かんがえたのち、陵はこういった。

「そううかがって、よくぞ思いたたれたとおもいます。おことばは拝承《はいしょう》いたしましたが、しかし平治《へいじ》の乱のとき、ご兄弟が元来ならお討《う》たれになるはずのところを、常盤御前《ときわごぜん》のもとに清盛《きよもり》どのが近づかれ、そのおこころざしによって、ご兄弟もおいのちが助かったのです。人間は、老若ともに、いつ世を去るか定めないならいとはいえ、どうかお旗あげのことは、清盛どのがこの世を去ったのちに、実行にうつしてくださいませんか」

義経は、これをきいて、ああこやつは日本一の卑怯《ひきょう》なおろかものだ。おのれ、こやつめを、……とは思ったが、力がおよばないので、その日はそこでくらした。

たよりにならないものには、執着ものこしてはならないと、義経は、その夜、まよなかごろ、陵のやしきに火をかけた。そうして、あますところなく、すっかりやきはらって、じぶんは、かきけすように姿をけした。

こうして義経は、さらに行先の、下野《しもつけ》の横田《よこた》の原《はら》〔宇都宮市の南方〕、室八島《むろのやしま》、白河の関などに、警戒の張りこみなどをうけてはたまらないと思ったままに、利根《とね》川ぞいを馬にまかせていそいだので、そのかけ足で二日の道のりを一日ですすみ、上野国《こうずけのくに》の板鼻《いたはな》（安中《あんなか》）というところについた。

義経《よしつね》のさいしょの家来、伊勢三郎《いせのさぶろう》

日もすでに夕ぐれになっていた。粗末な家々が、軒《のき》をならべていたが、泊れそうな家は一けんもなかった。

すると、ひっこんだところに、あずまやのような家があったが、ふぜいあるひとのすみ家らしく、竹の透垣《すいがい》〔まばらに組んだ垣《かき》〕に、檜《ひのき》の板戸をしめ、庭には池をほり、そのへりには水鳥がむれあそんでいた。義経は、それをみるにつけても、いかにもおもむきふかいすみ手と思われたので、庭へはいって縁先にちかづき、

「ごめんください」

そういうと、十二、三ぐらいの小むすめの女中が出てきて、

「なにかご用でしょうか」

「この家には、おまえより年上のものはいないのか。いたら、出てもらいたいのだが。話があるのだ」

と義経がいうと、小むすめは、おくの主人にこのことをつげた。ちょっとたつと、年ごろ十八、九かと思われる若いやさしい女が、部屋の障子《しょうじ》のかげから、

「どんなご用でしょうか」

「じぶんは京都のもので、この国の多胡《たこ》〔群馬県吉井町あたりの古称〕というところへ、ひとをたずねてきましたが、土地が不案内で、もう日がくれてしまいました。一夜のやどをかしていただけませんか」

「おやすいご用ですけれども、主人が出ておりまして、きょうは夜おそく帰ってまいるはずでございます。主人は、ひとさまとちがって、情味がうすいたちなので、どんなことをいいださないともかぎらず、そうなっては、あなたさまにも、お気のどくなことになります。どうかよそへおとまりいただけませんでしょうか」

「ご主人がもどられて、ぐあいのわるいことになったら、そのときこそ、虎《とら》が寝る野へも出ていきましょう」

と、義経がいったので、若い女は、思いまようらしかったが、さらに義経は、

「今夜ひとばんだけ、どうかとめてください。『色をも香《か》をも、知るひとぞ知る』(16)で、私がどんなものであるかは、わかるひとにはわかるはずです」

といいながら、詰所《つめしょ》のなかへ、するりとはいってしまった。女は、とめようも

なく、おくへはいって、だれか年配のひとに、

「どういたしましょう」

と、たずねると、おくのひとは、

「おなじ木の下にやどをとり、おなじ川の水をくむのも、すべて前生の縁ということもあるし、主人がいなくても、すこしもさしつかえないでしょう。しかし、えんさきのほうの詰所はよくないから、こちらのどこかの部屋へ、ごあんないなさい」

そういったので、女は義経を、柱間《はしらま》が二つの部屋へ通したうえ、いろいろ果物をだし、酒もすすめた。しかし義経は、ぜんぜん応じなかった。すると女が、

「この家の主人は、世にもめずらしいしれもの〔おろか者〕ですから、くれぐれも、姿をおみせにならないように、おねがいいたします。どうかあかりをけし、障子もしめておやすみください。そうして、夜あけのにわとりがなきましたら、ご予定のところへ、いそいでおたちになってください」

といった。義経は、これほどこわがるとは、この女の夫はいったいどんな男な

のだろうといぶかった。そいつなどよりも、ずっと格が上の、陵《みささぎ》の家にさえも、火をかけてすっかり焼きはらって、ここまできたじぶんだ。いわんや、女の情けのおかげで、りっぱにとめてもらえたのに、その男が帰ってきて、にくたらしいことなどいったら、よし、この太刀《たち》も、そういう時のためにこそもっている太刀だ。たとえ刀にかけても、と、そう思って、太刀をぬきかけて膝《ひざ》の下にしき、直垂《ひたたれ》の袖《そで》を顔にかけて、そらねむりをして待ちかまえた。

しめるようにと、女がすすめた障子も、わざとひろくあけ、消せといわれたあかりも、芯《しん》をたかくかきたてて明るくし、義経は、夜がふけるにつれて、今か今かと、待ちうけた。

午前零時ごろになると、主人の男がかえってきたが、檜《ひのき》の板戸をおしあけて、はいってくるのをみると、年は二十四、五ぐらいで、葦《あし》の落葉のもようの薄青い直垂《ひたたれ》に、萌黄《もえぎ》おどしの腹巻をつけて太刀をさし、大きな手鉾《てぼこ》を杖《つえ》につきたてていた。さらに、主人にも見おとりしない若党どもが四、五人、猪《いのしし》の目をきざんだまさかり、やき刃の大鎌《おおかま》、なぎなた、大づえ、打棒《うちぼう》などを、手に手にもって、たったいま大あらそいをすませてきたといったようすで、さながら主人の四天王のように、あとにしたがってきた。

義経は、なるほど女がこわがるのももっともだ、まったく荒々しいやつだ、とおもってながめた。すると、その男は、柱ぞいの部屋に、ひとがいるのに目をつけながら、沓《くつ》ぬぎをのぼってきた。義経は、大きな目でにらみつけ、太刀をとりなおしながら、

「こちらへ」

といったが、相手の男は、けしからんやつだというふうに、ものもいわず、さっと障子をしめて、すばやく中へはいった。

女にあって、どういうふうに憎たらしいことをいうだろうかと、義経はおもって、壁に耳をあてていていると、男は、

「こら、おい」

と、ねている女をおこし、それからちょっとのあいだ、音もしなかった。はなれたところで、ねぼけたようなつくりごえで、

「なんでございます」

「あの部屋にねているのはだれだ」

「私もしらないひとです」

「なにっ。じぶんも相手も知らないものを、主人の留守のあいだに、いったい、だれのはからいで家のなかへいれたのだ」

と、なんとも意地わるげに男がいったので、さあはじまったぞと、義経は、なおも、きき耳をたてていると、女は、

「知りも知られもしないひとですけれども、日がくれて行くさきは遠いと、よわっていました。しかし、あなたのお留守のあいだにとめては、どんなおとがめをこうむるかもわからないので、だめですといいましたが、『色をも香をも知るひとぞ知る』といわれたおくゆかしさに、はずかしい思いがして、今晩だけ、おとめすることにしました。どういう事情であろうと、今夜かぎりのこと、さしつかえないではございませんか」

というと、こんどは男が、意外にも、

「そういうわけか。いや、おまえは志賀《しが》の都〔滋賀県大津市にあった天智天皇の都。当時は廃墟〕うまれの、物ごとに暗い女で、心も東国の奥地の、いなか出のような女だと思っていたが、『色をも香をも』といわれたその言葉の意味をわきまえて、やどをかしたとは、まことにやさしい心がけだ。どんなことがあろうと、かまわぬ。こん夜ひと晩は、すごさせてあげるがいい」

といった。義経は、ああ、しかるべきすじの神仏のおめぐみだ。それにしても、なお憎たらしいことでもいったら、ゆゆしい大事にもなりかねまい、と思っていると、主人の男は、さらに、

「どうもそのひとは、ただびとではないとおもう。近ければ三日前、遠くてもまだ七日前にはならないころ、たいへんな事件にあったひとでもあろう。われひとともに、およそ世間の目をはばかるものは、とかく、変事や災難にあいやすいもの。そうだ、お酒をあげることにしよう」

　そういって、さまざまの果物などととのえ、女中に徳利をもたせ、妻を先にたてて、義経の部屋へ入ってきた。そうして酒をすすめたけれども、義経は、

あえてのまなかった。主人は、

「どうぞ一《いっ》こんめしあがってください。おみうけするところ、ご用心のためと思われますが、私は身分もないすがたもいやしいものながら、この家に私がおりますかぎりは、警固にも、事欠かしません。これ、だれかおらぬか」

と、よぶと、れいの四天王のような男どもが、五、六人もあらわれた。主人はさらに、

「こん夜は、お客さまになっていただくかたがある。ご用心とお見うけするので、おまえたちは、こん夜は寝ないで警固にあたれ」

「承知いたしました」

と、男どもはこたえ、ひき目〔蟇目。射ると音が鳴るようにしたやじりのこと〕の矢を射たり、弓のつるをならしたりして、夜の警固にあたった。主人の男みずからも、客間の、つり板戸をあげ、燭台《しょくだい》を二カ所にたて、腹巻をだしてそばにおき、弓のつるをはり、矢の束《たば》をほぐしてならべ、太刀をとって膝《ひざ》の下においた。そうして、あたりで犬がほえたり、風がこずえをならしたりしても、

「だれか、あれを斬《き》れ」

といいつける用心ぶかさで、その夜は一睡もしないであかした。義経は、なんという殊勝《しゅしょう》な男だろうと思った。

夜があけて、義経が出発しようとすると、主人の男は、いろいろひきとめた。それで、はじめはかりそめの泊まりの形だったのが、二日も三日も逗留《とうりゅう》してしまった。すると主人の男がいうには、

「いったいあなたは都では、どんなおかたなのでしょうか。都には、私も知人はありませんし、なにかのときは、おたずねしたいものです。ともかく、もう一両日ご逗留ください。東山道《とうさんどう》〔東海道と北陸道にはさまれた山間の地〕をおいでになるのなら、碓氷峠《うすいとうげ》までお見送りし、東海道をおいでになるのなら、足柄峠《あしがら》までおともいたしましょう」

そういわれて義経は、心のうちに、じぶんは京都にはいない身なのだから、おいでなさいというわけにもいかない。この男をみると、けっして二心《ふたごころ》などないようだし、いっそ、うちあけることにしようか、と、そう思った。

「じつは、じぶんは奥州《おうしゅう》のほうへくだるもの。平治《へいじ》の乱のときほろびた下野守《しもつけのかみ》・左馬頭義朝《さまのかみよしとも》の末の子で、牛若《うしわか》といい、鞍馬山《くらまやま》で学問をしていたが、このたび元服《げんぷく》して、左馬九郎《さまのくろう》義経と名のるものだ。奥州へは、藤原秀衡《ふじわらのひでひら》をたよってくだるのだが、いま、求めずしておのずから、そなたと知りあいになったのを、うれしく思う」

その言葉を、みなまできかず、主人の男は、さっと義経のまえにすすんで、たもとにすがりついて、物もいわず、はらはらと涙をながした。

「おお、おいたわしや。もし私がおたずねしなかったら、どうしてこうとわかりましたろう。あなたさまは、われわれにとっては、代もかさなるご主君であられます。

こう申すと、いったいなにものかとお思いでしょうが、私の父は、伊勢国《いせのくに》〔三重県〕二見《ふたみ》のもので、伊勢の度会義連《わたらいよしつら》といって、大神宮の神主《かんぬし》でございました。あるとき京都の清水《きよみず》観音へおまいりに出かけましたが、九条《くじょう》ノ上人《しょうにん》というひとの行列に出あったとき、乗物からおりなかったため、その罪によって、上《こう》野国《ずけのくに》〔群馬県〕の成島《なりしま》というところへ流されたのです。

その成島で年月をおくるうち、故郷のことを忘れたいため、妻をもちましたが、妻が懐妊《かいにん》して七カ月になったとき、父は、ついにご赦免《しゃめん》もうけないままで、成島で亡くなりました。

その後、母がお産をしたとき、この子は胎内《たいない》にいながら父に死にわかれた、命つたないものだといって、よせつけようともしなかったのを、母方の伯父《おじ》がふびんにおもい、ひきとってそだてたのです。

私は十三になったとき、伯父から、元服せよといわれましたが、

『私の父うえは、どういうひとだったのです』

とたずねると、かたわらの母は涙にむせんで、なんともこたえません。しかしやがて、

『おまえの父は、伊勢国の二見ガ浦のひとときいています。遠国《おんごく》のうまれながら、伊勢の度会義連というれっきとしたひとで、左馬頭義朝さまに目をかけられていたところ、思いがけない罪をえて、この上野国へきて年月をすごすうち、

私がおまえをやどす身になりましたが、その七カ月目に、とうとうこの世をさられたのです』

と話しました。父が伊勢の度会《わたらい》二見《ふたみ》のものですから、私は伊勢三郎《いせのさぶろう》と称し、父が義連ですから、私は義盛《よしもり》と名のることにしました。

近年は平家の時代になり、源氏はみなほろびてしまい、たまたま生きのこったひとびとも、おしこめの身となり、ちりぢりにわかれておられるときいております。私もどうしたらいいかわからず、ましておたずねすることもできませんでした。それで、いつも気がかりにおもっていたところ、いま、あなたさまにおあいして、お目をけがしたことは、まことに主従は三世《さんぜ》の〔前世・現世・来世にわたる〕約束とは申しながら、これもひとえに〔源氏の氏神《うじがみ》〕八幡大菩薩《はちまんだいぼさつ》のおひきあわせによるものと、ただありがたい思いがいたします」

こうして、主従は、たがいに、過去や将来のことを話しあうのであった。おもえば、ほんのかりそめの縁のようだったのに、[17]このとき義経にはじめてあった男が、二心《ふたごころ》なく奥州路にしたがい、のちに治承《じしょう》四年（一一八〇）、源平の戦いがおこったときは、影が形にそうように義経につきそい、さらにその後、義経が兄頼朝《よりとも》と不仲になったときも、ふたたび奥州めざして義経に随行《ずいこう》して、ついに名を後世にあげることになった。この男すなわち伊勢三郎義盛《いせのさぶろうよしもり》こそは、上野《こうずけ》の宿《やど》の主人だったのである。

さて伊勢三郎義盛は、じぶんの部屋にはいって、妻にむかい、

「どんなかと思ったら、じぶんにとっては重代のご主君の源《みなもとの》義経どのであられた。それで、これからおともして奥州へくだろうとおもう。おまえはここで、来年の春のころを待っていてもらいたい。もし、そのころになっても、じぶんがここへかえって来なかったら、再婚するがよい。それにしても、この義盛のことは、再婚しても忘れてくれるなよ」

そういったので、女は、ただ泣くよりほかはなかった。

「かりそめの旅だちのあとでも、同じところにいたひとは、恋しくおもわれるものなのに、まして愛していながら別れては、なつかしいそのおもかげを、いつになったら忘れることができましょう」

と、女はふかくなげいたけれども、ついにむなしかった。剛《ごう》の者のくせとして、伊勢義盛は、ふっつりと思いきり、そのまま義経にしたがって奥州へくだった。下野国《しもつけのくに》〔栃木県〕の室八島《むろのやしま》をよそながら見て、宇都宮《うつのみや》の二荒山《ふたらさん》神社に参拝し、行方《ゆきがた》の原《はら》〔福島県矢吹町の付近〕にさしかかった。むかし、藤原実方中将《ふじわらのさねかたちゅうじょう》[18]が、安達《あだち》ガ原《はら》の真弓《まゆみ》をば、つるを張りつつ肩にかけ、知らないうちは平気でも、知ったこわさが悔《く》やまれる、と歌によんでながめたというその広野を見てすぎ、さらに、浅香《あさか》の沼のあやめ草とか、影さえみえる浅香《あさか》山とか、しのぶ文字ずり誰ゆえにとか、古歌に名だかい浅香や信夫《しのぶ》の名所をながめ、伊達《だて》郡の阿津賀志《あつかし》山〔福島県北の国見山〕をこえた。

そのときは未明だったが、むこうに旅人の足音をきいて、きっとこの山は、土地でも名のある山だろう、さあ追いついてたずねてみようと、あとをおって、せまってみると、なんと、いつぞや先に奥州へむかった金売《かねう》り吉次《きちじ》であった。吉次は、商人のならわしで、あちらこちらで商売をしながら日々をすごしたので、九日まえに奥州へ先発したのが、いま義経に追いつかれたのである。

吉次は、義経をみて、この上なくうれしくおもったが、義経も吉次にあって大いによろこんだ。吉次は、

「陵《みささぎ》はどうでしたか」

「たよりにならない男だったから、家に火をかけて、すっかり焼きはらってから、ここまで来た」

その言葉に、吉次は、いまさらのように、おそろしく思った。

「おともものかたは、どなたですか」

「上野国《こうずけのくに》のものだ」

「いまは、おともはいらないでしょう。奥州へおつきになってから、いずれ、またのちに上野国をお通りのとき、おたずねになればよろしいかと思います。のこされた奥方《おくがた》のなげきのほども、いたましくおもわれますし、いずれ大事がおこったあかつきこそ、おともすべきひとでしょう」

吉次は、言葉をつくして忠言《ちゅうげん》したので、義経も、それももっともと、伊勢三郎義盛《いせのさぶろうよしもり》を、そこから上野国へかえした。おもえばこのとき（一一七四）から治《じ》

承《しょう》四年（一一八〇）まで、伊勢義盛は、なんというながい月日のあいだ、義経を待つ身になったであろう。

こうして義経は、吉次ひとりを供にして、夜を日についで奥州路をくだるうちに、武隈《たけくま》の松とか〔以下、いずれも宮城県の名所〕、阿武隈川《あぶくま》とか、つぎつぎに名所をすぎた。宮城野《みやぎの》の原《はら》、つつじガ岡《おか》を見、千賀《ちが》ノ浦《うら》の塩釜《しおがま》神社にも参拝し、あたかの松、まがきの島をながめ、見仏上人《けんぶつしょうにん》の旧跡である松島に手をあわせ、松島明神にも祈りをささげ、姉歯《あねは》の松をみて、栗原《くりはら》についた。

吉次は、義経を、栗原寺〔宮城県栗駒町にあったとされる〕の別当《べっとう》のもとにみちびいたのち、じぶんはさきに平泉《ひらいずみ》めざしていった。

義経《よしつね》が秀衡《ひでひら》に初対面

吉次《きちじ》は馬をはやめて、平泉《ひらいずみ》の藤原秀衡《ふじわらのひでひら》に、京都から左馬頭義朝《さまのかみよしとも》の末男、源《みなもとの》義経《よしつね》を奥州《おうしゅう》までみちびいてきたことをつげた。

そのとき藤原秀衡は、風邪ぎみで、ふせっていたが、二男ながら、嫡系《ちゃっけい》のあととりむすこ、本吉《もとよし》ノ冠者《かんじゃ》こと泰衡《やすひら》と、三男の泉《いずみ》ノ冠者《かんじゃ》こと忠衡《ただひら》のふたりをよびよせていった。

「どうりで、このあいだ、黄いろい鳩《はと》があらわれて、このやしきの上へまいおりた夢をみた。きっと源氏の消息をきくだろうと思っていたところ、はたして左馬頭どのの若ぎみが、当地へおくだりとは、まことによろこばしい。これ、床《とこ》の上へおこしてくれ」

と、むすこらの肩に手をかけて起きあがると、秀衡は、手ばやく烏帽子《えぼし》をかぶり、直垂《ひたたれ》を身につけて、

「義経どのは、年こそまだおわかくても、⒆さだめし詩歌《しいか》管絃《かんげん》のわざ、仁義礼智信の道も、よくわきまえておられることであろう。このほど、わしがわずらったため、やしきのうちも、見ぐるしくなってはいまいか。庭の草など、すぐとらせよ。泰衡と忠衡は、ただちに用意をととのえて、若ぎみのお迎えにまいれ。

大げさでないようにするのだぞ」

そう秀衡がいったので、二人はかしこまって承知し、三百五十騎あまりをしたがえて、栗原寺《くりはらでら》へ、はせむかった。そうして義経にあった。

義経は、栗原寺の僧徒五十人の見おくりをうけ、泰衡忠衡らにつきそわれて、ついに平泉の秀衡のやしきについた。秀衡は、

「ここまではるばるおいでくださったことは、いくえにも恐縮にたえないことでございます。陸奥《むつ》と出羽《でわ》の両国（奥羽六県）を手ににぎる身ながら、これまで、思うようにふるまうこともできませんでしたが、殿をおむかえした今は、なんのはばかるところがありましょう」

そういって、嫡子《ちゃくし》泰衡をよびよせると、

「両国の大名三百六十人をえらび、日々、りっぱにおもてなししてお仕《つか》えし、また警固もおこたらないようにせよ」

と、命令したが、つづいて義経に、

「ささげる贈り物としては、わたくしの配下の十八万騎のけらいのうち、殿に

は八万騎をたてまつります。あとの十万騎は、なにとぞ殿から二人のむすこらにたまわりますよう」

こんどは、吉次のほうへ目をやって、

「殿への贈りもののことは、しばらくおくとして、そもそも吉次がおともしなかったなら、殿もどうしてこの奥州までおくだりになったであろう。これ、みなのもの、この秀衡を秀衡とおもってくれるものは、吉次にも引出物をしてもらいたい」

それをきいて、まっさきに、嫡子《ちゃくし》の二男泰衡が、白なめし革百枚、鷲《わし》の矢羽百組、銀ばりの鞍《くら》をのせた駿馬《しゅんめ》三匹を、吉次にあたえた。つづいて三男忠衡も、兄泰衡におとらないほどの贈りものをしたが、さらに家来たちも、まけずおとらず、吉次に引出物をした。藤原秀衡はそれをみて、

「吉次、鹿の皮も、鷲の羽も、いまは、よもや不足はあるまい。それでは、こんどはわしが、おまえの大好物をあたえよう」

と、貝をうつくしくはめこんだ唐《から》びつ〔衣類などを入れる、脚・ふた付きの箱〕の

ふたに、砂金《さきん》をいっぱい入れて、吉次にあたえた。

吉次は、義経のおともをして、道中、あやうい命をたすかったのみならず、利益にもめぐまれて、こういう莫大《ばくだい》な贈り物をうけたのは、これこそ多聞天《たもんてん》のおかげと思うのであった。これでは、もうあきないなどしなくても、資本も十二分にかせいだ、このうえ不足があるものか、と、そうおもって、さっそく京都へかえっていった。

こうして、その年もくれたので、義経は、あけて十七歳になった。さらに月日を送っていったが、秀衡は、これということもいいださず、義経も、旗あげはどうしようなどとは、口にもしなかった。それにしても、もし都にさえいれば、学問もつづけ、知りたい情勢もうかがえるのに、いつまでここに、こうしていてもしようがない、いっそ京都へいこうと、義経はひそかに思いたった。だが京都のぼりは、秀衡にうちあけたところで、とても承知はしてくれまい。知らせないで出かけよう、と、そうかんがえた。

そこで、義経は、ちょっとした外出をよそおって、そのまま京都への旅路に

のぼった。(20)

上野国《こうずけのくに》の伊勢三郎義盛《いせのさぶろうよしもり》のもとをたずねて、しばらくやすんだのち、旅路を東《とう》山道《さんどう》にとり、木曾《きそ》ノ冠者《かんじゃ》こと従兄《いとこ》源義仲《よしなか》をおとずれ、平家に叛旗《はんき》をひるがえす手順を話しあってから、京都へちかづいた。

郊外のまたはずれの山科《やましな》に、まえから知りあいのものがいたので、そこへ身をよせて、京都のようすをうかがった。

鬼一法眼《きいちほうげん》のやしき

そのころ、代々の天皇の宝物として、世に秘蔵されている十六巻の本(21)があった。外国（中国）でも日本でも、この本の伝授をうけて、なおかつ愚かだったものは、ただのひとりもなかった。

外国では、太公望《たいこうぼう》がこの本をよんだおかげで、兵法にくわしく、周の文王の師となったが、張良《ちょうりょう》もこの本をよんで、漢の高祖の師となり、その奥儀《おうぎ》は、世に「張良一巻の書」とよばれた。さらに樊噲《はんかい》も、この本の伝授をうけたおかげで、ひとたび、よろいかぶとをつけ、弓矢をとって、敵にむかって猛威をふるうときは、怒髪《どはつ》が、かぶとのはちをも、つらぬきとおす物すごさであった。

日本の武士では、坂上田村麿《さかのうえのたむらまろ》がこの本をよんで、悪路王高丸《あくろおうたかまる》をうちとり、藤原利仁《ふじわらのとしひと》もこれをよんで赤頭《あかがしら》の賊将をたいらげた。その後、久しいあいだ、この本の伝授をえたものはたえていたが、下総《しもうさ》〔茨城県南部・千葉県北部〕の住人、平将門《たいらのまさかど》は、せっかくこの本をよみながら、性急で短慮《たんりょ》のため朝敵になった。

このように天命にそむくものは、とかく世を保つ例はすくないものである。はやい話、同じ国の住人、田原藤太秀郷《たわらとうたひでさと》が、勅宣《ちょくせん》〔天皇の命令〕をかざして、平将門をうつため東国へむかったとき、将門は、けんめいにふせぎたたかったにもかかわらず、四年もたたないうちに、その軍勢は、すっかりほろびてしまった。ただわずかにさいごのとき将門は、この本の威力を学びとったればこそ、一つの弓に八本の矢をつがえ、さっと射て八人の敵を、同時にたおしえたのである。

しかし、平将門ののちは、また、たえてひさしくこの本をよむものがなくなった。そのため、この本は、代々、内裏《だいり》の宝ぐらのなかに、ただむなしくしまわれていたのである。

ところが、そのころ、〔京都の〕一条堀川に、陰陽道《おんようどう》の法師で鬼一法眼《きいちほうげん》という文武両道の達人がいた。天下の政権をもつひとのために祈禱《きとう》をし、その功によって、れいの本をたまわって秘蔵していた。

義経はこれをきき、すぐ山科《やましな》をでて、京都の法眼のやしきにちかづき、まず、たたずんでようすをみた。すると、市内なのに、すまいをがっしりかため、四方に堀をめぐらして水をたたえ、八つのやぐらをきずきあげ、夕方は午後四時から、おそくても六時ごろまでのあいだに、かけ橋をはずし、朝は十時から、おそいときは十二時ごろまでも門をとざしてあけなかった。世間のうわさなど、どこふく風ときなかがす、おごりたかぶった鬼一法眼であった。

義経が、法眼のやしきへはいってみると、詰所のえんがわに、十七、八ぐら

いの少年がひとり立っていた。扇をさしあげて、まねきよせると、相手は、

「なんですか」

「おまえはこのやしきのものか」

「そうです」

「法眼は、いま、やしきにいるか」

「おられます」

「それなら、おまえに、たのみたいことがある。法眼につたえてもらいたい。見も知らない男が、門のところへきて、法眼にあいたいといっている、と、そう早くとりついでくれ」

義経がいうと、少年はこうこたえた。

「法眼のおごりかたは、とても、世間ふつうのものではなく、そうとうな身分のひとがきても、子どもを代理として出し、じぶんはあわないという、一くせも二くせもあるひとです。まして、あなたのようなお若いかたの訪問をうけて、よろこんで会うようなことは、けっしてないとおもいます」

「おまえは、妙なもののいいかたをする。主人がこたえないうちに、ひとの返事をするという法はなかろう。奥へいって、このことを話してこい」

「話しても、おききとどけはなかろうとは思いますが、ともかく話してみましょう」

少年はそういって、奥へはいり、主人の鬼一法眼《きいちほうげん》のまえにひざまずいて、

「ちょっとかんがえられないことで、おどろきましたが、門のほとりに、年のころ十七、八かとおもわれる若ものが一人たたずんでいて、法眼はおいでかとたずねるので、いらっしゃいます、とこたえると、おあいできるかと、いっております」

「なに。この法眼を京都のなかで見さげて、そのような物言いをするものがいようなどとは、とうてい思われぬ。だれかのつかいか、それとも、そやつがじぶんでいっている言葉か、よくききかえしてこい」

法眼はそういったが、しかし少年は、

「その若い男のようすをみると、主人をもっているものとも思われません。そ

うかといって、だれかの家来かとおもうと、直垂《ひたたれ》をきているすがたが、どこかの若ぎみのようにもみえます。お歯ぐろをつけ、まゆをひき、りっぱな腹巻に、黄金《こがね》づくりの太刀をさしていますが、ひょっとすると、源氏の若大将ではないでしょうか。ちかいうちに、旗あげをするといううわさもありますし、鬼一法眼さまが世にもすぐれたおかたなので、一方の大将になっていただこうと、そうおねがいするつもりで、たずねてきたのかもしれません。

ですからご対面になるときも、うっかり、日かげものなどという言葉を口にして、相手の刀の峰うちをうけたりしないように、ご用心ください」

「ふうむ。そういう殊勝《しゅしょう》なものなら、出て、会ってやってもいいが」

と、法眼は立ちあがった。

法眼は、生絹《すずし》の直垂《ひたたれ》に、緋《ひ》おどしの腹巻をつけ、金剛《こんごう》ぞうりをはき、頭巾《ずきん》を耳のきわまでひっかぶり、大きな手鉾《てぼこ》を杖《つえ》について、えんがわを、とうとうとふみならし、しばらくあたりをにらみつけてから、

「そもそもこの法眼にあいたいというのは、武士か、それとも、もっと身分の

ひくいものか」

義経は、門のそばから、するりと、すがたをあらわして、

「あいたいといったのは、じぶんだ」

と、えんがわの上へ、ひらりとあがった。

法眼は、相手が、えんがわの下へにじりでて、かしこまるだろうと思っていたのに、おもいもかけず、まるでこちらにぐっと膝《ひざ》をつきあわせるように、そこへ坐《すわ》ったので、おどろきながら、

「そなたが法眼に対面をもとめたご当人だな」

「いかにも」

「なるほど。して、ご用は。弓の一はり、矢の一すじでもお望みか」

「なんと、法眼どの。そのくらいの望みなら、どうしてわざわざここまでこよう。きけばそなたは、中国の書物で、わが国の平将門《たいらのまさかど》がうけついだ『六韜《りくとう》』という兵法の本〔注21参照〕を、御所からたまわって、秘蔵しているそうだが、ほんとうであろうな。そういう本は、ひとりでしまっておくべき本ではない。

そなたがもっていても、読めなくては、ひとに伝授のしようもあるまい。その本を、ぜひ、みせてもらいたい。一日のうちに読みきって、かえすとき、お礼として、そなたにもおしえてしんぜよう」

そう義経がいったので、法眼は、歯がみをして、まっかに怒りながら、

「これ。これまで京都できいたこともないこんな乱暴ものを、いったいだれのはからいで、門のなかへ入れたのか」

と、どなりつけた。義経は心のなかで、――にくにくしいやつだ。望みをかけた六韜もみせず、そのうえ、荒々しい言葉ばかり吐くとは、奇っ怪しごく。この身も、なんのために、刀をさしているのか。よし、こやつ、きりすててやろう、――とまで思ったが、いやいや、おもえば法眼は、たとえ六韜が一字もよめなくても、本の持主として、いわば師であり、こちらは弟子だ。師弟の道にそむいたら、神々のたたりのほどもあろう。法眼を討《う》たずにおいてこそ、兵書六韜のありかもわかるだろう、――と思いなおして、法眼のいのちを助けてやったが、これこそ文字どおり首を継《つ》ぐということと思われた。

こうして義経は、そのままこっそりと、法眼のやしき内に居ついて、日々をくらすことになった。山科《やましな》を出て、ここへきてから、人目には、食事もぜんぜんとらなかったのに、やせおとろえもせず、しかも日ごとに、うつくしい服に着がえなどもした。どこへ出かけていくのだろうと、ひそかに事情を知るひとびとは、ふしぎに思ったが、じつは義経は、夜は四条の上人《しょうにん》こと正門坊鎌田正近《しょうもんぼうかまたのまさちか》のもとへ、かよっていたのである。

ところで、鬼一法眼《きいちほうげん》のやしきに、幸寿前《こうじゅのまえ》というわかい女がいた。この若い女は、身分はひくかったが、人情がふかいたちで、いつも義経のそばへきて世話をした。おのずから、なじみぶかくなったままに、義経は、あるとき、話のついでに、

「いったい法眼は、この義経のことを、なんといっている」

「なんとも申しておりません」

「それでも、なんとかは言っているだろう」

「せんだってのころは、『いるなら、いるとして、かまわずにおけ。いなけれ

ば、いないとして、うわさなどするなよ』と、申しておりました」

「なるほど。すべてを承知していながら、しかも、この義経に、けっして気はゆるしていないのだな。ときに、法眼には、子どもはいくたりある」

「男が二人、女が三人です」

「二人の男は、ここにいるのか」

「はや（地名）〔未詳〕というところへいって、あぶれものの大将になっております」

「女三人はどこにいる」

「それぞれしあわせよく、身分のいいむこをもっております」

「むことは、だれだ」

「上のかたは、平宰相信業卿《へいさいしょうのぶなりのきょう》〔平信業〕に、つぎのかたは、鳥養中将《とりかいのちゅうじょう》〔未詳〕に、とついでおられます」

「なに、法眼の身で、上臈《じょうろう》の〔身分の高い〕むこをとるとは、分《ぶん》にすぎたことだ。あの法眼は、世間をかえりみず、おろかしいことをする男だが、そのためひとびとから顔をうたれることになっても、けっして上臈がみかたをして、家の恥をそそいでくれるわけでもあるまい。それよりも、われわれ程度のものを、むこにとれば、しゅうとの恥も、そそいでやれるのだが、——と、そう法眼にいってくれ」

「そんなことを申しましたら、女であろうと首をきりかねないひとでございます」

「こんなふうに、おまえとなじみぶかくなったのも、前世の縁だろう。いまさら隠してもつまらないから、うちあけるが、けっしてひとには洩《も》らすなよ。この義経は、なき左馬頭義朝《さまのかみよしとも》の子で、源九郎《げんくろう》というものだ。六韜《りくとう》という兵法の本に望みをかけているため、鬼一法眼もこころよく思っていないのだが、あえて、こうして日々をおくっているわけだ。たのむ、その本のありかを、おしえてくれ」

「どうしてぞんじましょう。その本は、法眼がひとかたならず、たいせつにしている宝ものときいております」

「それでは、どうしたらよかろう」

「それなら、こうなさいましては？　手紙をおかきになるのです。法眼がとくべつにだいじにしている末の姫ぎみで、だれにもあわせたことのないかたがおいでです。そのかたを、いいまぎらわして、ご返事をいただいてきましょう。女のならわしとして、姫ぎみも、義経さまのほうから、おちかづきのようすをみせれば、かならず、お手紙にもお目をとおされるとおもいます」

幸寿前《こうじゅのまえ》が、そういったので、義経は、この女は身分のひくいものながら、これほど人情をわきまえた女かと、内心、感服し、さっそく手紙をかいて、幸寿前にわたした。

幸寿前は、その手紙をもって、主人の姫ぎみのところへいき、いろいろ、いいすかして、姫の返事をうけとってきた。

義経は、このときから、鬼一法眼《きいちほうげん》のほうへは、様子をさぐりにいかなくなり、ただ姫ぎみのところに、ひきこもってばかりいた。法眼は、それを知らずに、「こんなに気もちのいいことはない。目にみえず、音にもきこえないところへ、義経がきえうせてしまえばいいと思っていたところが、そうなったとは、じつにうれしい」

ところが、いまや姫ぎみのもとに、しのびくらす身となった義経は、
「ほんとうに人目をしのぶことほど、心ぐるしいことはない。いつまでもこう
していいるわけにはいかないし、そなたとしたしくなったことを、法眼どのにし
らせることにしよう」

そういうと、姫は、父をおそれて、義経のたもとにすがりつきながら、泣き
かなしんだが、義経は、
「かねてから六韜《りくとう》をみたいとねがっているが、それでは、その本をみせてもら
えまいか」

と、いいだした。姫は、あすにでも知れたなら、義経が父の法眼に殺されるこ
とは、ふせぎようもないと思った。しかし、決心のすえ、腰元の幸寿前をつれ
て、父がたいせつにしている宝蔵にしのびこみ、金具をつけた唐《から》びつのなかか
ら、兵法の本『六韜』のうち、一巻をとりだしてきて、義経にわたした。

義経は、大よろこびで、左右に大きくひらいてながめた。それからは、昼は一日じゅう書きうつし、夜は一晩じゅう復習した。こうして、七月の上旬ごろから勉強をはじめ、十一月十日ごろになったとき、義経は、『六韜』十六巻を、一字ものこらずおぼえてしまった。

その後は、やしき内の、あちらこちらに、気がねなく、姿をあらわしたので、鬼一法眼も、いまは気がついて、

「あの男がまだ居ることはともかくとして、どうして姫のところへいくのだ」

そう怒ると、かたわらのものが、

「姫ぎみのもとにおられるかたは、左馬頭《さまのかみ》の若ぎみときいております」

法眼は、日かげものの源氏がやしきへ出入《でいり》すると、六波羅《ろくはら》の平家にきかれたならば、ろくなことはあるまい。源氏のむすことねんごろになるなどとは、末の姫は、この世ではわが子ながら、前世では、かたきでもあったのだろうか。いっそ、斬《き》りすてたいくらいだ、とさえ思ったが、いや、子をころしては、五逆《ごぎゃく》の罪〈仏教で言う五つの大罪。実は子殺しは含まれていない〉はまぬかれがたい。

それとはちがって、義経は、異姓の他人だから、やつを斬って、その首を六波羅のごらんにいれて、手柄をほめてもらおう、と、おもった。そうして機会をうかがったが、じぶんは修験者《しゅげんじゃ》の身だから、みずから手をくだすことはよくない、どこかに胆《きも》っ玉《たま》のふとい男がいないものか、その男に義経をきらせよう、とかんがえた。

そのころ京都の北白川《きたしらかわ》に、世の常《つね》をこえた男がいた。鬼一法眼の妹むこで、しかも法眼の弟子であり、名を湛海《たんかい》といった。

法眼は、この義弟のところへ、つかいをだしたので、まもなく湛海がくると、法眼は、ひろい座敷へむかえいれ、いろいろもてなして、こういった。

「おまえに来てもらったのは、ほかでもない。この春のころから、わしのやしきに、もっともらしい若ものがひとりきていて、下野守《しもつけのかみ》・左馬頭義朝のむすこだといっている。この男をたすけておいては、いいことはあるまい。そこで、おまえよりほかに、頼むものはないから、夕方になったら、五条の天神《てんじん》へいってくれ。やつをだまして、そこへ出してやるから、首をうってもらいたい。そうしたら、おまえがもう五、六年らい望んでいる六韜《りくとう》の本も進呈しよう」

そういわれて、湛海は、

「承知しました。どのみち、立ちむかってみればわかることながら、いったいどんなやつですか」

「まだ年歯《としは》もいかない若もので、十七、八ぐらいかとおもう。りっぱな腹巻に、黄金《こがね》づくりの、存外な名刀をもっているぞ。ゆだんするなよ」

「そんな青二才が、分不相応の刀をもっていたところで、なにほどのことがありましょう。討《う》つのは、ひと太刀《たち》どころか、半太刀でたくさん、太刀いっぱいでは大げさすぎますよ」

と、高言したのち、湛海は、義兄法眼のもとをさった。法眼は、湛海めをうまくいいくるめてやったと、大いにまんぞくのようすで、こんどは、日ごろ影さえみたくない義経のところへ、あいたいと、つかいをつかわした。義経は、あいに行ってても何になろうと思ったが、よばれたのに行かなければ臆病ものになるのだと思いなおし、「すぐまいります」と、つかいをかえした。

法眼は、このことをつかいからきくと、たいへんまんぞくそうであった。よし、いつもの客間へとおそう。そのとき、こちらも、たっといひとらしくみえなくてはと、素絹《そけん》のころもの肩にけさをかけ、机には法華経《ほけきょう》の一部をおいて、一巻のひもをとき、南無妙法蓮華経《なむみょうほうれんげきょう》と、よみあげているところへ、義経は、なんの遠慮もなく、つっと、はいってきた。法眼は、片ひざをたてて、

「さあ、どうぞ、こちらへ」

そこで、義経は、鬼一法眼《きいちほうげん》とむかいあってすわった。法眼は、

「もうこの春のころから、やしきのうちにおいでとは承知していましたが、じつは、どこの風来坊《ふうらいぼう》かなどと、ひそかに思っていたところ、もったいなくも左《さ》馬頭《まのかみ》どのの若ぎみとうけたまわって、まことにおそれおおいことにおもっております。わたくしのようないやしいものと、親子のご縁をもたれたと知るにつけても、まことのようには思えません。こうなった以上、ほんとうに京都にお旗のひるがえるせつは、どうぞ万事よろしくおねがいいたします。

ついては、北白川《きたしらかわ》に湛海《たんかい》というものがありますが、なんという理由もなく、

この法眼を、かたきとにくんでいます。どうか、そやつを、こらしていただきたいもので、じつはこん夜、その湛海めが五条の天神へまいりますから、あなたもおいでになって、やつの首をうちおとしてくだされば、一生のご恩と申すもの、こんなうれしいことはございません」

義経は、底意もはかりがたい言葉とは思ったが、

「承知しました。手にあまる難題のようだが、立ちむかってみましょう。しかし討つことは、大したことではないでしょう。やつも、野武士《のぶし》の石合戦《いしがっせん》ぐらいなら、わざも積んでいるかもしれないが、この義経、さきまわりして天神へ出かけ、その帰りぎわに、やつの首をうちとってごらんにいれましょう。まあ、風がちりをはらうようなもの」

と、いいはなった。法眼は、心のなかで、おまえさんがどんな支度《したく》をしようと、あいてを先にやって待たしているとはよもや知るまい、さてもおろかなやつだわい、と思った。義経は、

「それでは出かけます。なに、すぐ帰ってきますよ」

と座敷をさり、そのまま五条の天神へむかおうかと思ったが、法眼の姫にふかく心をよせていたので、姫のもとへいって、

「これから天神におまいりしてくる」

「それはどういうわけでございますか」

「法眼が、湛海《たんかい》を切れといったからだ」

姫は、みなまできかず、さめざめと泣きながら、――なんという悲しいことか。父法眼の心のうちは知れているし、夫のいのちも、いまをかぎりとなる。夫にそれを知らせようとすれば父には不孝の子となるし、知らせまいとすれば、かねてちぎりをかわした言葉も、みないつわりとなって、夫婦のわかれのうらみが、のちの世までものこるであろう、と思いまよった。

しかし、つくづくかんがえてみると、親子は一世、夫婦は二世の縁であり、夫にわかれては、なお世に生きながらえて、憂《う》さ辛《つら》さをしのぶことなど、どうして片ときもできよう。いっそ、親を思いすてることにしよう、と決心して、

「あなた、どうかいますぐ、どこへでも、おのがれになってください。じつは

父がきのうのひるごろ湛海をまねいて、酒をすすめたとき、あやしい言葉をききました。『しっかりした若ものだ』と父がいうと、湛海が、『なに、ひと太刀にもおよぶまい』とこたえたのは、おもえばあなたのことを話していたのです。こんなことを申しますと、かえって女ごころをいろいろご推量になるかもしれませんが、『賢臣は二君につかえず、貞女は両夫にまみえず(22)』と申すこともあるので、おはなしいたしました」

そういって、顔にそでをおしあてて、こらえきれず泣きつづけた。しかし、この言葉をきいた義経は、

「はじめからゆだんして気がつかずにいたなら、とっさの場合、あるいはまよいもするだろうが、すでに知れた以上、やつなどに斬《き》られてなるものか。さあ、早くいってこよう」

と、立ちあがった。

十二月二十七日の夜ふけのころだったので、義経のよそおいは、白小袖《しろこそで》ひとかさねに、山藍《やまあい》ずりのかさね着をし、上質の絹の大口《おおぐち》ばかまに、唐織物《からおりもの》の直垂《ひたたれ》

を、腹巻の上にきて、太刀をわきにさし、さらばと姫にあいさつして出ていった。

姫は、これがさいごの別れかとなげきかなしみ、妻戸《つまど》〔寝殿造りの建物の四隅にある両開きの板戸〕のほとりで衣《きぬ》をかぶって泣きふしていた。

一方、義経は、すでに五条についていて、天神のまえにひざまずきながら、

「なむ大慈《だいじ》大悲《だいひ》の天神。めぐみの霊地にあって、機縁の福をさずけられ、おがむものには数々の願いが成就《じょうじゅ》するとうけたまわる神、この社《やしろ》にしずまりたもう天神よ。ねがわくは、湛海《たんかい》を、この義経に、しかと討たせたまえ」

そう、いのりをささげたのち、社前をさって南へむかい、四、五段《たん》〔約五十メートル〕ほど歩いてくると、大木が一本あった。その木の下の、およそ五、六人も、人がかくれそうな、うす暗いところをみて、義経は、これはいいところだ、ここで待って切ってやろうと思い、太刀をぬいて待ちかまえたところへ、むこうに湛海がすがたをあらわした。

腕っぷしのつよい五、六人の手下に、湛海は、腹巻をつけさせて、前後をか

こませていた。そうして、彼みずからは、名だかいあぶれものの大将らしく、ふうがわりないでたちをして、黒ずんだ直垂《ひたたれ》に、伏《ふし》なわ目の腹巻、それに赤銅《しゃくどう》づくりの太刀をはき、一尺三寸ある刀を、ごめん革《がわ》〔紫色以外の錦《にしき》革〕ふうのなめしがわで表ざやの上からつつんで、ぐっと腰にさし、大なぎなたのさやをはずして杖《つえ》につき、法師の身なのに日ごろ髪もそらないので、ひっつかめるほど毛ののびた頭に、坊主頭巾《ずきん》をおしかぶったそのありさまは、さながら鬼神《きしん》のようであった。

義経は、身をかがめて様子をうかがうと、相手は、くびすじのまわりをおおうものがなく、いかにも切りやすくみえた。これでは、どうして切りそこないなどするものかと、待ちうけているともしらず、これから社前へむかう湛海は、義経が立っているあたりにむかって、

「なむ、大慈大悲の天神、ねがわくは、名のとおったあの男を、この湛海の手にかけて討たせたまえ」

と、いのった。義経はそれをみて、どんな剛《ごう》の者にしても、目のまえの死は知

らないものか、よし、すぐとびだして斬りすててやろうと思ったが、まてしばし、じぶんもいのりをささげるこの天神を、あいても、大慈《だいじ》大悲《だいひ》の天神と、おなじようにいのっているが、この義経は、よろこびの祈り、かの湛海は、参拝まえの祈り、あいての神前の願いもまだおわらないうちに、きりつけて、社前を血でけがすことは、神慮《しんりょ》のほどもおそれおおい。やはり、やつが帰ってくるところを討とうと、目のまえにかたきを通りすぎさせて、社前からひっかえすのを待った。さながら摂津国住吉《せっつのくにすみよし》の、おさない松(23)が根をおろして、やがて緑の色もこい千年の松になるのを待つほど、いわゆる千代《ちよ》のまつ（松、待つ）ほど、時間がながく思われた。

湛海は、天神におまいりしたが、相手のすがたがみえない。そこで神主《かんぬし》にあって、なにげないふうでたずねた。

「ひとかどの身なりの若ものを、見かけなかったろうか」

「そういうひとなら、もうとうにおまいりをすませて、かえりました」

湛海は、いまいましくおもって、手下のものどもに、

「もっと早くきたら、のがしはしなかったのに。いまごろは、もう法眼のやしきに、もどっていることだろう。よし、これから行って、いたぶりだして、切りすててやろう」

「そいつぁいい。がってんだ」

と、一同そろって、社前をはなれた。

ようすをうかがっていた義経は、そらきたと、まえのところで、待ちかまえていると、七人は、二段ほどちかづいてきたが、湛海の弟子の「禅師《ぜんじ》」という法師が、

「左馬頭のむすこで牛若《うしわか》、元服して源九郎《げんくろう》という男なら、法眼どのの姫ぎみと、ねんごろになったはず。女は男にうちとけると、たわいなくなるものだから、ひょっとすると、このことを知って、法眼どののかたきの男に、うちあけないともかぎらない。そうなると、牛若は、あすこの木かげあたりで、待ちうけもするだろう。おい、みんな、あたりから目をはなすな」

そういうと、湛海が、「さわぐな」と、いちおう制したが、つづいて、

「どうだ、そいつをよびだしてみよう。剛のものなら、よもや、かくれてはいまい。臆病ものなら、われわれのようすに恐れをなして、出てこられまい」

義経はこれをきいて、ただとびだすよりも、いるかと声がかかったら、とびだしてやろう、と思ったそのとき、湛海が、にくにくしげな声で、

「今出川《いまでがわ》のあたりから、日かげものの源氏が、このあたりに来ておらぬか」

といったとたんに、義経は、太刀をふりかぶり、おおっと、さけびながらとびだした。

「湛海とみうけたが、どうだ。こういうわれこそは義経だ」

と、相手にせまった。あぶれものらは、それまで、こう打とう、ああ切ろうなどと、いっていたのに、このとき、三方へ、さっとにげちった。湛海も二段《たん》（約二十メートル）ほどにげたが、――生きても死んでも、弓矢をとる身に、臆病ほどの恥はない、と思って、なぎなたをとりなおし、ひっかえしてうってかかった。

義経は、小太刀をぬいてきりかかり、さんざんにわたりあった。もちろん、

はじめから腕のわざがちがうから、湛海は、しだいにきりたてられ、これはかなわないと、大なぎなたをとりなおし、あらためてけんめいにうちあったものの、ほんのちょっとひるんだところを、やにわに義経は、大なぎなたの柄《え》を、えいと、うちおろした。湛海が、なぎなたを、からりとなげすてたとき、義経は小太刀をかざして、とびこみざま、さっと切りおろせば、その切先が相手のくびすじにさわったとみえたとたんに、首はころりと前におちた。湛海は、年三十八で死んだ。

酒をこのむ猩々《しょうじょう》〔人面の猿に似た想像上の動物〕は、たるのほとりにつながれるというが、悪をこのんだ湛海は、よからぬものにみかたして、いのちをすてた。手下の五、六人はこれをみて、あれほど腕のある湛海さえこのありさま、ましてわれわれはとてもおよばないと、みな、ちりぢりに、にげていった。これをみて、義経は、

「おのれ、にっくいやつらめ、ひとりも、のがすものか。湛海とつれだって出たときは、死なばもろともといったろう。やい、きたないぞ。ひっかえして、

勝負々々」

そうさけぶと、いよいよ韋駄天走《いだてんばし》りに、にげのびようとする敵においせまり、一人をこなたに、また一人をかなたに、おいつめざま、きりすてたが、あと三人ばかりは、ついに、にげちってしまった。

義経は、湛海をはじめ、あわせて三つの首をあつめて、天神の社前の、杉の木の下で、ねんぶつをつづけたが、さてこれらの首は、もっていこうか、すてようか、と思いまようち、そうだ、鬼一法眼《きいちほうげん》が、ぜひぜひ首をうって見せてもらいたいと頼んだ以上、やはり持っていって、おどろかしてやろうと思った。

そこで、三つの首を、太刀先につらぬいて、法眼のやしきへひっかえすと、なんとやしきは、門をとざして、かけ橋もひいてあった。

いま、門をたたいて、義経だといったら、とうていあけまい、よし、このくらいの堀なら、とびこしてやろうと思って、幅《はば》一丈〔約三メートル〕の堀をとびこえ、(24)さらに、八尺〔約二・四メートル〕の土塀《どべい》の上へおどりあがったのは、さながら、梢《こずえ》をとぶ鳥のようであった。中へはいって、様子をうかがうと、当直のものも、そうでないものも、みな臥《ふ》している。そこで縁にあがってみると、鬼一法眼は、ともし火をぼんやりとつけて、法華経《ほけきょう》の第二巻の、(25)なかばあたりをよんでいたが、ふと天井のほうを見あげて、世の無常をおもうさまで、

「ふびんなやつだ。六韜《りくとう》に望みをかけながら、まだ一字さえよまないうちに、いまごろは、湛海の手にかかっていることだろう。なむあみだぶつ、なむあみだぶつ」

と、ひとりごとをいった。義経は、おのれ、にっくいしゃっ面《つら》、この刀で、みねうちでもくらわせてやろうかと思ったが、いや、むすめの姫がなげくであろう、それもふびんなこと、と、法眼のいのちをたすけてやった。

そのままこの部屋へはいろうとおもったが、まて、弓矢とる身が、立ち聞きをしたなどと、あいてに思われるのも感心しないと、ふたたび湛海《たんかい》らの首をさげて門のほうへちかづき、かたわらの桜の幹の下の、ほのぐらいところに立って、

「なかに、だれかおらぬか」

そういうと、門のなかから、

「なにものだ」

「義経だ。門をあけよ」

するとだれかの声で、

「湛海どのをまっているところへ、義経どのとは、とうてい、いいこととは思われないな。どうしよう。あけていれようか」

その言葉に、門内はざわめいたが、しかし、門をあけようとするものや、橋をわたそうとするものが、かけまわりはじめた。そのさなかに、義経は、どこからとびあがったのか、土塀の上に、首を三つさげて、すがたをあらわしたかとおもうと、そこへ近よってきた。ひとびとは、胆《きも》をつぶして目を見はっていると、義経は、だれよりもさきに家のなかへあがって、法眼の部屋へすすみいり、

「なんとも手にあまる難題とはおもいましたが、ぜひ首をとってきて見せよ、とのお言葉だったので、こうして湛海の首をもってきました」

と、法眼の膝《ひざ》もとへ、ころりと首をなげだした。

法眼は、不興《ふきょう》しごくだったが、やはり挨拶《あいさつ》しなくては、と思ったらしく、さりげないさまで、

「これは、かたじけない」

と、いった。まことに、にがにがしくみえたが、さらに、

「よろこばしくおもいますぞ」

と、一言、いいそえると、いそいでにげるように、奥へはいっていった。

義経は、こん夜はこのやしきにとどまりたいとは思ったが、しかし、やはり、姫にいとまごいをつげたのち、山科《やましな》へいこうと、立ちあがった。さすがに、つきないなごりがおしまれて、義経は、そでを涙にぬらした。

鬼一法眼の末むすめの姫は、義経が去ったあとに、ひれふして、身も世もあらず泣きかなしんだが、どうともいたしかたなかった。義経を忘れようとしても、わすれることができず、まどろめば夢にみえ、さめればおもかげがうかんだ。おもえばおもうほど、恋しさがつのって、やるせなかった。

やがて冬も末になると、思いのかずかずが、つもったためであろう、姫はあられもないことを口にしはじめ、ひとびとは、もののけがついたと祈禱《きとう》などしたが、そのかいもなく、薬の効もあらわれず、姫は、まだとって十六という年なのに、ついになげき死《じに》に世をさった。

鬼一法眼は、物思いをかさねるようになった。どんな世になろうと、つつがなかれ、と、だいじにそだてたむすめには死にわかれ、たよりにしていた弟子の湛海《たんかい》は斬《き》られ、また、なにぞのことがおこったばあい、一方の大将にもなるはずの義経とは、仲たがいになってしまった。あれといい、これといい、ひとかたならぬ嘆《なげ》きの物思いである。まことに、後悔さきに立たずとは、このことであり、ひとはただいくえにも人間味をもつことこそ、この世の道というものであろう。

巻三

熊野の別当《べっとう》の乱行《らんぎょう》

義経《よしつね》の家来に、一騎当千《いっきとうせん》の、剛《ごう》の者があった。その素姓《すじょう》をたずねると、天児屋根命《あめのこやねのみこと》の子孫、中《なか》ノ関白こと藤原道隆《ふじわらのみちたか》の後裔《こうえい》、熊野の別当弁生《べっとうべんしょう》の嫡男《ちゃくなん》、西塔《さいとう》の武蔵坊弁慶《むさしぼうべんけい》(26)というものである。

この弁慶が世にでた由来をたずねると、そのころ、二位の大納言《だいなごん》というひとがいて、若ぎみを大ぜいもっていたが、みな、父の大納言にさきだって死んでいった。二位の大納言は、年月がすぎて、老いたとき、ひさびさに、こんどはひとりの姫ぎみの父親になった。

この姫ぎみは、天下にならびないほどの美人だったので、御所づとめの、身分たかいひとびとが、われもわれもと望みをかけた。しかし、二位の大納言は、いっこうとりあわなかった。

すると、右大臣藤原師長《もろなが》が、たいへんていねいな申しこみをしたので、大納言も、それではお望みにしたがいましょうとこたえたが、しかし、ことしは忌《い》みごとのため、東のほうは方角がよくないから、来年の春ごろさしあげましょう、と約束した。

姫ぎみは、とって十五の夏のころ、心にどういう願いをもったのか、五条の天神におまいりをして、夜じゅうお堂にこもって祈りをささげた。すると、東南のほうから、にわかに、つよい夜風がふいてきて、からだにふれた。と思ったとたんに、気がくるいはじめて、病む身となった。

二位の大納言も、右大臣師長も、かねてから熊野権現《ごんげん》を信じていたので、

「どうか、姫の、こんどの病気を、なおしてくださいますよう。来年の春のころ、したしく熊野におまいりして、道中も、多くの若王子《にゃくおうじ》〔京都から熊野大社までの参道に分祠《ぶんし》された摂社《せっしゃ》〕のまえで、願《がん》ほどきをいたします」

そういのったおかげで、やがて姫の病気は全快した。

こういうわけで、翌年の春、かけた願《がん》をとくため、姫のお礼まいりがおこなわれた。師長と大納言から、百人の道衆《どうしゅう》〔同行者〕を姫に同行させ、熊野の本《ほん》宮《ぐう》と新宮《しんぐう》と那智《なち》神社、いわゆる熊野三山の参詣《さんけい》も、ぶじにすませた。

姫はなお本宮の証誠殿《しょうじょうでん》という社殿に、夜のおこもりをして、さいごのいのりをささげたが、そのとき別当《べっとう》の弁生《べんしょう》が、おなじお堂にはいってきた。すでに夜もすっかりふけているのに、証誠大ぼさつをすえてある内陣に、ひそかな物音がしたので、姫は、なにごとかと、そのほうへ目をむけると、

「別当がおいでです」

と、だれかが応じた。

このとき、別当の弁生は、ともし火のうすぐらいあかりのなかに、姫のすが

たをみた。弁生は、別当になるほどの修行者ではあったが、罪障《ざいしょう》を懺悔《ざんげ》するお経もまだよみおえないうちに、なぜか、いそいでお堂をしりぞいてくると、僧《そう》徒《と》らをよびあつめて、こうたずねた。

「あの若い女は、どういうものだ」

「あれは二位の大納言の姫ぎみで、右大臣どのの北《きた》の方《かた》〔奥方〕です」

「それなら、まだ約束だけのはずで、おこしいれ〔婚礼〕は、すんでいないときいている。

これ、みなの衆。かねてから、そなたらは、どうか熊野に何なりと事がおこればいいが、そのときこそ、そなたらも、わしも、たがいに誠意を、見せよう見ようといっていたが、今こそ、そのときだぞ。これ、一同そろって身支度《みじたく》をし、はたらきやすいところで、つきそいの道衆どもをおいちらし、あの女をつかまえてくれ。この別当が、稚児《ちご》にして、かわいがってやろう」

そういったので、僧徒らは大いにおどろきながら、

「さては別当どのは、仏法の敵にも、王法《おうほう》〔天子の法〕のかたきにも、なるお

つもりですか」

「これ、臆病風にふかれたか。このようなことをくわだてた以上、かならず大納言も師長も、院の御所（上皇御所）へかけつけて、うったえるだろう。そうすれば、大納言を大将として、畿内《きない》（京都を中心とする山城・大和・河内・和泉・摂津の五カ国）の軍勢が、この熊野へむかってくるだろうが、そんなことは、かくごの上だ。新宮《しんぐう》や本宮《ほんぐう》の地には、けっして敵をふみこませないぞ」

と、高らかにいった。熊野には、かねてから、このましくないことがあった。僧徒らの望みを別当がしずめるときさえ、とかく、かれらは、はやりがちだった。ましてこんどは、別当みずから事をおこしたのだから、僧徒らも、いさんで武器を手にしたのである。われもわれもと、よろいかぶとを身につけ、さきをあらそって山をおり、姫につきそう道衆を待ちうけているところへ、さらに道衆のうしろのほうからも、大ぜいの僧徒が、ときのこえをあげつつ追いせまるという襲いかたをした。

ところが、恥をしるべき道衆の武士どもが、姫を見すてて、みな、にげさった。僧侶らは、姫が乗ったこし〔みこしのように担ぐ乗り物〕をうばって、別当にささげた。

しかし別当は、ここは上下さまざまの身分のものがお経をよむところだから、ひょっとすると、京都のものがまぎれこんでいるかもしれないと、姫を社務所にうつし、ふたりきりで、日夜ひきこもっていた。しかも、ひょっとして京都から逆襲などされてはたいへんと、警戒をきびしくしていた。

一方、姫のつきそいのひとびとは、じぶんらだけで事をはからうわけにもいかないので、いそいで京都へはせもどって、このことを報告した。右大臣師長《もろなが》は、大いに怒り、院の御所へいってうったえ出たため、ほどなく院宣《いんぜん》〔上皇の公文書〕がくだって、和泉《いずみ》〔大阪府〕、河内《かわち》〔大阪府〕、伊賀《いが》〔三重県〕、伊勢《いせ》〔三重県〕などにすむ兵士をつのり、右大臣師長と二位の大納言のふたりを大将として、七千騎あまりの軍勢をくりだし、

「熊野の別当を追放し、僧でないものを、あらたな別当にせよ」

と、熊野におしよせて、攻めたてた。熊野の僧徒らは、いのちをすてて、けん

めいに防ぎたたかったので、京都勢は、かなわないと見たらしく、日高《ひだか》郡の切目《きりめ》の王子《おうじ》〔和歌山県印南町にあった王子社〕に陣どって、京都へ早馬《はやうま》をたてて戦況を報告した。公卿《くぎょう》たちは会議をひらいて、

「合戦が、ぐずぐずとしてはかどらないのは、理由がある。つまり、もともとわれわれの公卿会議によって、平宰相信業《へいさいしょうのぶなり》どのの姫ぎみが、美人なるがゆえに内裏《だいり》へ召されたのを、いま、その姫ぎみならぬ別の姫ぎみのことで、熊野山をほろぼそうなどとは、わが日本の国の一大不祥事《ふしょうじ》というもの。右大臣師長どのにたいしては、平宰相の姫ぎみを、内裏からお返しねがって添わせれば、師長どのも、なにもお腹だちのすじはあるまい。また二位の大納言どのは、熊野の別当弁生《べんしょう》が、じぶんのむすめのむこになったからといって、いったいどうして不満のすじがあろう。古いむかしのことながら、熊野の別当は、天児屋根命《あめのこやねのみこと》の子孫、中ノ関白藤原道隆《みちたか》公の後裔《こうえい》だから、そうおもえば、大納言どのにも、不足はないはず」

と、評議がきまった。

ただちに京都から、紀伊《きい》の切目《きりめ》の王子へ、早馬がとんで、陣営のひとびとにこのことをつたえたので、右大臣師長も、公卿会議の結論ならば、いまさら異議をとなえることもないと、熊野攻めをやめて、京都へもどることになった。二位の大納言も、じぶんひとり怒ってもしようがないと、右大臣といっしょに京都へかえることにした。

こうして、熊野も京都も、おだやかになったが、熊野の僧徒らは、ややもすれば、だいたいおれたちの行動は詔勅《しょうちょく》〔天皇の公文書〕や院宣《いんぜん》におさえられなどするものかと、思いあがって、いよいよ、世を世とも思わない態度になった。

さて二位の大納言の姫ぎみは、熊野の別当弁生になびきしたがって、年月をすごすうち、別当が六十一になった年に、十九の姫は、ただならぬ身になった。別当は、子どもがうまれることを大いによろこび、男の子なら、仏法のあとどりにして熊野もゆずろうと、産所《さんじょ》なども立派なものをつくった。こうして、うまれる月日をまつうちに、予定のときにはうまれず、十八カ月でうまれてきた。

弁慶《べんけい》の誕生

別当《べっとう》の弁生《べんしょう》は、その子がたいへんおそく生まれたことを、ふしぎに思ったので、産所《さんじょ》につかいをつかわして、

「どんな子だ」

とたずねた。すると、——うまれおちたそのすがたは、ふつうなら二、三歳の大きさで、髪は、肩もかくれるほどのび、前歯も奥歯も、とくべつ大きなのが生えている、と、つかいのものが報告した。別当弁生は、それをきいて大いにおどろき、

「さては鬼っ子にちがいない。そんなやつを生かしておいては、仏法の敵となるは必定《ひつじょう》。簀《す》の子《こ》まきにして水につけるなり、山奥ではりつけにするなり、さっさと殺してしまえ」

母の姫は、これをきいて、

「たとえそうであろうとも、しかし、親となり子となることも、この世のだけの縁ではないときいている。どうしていますぐわが子を、むざむざうしなうことができよう」

と、なげきかなしんだ。

このとき、別当の妹で、山《やま》ノ井《い》の三位《さんみ》というひとの奥方《おくがた》が、たまたま別当のもとに来ていて、どうしておさない子がふしぎなのかとたずねた。別当は、

「およそ子どもがうまれるのは、九カ月か十カ月ときまっている。それなのに、あの子は十八カ月もたって、うまれてきた。生かしておいては、親のかたきにもなりかねないやつだから、いのちを助けてはやれぬ」

子どもの叔母《おば》にあたる山ノ井夫人は、それをきいて、

「胎内《たいない》にひさしくやどってうまれてきたものが、親のために悪いというわけはありません。中国の黄石《こうせき》(27)の子は、母の胎内で八十年をすごして、白髪がはえてうまれ、年は二百八十歳まで生き、せいは低く色は黒く、ふつうのひととは変っていたけれども、八幡大菩薩《はちまんだいぼさつ》のおつかいで、生き神さまと尊敬された、とき

いています。

兄上、あの子は、私にいただかしてください。京都へつれていってそだて、いい子だったら元服《げんぷく》させて、三位《さんみ》どのにさしあげ、わるい子ならば法師すがたにでもして、お経の一巻もならわさせたら、沙門《しゃもん》〔僧侶〕の身として、かえって親をみちびく日もあろうとおもいます」

そう別当をくどいたので、別当も、それならばと、おさな子を、叔母の山ノ井夫人にあたえた。叔母は産所へいって、おさな子に、うぶ湯をつかわせ、鬼《おに》若《わか》と名づけた。やがて五十日の祝いも、昨日おわったという日に、山ノ井夫人は、鬼若をつれて京都へかえり、乳母《うば》をつきそわせて、たいせつにそだてた。

鬼若は、五つになったとき、世間ふつうの子の十二、三ぐらいにみえた。六つのとき、疱瘡《ほうそう》という病気をしたが、もともとたいへん色が黒く、また、髪は生まれたときから放《ほう》ってあるので、肩の下までものびさがり、そういった髪かたちだけでも、俗人にするのはよくあるまい、法師にしよう、と、叔母の山ノ井夫人はおもった。そこで、比叡山《ひえいさん》の学頭《がくとう》である西塔《さいとう》の桜本《さくらもと》の僧正《そうじょう》のところへ、鬼若をつれていって、こうたのんだ。

「この子は、三位《さんみ》どのの養子にもと思った子ながら、学問のため、こちらへさしあげようと思います。顔かたちは、さしあげるのも恥じいるようなさまながら、頭はすぐれた子でございます。どうかお経の一巻でも教えてやっていただき、心もちがさだめないときは、ただしていただいて、どのようにでもご処理くださいますよう、おまかせいたします」

こうして鬼若は、桜本で学問をならいはじめたが、その精進《しょうじん》ぶりは、月日がかさなるにしたがって、ひとなみすぐれた進歩のあとをみせた。学力が、世間ふつうなみよりも、はるかにまさっていたので、衆徒《しゅと》らも、

「顔かたちがどんなにまずかろうと、学問こそ大切だ」

と、ほめたほどである。

そういう鬼若だから、学問に心をいれてさえいればよかったのに、腕の力がつよく、骨太いからだつきそのままに、師のいうこともきかず、稚児《ちご》らや、若法師らをさそって、ひとが行かないお堂のうらの、山の奥へつれていき、腕お

し、首ひき、すもうなどすることをこのんだ。衆徒らは、このことをきいて、「当人だけがいたずらものになっているのならともかく、この比叡山で学問しようとするものらを、誘惑して、ろくでなしにするとはけしからん」と、僧正《そうじょう》のもとに、苦情のたえることがなかった。鬼若は、このように僧正にうったえでるものを、まるでかたきのように思い、そのひとのすまいへ乱入して、板戸や妻戸《つまど》をさんざんに打ちこわしなどしたが、その悪事や乱暴は、だれもおさえようがなかった。

というのは、鬼若は、父が熊野の別当であり、山ノ井の三位《さんみ》は養父にあたり、しかも母方祖父は二位の大納言、そのうえ師匠《ししょう》は三千坊《さんぜんぼう》〔比叡山のこと〕の学《がく》頭《とう》であり、その桜本の僧正の稚児《ちご》の身なので、うっかり鬼若に手をだしては、ろくなことはあるまいと、だれも鬼若を、あばれ放題にさせておいたからである。

そのため、相手はかわっても、鬼若のほうはかわらず、争いのたえまがなかった。鬼若は、げんこをふるったり、あいての首をしめたりしたので、ひとびとは、道もふつうに通れず、たまたま出あったものも、道をさけたりする。すると鬼若は、道をさけたものを、そのときはだまって通しておいても、あとでまた出あったとき、ひっつかまえて、

「やい、せんだって会ったとき、道をさけたのは、このおれに、なんのうらみがあるのだ」

と、いいがかりをつけ、相手が、おそろしさに、膝《ひざ》がしらまでふるえているのを、腕をとってねじまげ、こぶしをつきつけて、胸の骨までおし折りなどするので、出あったものこそ災難であった。

ついに比叡山の衆徒《しゅと》らが評議して、たとえ桜本《さくらもと》の僧正《そうじょう》の稚児《ちご》であろうと、鬼若のふるまいは、この山の一大事と、衆徒三百人が、山をおりて、京都の院の御所へうったえでた。そこで院宣《いんぜん》がくだって、

「そのような非行をかさねるものは、はやく追放せよ」

と、命令が出た。衆徒らは、大いによろこんで、比叡山へひきあげたが、京都では、あらためて公卿《くぎょう》会議がひらかれた。すると、だれかが古い日記をしらべ

てみて、こういった。

「六十年に一度、比叡山には、このように奇怪な人物があらわれ、そのため朝廷も祈禱《きとう》されることがある。院宣で、そのふるまいをしずめようとすると、一日のうちに、天下無双《むそう》の御願寺《ごがんじ》（天皇・皇后などが願《がん》をかけて建立《こんりゅう》した寺）五十四カ所がほろびてしまうそうだが、ことしは、まえのふしぎから、あたかも六十一年目にあたる。とりあわないほうがよかろう」

会議がそう決定したので、比叡山の衆徒は、大いにおこって、

「鬼若ひとりに、三千人の衆徒が見かえられるとは、遺憾千万《いかんせんばん》。こうなるうえは、山の東にまつる日吉《ひえ》神社のおみこしをふるって入京し、強訴《ごうそ》するよりほかはない」

そう気負いたったので、京都の朝廷でも、日吉の山王権現《さんおうごんげん》に、御料《ごりょう》を寄進したが、そのおかげで衆徒らも、それならばと、おとなしくなった。

ひとびとは、これらのことを鬼若にきかせるのはよくないと、だまってかくしておいたところ、どんなおろかものが、つい話してきかせたのであろうか、

鬼若は、

「けしからん衆徒だ」

と、いよいよ、ぞんぶんに乱暴をはたらいた。桜本の僧正も、もてあまして、

「いるならいる、いないならいないで放っておけ」と、かくべつとがめもしなかった。

弁慶《べんけい》が比叡山《ひえいさん》を出る

鬼若《おにわか》は、桜本《さくらもと》の僧正《そうじょう》がじぶんをにくんでいるときいて、たよりにする師の僧正からもそう思われるのでは、この比叡山《ひえいさん》にいても意味がない。だれにもあわないところへいこうと、そう思って延暦寺《えんりゃくじ》を出た。

しかし、まてよ、こういうかっこうでは、どこへいっても、比叡山延暦寺の鬼若といわれるだろう。学問に不足があるわけではなし、法師すがたになって

いこう、と思いついた。そこで、かみそりと衣《ころも》を用意し、美作《みまさか》の治部卿《じぶきょう》という
ひとの湯殿《ゆどの》へかけこみ、たらいの水でみずから髪をあらい、かしらもみずから
ところどころに、かみそりをおしあてて剃《そ》った。たらいの水鏡にうつしてみる
と、うまく円い頭になっていた。

鬼若は、このままではいけない、僧名をなんとしようかとかんがえたが、お
もえばむかしこの比叡山に、あらっぽいことがすきな法師がいて、西塔《さいとう》の武蔵《むさし》
坊《ぼう》と名のっていた。その武蔵坊は、二十一歳で悪事をしはじめ、六十一歳で死
んだが、しかし世をさるときは、端坐合掌《たんざがっしょう》しながら大往生《おうじょう》をとげたという。じ
ぶんもこの武蔵坊にあやかって、名をついだら、剛《ごう》のものにもなれよう。よし、
これからは西塔の武蔵坊と名のることにしよう。名は、父の別当《べっとう》が弁生《べんしょう》、父の
師が寛慶《かんけい》だから、弁生の「弁」と、寛慶の「慶」をとって、弁慶《べんけい》と名のろう、
とそうきめた。きのうまでの鬼若は、こうして、ひとのしらないうちに、「西
塔の武蔵坊弁慶」となった。

さて弁慶は比叡山を出て、大原《おはら》〔京都市左京区の大原《おおはら》〕の別荘という、これま

でさんざん山法師が住みあらした庵室《あんしつ》にこもり、べつにだれからひきとめられたというわけでもないのに、しばらくのあいだ、もったいぶったさまでそこにくらした。

しかし、稚児《ちご》だったときさえ、顔つきがわるく、気性もふつうでないため、ひとからもてはやされず、まして訪ねてくるひとなども無かった弁慶なので、大原でおこないすましはじめてから、まだいくらもたたないうちに、遊志《ゆうし》〔遊び心〕がおこってきて、諸国修行の旅に出た。

まず摂津国《せっつのくに》の神埼川《かんざき》の河口にくだって、難波潟《なにわがた》（大阪湾）をながめ、兵庫の島（武庫《むこ》）などをすぎて、明石《あかし》の浦から船にのり、阿波国《あわのくに》（徳島県）へつくと、焼山《やけやま》や剣山《つるぎさん》の霊地《れいち》へおまいりし、さらに讃岐国《さぬきのくに》（香川県）の志度《しど》や伊予国《いよのくに》（愛媛県）の菅生《すごう》の修行所をめぐり、土佐国《とさのくに》（高知県）の幡多《はた》の霊場までもおまいりした。

こうして正月も末になったので、弁慶は、また阿波国へひっかえした。

書写山炎上《しょしゃざんえんじょう》

弁慶《べんけい》は、阿《あ》波国《わのくに》から播磨国《はりまのくに》（兵庫県）へわたった。書写山《しょしゃざん》へいき、性空上人《しょうくうしょうにん》の尊像をおがんで、すでに帰ろうとしたとき、どうせのことなら、一夏《いちげ》のあいだ、この山にこもって修行しようと思いついた。

この「夏《げ》」というのは、四月十六日から三カ月のあいだ、諸国の修行者たちが、大ぜい、寺にこもって、余念なく仏道の勤行《ごんぎょう》をすることである。多数の僧が学頭《がくとう》の坊《ぼう》にあつまるのだが、行脚《あんぎゃ》の修道者たちは、修行道場にはいるのを常《つね》とする。夏ごもりの僧徒は、虚空蔵菩薩《こくぞうぼさつ》のお堂で、指導僧から夏の心得をきいてから、学頭の坊へ入るのに、弁慶は、かってにそこへおしかけ、敷居のうえに、にくたらしい態度でかまえながら、学頭の座敷を、しばらくにらみまわしていた。

学頭や、ほかのひとびとは、これをみて、

「きのうも、おとといも、この座敷ではお見かけしなかったとおもうのに、ご坊は、いま、ここにおみえだが、いったい、どこからこられた修行者です」

「比叡山《ひえいさん》のものです」

「比叡山は、どちらから」

「桜本《さくらもと》からです」

「すると僧正《そうじょう》のお弟子ですか」

「そうです」

「ご俗姓は」

と、たずねられて、弁慶は、

「天児屋根命《あまのこやねのみこと》の子孫、中《なか》ノ関白藤原道隆《かんぱくふじわらのみちたか》の後裔《こうえい》、熊野の別当《べっとう》の子です」

と、こたえた。

一夏《いちげ》のあいだ、弁慶は、いかにも神妙にふるまい、おこたるところなく勤行《ごんぎょう》をつづけた。そこで衆徒《しゅと》も、

「はじめのようすと、いまの態度とは、だいぶちがっている。そのせいか、ひ

とびとにも、なじんだようだ。おだやかな性分《しょうぶん》のものらしい」とほめた。弁慶も、心のなかで、こうしてやがて夏安居《げあんご》〔夏の修行〕のときもすぎて秋の初めにでもなったら、また諸国修行の旅に出よう、と思った。

それなのに、夏のおわりにも、弁慶は、なごりがおしまれる気もちで、旅に出ずにいた。しかし、いつまでもそうしているわけにもいかず、七月の下旬に、学頭にいとまごいにいくと、稚児《ちご》や僧徒らが、さかもりをしていた。弁慶は、これではあいさつにいってもしようがないと思って、ひっかえしてくると、あたらしいふすまを一間《けん》たてたところがあったので、そこで昼寝をしようと、しばらく身をよこたえていた。

すると、そのころ書写山《しょしゃざん》に、相手をえらばない喧嘩《けんか》ずきのものがいて、名を信濃坊戒円《しなのぼうかいえん》といった。戒円は、弁慶がねているのをみて、これまで大ぜいの修行者をみたが、こやつほど大言壮語《たいげんそうご》してにくにくしげなやつはない。ひとつ、こやつに恥をかかせて、寺から追いだしてやろう、と思って、すずりにたっぷり墨をすり、昼寝をしている弁慶の顔に、文字を二行かいた。半面には「足駄《あしだ》」

とかき、もう半面には「書写法師が足駄にしてはく」とかいた。まえの行は題、あとの行は詞書《ことばがき》だったが、信濃坊戒円は、こういう歌をかきそえた。

弁慶は平足駄《ひらあしだ》とぞなりにけり
面《つら》をふめども起きもあがらず

弁慶は、ひらたい足駄（下駄）になってしまった。つらをふんづけても、おきあがりもしない、と、そう書いたのち、小坊主ども二、三十人あつめ、板壁をたたいて、一度にどっと笑いはやさせた。

弁慶は、これは場ちがいのところへ寝たと思って、衣《ころも》のたもとを、ひきととのえながら、衆徒らのいるほうへ出ていった。衆徒らはそれをみて、目顔《めがお》でうなずきあってわらった。ひとびとが、こらえきれずわらっているのに、弁慶は、じぶんが知らないのですこしもおかしくなかった。しかし、ひとびとがわらっているとき、じぶんだけがわらわずにいたら、弁慶は意地っぱりなやつと思われるだろうと思って、いっしょになって、つくり笑顔でわらった。

それにしても、座敷のようすが、どうもへんに思われたので、弁慶は、さて

はじぶんのことだなと察し、こぶしをにぎって、たて膝《ひざ》になり、

「なにがおかしいのだ」

と、目にかどをたてて、にらみまわした。学頭がそれをみて、どうも弁慶がだいぶ気分を害したようだ、寺にとって、なにか大ごとがおこりかねないぞと、つぶやいて、弁慶に、

「いや、なんでもないことです。あなたのことではなく、ほかのことをわらっているのです。つまらないことなのですよ」

そういったので、弁慶は座敷を出ていった。但馬《たじま》の阿闍梨《あじゃり》というものの坊が、一町〔約一一〇メートル〕ほど先にあったが、そこも修行者の寄りあい所だったので、弁慶がそこまでいくと、やはりそこでも、弁慶をわらわないものはなかった。

弁慶は、あやしいとおもって、水に影をうつしてみると、じぶんの顔に、なにか字が書いてある。ちくしょう、こういうわけか。こんな恥をかかされては、ここにはもう一時も居たたまれない、どこへでも行ってしまおう、と思ったが、

また思いかえして、じぶんひとりのために比叡山の名をけがすことは、心苦しいいたり、かれらをさんざんに罵倒《ばとう》し、文句をいうやつがあったら、痛めつけて、恥をそそいでやろう、と決心した。

そこで弁慶は、あの坊この坊と走りまわって、さんざんに悪口雑言《あっこうぞうごん》をいった。学頭《がくとう》は、事の次第をきいて、

「なにはともあれ、これでは、まるで書写《しょしゃ》法師が顔をはりたおされたようだ。会議をひらいて事情をしらべ、この書写山のなかに、よくないことをしたものがいたら、そのものを弁慶にわたして、大ごとになるのをふせぎとめよう」

と、衆徒《しゅと》をあつめ、講堂で、学頭をはじめ、ひとびとが会議をひらいた。しかし、弁慶はその集会場へ出てこなかった。学頭がつかいをおくり、わざわざ老僧が使者の役を買ってでたが、やはり弁慶は、会場へ来なかった。

しかし、度《たび》かさねてつかいがきたので、弁慶は東坂《ひがしざか》の上からようすをうかがい、建物のうしろのほうをみると、二十二、三ぐらいの法師が、衣《ころも》の下に、伏《ふし》縄目《なわめ》の鎧腹巻《よろいはらまき》をしてあらわれた。弁慶はそれをみて、なんということだ、きょ

うはおだやかな評議だときいていたのに、あいつのかっこうは、まことにあやしい。内々きくところによれば、衆徒《しゅと》が悪事をはたらいたらみずから拷問《ごうもん》をねがいでよ、また修行者が悪事をしたら、地位を低めて小坊主のあいだへ追放せよ、という掟《おきて》があるそうだが、いま、じぶんがこんなふうに出かけていって、大ぜいのもののただなかにとりこめられては、とうていかなわない。それならこちらも身支度《みじたく》をしていこう、と思った。

そこで弁慶は、いきなり学頭の坊のなかへ走りこみ、だれかから、「おい、何をする」と声をかけられたのに返事もせず、かねてから入室禁止の、勝手もわからない納戸《なんど》のなかへとびこんだ。そうして一つの唐《から》びつをとりだし、こい藍色《あいいろ》の直垂《ひたたれ》に、黒糸おどしの腹巻をつけ、一夏《いちげ》九十日間そらなかった頭に、やわらかい烏帽子《えぼし》を、はちまきでしめつけ、いちいの木を八角けずりにした長い太い打棒《うちぼう》の、手もと一尺〔約三〇センチ〕ほどの円いにぎりを、むんずとつかむと、それを背後にひきずりながら、高足駄《たかあしだ》をはいて、お堂の前に出てきた。

衆徒らはそれをみて、

「そこへ来たのは、なにものだ」

「音にきこえた修行者だ」

「じつにけしからんいでたちだ。……あいつ、こっちへよぼうか、それとも、ほうっとくほうがいいだろうか」

「どっちにしても、よくはあるまい」

「そんなら見ないふりをしていろ」

などといいあった。弁慶はそれをみて、なんとか文句をつけてくるだろうと思っていたのに、衆徒どもが目をふせたのは、がてんがいかない。よそであれやこれやを耳にしたところでは、よほど大ごとにちがいない。近づいて、きいてみよう、と思って、走りよってみると、講堂のなかには、老僧も稚児《ちご》もいれまざって、三百人ばかりも居ならんでいるし、縁の上には、中僧や小坊主どもまで、ひとりのこらずあつまっている。

寺じゅう、上を下への大さわぎで、のこらずそこへ出てきたので、堂の内外あわせて千人ほどもいた。

弁慶は、そのなかを、「ごめん」ともいわず、足駄をふみならして、ひとびとの膝《ひざ》や、肩までも、ふんづけて通ったが、うんとか、すんとかでもいったら、きっとさわぎがおこるだろうと、みな、肩をふまれても、じいっとがまんして通した。

弁慶は、階段の下へ近づいてみると、たくさんのはきものが、ひしめきあって脱いである。じぶんもぬいでいこうと思ったが、いや、ぬがないほうが災難よけにもなろうと、足駄をはいたまま、ががらと音をたてて、階段をのぼっていった。衆徒は、うっかりとがめだてすれば、ごたごたがおこるだろう、つまるところ、とりあってもばかばかしい、と、みな小門のほうへ身をよけた。

弁慶は、いまや敷居ぞいに、足駄をはいたまま、かなたこなたと、がらがら音をたててあるいた。するとついに学頭が、

「これ、見ぐるしいぞ。そもそもこの書写山は、性空上人《しょうくうしょうにん》が建てられた寺。きょうも、れっきとしたかたがきておられるし、身分すぐれた稚児もいる。そのすぐわきを、足駄ばきでとおるとは、奇っ怪しごくだぞ」

と、とがめた。弁慶は、さっと、あとずさりをしながら、こういった。

「学頭のおことばは、まことにごもっともです。それにしても、このように、縁の上を足駄ばきであるくことさえ乱暴だととがめるその衆徒が、なんのとがで、この修行者の顔を、足駄ばきにしたのです」

この言葉は、たしかに道理がとおっていたので、衆徒らは一言もなく、しいんとしていた。

ところで、もし、そのまま口出しするものなどなかったら、学頭のとりなしで、どうなりと弁慶をなだめすかして、外へ出すこともできたろうのに、予感されたそのわざわいが、とうとうおこってしまった。すなわち信濃《しなの》坊戒円《ぼうかいえん》が、弁慶の言葉に応じて、

「そいつぁめずらしい。足にはける修行者のつらとはな」

と、居《い》たけ高《だか》な調子で、いいはなった。さらに、

「この山の衆徒は、日ごろあまりにおごりすぎて、修行者どもを痛めつけ、すでに後悔しているひとも多かろうから、いまは、この信濃坊戒円が、やつを、

さあ、こらしめてやるぞ」

と、つったちあがった。さあ事がもちあがったと、ひとびとは、ひしめきたったが、弁慶はそれをみて、

「おもしろい。やつこそ、相手かまわない大ばかもの。よし、きさまの腕がぬけるか、この弁慶の頭がくだけるか。うぬ、おもえばよくもおれの顔に落書《らくしょ》しおったな。おのれ、にっくいやつ」

と、棒をとりなおして、身がまえた。

するとこのとき、信濃坊戒円の坊にすむ法師ども五、六人が、座敷にいてこれをみて、

「目ざわりだわい。たかがあれくらいの法師め、縁の下へつかみすてて、首の骨をふみ折ってくれよう」

と、衣《ころも》のそでをむすんで肩にかけ、口々にさけびながら、とびかかるのを、弁慶は、「やっ」と立ちあがり、棒をとりなおしざま、横なぎに、法師どもを、縁の上から、ひと打ちに、なぎはらいおとした。

戒円はこれをみて、走りよりつつ、あたりをみたが、うつべき棒がない。末座をみると、くぬぎの木が、たきぎにしてくべてあったので、その燃えさしを一本ひっつかんで、火入れをおしのけるや、

「この法師めっ、かくごっ」

と、とびかかった。

弁慶は、まっかに怒り、身をひらきざま、さっと打つと、戒円も走りかわして、えいと打った。弁慶は、がっきと受けるや、頭をさげてとびこみ、ぐっと左の腕をのばして、戒円の首をえいとひきよせ、右の腕を戒円のももにかけたかとおもうと、やあっと、目よりも高くさしあげて、そのまま講堂の大庭のほうに走りだした。衆徒らはこれをみて、

「修行者どの、もうゆるしてやってください。がんらい酒ぐせのわるい男だから」

しかし弁慶は、

「ききぐるしいそのおことば。日ごろの約束では、修行者の酒ぐるいは大衆《だいしゅ》

〔衆徒たち〕がとりしずめ、衆徒の酒ぐるいは修行者がとりしずめよ、という掟《おきて》とうけたまわる。安心せられよ、いのちはとらぬぞ」

といいながら、ひとふり大きく振って、「えいっ」と、戒円を、講堂の軒《のき》の、高さ一丈一尺〔約三・三メートル〕もある上へ投げあげたので、ひとたまりもなく、戒円はころころと転がりおち、雨だれうけの石だたみの上へ、どさりと、ぶつかった。それをとりおさえて、弁慶はさらに、骨もくだけよ、脛《すね》もひしげよとばかり、つよくふんづけたので、戒円は、左の小腕をふみ折られ、右のあばら骨二枚をくだかれて、不甲斐《ふがい》ないとも何ともいいようがなかった。

ついいましがた戒円は、手にもっていた燃えさしの木を、手ばなさないまま、弁慶から、屋根の上へ投げあげられたので、そのもえる木が、講堂の軒さきに、はさまった。おりから風が谷から吹きあげ、火は軒さきにうつって燃えあがっていった。

ついに柱間《はしらま》が九つもある大講堂、七間《けん》〔約一二・六メートル〕の廊下、多宝塔《たほうとう》、文殊堂《もんじゅどう》、五重ノ塔などにも火は吹きつけて、一つの建物ものこさず延焼した。

性空上人《しょうくうしょうにん》の御影堂《みえいどう》〔肖像をおさめたお堂〕をはじめ、堂塔、社殿など、五十四カ所が焼けおちた。

弁慶はこれをみて、さしあたりじぶんは仏法の敵となるだろう、すでにこれほどの罪をおかしたからには、このうえ大衆《だいしゅ》の多くの坊など助けておいたところで何になろう、とそう思って、ふもとの西坂本《にしさかもと》へ走りくだると、たいまつをもやして、のきをならべた多くの坊々に、いちいち火をつけてまわった。火は谷から峰へと、焼けひろがっていった。もともと、山をきって崖《がけ》づくりにたてた坊ばかりだったから、なに一つのこらず焼けうせて、わずかにのこるものは土台石ばかりとなった。こうして弁慶は、七月二十一日の午前十時ごろ、書写《しょしゃ》山《ざん》をあとにして、京都へのぼっていった。

その日は、一日じゅうあるき、夜もあるきつづけて、二十二日の朝、京都についた。この日京都は、暴風雨におそわれ、ひとびとの往来もなかったが、弁慶は身支度《みじたく》をととのえ、長ひたたれに、赤いはかまのいでたちになった。

どのようにして、のぼったのか、弁慶は、夜がふけて、ひとびとが寝しずまったとき、院の御所の土塀にのぼり、手のひらでかこんで火をつけ、大ごえでわあっとさけぶと、東のほうへ走りさった。

しかし、ほどなく、ひっかえして、門の上に、つったちあがると、いかにもおそろしい声で、

「ああ、ひどいことだ。なんという奇っ怪なことだろう。性空上人が手ずから建てられた書写山円教寺《えんきょうじ》が、きのうの朝、大衆と修行者の口あらそいがもとで、堂塔五十四カ所と、さらに三百坊も、一気に焼けうせた」

そうさけぶと、かきけすように、すがたをけした。

院の御所（法皇）は、これをきかれ、どうして書写山がやけおちたのかと、真否をたずねる早馬がたったが、その一方、

「ほんとうに焼けおちたのなら、学頭をはじめ、衆徒《しゅと》一同を山から追放せよ」

という院宣《いんぜん》がくだった。

身分のひくい仕丁《しちょう》が、早馬で書写山へのりつけてみると、ほんとうに、建物が一つものこらず焼けおちていたので、これはたいへん、ただちにもどって報

告しようと、京都へはせかえり、院の御所へかけつけて、模様をつたえたので、

「それならば、罪あるものの名を申せ」

と、仰《おお》せがあった。

「修行者では武蔵坊弁慶《むさしぼう》、衆徒では信濃坊戒円《しなのぼうかいえん》でございます」

するとと公卿《くぎょう》がこれをきいて、

「さては武蔵坊とは比叡山《ひえいさん》にいた鬼若《おにわか》のことであろう。鬼若の悪事は、書写山が大事にいたらないうちに、がんらいなら、朝廷のご祈禱《きとう》によって、とりしずめられたはずと考えられる。それにひきかえ、戒円の悪事は、是非《ぜひ》〔善悪〕を論ずる余地がない。ひっきょう、戒円をひきたてるにかぎる。戒円こそは仏法の怨敵《おんてき》だ。こやつをとらえて、問いただせ」

そこで、摂津国《せっつのくに》の住人、昆陽野太郎《こやのたろう》が命令をうけて、百騎の軍勢をひきつれて書写山にはせむかい、戒円をとらえて院の御所へつれてきた。戒円はご前《ぜん》にめされて、

「おまえひとりのしわざか。それとも共謀したものもあったのか」

と、たずねられた。訊問がきびしかったので、戒円は、どうせ生きて帰れるかどうかおぼつかない以上、日ごろから憎いものどもを引きいれてやろう、とそう思って、共謀した衆徒だとして十一人までも、罪状陳述書のなかへ名をいれた。

そこでふたたび昆陽野太郎が、書写山へはせむかうと、もうまえもってつたわっていたので、早くも十一人がこちらへくるのに行きあった。すすんで出頭してきたとはいえ、陳述書に名がのせられた人々なので、やはり留置された。

戒円は、弁解することもゆるされず、ついに処刑をうけたが、死にぎわにも、「じぶんひとりの罪ではないのに、のこりのものらが、もし処刑されないならば、じぶんは死んでも悪霊《あくりょう》となって、とりころしてやる」

といった。そんなことは、いわなくてもよかったろうが、十一人は、それなら斬《き》れとばかり、みな斬られてしまった。

武蔵坊弁慶は、このとき京都にいたが、これをきいて、

「こんなに気もちのいいことはない。こちらはじっとしながら、敵がこちらの

思うようになったことは、はじめてだ。この弁慶の悪事は、朝廷のお祈りのもとにもなったことがあるのだぞ」

と、いよいよ悪事をかさねていった。

弁慶《べんけい》の太刀《たち》強盗

弁慶《べんけい》はこう思った。――ひとは宝を千そろえて持つべきである。奥州《おうしゅう》の秀衡《ひでひら》は名馬を千匹、よろいを千領《りょう》、松浦《まつら》の太夫《たいふ》〔肥前（佐賀県）松浦にいた豪族〕は、矢入れを千腰《こし》、弓を千張《ちょう》、というふうに、みな、宝を千そろえてもっている。ところがわれわれは代金もない身だから、買って持ちようもない。つまるところ、奪うよりほかはない。よし、夜になったら京都の街にたたずんで、ひとがさしている太刀《たち》を千振《ふり》うばいとって、(28)じぶんの宝にしてやろう。――

そこで、夜ごと太刀強盗をはじめたが、そのためやがて、

「ちかごろ都には、身のたけが一丈〔約三メートル〕ほどもある天狗《てんぐ》法師がうろつきまわって、ひとの太刀をうばいとる」

といううわさが高くなった。


こうしてその年もくれたが、つぎの年の五月すえ、六月はじめのころまでに、弁慶は、たくさんの太刀を、うばいとった。それらの太刀を、樋口烏丸《ひぐちからすま》のお堂の天井にかくしておいたが、数えてみると、九百九十九本あった。[29] 六月十七日、弁慶は五条の天神《てんじん》へおまいりして、夜に入るにつれて、

「どうかこよいのご利益《りやく》として、りっぱな太刀をたまわりますよう」

と、いのった。さて夜もふけると、天神の社前を去って南へむかい、ひとの家の土塀《どべい》のほとりにたたずんで、天神まいりをするひとびとのなかに、だれかりっぱな太刀をもっているものはいないかと待ちかまえた。


未明になって、堀川《ほりかわ》通りをくだっていくと、笛の音《ね》が、ふしおもしろくきこえてきた。それを耳にした弁慶は、これはゆかいだ、夜ふけに天神まいりをするものの笛にちがいないが、ふいているのは法師だろうか俗人だろうか。いい

太刀をもっていたら、とってやろう、とそう思って、笛の音がちかづいたのを機に、身をかがめて見すかすと、まだ若い男が白い直垂《ひたたれ》に、胴の上が白い腹巻、それに、なんともいえないほどすばらしい黄金《こがね》づくりの太刀をさしている。

弁慶はそれをみて、ああみごとな太刀だ、どうあっても奪ってやろう、と待ちかまえたが、あとできけばおそろしいひとだったのに、このときの弁慶は知りようもなかった。

義経《よしつね》は、気配をさっして、あたりに注意しつつ、椋《むく》の木の下のほうへ目をやると、あやしい恰好《かっこう》の法師が太刀をさして立っているのが見えたので、こいつはただものではあるまい、ちかごろ都で太刀強盗をはたらくものはあいつだな、と思ったが、すこしもひるまず、足早にむかっていった。

弁慶は、これまで、あのひとがといわれるほど勇猛な者の太刀さえも奪いとってきたので、ましてあんなやさ男など、ただ近よって刀をよこせといえば、こちらのいでたちや声にもおそれをなして、きっと刀をさしだすだろう。もし万一わたさなかったら、つきたおして奪いとるまでだ、と、身支度《みじたく》をととのえて、あらわれ出ながら、こういった。

「いま、じいっとしずかに敵をまっているところだが、なりかたちのふつうでないものが、武装をして通るとはあやしいぞ。むざむざとは通せぬ。もし通りたければ、その太刀をこちらへよこして通れ」

その言葉に、義経は、

「ちかごろ都にこういうおろかものがあるとは、かねてからきいていたが、むざむざ太刀を、わたしなどはせぬぞ。ほしければ、近よってとるがいい」

「よし、それなら、ごあいさつにおよぼう」

と、弁慶は、太刀をぬいてとびでると、義経も、わきざしをぬいて、土塀の下の弁慶のほうへ走りよった。

「おのれ、いまどき、鬼神《きしん》でも、おれのあいてになるものなどないのだぞ」

と、弁慶は、身をかわして、さっと切りつけた。義経は、

「たのもしい腕まえだぞ、おい」

と、雷光《いなびかり》のように弁慶の左わきをかいくぐったので、弁慶は、かざした太刀で

土塀のなかへ切りこんでしまった。その太刀先を、ぬこうとしたところへ、義経は走りよって、左足をあげざま、弁慶の胸もとをつよく蹴《け》ったので、弁慶は、もった刀を、がらんと落とした。とたんに義経はそれをひろって、えいと一声かけると、高さ九尺〔約二・七メートル〕ほどの土塀に、ひらりととびあがった。

弁慶は、胸はつよく蹴られ、太刀はとられ、まるで鬼神にあったような気もちで、ただおどろいて、つっ立っていたが、義経は、

「これからのちは、こんな乱暴は二度とするなよ。おまえのようなおろかものがいることは、かねて耳にしてはいたし、こらしめのため、太刀もとっていこうと思うが、おまえは、おれが太刀ほしさにとったなどとおもうだろうから、さあ、かえしてやるぞ」

と、弁慶の太刀を、土塀の上覆《うわおお》いにおしつけ、踏みまげてから投げつけた。弁慶は、その刀をひろって、まがったのをおしなおし、義経のほうを、いまいましげに見やりながら、

「意外な腕をふるわれたものだが、いつもこのあたりにいる者と見うけたぞ。

今夜こそ、しそんじたが、こんどはゆだんなどせぬぞ」

と、ぶつくさくりかえしつつ去りかけるのを、義経は土塀の上からみて、いずれにせよ、やつは、比叡山《ひえいさん》の法師にちがいない、と、そう思って、

「山法師、ひとの器量《きりょう》に似ざりけり(30)」

と、和歌の上《かみ》ノ句のようによびかけた。山法師どの、おぬしは見かけによらない腕だなあ、とそうひやかしたのだが、返事もなかった。そのくせ弁慶は、相手が土塀からおりるところを、なにがなんでも切ってやろうと、ひそかに待ちかまえた。

まもなく義経が、土塀の上から、ひらりととびおりたとき、弁慶は太刀をふりかざしざま、さっと走りよった。すると、あらふしぎ、九尺の土塀からとびおりた相手は、まだ三尺ほど下のほうがあまっているところで、ふたたび、ひらりと上のほうへとびかえった、……と弁慶には思われた。

中国の周の穆王《ぼくおう》が六韜《りくとう》をよみ、八尺の壁に足をかけて天にのぼった(31)ことこそ、むかしの奇蹟とおもわれたのに、末代ながら源九郎《げんくろう》義経は、九尺の土塀か

らとびおりるあいだに、空中で、あともどりして、上のほうへとびかえったのである。弁慶は、その夜はむなしくひきあげた。

義経《よしつね》と弁慶《べんけい》の君臣の契《ちぎ》り

六月十八日のことである。[32] 清水《きよみず》の観音には、身分の高さ低さをとわず、大ぜいのひとびとが、おこもりをしていた。

弁慶も、いずれにせよ昨夜の男がきっと清水に来ているだろう、だから行ってみよう、と出かけた。はじめちょっと正門のほとりにたたずんで待ちうけたが、義経のすがたは見えなかった。

こうして、その夜も、すでに弁慶が帰りかけたときになって、義経のいつものならわしで、夜がふけてから、清水坂のあたりに、笛の音《ね》がきこえはじめた。

弁慶は、

「や、おもしろげな笛の音、あれこそ待っていたものだ、この清水観音は、むかし坂上田村麿《さかのうえのたむらまろ》がお堂を建立《こんりゅう》したみ仏《ほとけ》。『じぶんは三十三体にすがたをかえても、ひとびとの願いをききとどけたい。それができなければ、仏の世界にいながら、悟りの身には永久になるまい、また、わが地にはいってきたひとびとには、かならず福徳をさずけよう』と誓った仏さまだ。しかしこの弁慶は、いまはその福徳もほしくない。……なむ観世音菩薩《かんぜおんぼさつ》、福徳はさておいても、なにとぞひとえにあの男のもつ太刀《たち》をとらせたまえ」

そういのって、清水寺の門前で待ちかまえた。

義経は、なんとなく気もちが晴れない思いがして、門前の坂の上のほうをみると、れいの法師が、きのうとちがって腹巻をつけ、太刀をさしたほか、なぎなたを地面につきたてて、待ちうけている。それを見やって、くせものめ、こん夜もあらわれたな、と思いながら、すこしもひるまずに、門前めざしてのぼっていくと、弁慶は、

「こちらへおいでのかたは、きのうの夜、天神《てんじん》でおあいした御仁《ごじん》かな」

「さあ、そんなこともあったかな」

と、こたえながらも義経が近づけば、弁慶は、

「おもちの刀をわたしてもらえまいか」

「まいど、ただとりなど、させてなるものか。ほしければ、近よってとるがいい」

「あいかわらず強気なせりふ。おのれっ」

とさけぶや、弁慶は、なぎなたをふりかざし、坂をまっしぐらにくだって打ちかかった。義経も刀をぬいて応じ、弁慶の大なぎなたを、かるくうけながしたので、その手なみのほどをみて、弁慶は、おもわずあっとおどろきながら、ともかく手にあまる相手だぞとおもった。しかし、義経は、

「夜じゅう、こうして遊んでいたいが、まえから観音に願《がん》かけがあるから」

と、さっさと行ってしまった。

「ちくしょう、まるで、手のうちへはいったものを、おとしたようだ」

と、弁慶は、ひとりごとをいった。

義経は、ともかくあいつは勇ましい男だ。どうか未明まで待っていてくれればいいが、そうしたら、やつの手にした太刀やなぎなたをうちおとし、軽傷をおわせて生けどりにし、日ごろ、ひとり歩きも退屈だから、代々のけらいにして、めしつかってやろう、と思った。

弁慶は、義経のそんなくわだてには、すこしも気づかず、黄金《こがね》づくりの太刀に目をつけながら、あとからついていった。清水観音の正面へいって、お堂のなかをおがむと、世にもいわれるように、およそ勤行《ごんぎょう》の声というものはさまざまながら、ことに正面の内側の格子《こうし》のそばで、法華経《ほけきょう》の第一巻のはじめのほうをよむ声は、たっとげにきこえた。弁慶は、心のなかで、これはふしぎだ。この経をよむ声は、じぶんを『にっくいやつ』とよんだあの男の声に、じつによく似ているわい。近よって見よう、と手にしたなぎなたを、正面のなげしの上にのせ、こしの太刀だけをもって、

「お堂の役人ですが、ちょっと通らせてもらいます」

と、ひとびとの肩さきも、かまわずおさえつけて通った。

弁慶は、そのまま、義経がお経をよんでいるうしろの近くまですすんで、足をひろげて、つったった。お燈明《とうみょう》の火のなかで、ひとびとは弁慶をみて、

「いかつい坊さんだなあ。なんという背の高さだ」

と、ささやきあった。義経は、じぶんがこうしていることを、どうして弁慶が知って、ここまで来たのだろう、と思ったが、弁慶のほうでは、じつはよくわからなかった。というのは、義経は、それまで男の身なりだったのを、女に変装して、衣《きぬ》〔かずき。女性が頭からかぶる外出着〕をかぶっていたのである。弁慶は思いまよったが、ままよ、むりにでもあたってみようと、刀のしりざやで、義経のわきの下を、ぐっと、つきうごかしながら、

「稚児《ちご》か、女か。じぶんもおまいりにきたものだが、そっちへどいてくれ」

そういったが、義経は、返事もしなかった。弁慶は、さてはただものではない、あのときのやつだと思って、ふたたびつよく突いた。すると義経はいった。

「おかしなやつだ。おまえのような乞食《こじき》は、木の下、かやの下で、お経をよんでも、仏は変通自在《へんつうじざい》のおん身だから、ちゃんときいていただけるぞ。りっぱな

かたがたもおられるここで、乱暴なまねはするな。出ていけ」

「これはつめたい言葉。きのうの夜、知りあいになったかいもないというもの。そちらへまいるぞ」

と、いいもおわらず弁慶は、二畳のたたみをとびこえて、義経のそばへ近よったので、ひとびとはみな、無礼ものとにくんだ。

弁慶は、そのあいだにも、義経が手にしていたお経を、もぎとるや、さっと、ひらき下げて、

「こりゃりっぱなお経だ。おぬしのか、それとも、ひとのお経か」

しかし義経は相手にならず、

「おまえもよめ。じぶんもよむ」

と、よみづつけた。弁慶は、比叡山《ひえいさん》の西塔《さいとう》でも知られた読み手だったし、義経も、鞍馬《くらま》の稚児のときお経はよくならいおぼえたので、弁慶の甲《こう》の声と、義経の乙《おつ》の声〔甲・乙は読経《どきょう》の譜にある二音。甲は高く、乙は低い調子〕は、よくいれまざって、法華経の第二巻を、なかばぐらいまでよみつづけた。これには、おま

いりのひとびとの、押すな押すなのざわめきも、ぴたりとしずまり、修行者たちも、鈴《れい》の音をひかえて、耳をかたむけた。あたりも、すべてしずかになって、雰囲気の尊さは、なんともいえなかった。

しばらくして、義経は、

「知人のところへ寄るから、いずれまたあおう」

と、立ちあがると、弁慶は、

「いま目のまえにいるときさえ、とどめようのないものを、こんどは、いつまで待てよう。さあ、いっしょに外へ」

と、義経の手をとってひきたて、南面のとびらのところへ出ると、こういった。

「お持ちの太刀は、ほんとうにほしいのだから、いただかしてもらおう」

「いや、これは代々つたわった太刀だから、おまえにやることはできぬ」

「それなら、さあ行こう。武芸にかけて、勝負の結果で、もらうぞ」

「よし、それなら相手になってやる」

という答えのままに、弁慶はさっと太刀をぬいたが、義経もぬきあわせて、大

いにわたりあった。ひとびとは、それをみて、

「なんということだ。こんな場所のせまいところで、しかも少年を相手に、ふざけるのもいいかげんにするがいい。もし、その刀は、おおさめなさい」

と、弁慶にむかっていったが、弁慶も、そうして義経も、ききいれなかった。

義経は、上の衣《きぬ》をぬぎすてると、下には直垂《ひたたれ》と腹巻をしていたので、このひともただびとではないと、みな、目を見はった。

女や尼や子どもらは、あわてふためいて、縁からおちるものもあり、お堂の戸をしめて中へ入れまいとするものもあったが、義経と弁慶は、やがて、世に清水の舞台という、崖《がけ》にのぞんだ広い板敷《いたじき》のほうへ、あいついで、うつり下りて、たたかいをつづけた。

一進一退のわたりあいに、はじめはひとびともおそれをなして近よらなかったが、やがて、面白さのため、まるで僧の本堂めぐりの読経《どきょう》のように、ぐるぐると、二人についてまわって、けんぶつした。ひとびとは、

「いったい勝つのは、稚児《ちご》かな。それとも法師かな」

「稚児のほうが腕は上だな。法師は、ろくに腕もない。もう弱っているようだぞ」

弁慶はそれをきいて、さてはじぶんには勝味がなくなったかと、心ぼそく思った。

義経は、いまや思いきってたたかったが、弁慶も、ぞんぶんにわたりあった。ほどなく弁慶が、ちょっと討《う》ちはずしたとたんに、義経がとびこんで切りつけると、弁慶は、左のわきの下へ、その切先《きっさき》をうけた。ひるむところを、義経は、太刀の背でさんざんに打ちのめし、弁慶が頭を東にしてたおれた上へ、とびのって、

「さあ、降参して家来になるか」

そういうと、弁慶も、いまはすっかり恐れいって、

「これも、さだめし前世のやくそくごと。ただ仰《おお》せにしたがいます」

と降参した。

義経は、弁慶がきていた腹巻を、かさねて身につけ、二ふりの刀をとり、弁

慶を先にあるかせて、その夜のうちに、山科《やましな》へいった。

山科では、まず弁慶の傷をなおさせたが、その後、義経は、ともに京都へ出て、二人で平家をねらうことになった。おもえば弁慶は、(33)当時義経に出あって家来になって以来、まったく二心《ふたごころ》なく、師のように義経につきそい、義経が平家を三年のうちに攻めおとしたときも、たびかさねて手柄をたてた。そのうえ奥州《おうしゅう》衣川《ころもがわ》のさいごの戦いのときまで義経にしたがい、ついに討死《うちじに》したが、これぞほかならぬ西塔《さいとう》の武蔵坊《むさしぼう》弁慶である。

こういううちにも、京都には、源九郎《げんくろう》義経が武蔵坊弁慶という剛《ごう》のものと謀《はか》りあって、平家をねらっているといううわさが高くなった。義経のありかは、四条の上人《しょうにん》こと正門坊《しょうもんぼう》(鎌田正近《かまたのまさちか》)のところだと、六波羅《ろくはら》へうったえたものがあった。そこで六波羅から平家の兵士が大ぜいおしよせて、正門坊をとらえた。

このとき義経もいたけれども、とり手のものどもの手にあまり、そのまますがたが消えてしまった。

「さあ大事がもれないうちに、奥州へくだろう」

と、義経は京都を去った。そうして、東山道《とうせんどう》をとって、木曾義仲《きそのよしなか》をたずねた。

「もう京都にも住めなくなったので、奥州へくだりますが、義仲どのがここにこうしておられることは、万端《ばんたん》たのもしく思われます。どうか東国《とうごく》と北国《ほっこく》の兵をあつめてください。義経も奥州から兵をつのって合流し、できるだけ早く本望をとげたいと思います。ここからは伊豆国《いずのくに》も遠からず、兵衛佐《ひょうえのすけ》どのにも、どうかたえずご連絡のほどおねがいいたします」

　こうして義経は、木曾義仲のもとから警固をうけて去り、上野国《こうずけのくに》の伊勢三郎《いせのさぶろう》義盛《よしもり》のところまでいった。そこからは伊勢義盛がつきしたがって、奥州の平泉《ひらいずみ》へくだっていった。

頼朝《よりとも》の旗あげ

治承《じしょう》四年（一一八〇）八月十七日、源頼朝《みなもとのよりとも》は、ついに平家に叛旗《はんき》をひるがえした。(34) まず和泉《いずみ》の判官《はんがん》こと八牧兼隆《やまきかねたか》を夜討《ようち》にしたが、しかし八月十九日、相模国《さがみのくに》の早川《はやかわ》〔神奈川県小田原《おだわら》市早川〕の戦いにまけて、近くの土肥《とい》〔神奈川県湯河原《ゆがわら》町東方の石橋山の南〕の杉山のなかへ身をかくした。

平家方の大庭三郎《おおばのさぶろう》、その弟股野五郎《またのごろう》らが、土肥の杉山をせめた。二十六日の未明、頼朝《よりとも》は、相模国真鶴崎《まなづる》〔真鶴岬〕から舟にのって、三浦《みうら》〔三浦半島〕めざして出発した。おりから風がはげしく、船を三浦の岬へよせることができなかったので、二十八日の夕方、安房国《あわのくに》〔千葉県〔南部〕〕の洲《す》ノ崎《さき》〔館山《たてやま》〕というところへ、船をのりあげた。

その夜、頼朝は、滝口《たきのくち》の大明神《だいみょうじん》におこもりをし、夜がふけゆくにつれて、ねっしんに祈っていると、明神のご託宣《たくせん》らしく、ご宝殿のとびらが、美しい手でひらかれ、一首の歌が示された。

「源《みなもと》は同じながれぞ石清水《いわしみず》
　たれせきあげよ雲の上まで(35)」

——この滝口の明神は、もとをたどれば、源氏の氏神《うじがみ》の石清水八幡神《いわしみずはちまんしん》と、おなじながれをくむ八幡神であるぞ。石清水がたれおちるように、源氏がおとろえているのを、そなたはせきとめて、源氏の流れも家名も、雲の上まで高めよ。……とたんに頼朝は、夢がさめた。そこで明神を、うやうやしく三度おがんで、

源は同じながれぞ石清水
　せきあげて賜《た》べ　雲の上まで

——みなもとが石清水八幡宮と同じながれである明神よ、なにとぞ源氏の子孫のおとろえをせきとめて、家名を雲の上までもあげさせたまえ、とそう祈った。

こうして、夜がふけると、頼朝は、洲ノ崎をたって、安東《あんどう》、安西《あんざい》をすぎ、真野《まの》の館《たち》をでて、小湊《こみなと》へわたり、那古《なこ》の観音をおがみ、雀島《すずめしま》の大明神のまえに、型のごとくおかぐらを奉納して、竜島《りょうしま》へついた〔館山から内房総《うちぼうそう》ぞいに北上している。竜島は千葉県鋸南《きょなん》町にある〕。

このとき、けらいの加藤次《かとうじ》景廉《かげやす》が、

「かなしいことです。保元《ほうげん》の乱に、祖父ぎみ為義公《ためよしこう》が斬《き》られ、平治《へいじ》の乱に、父ぎみ義朝《よしとも》公が討《う》たれたもうたのちは、源氏の子孫は、ことごとく影をひそめ、武名もうもれたまま、ながい年月を送っておられます。たまたまさきごろ源三《げんざん》位頼政《みよりまさ》公が、旗をあげられたのに、ご運もつたない高倉宮以仁王《たかくらのみやもちひとおう》に味方せられ、源氏の世にとって惜しくも不利をまねかれましたが、かえすがえすもかなしいことでございます」

そういうと、兵衛佐《ひょうえのすけ》頼朝が、

「そう心よわい思いは持つな。八幡大菩薩《だいぼさつ》が、どうしてわが源氏をお見すてになろう」

と、加藤次をたしなめ励ましたのは、まことにたのもしく思われた。

しかし、そういううちに、三浦の和田小太郎義盛《わだのこたろうよしもり》、佐原十郎義連《さはらのじゅうろうよしつら》らが、久里《くり》浜《はま》の海岸から小船をのりだし、一門徒党三百人あまりが、竜島へついて、源氏に服属した。つづいて、安房国《あわのくに》の住人、丸太郎《まろのたろう》と安西太夫《あんざいたいふ》の二人を大将として、五百騎あまりが、はせさんじて、おなじ源氏の味方になった。

源氏の軍勢は、すでに八百騎あまりになって、気勢大いにあがったが、頼朝は馬にむちうって進み、安房と上総《かずさ》〔房総半島中央部。安房の北〕のさかいの造海《つくらうみ》をわたり、上総佐貫《さぬき》の枝浜《えだはま》も騎《の》りすぎ、磯《いそ》ガ崎《さき》をとおり、篠部《しのべ》や川尻《かわじり》というところについた。すると上総の住人、伊北《いほう》、伊南《いなん》、庁北《ちょうほく》、庁南《ちょうなん》、武射《むさ》、山辺《やまのべ》、畔𨽶《あいか》、河上《かわのかみ》らの諸勢、あわせて千騎あまりが、周淮川《すえがわ》というところへ、はせさんじて、またも源氏にくわわった。

それなのに、上総介《かずさのすけ》（次官）である八郎広常《はちろうひろつね》は、まだ、すがたをあらわさなかった。じつは、このとき広常は、内々、ひとびとにむかって、

「そもそも兵衛佐頼朝どのが、安房、つづいて上総へわたり、二カ国の兵士を、あつめそろえたのに、まだこの広常のもとへ、つかいのものをよこさないとは合点《がてん》がいかない。きょう一日まって、なお依頼がなければ、千葉、葛西《かさい》の面々をうながし、木更津《きさらづ》の浜へおしよせて、いっそ源氏勢をなびきしたがえてしまおう」

そう謀議《ぼうぎ》しているところへ、安達藤九郎盛長《あだちとうくろうもりなが》が、こい藍色《あいいろ》の直垂《ひたたれ》に、黒革《くろかわ》お

どしの腹巻をつけ、黒わしの羽の矢をせおい、ぬりごめ籐《どう》の弓をもって、上総介広常のもとをたずねてきた。

「上総介どのにお目にかかりたい」

といったのを、広常は、兵衛佐どののおつかいと家来からきいて、にわかにうれしくなり、いそいで出むかえて対面した。広常は、頼朝の御教書《みぎょうしょ》（公文の書状）をさずかり、うやうやしくあけながら、さだめし一門徒党をさしつかわせという言葉だろうと思ってよんだところ、

「いままで広常が遅参しているとは、けしからん次第に思う」

と、案に相違した書きかたである。しかし上総介広常は、とたんに、はっと気づいて、

「さすがは頼朝どののご書面。およそ主君というものは、こうありたいもの」

と、千葉介常胤《ちばのすけつねたね》のもとへ、その書状をまわした。こうして葛西《かさい》、豊田《とよた》、浦上《うらのかみ》ら諸氏も、広常のもとへ、はせあつまったので、上総介広常と、千葉介常胤の二人が大将となって、三千騎あまりが、貝淵《かいぶち》〔木《き》更津《さらづ》市〕の海岸へはせつけて、

源氏の味方になった。

いまや頼朝は、総勢四万騎になって、上総の館《やかた》についた。こうするうちに、ながい時もすぎたとはいえ、もともと関東八カ国は、源氏に心をよせている国々だったので、われもわれもと源氏勢に、はせさんじたのである。常陸国《ひたちのくに》〔茨城県〕では、宍戸《ししど》、行方《なめかた》、志田《しだ》、東条《とうじょう》、佐竹別当秀義《さたけべっとうひでよし》、高市太郎《たけちたろう》、新発意《しぼち》道《みち》綱《つな》ら、上野国《こうずけのくに》〔群馬県〕では、大胡《おおご》太郎、山上信高《やまかみのぶたか》ら、武蔵国《むさしのくに》〔東京都から埼玉県・神奈川県北部にまたがる〕では、川越重房《かわごえしげふさ》、同じく重義《しげよし》ら、また党としては、丹《たん》、横山《よこやま》、猪俣《いのまた》の諸党が、はせさんじた。

畠山《はたけやま》、稲毛《いなげ》らは、まだ来ず、また秩父《ちちぶ》庄司《しょうじ》と小山田《おやまだ》別当は、在京のため不参《ふさん》であった。相模国《さがみのくに》〔神奈川県〕では、本間《ほんま》と渋谷《しぶや》は、はせつけたが、大庭《おおば》、股《また》野《の》、山内《やまのうち》らは、来なかった。

こうして、治承《じしょう》四年九月十一日、頼朝は、武蔵と下総《しもうさ》〔千葉県北部〕の境の松戸《まつど》の庄《しょう》、市川《いちかわ》というところへついた。総勢、八万九千騎といううわさであった。

ここには関東で名だかい一つの大河がある。この利根川《とね》(古利根川《ことね》)の水源地は、上野国刀利庄《とねしょう》で、藤原というところから落ちてくるのだから、はるかに遠い上流である。川下《かわしも》(分流)のほうは、在原業平《ありわらのなりひら》が墨田川《すみだ》と名づけたが、(36)この大きな川(古利根川)は、おりから、海のほうからは潮がみちあげ、しかも上流が雨つづきのため、下流はあたり一帯が大洪水となり、濁流《だくりゅう》が岸をあらっていた。それは川よりももう大海のような眺めだったが、頼朝はこの大氾濫《だいはんらん》の水勢《すいせい》にせきとめられて、市川の地に、五日間とどまった。

すると、対岸の、上下二カ所の渡しのあたりに、陣を張ったものがある。物《もの》見《み》のやぐらをつくり、やぐらの下には馬もつないで、あきらかに源氏をむかえうつ様子であった。頼朝はこれをみて、

「かやつの首をとれ」

対岸の江戸太郎重長《えどのたろうしげなが》は、これをつたえきくとおどろいて、大いそぎでやぐらの柱を切りたおすと、それをいかだに組んで、濁流のなかを、頼朝の陣する市川へのりつけ、親戚の葛西兵衛《かさいひょうえ》のとりなしで、頼朝に対面をねがいでた。しか

し、頼朝は応じない。江戸太郎が、かさねて願いでると、頼朝は、

「どのようにもこの頼朝を憎んでいると見うけた。これ、伊勢の加藤次、ゆだんするな」

それをつたえきいて、江戸太郎は顔色《がんしょく》をうしなったが、千葉介常胤《ちばのすけつねたね》は、かねてから近接の地にいながら、じぶんがだまっているのもどうであろうか、ともかくも言上《ごんじょう》してみようと、頼朝のまえにかしこまって、どうか江戸太郎をふびんとお思いくださるように、と願った。頼朝も、ついに、

「江戸太郎は、関東八カ国でも、大金持ちだときいているが、源氏の軍勢が、ここ数日のあいだ、洪水にせきとめられているから、川の渡しとして、船をつらねて浮橋《うきはし》をつくり、この頼朝の軍勢を、武蔵国の王子《おうじ》、板橋《いたばし》へわたせ」

江戸太郎は、これをきいて、

「この氾濫《はんらん》に、それはごむりと申すもの。たとえ首をめされても、どうしてお渡しできましょう」

そういったとき、千葉介常胤が、葛西清重《かさいきよしげ》をまねきよせていった。

「さあ、江戸太郎に助力してやろうではないか」

そこで千葉介と葛西の二人は、知行所《ちぎょうしょ》である今井《いまい》、栗川《くりかわ》、亀有《かめあり》、牛島《うしじま》などという各地から、漁師のつり船を何千そうもあつめた。おりから江戸太郎の知行所である石浜《いしはま》（浅草）へ、ちょうど西国船《さいこくぶね》が数千そうもついたので、それも徴集し、こうして江戸太郎への協力によって、わずか三日のうちに、大河をよぎる浮橋が組みあげられた。

頼朝は、殊勝《しゅしょう》に思うぞと、江戸太郎らをほめ、太日川《ふとひ》（江戸川）、隅田川（古利根川分流）をこえ、武蔵国の板橋についた。

義経《よしつね》が奥州《おうしゅう》を出る

そういううちにも、頼朝《よりとも》の旗あげが、奥州《おうしゅう》へつたわったので、弟の九郎義経《くろうよしつね》は、本吉《もとよし》の冠者《かんじゃ》こと泰衡《やすひら》をよんで、父の藤原秀衡《ふじわらのひでひら》にこうつたえさせた。

「兵衛佐《ひょうえのすけ》どのが、このたび旗あげして、関東八カ国をうちなびかせ、平家をせめるため、京都へむかわれるときいた。この義経は、ここにこうしていることは、まことに心ぐるしい。兄上のあとを追って、途中でおいつき、一方の大将にもなりたいと思う」

するど藤原秀衡は、泰衡に、

「これまで義経どのが旗あげを決心されなかったほうが、むしろまちがっている」

というと、三男の泉《いずみ》ノ冠者《かんじゃ》こと忠衡《ただひら》をも、よびよせて、

「関東でいよいよ事がおこり、源氏が京都へ出陣とのこと、陸奥《むつ》と出羽《でわ》の兵士らをあつめよ」

義経は、この模様を知って、

「千騎も万騎もひきいていきたいが、事がおくれるのはよくあるまい」

と、立ちあがった。秀衡は、準備のひまもなかったので、さしあたりようやく三百騎を義経にたてまつった。

このときの義経の家来としては、(37)西塔《さいとう》の武蔵坊弁慶《むさしぼうべんけい》、また園城寺《おんじょうじ》（三井寺《みいでら》）からたずねてきた法師の常陸坊《ひたちぼう》、伊勢三郎義盛《いせのさぶろうよしもり》、佐藤三郎継信《さとうさぶろうつぎのぶ》、同じく弟の四《し》郎忠信《ろうただのぶ》らがいた。これらの家来をはじめ三百余騎は、馬が腹すじを切り、脛《すね》もくだけるさまにも気づかないほど、ひた走りに走り、たがいにひしめきあって南へはせむかった。

阿津賀志《あつかし》の中山《なかやま》を走りこえ、安達《あだち》の大木戸《おおきど》をとおり、行方《ゆきがた》の原《はら》や、白河《しらかわ》ノ関《せき》をすぎたとき、義経はうしろをふりかえって、

「軍勢がまばらになったぞ」

「それは馬の足の爪が欠けたり、馬の脛《すね》にひびが入ったりしたからです。そのため、途中でとどまるものが若干《じゃっかん》あらわれ、ここまでおともしてきたのは、百五十騎ほどになりました」

「かまわぬ。たとえ百騎が十騎になろうとも、むちをあてつづけよ。あとをかえりみるな」

と義経は、馬の足音もたかく、ぐんぐん走らせた。

喜連《きづれ》川をすぎて、下橋《さげはし》の宿《しゅく》につき、馬をやすませてから、鬼怒《きぬ》川をわたり、宇《う》都宮《つのみや》の大明神（二荒山《ふたらさん》神社）をふしおがみ、室八島《むろのやしま》をよそながらみて、武蔵《むさしの》国足《くにあ》立《だち》郡の川口《かわぐち》についたが、このとき義経の軍勢は、八十五騎になっていた。

やがて板橋《いたばし》に走りついて、

「兵衛佐《ひょうえのすけ》どのは？」

「おととい、ここをおたちになりました」

さらに武蔵の国府《こう》（府中《ふちゅう》）の六所《りくしょ》の町へついて、ふたたび、

「佐《すけ》どのは？」

「おとといお通りで、相模《さがみ》の平塚《ひらつか》へむかわれました」

さて平塚について、三たびたずねると、

「もう足柄峠《あしがらとうげ》をお越えです」

義経は、たいへんたよりない気もちで、馬にむちをいれて急がせるうち、足柄山をこえて、伊豆の国府（三島）についた。すると四たび、

「佐どのは、きのうここを発って、駿河国《するがのくに》の千本ノ松原から浮島《うきしま》ガ原《はら》のほうへ

おいでです」
そういわれて義経は、さてはもう程《ほど》ちかいぞと、ますます馬の足を早めていそいだ。

巻四

頼朝《よりとも》と義経《よしつね》の対面

義経《よしつね》は、浮島《うきしま》ガ原《はら》についたとき、兄頼朝《よりとも》の陣の前から三町《ちょう》〔約三三〇メートル〕ほど引きさがったところに、じぶんの陣をはって、しばらく休息した。頼朝はそれをみて、

「あすこに、白旗をなびかせ、白印《しろじるし》をつけた清新な感じの、五、六十騎ほどの部隊があらわれたが、あれはだれだろう。どうも、心あたりがない。信濃《しなの》の源

氏なら、木曾《きそ》（義仲《よしなか》）にしたがって、まだ土地をはなれないはずだし、甲斐《かい》（山梨県）の源氏なら、第二陣になるはずだ。いったい、なにものだろう。これ、くわしく名をたずねてまいれ」

と、堀弥太郎景光《ほりのやたろうかげみつ》を、使者としてつかわした。堀弥太郎は、部下を大ぜいひきつれて出かけたが、やがて部下をあとにひかえさせて、単騎《たんき》すすみでると、

「そこに白旗を奉じておられるのは、どなたですか。お名前をしかとうけたまわってくるようにとの、鎌倉どの（頼朝）の仰《おお》せです」

すると、その白旗の部隊のなかに、二十四、五ぐらいの、色白の、品のいい若大将がいて、赤地の錦《にしき》の直垂《ひたたれ》に、紫下濃《すそご》の、しかも裾金物《すそかなもの》つきのよろいを着、星が銀色《しろがねいろ》の、しかも錏《しころ》が五枚で、そのうえ鍬形《くわがた》つきのかぶとをふかくかぶって、大中黒《おおなかぐろ》の矢をせおい、重籐《しげどう》の弓をもっていた。その若大将が、がっしりとたくましい黒馬にのって進みでてきて、

「鎌倉どのも、ごぞんじのはずです。幼名を牛若《うしわか》と申し、近年は、京都をはなれて奥州《おうしゅう》におりましたが、お旗あげとうけたまわり、夜を日についで、はせさ

んじました。鎌倉どのにご対面いたしたく、よろしくおとりはからいのほど願います」

そういったので、堀弥太郎は、さては弟ぎみであられたかと、馬からとびおり、義経の乳母《めのと》の子である佐藤三郎継信《さとうさぶろうつぎのぶ》をよびだすと、挨拶《あいさつ》のことばをのべた。

堀弥太郎は、帰るとき、すぐには馬にものらず、一町ばかり部下に馬をひかせたが、こうして頼朝《よりとも》の陣へもどると、ご前《ぜん》へ出て報告した。頼朝は、日ごろ何ごとにもあわてさわがないひとであったが、このときは、かくべつにうれしげな色を顔にあらわして、

「それではこちらへおつれせよ。対面しよう」

そこで堀弥太郎は、そのまま義経のところへひっかえして、このことをつたえると、義経も大いによろこんで、頼朝の陣へいそいだ。佐藤三郎継信、同じく四郎忠信《しろうただのぶ》、伊勢《いせの》三郎義盛《よしもり》の三人を、義経はつれていった。

頼朝の陣は、大幕を百八十帳《ちょう》〔約二キロメートル〕もひきめぐらし、そのなかに関東八カ国の大名小名が、おのおの毛皮を敷いて、ずらりとならんだ陣営だ

った。頼朝の座敷には、畳が一枚しいてあったが、しかし頼朝は、その畳の上でなく、やはり板床《いたどこ》の敷皮《しきがわ》に坐っていた。

義経は、かぶとをぬいで小姓《こしょう》にもたせ、弓をとりなおし、幕のそばで、かしこまっていた。すると頼朝は、敷皮から立って、畳の上へ坐りなおし、弟の義経に、

「さあ、そこへ、さあ」

といった。義経は、しばらく辞退をくりかえしたが、やがて、その敷皮の上へすわった。

頼朝は、つくづくと義経をみて、まず涙にむせんだ。義経も、兄の思いはわからないながらも、やはり涙ぐんだ。たがいに、心ゆくばかり泣いたのち、頼朝は、涙をおさえながら、

「そもそも頭殿《こうのとの》（父義朝《よしとも》）がわれわれをのこして世をさられたのち、そなたは行方《ゆくえ》もしれなくなった。幼少のころ会っただけだが、この頼朝は、池《いけ》の尼《あま》〔平忠盛《ただもり》の妻で、清盛《きよもり》の継母〕のとりなしによって、伊豆の配所で、伊東《いとう》、北条《ほうじょう》両氏

の警固をうける身となり、思うにまかせない境涯となった。そのころ、そなたが奥州へくだったことは、かすかに耳にしながら、たよりさえも送らなかったのに、兄がいることを忘れないで、このたび、とるものもとりあえず、はせつけてくれたことは、言葉にもいえないほど、うれしく思う。

　まあ、そこを見わたしてもらいたい。そもそも頼朝が、このような旗あげをくわだてるにおよんでは、関東八カ国のひとびとが、まっさきにかけつけてきてくれたが、しかし、いずれも他人だから、頼朝にとってこれほどの大事も、親身に話しあえる人はひとりもいない。そのうえ、さきごろまで平家に従っていたひとびとばかりだから、頼朝の弱味に目をつけていると思えば、夜も眠れず、とかく夜どおし、平家のことばかり心にかかり、ぜひ平家追討《ついとう》の軍勢を京都へさしむけたいとたびかさねて考えながらも、わが身はひとつ、もしじぶんみずから進発《しんぱつ》すれば、あとにのこす東国《とうごく》が不安だし、そうかといって、代理の将を京都へつかわそうとしても、心やすい兄弟もないというありさまだった。うっかり他人をつかわせば、平家に心をかよわせて、逆に東国を攻めてもきかねないので、他人にまかすこともできない。

いまそなたを迎えたことは、まことに亡き左馬頭《さまのかみ》どの〔父義朝〕がよみがえってこられたような思いがする。われわれの先祖、八幡太郎義家公《はちまんたろうよしいえこう》が、後《ご》三年の合戦で、(38)桃生《ものう》城を攻めたとき、多勢の味方がほとんどうたれて無勢《ぶぜい》になり、義家公は厨川《くりやがわ》〔秋田県仙南村付近を流れる〕のほとりにのがれて、ご幣《へい》をささげながら、京都のかたをふしおがんで、こう祈ったことが思いあわされる。

『なむ八幡大菩薩《だいぼさつ》。加護《かご》のお心をかえることなく、この危機にも義家を死なせず、なにとぞ本懐をとげさせたまえ』

と、そう八幡太郎義家公が祈ると、まことに八幡大菩薩の感応《かんのう》であろう、京都にいた義家公の弟、刑部丞《ぎょうぶのじょう》・新羅三郎義光《しんらさぶろうよしみつ》どのが、おりから御所にいたにもかかわらず、奥州の情勢が不安だと、ひそかに御所をぬけだし、二百騎をひきいて奥州へはせくだった。

新羅三郎義光どのの二百騎は、みちみち、味方のひとびとが加わったので、ついに三千騎になって厨川にはせさんじ、義家公は義光どのといっしょになって、ついに奥州を平定せられた。

これを思うにつけても、そのときの八幡太郎義家公のお気もちも、いま頼朝がそなたを迎えた心に、まさりおとりはあるまい。今日からのちは、そなたとともに、たがいに魚と水のように親しみあい、力をあわせて先祖の恥をすすぎ、亡きひとびとの怨《うら》みを晴らそうぞ。これに同意してくれるならば、頼朝、これほどうれしいことはない」

そう、いいも終らないうちに、頼朝は、はらはらと涙をながした。

義経も、こたえの言葉もなく、涙にむせんだが、これをみて、多くの大名小名も、兄弟の心のうちを思いやって、ことごとく涙にぬれた。ややあって義経は、

「仰せのように、幼少のころ、お目をけがしたこととぞんじます。兄上が配所へおもむかれたのち、義経も山科《やましな》におりましたが、七歳のとき鞍馬《くらま》へまいり、十六歳まで形《かた》のごとく学問をして、それから京都へうつったところ、平家が討手《うって》をさしむけようと、ひそかに策を講じているときいたため、奥州へくだって

藤原秀衡《ふじわらのひでひら》の世話をうけておりました。

そこへ、お旗あげのことをきいて、とるものもとりあえず、はせさんじました次第ですが、いま兄上をお見あげしますと、まさに亡き父上にお目にかかるような気もちがいたします。すでに命は亡き父上にささげておりますが、いまは身を兄上にささげます。この上は、かりそめにも仰せにそむきなどはいたしません」

そう、いいおわらないうちに、またもや涙をながした。感激ふかい場面であったが、このような次第で、いまや頼朝は、弟の義経を大将として、平家追討《ついとう》につかわすことになった。

義経《よしつね》の平家追討《ついとう》

義経は、寿永《じゅえい》三年（一一八四）に京都へいって、都から平家を追いはらったが、(39)

まず一《いち》ノ谷《たに》〔神戸市須磨《すま》区のあたり〕、その翌年は屋島《やしま》、壇《だん》ノ浦《うら》と、各地で忠節をつくし、ひとびとにさきがけて力のかぎり戦って、翌年、ついに平家をほろぼした。

平家の総大将である前《さき》の内大臣《ないだいじん》、平宗盛《たいらのむねもり》を、その息子とともに生けどりにし、そのほか三十人の捕虜《ほりょ》をひきつれて、義経は、壇ノ浦から、京都へがいせんした。そうして、院（後白河法皇《ごしらかわほうおう》）と内裏《だいり》（後鳥羽《ごとば》天皇）に拝謁《はいえつ》したが、すでに前年、元暦《げんりゃく》元年（京都年号＝寿永三年）の秋、検非違使庁《けびいしのちょう》の五位の判官《ほうがん》にとりたてられていた。

さてこの五位の判官義経が、元暦二年（一一八五）五月、平宗盛、同清宗《きよむね》の父子をひきつれて、鎌倉にほどちかい腰越《こしごえ》についたとき、梶原景時《かじわらのかげとき》が、義経の兄頼朝《よりとも》に、こういった。(40)

「判官どの（義経）が、前内大臣《さきのないだいじん》父子をひきつれて、腰越につきましたが、わが君は、どうお考えになりますか。

判官どのは、ひそかに野心をいだいています。その理由を申しますと、まず一ノ谷の合戦で、庄《しょう》ノ三郎《さぶろう》家高《いえたか》が本三位《ほんざんみ》の中将（平重衡《しげひら》）を生けどりにして、三河《みかわ》どの（源範頼《のりより》）にわたしたとき、判官どのは大いに怒って、三河どのにはいちおう指揮をとっていただいただけのこと、とりこの本三位の中将はこの義経の手にわたすべきなのに、庄ノ三郎家高のふるまいはまことに奇っ怪しごくと、討手《うって》の兵をさしむけようとしたのを、この景時がとりなして、土肥実平《どいのさねひら》の手にわたしたので、ようやく判官どのも、怒りの心をしずめました。

それればかりではありません。そのとき判官どのは、

『平家を追討《ついとう》したあかつきは、逢坂《おうさか》の関から西のほうは、この義経にたまわるであろう。世に、天に二つの日はなく、地に二人の王はないというが、将来、日本には、二人の将軍がいることになろう』

と、申しました。

とはいえ、それほど判官どのは、合戦にかけては、たしかにすぐれたひとで、一度の経験さえない海戦にも、風波の危険をおそれる色もなく、船べりを走ることなども、まるで鳥のようです。

だいたい一ノ谷の合戦のときも、敵の平家が堅固無双《けんごむそう》な城に、十万余騎もそなえていたのに、味方は六万五千余騎の劣勢でした。城ぜめというものは、がんらい、守るほうが無勢、攻めるほうが多勢のときこそ、勝負がつくものなのに、このときは、城方《しろがた》は多勢のうえに地理に通じ、寄手《よせて》の源氏は無勢のうえに土地不案内でした。ですから城を攻めおとすことは、容易ではないと思われたのに、判官どのは、ひよどりごえという、鳥やけものも通えないような絶壁を、わずかな軍勢で乗りおとして、ついに平家をうちはらいました。とても凡夫《ぼんぷ》〔ふつうの人〕のわざではありません。

つづいて屋島《やしま》の合戦でも、風はつよく波ははげしく、船がかよえるどころではなかったのに、判官どのは、わずか五そうの船でおしわたり、ほんの五十騎あまりで、おそれげもなく屋島の城へ攻めよせて、ついに平家の数万騎を追いおとしたのです。

こうして、壇《だん》ノ浦《うら》の大詰《おおづめ》の合戦まで、終始一貫、弱味をみせたことがありません。そのため、中国にも日本にも、これほどの大将軍はいつあったろうと、東国の兵も西国の兵も、一同、判官を仰ぎみて感嘆するばかりです。

判官どのは、野心をもっているひとですから、だれにも情けをよせ、兵士らにまで目をかけてやるので、兵士らも、この殿こそわれらの主君、この殿のためなら、ちりのように命をかろんじても、すこしも惜しくはない、とまで敬服しています。ですから、わが君ご一代のあいだは、ご果報によって、どうということもないにしても、ご子孫の世となったら、いかがなものでしょうか。だいたい、ご一代と申しましても、いつまでつづく世でもございますまい」

そう梶原景時《かじわらのかげとき》はいった。頼朝は、

「いま梶原が申したことには、いつわりなどはあるまい。しかし、一方の側だけの言葉をきいて、事をとりはからうのは、政道《せいどう》をけがすものと思う。九郎《くろう》(義経)もすでに腰越《こしごえ》まで来ているのだから、明日、ここで梶原と対決させよう」

この言葉に、大名小名たちは、たがいに、

「そういう仰せならば、もともと判官どのがあやまちをおかしたわけではないし、ことによれば、無事にすみもしよう。しかし判官どのは、壇ノ浦の合戦のとき、梶原景時が船を進退自在にするため、逆櫓《さかろ》をつけ〔へさきにも櫓をつけ〕ようと主張したのに反対し、しかもその論争もまだ決着しないうちに、合戦の当日、たがいに先陣をあらそいあい、そのため判官どのは梶原を討《う》とうとさえしたほどだ。梶原も、それをうらんで、このように頼朝公に讒言《ざんげん》〔事実をまげて悪口を言うこと〕したのだから、けっきょく、事はどうなるのだろう」

と、いいあった。

しかし、頼朝が対決させようとしたその日、梶原景時は、前夜、甘縄《あまなわ》の宿所へもどって書いた起請文《きしょうもん》、つまり、じぶんの言葉はけっしてうそいつわりではないと神仏にちかった書状を、頼朝にさしだしたので、頼朝も、この上はもう対決の必要もあるまいと、平家の捕虜《ほりょ》、宗盛父子の身柄を、腰越から鎌倉にうつし、義経は腰越にとどめて、ついに鎌倉へいれなかった。義経は、

「先祖の恥をすすぎ、亡きひとびとの怨《うら》みを晴らすことが本望ではあったが、その一方、ぜひ二位どの（兄頼朝）のお気にも入ろうと、じぶんは力のかぎり

戦ってきた。だから恩賞にあずかるだろうと、ひそかに思っていたのに、なんと、対面さえもゆるされないとは、これまでの忠節も、むなしくなった。これはきっと梶原景時の讒言《ざんげん》だろう。おもえば、西国《さいごく》で斬《き》りすてるべきだったところを、情けをかけて助けてやったばかりに、敵にまわられてしまった」

そう後悔したが、甲斐《かい》がなかった。

鎌倉では、頼朝が、河越太郎重頼《かわごえのたろうしげより》をよんで、

「九郎が、院の御所の受けがいいために、世を乱そうとひそかにたくらんでいる。西国の兵士らが、九郎の味方にかけつけないうちに、早く腰越へいって討ってこい」

河越太郎は、

「なにごとであろうと、主君の仰《おお》せには、そむくべきではございませんが、ごぞんじのように、私は判官《ほうがん》どのに娘をさしだしておりますから、立場もつろうございます。これぱかりは、どうかほかのものにお申しつけください」

といった。義経のしゅうととして、むりもない言葉なので、頼朝も、かさねて

命令するわけにもいかず、こんどは畠山重忠《はたけやましげただ》をよびよせて、

「いま河越太郎に命じたが、縁者だからと、ことわられた。しかし、そうかといって、世を乱そうとする九郎を、放《ほう》っておくわけにはいかない。そなたが、はせむかっていけ。畠山一門には、むかしの吉例《きちれい》もある。事を果たしたら、伊豆と駿河《するが》の両国をさずけよう」

ところが畠山重忠は、だれにも気がねをしない性格だったので、はっきりといった。

「君の仰せは、そむいてはならないものながら、八幡大菩薩《はちまんだいぼさつ》のご託宣《たくせん》にも、他の国よりはわが国を、他の人よりはわが人を守護するというお言葉があったときいております。他人と近親をくらべれば、いまさら比較にもなりますまい。梶原という男は、一時的な便宜《べんぎ》によって召《め》しつかわれているものです。判官どのの年来の忠節を思い、また、ご兄弟のあいだがらを思えば、いま、梶原の讒《ざん》言《げん》によって、たとえ判官どのをお憎しみあっても、九国《くこく》（九州地方）なりと判官どのにおさずけあるが至当《しとう》、さらにご対面のせつは、いまこの重忠にたまわ

るといわれた伊豆、駿河の両国をも、行賞《こうしょう》〔賞を与えること〕の引出物として贈られたうえ、京都の守護にも任じて、君おんみずからのうしろだてにせられようと、まずこのようにおとりはからいになれば、これほどご安心なことが、ほかにありましょうか」

そう遠慮なくいいすてて、畠山重忠は、座を立っていった。

頼朝は、もっともだと思ったのであろう、その後は、なにもいいださなかった。腰越の義経はこのことをきいて、野心などもっていないという旨を、数通の起請文にかいて、鎌倉の頼朝へさしだしたが、それでも頼朝がなお承知しなかったので、義経はかさねて鎌倉の大江広元《おおえのひろもと》に陳状書を送った。

腰越《こしごえ》からの申し状(41)

「源 義経《みなもとのよしつね》つつしんで左の趣旨《しゅし》を申しあげます。

不肖《ふしょう》ながら鎌倉どのの代官の一人にえらばれ、勅宣《ちょくせん》を奉《ほう》じて朝敵《ちょうてき》をほろぼし、会稽《かいけい》の恥をすすぎました〔苦労の末、雪辱をとげる意〕。しかし、行賞《こうしょう》がおこなわれると思いのほか、おそろしい讒言《ざんげん》によって、大きな功績を黙殺されるにいたったのです。おかした罪もないのにおとがめをこうむり、あやまちもないのにご勘気《かんき》〔お叱り〕をうけたので、むなしく血の涙をながしております。

讒言者の正否をたださず、義経の鎌倉入りもおゆるしないので、日ごろ思うことを言上《ごんじょう》することもできず、ここに数日をむなしくおくりました。このような次第になったこんにち、鎌倉どのにもひさしくお目にかかっておりませんが、それも兄弟の縁がすでにたえたのか、また、前世からの運命もいまは尽きはてたのか、それとも前世の業《ごう》を思うべきところなのでしょうか。こう述べるのも悲しいことながら、思うに、亡き父の霊が再生してでもこないかぎり、だれがこの義経のかなしい嘆《なげ》きを申しひらいてくれましょう。だれがこの義経をあわれと思ってくれましょう。

あらたまってこの申し状をさしあげることは、さながら所感言上《しょかんごんじょう》のようで、ためらわれますが、そもそも義経は、父母のおかげでこの世に生をえてから、いかほどもたたないうちに、左馬頭《さまのかみ》〔義朝《よしとも》〕どのが世を去ったので、みなし児となり、母のふところにだかれて、大和国宇陀郡《やまとのくにうだ》〔奈良県吉野町のあたり〕へうつりました。そのとき以来、一日かたときも、心を安んじてくらしたことがありません。生きがいない命は保っていても、京都の地をめぐりあるくこともあやういので、田舎の各地に身をひそめ、やがて遠くはなれた国に住んで、土民や百姓らの奉仕もうけました。

しかしながら、とつぜん、しあわせな機会が熟して、平家一門を追討《ついとう》するため京都へのぼることになったのです。まず木曾義仲《きそのよしなか》を、科《とが》によって討《う》ったのち、平家を攻めほろぼすため、あるときは、けわしい絶壁で馬にむちをあて、命をなげうって敵にむかい、またあるときは、ひろい大海で荒れくるう波風をしのいで、身を海底にしずめることもいとわず、大魚のえじきとなることも恐れませんでした。

しかも、よろいかぶとを枕とし、弓矢をわがわざとした本来の願いは、ひとえに亡きひとびとの怨《うら》みをはらし、多年の宿望《しゅくぼう》をとげようとする思い以外にはなかったのです。そのほか、義経が五位尉《ごいのじょう》（判官《ほうがん》）に任ぜられたことも、源氏としては過分の地位であり、何よりのことと思っております。

しかし、いまは悲しみがふかく、ひとえになげきをおぼえる身となりました。神仏のご助力がなくては、うったえるこの心も、どうしてききとどけられましょう。そこで、もろもろの寺社の護符《ごふ》の宝印《ほういん》の裏面に、かりにも野心などない旨《むね》をば、日本じゅうの大小の天神地祇《てんしんちぎ》〔天の神と地の神〕にかけて祈り、数通の起請文《きしょうもん》をかいて鎌倉どのにさしだしましたが、なおおゆるしが下りません。

そもそもわが国は神国であり、神は非礼はうけつけられないときいております。そこで、ほかでもないお願いながら、ひとえにあなたの大きなお慈悲を仰ぎ、いい折をみて鎌倉どのに言上のさいには、ご賢慮《けんりょ》のうえ、義経には罪のない旨、とりなしていただきたくぞんじます。こうして、鎌倉どののおゆるしにあずかれば、積善《しゃくぜん》の余慶《よけい》〔善行を積むと子孫にまで幸せが及ぶこと〕は、かならず一門におよび、ながく栄華《えいが》を子孫につたえ、したがって多年の憂慮《ゆうりょ》もきえて、一生の安穏《あんのん》もえられましょう。以上、書面ではとうていつくしえませんが、大略をつづらせていただきました。恐惶謹言《きょうこうきんげん》。

元暦《げんりゃく》二年（一一八五）六月五日　源義経
進上　因幡守《いなばのかみ》（大江広元《おおえのひろもと》）殿」

と、かいてあった。

これを耳にしたひとびとは、頼朝《よりとも》をはじめ、そばにつかえている女たちにいたるまで、みな、涙をながした。そのため、しばらくのあいだ、頼朝は、義経を、そのままにしておいたのである。頼朝の意向は、義経は京都の後白河院のおんおぼえもめでたいし、京都の守護役としては義経以上のものはあるまい、と考えているようにみえた。義経も、すべてそれをたのみにしていたのである。

こうして秋もくれ、冬の始めになったが、梶原景時《かじわらのかげとき》の怨《うら》みは依然おだやかではなく、しきりに讒言《ざんげん》をくりかえしたので、ついに頼朝も、やはりそうかと思いさだめるようになった。

土佐坊《とさぼう》が義経《よしつね》を討《う》ちに上京

頼朝《よりとも》は、二階堂《にかいどう》〔鎌倉市〕の土佐坊《とさぼう》をよべ、と命令し、柱間《はしらま》が四つある部屋で待っていた。すると、梶原景時《かじわらのかげとき》が、

「土佐坊がまいりました」

「さようか。ここへ」

頼朝にめされて、土佐坊昌俊《しょうしゅん》は、ご前《ぜん》にかしこまった。頼朝は、こんどは景時の子、梶原源太《げんた》景季《かげすえ》をよんで、

「土佐坊に酒を」

そこで梶原景季は、土佐坊を大いにもてなしたが、やがて頼朝はいった。

「和田義盛《わだのよしもり》や畠山重忠《はたけやましげただ》にいいつけたが、二人とも、あえてうけつけようとしなかった。じつは、九郎義経《くろうよしつね》が京都にいて、院の受けがいいままに、世を乱そうとしたので、すでに河越太郎《かわごえのたろう》にも、討《う》てと命じたのだが、親戚だからといって

応じなかった。そこで、土佐坊、いまは、おまえよりほか、頼むものがない。おまえは都の様子もよく知っているし、上京して、九郎を討ってもらいたい。その褒美《ほうび》には、安房《あわ》と上総《かずさ》をとらせるぞ」

「おことば、うけたまわりました。しかし、ご一門のかたをほろぼせという仰《おお》せは、なげかわしいことにぞんじます」

これをきくと、頼朝の顔色がかわって、すっかり不きげんになったので、土佐坊は、恐縮してかしこまった。すると頼朝が、かさねていった。

「さては九郎の味方になったな」

そう疑われて土佐坊は、心のなかで、つまるところ、親の首でも、君命とあれば斬《き》るよりほかはない。同様に、主君どうしのたたかいには、兵士は命をすてるよりほかはないと、そう思いをさだめて、

「それほどまでのお言葉なら、仰せにしたがいましょう。あまりにおそれおおいご命令なので、ご挨拶《あいさつ》として、いったんご辞退いたしましたまでのこと」

「じつはまえから、土佐坊よりほかに、だれが九郎にたちむかうだろうと思っ

ていたが、まさにそのとおりだった。これ、源太、ここへ」

頼朝がよぶと、梶原源太景季《かげすえ》は、かしこまってそこにひかえた。

「れいの物はどうした」

といわれて、梶原景季は、納戸《なんど》のほうから、刃の長さが一尺二寸〔約三六センチ〕ほどの、そうして銀すじ巻きの柄《え》に、細貝《ほそかい》の目貫《めぬき》をつけた手鉾《てぼこ》を、たずさえてきた。頼朝は、

「土佐坊の膝《ひざ》の上におけ。みよ、土佐坊。これは大和《やまと》の鍛冶《かじ》、千手院《せんじゅいん》につくらせて、これまで秘蔵していたが、頼朝の敵《かたき》をうつためには、柄は長いほうがいいと思う。かつて和泉判官《いずみのはんがん》（八牧兼隆《やまきのかねたか》）を討ったとき、たやすく首をとったのも、この手鉾だ。これをもって京都へのぼり、九郎の首を、さしつらぬいてこい」

といったが、その言葉は無情にきこえた。頼朝は、またも梶原景季をよんで、

「安房《あわ》、上総《かずさ》のものどもを、土佐坊の供につけよ」

しかし土佐坊は、心のなかで、大ぜいつれていったところで、しようがない。

敵味方がたがいに楯《たて》をつきあわせるような、そんな接近した戦いはやめよう。すきをねらって、しのびより、夜襲をかけよう、とそう思ったので、

「大ぜいでは、どうともなりません。土佐の手勢《てぜい》だけで上京しましょう」

「手勢はどのくらいある」

「百人ほどはおりましょう」

「それなら不足はあるまい」

と頼朝はいったが、土佐坊は、またも心のなかで、大ぜいをひきつれていったら、仕事をすませたあかつき、褒美《ほうび》を分けないのも、ぐあいがわるい。分けてやろうにも、安房や上総は、畠《はたけ》こそ多くても田は少ないし、ろくなみいりにもならない。不足は大ありだ、などと、酒をのみながら考えていた。

やがて引出物をうけて、土佐坊昌俊《しょうしゅん》は、二階堂へかえったが、部下の連中をよんで、こういった。

「鎌倉どのから、功労賞をさずかった。さっそく上京して、領地入りをしたい。さあ、早く支度《したく》をしてこい」

「功労賞って、日ごろのご奉公がいいというわけなのですか。それとも、どんな功労があったのです」

「じつは、九郎判官《くろうほうがん》をうってこいというご命令がくだったのだ」

土佐坊昌俊がそういうと、物ごとをわきまえているものどもは、

「安房も上総も、命があってこそもらえるので、生きてふたたび帰ってきた上でのことだな」

などと、いったが、しかし、その一方ではまた、

「いまは鎌倉どのの世の中だから、どうしてわれわれも、出世してわるいことがあろう」

そう勇みたつものらもあり、人の心は、たしかにさまざまであった。

土佐坊昌俊は、もともと、りこうな男だったので、ありふれた上京すがたではよくあるまいと、全員、白布で浄衣《じょうえ》〔礼服〕をつくり、烏帽子《えぼし》にも、きよめの切紙《きりがみ》をつけさせた。その四手《しで》（浄めの紙）を、法師はずきんに、馬はたてがみと尾につけ、その馬をひかせて、神馬《じんめ》とよぶことにした。よろい、腹巻のた

ぐいは、唐《から》びつにいれ、それをあらむしろでつつみ、しめ縄をひきまわして、熊野神社にささげる稲にみせかけ、「熊野の初穂物《はつほもの》」という札をつけた。

頼朝にとっては吉日、判官にとっては凶の日をえらんで、土佐坊昌俊は、九十三騎で鎌倉を出発したが、さいしょの日は酒匂《さかわ》の宿《しゅく》〔神奈川県小田原市〕についた。この相模国《さがみのくに》の一ノ宮《いちのみや》〔神奈川県寒川町の寒川神社〕というところは、梶原景時《かじわらのかげとき》の知行《ちぎょう》の土地だったので、景時は、嫡子《ちゃくし》の源太景季《げんたかげすえ》をつかわして、白栗毛と葦毛《あしげ》〔白に黒・赤・茶などのまじった毛色〕の二匹の馬に、それぞれ、銀具つきの鞍《くら》をおかせて引出物にした。土佐坊昌俊は、この二匹にも四手をさげさせ、やはり神馬《じんめ》とよんだ。

夜を日についで急いだので、九日目に京都へついたが、土佐坊は、まだ日が高いといって、山科《やましな》の四《し》ノ宮河原《みやがわら》などで昼一日をすごし、やがて九十三騎を二手にわけて、さりげない様子で、五十六騎とともに土佐坊は京都入りをし、残りの部下は、うしろにはなれて入京した。

土佐坊の一行は、祇園大路《ぎおんおおじ》をとおり、河原をわたって、東洞院《ひがしのとういん》通りを、南へすすんでいった。すると、義経の家来で、信濃国《しなののくに》の住人、江田源三弘基《えだのげんぞうひろもと》という男が、かねてから三条京極《きょうごく》の女のもとへかよっていたが、この日も、六条堀川《ほりかわ》の義経のやしきを出て、いそいでいくと、五条の東洞院で、土佐坊の一行に、ばったりと出あった。

江田源三は、夕ぐれの、家並《やなみ》のかげの暗いところで見たので、熊野まいりのひとびとと思い、どこからきた道者《どうしゃ》〔参詣者《さんけい》〕だろうと、一行の前のほうから、うしろのほうへかけて、ずうっと目をやると、たしかに鎌倉二階堂の土佐坊昌俊とみえるものがいる。へんだぞ、土佐坊がいまごろ大ぜいで、熊野まいりをする男とは思われない、と、よく考えてみると、そうだ、うちのご主君と鎌倉どのとは、かねてから、たがいに好意をもたないどうしだから、ひょっとすれば、と思いついた。

源三は、近よってたずねたい気持ちがしたが、とうていありのままにはいうまい、むしろ知らん顔をして、荷かつぎどもをだましてたずねてやろう、とそう思って、たたずんで待っていると、案の定《じょう》、一行のうしろの、おくれていそ

ぎ足のものどもが、

「六条坊門の油小路《あぶらこうじ》へは、どう行くのでしょうか」

江田源三は、しかじかとおしえて、相手が去ろうとするのに追いすがりながら、

「どこの国の、どなたですか」

「相模国二階堂の土佐どのです」

さらに、あとからくるものどもが、

「ともかく、一生の見ものは、京都見物だというのに、なんだって昼なかに都入りをしないで、途中で日をすごしたりしたんだろう。おれたちは、荷はもってるし、道は暗いしなあ」

と、不平をいうと、もうひとりが、

「せっかちないいぐさはよせよ。もう一日もたったら、いくらでも見られらあな」

するとさらにべつなひとりが、

「ご連中も、今夜ばかりはしずかだろうが、あすは、京都は、れいの一件で、たいへんなさわぎになるぞ。おれたちまで、どうなるかと思えば、おそろしいよ」

江田源三《えだのげんぞう》は、これをきいて、さてはと思い、かれらのうしろについていって、こう話しかけた。

「じぶんも、がんらい、相模国のものだが、主人についていま京都にいます。おなじ国のものときくと、とてもなつかしい思いがしますなあ」

だまされて、相手は、

「同国のひとときいて、お話しするのだが、じつは鎌倉どのが、弟ぎみの判官《ほうがん》どのを討《う》てという仰せで、主人も上京したのです。もちろん、他言《たごん》はご無用ですぞ」

と、しゃべった。江田源三はこれをきいて、女の家へいくどころではなく、六条堀川へ走りかえって、主君の義経に、ことの次第をつげた。

そのとき義経はすこしもさわがず、

「さいごは、そのようなことにもなろう。しかし、それはそれとして、そなたは先方へ出むいて、土佐にこういってもらいたい。『義経が関東へつかわしたものは、京都の事情を、必ずまず鎌倉どのに言上《ごんじょう》するが、同様に、関東から京都へのぼってきたものは、まっさきに義経のところへきて、委細《いさい》を申すべきである。それなのに、これまで遅延して、来ないとは無礼しごく、かならずまいれ』と、そうつたえて、即座にひきたててこい」

江田源三は、義経の命《めい》に応じて、土佐坊昌俊《とさぼうしょうしゅん》の宿所の油小路《あぶらこうじ》へいってみると、馬どもの鞍《くら》をみなおろして、足など洗ってやっているところだったが、つよそうな武士が五、六十人も居ならんで、なにやら論じあっている一方、土佐坊は脇息《きょうそく》にもたれていた。江田は、そこへいって義経の言葉をつたえると、土佐坊は、こう弁解した。

「これはひさかたですな、江田どの。さて、じぶんが京都へきたのは、ほかでもない。鎌倉どのが、熊野の本宮《ほんぐう》、新宮《しんぐう》、那智《なち》の、三つのお山へご祈願のことがあるので、その代官として、熊野まいりに出かけてきたのです。

判官《ほうがん》どののもとへは、まっさきに参上しようと思っていたところ、道中、風邪ぎみになったので、たいしたことはないものの、今夜はいささか休養のうえ、明日、参上してお目にかかろうと、そう思って今しがた、せがれを推参《すいざん》させようとしていたところです。たまたまそこへ判官どののほうから先におつかいをいただき、まことに恐縮にたえない次第、どうかその旨《むね》よろしくおつたえのほどねがいます」

江田源三は、ひっかえして、このことを、義経に報告した。すると義経は、日ごろは武士にたいして、あらあらしい言葉をつかわないひとだのに、このときばかりは、大いに怒って、

「事にもよりけりだ。土佐のようなものに、異議をとなえさせたとは、おまえが臆病な心をおこしたからだ。こんな大失態して、弓矢をとる奉公ができると思うか。とっととさがれ。今後、義経のまえへ出るな」

と、どなりつけた。江田源三はご前《ぜん》をひきさがって、いったんはじぶんの宿所へもどろうとしたが、このような叱責《しっせき》をうけて宿所へひきこもりなどしては、

ますます臆病ものあつかいされるだろうと思って、宿所へもどるのをやめ、ただご前をはなれたところにひかえていた。

武蔵坊弁慶《むさしぼうべんけい》は、その宵《よい》、義経のやしきで酒宴がおわったのち、じぶんの宿所へかえっていたが、おやしきが無人《ぶにん》ではないかと思いたって、また姿をあらわした。義経は弁慶をみて、

「よくぞまいった。いましがたこんな奇っ怪なことがあったので、その法師めをすぐひったててまいれと、江田源三をつかわすと、おろかものめが、相手の返事のままに、おめおめひっかえしてきたので、まっこうから、しかりつけてやると、どこかへいなくなった。弁慶、こんどはそなたが出むいて、土佐をひったててまいれ」

「かしこまりました。はじめから弁慶に仰せつけられればよろしいのに」

と弁慶はすぐ立ちあがった。義経は、

「兵士は大ぜいつれていくか」

「いや、多勢《たぜい》だと敵も警戒するでしょう」

と弁慶は、日ごろの直垂《ひたたれ》の上に、黒革《くろかわ》おどしの鎧《よろい》をつけ、錏《しころ》が五枚ある兜《かぶと》のひもをしめ、四尺五寸〔約一三五センチ〕の太刀《たち》をさし、義経がだいじにしている大黒《おおぐろ》という馬に、鞍《くら》もおかずにまたがり、雑役《ざつえき》のめしつかい一人だけをつれて、土佐坊昌俊の宿所へのりこんだ。

中庭の縁さきまでのりよせて、ひらりと縁にとびおり、すだれをさっとつきあげて座敷をみると、家来どもが七、八十人もあつまって、夜襲の相談をしていた。

もちろん臆《おく》することなど知らない武蔵坊弁慶だから、土佐坊の家来どもを、するどくにらみつけ、「みなの衆、ごめん」と、さかずきや徳利など蹴《け》ちらしつつ、土佐坊昌俊がすわっているかたわらへ、鎧の草ずりを、がさりとおおいかけながら坐って、もういちど座敷のさまをにらみまわし、それから土佐坊を、ぐっとにらみつけて、

「おぬしがたとえどんな代官であろうと、京都へのぼった以上、まず堀川《ほりかわ》の判官《ほうがん》のもとへ参上して、関東の委細を言上すべきであるのに、これまで遅参をつ

づけるとは、非礼しごくだぞ」

と、いかにもあらあらしく、いったので、土佐坊が弁解しかけると、弁慶は、みなまでいわせず、

「いうことがあるなら、判官どののご前で、ぞんぶんにいうがいい。さあ立て」

と、土佐坊の手をとってひったてた。家来どもはこれをみて、顔色をかえながらも、もし土佐坊が決起したら、加勢して弁慶にうちかかろうと身がまえたが、さすがは思慮ふかい土佐坊、さりげないさまで、

「それでは、さっそく参上しましょう」

そう応じながら、家来たちにも、

「すぐもどってまいるぞ」

といったので、一同、ひかえているよりほかなかった。土佐坊は、

「しばしお待ちのほどを。馬に鞍をおかせますから」

「なにっ、馬なら弁慶のがある。おぬしがこれまでのってきた疲れた馬に、いまさら鞍をおいて、なんになる。この馬にのれ」

と弁慶は、土佐坊のうでを、むずと、ひっつかんだ。土佐坊も知られた大力《だいぢから》ではあったが、弁慶にひきたてられて、縁のはしまで出てきた。弁慶のめしつかいが、こころえて、馬を縁さきまで引きよせたので、弁慶は、土佐坊の腰のくびれをひっかかえるや、鞍壺《くらつぼ》〔人がまたがるところ〕のあたりへ、やっと、投げのせ、じぶんも馬のしりに、えいっと、とびのった。そうして、手づなを土佐坊めにとらせてなるものかと、うしろから、じぶんがとり、馬にあてるむちも、馬をける鐙《あぶみ》も、拍子《ひょうし》があったように、走りつづけて、六条堀川へ着いた。

弁慶の報告をきいて、義経は、南むきの広縁《ひろえん》にでて、土佐坊昌俊を、ほどちかくへめしよせ、事の委細をたずねた。土佐坊は弁解して、

「鎌倉どのの代官として、熊野まいりの道中でございます。今夜は風邪ぎみなので、明朝早々にも参上のつもりで、宿所にひかえておりましたところ、かさねてお使いをうけ、恐縮至極《しごく》なことにぞんじます」

「おまえは、この義経を追討《ついとう》するため、京都へのぼったときく。軍勢はどのくらいつれてきたか」

「これは思いもかけない仰せ、まったくあずかり知らないこと、さだめし讒言《ざんげん》でございましょう。この昌俊にとっては、鎌倉どのも、こちらも、お二方ともに、たいせつなご主君でございますことは、熊野の権現《ごんげん》も、ご照覧《しょうらん》のことぞんじます」

「平家をうつ西国《さいごく》の合戦で傷をおい、まだそれさえなおらないものどもが、生《なま》傷《きず》をもちながら、熊野まいりをするとは、心ぐるしく思わぬか」

「さような負傷の者は、ひとりもつれてまいりません。熊野の三つのお山には、山賊もきわめて多いときいておりますので、若いものどもを、少々したがえてまいりましたが、それが、あらぬうわさになったものと思われます」

「おまえの供のものらが、『あす、京都には大いくさがおこる』と語ったのだぞ。それでもまだ、いい張るつもりか」

義経が、きっと、そういうと、土佐坊昌俊は、

「それほどまでも、無実の罪を讒言するものがあっては、この身一個では、もう申しひらきようもありません。おゆるしをこうむって起請文《きしょうもん》をかきとうござ

います」

「神は非礼を受納せられないというから、それでは、心をこめてかくがいい」

と義経は、熊野の宝印のある七枚の護符《ごふ》の裏面に、誓いの言葉をかかせて、

「三枚は八幡宮《はちまんぐう》に、一枚は熊野におさめよ。あとの三枚は、土佐、六根清浄《ろっこんしょうじょう》のため、そなたの五体《ごたい》におさめよ」

そういって義経は、七枚の護符の起請文のうち、三枚を焼かせて灰にしたが、その灰を土佐坊がのみおろしたので、義経も、もうこの上はと、土佐坊をゆるした。

土佐坊は、ゆるされて六条堀川を出ながら、時をすごせば神仏の罰をこうむりもしよう、よし、今夜をむざむざすごしてなるものか、と思った。そこで、宿所へかえると、

「こん夜おしよせなければ、もう機会はないぞ」

そうはげましたので、一同はひしめきたった。

一方、義経の宿所では、武蔵坊弁慶をはじめ、武士らも、義経に、

「起請というものは、些事《さじ》について書かすべきものなので、これほどの大事に、起請文ぐらいでは、安心できません。ご用心がたいせつです」

しかし義経は、いっこうかまわないようすで、

「なにほどのことがあろう」

「しかし、こん夜は、気をゆるしてはなりますまい」

「いや、こん夜、なにか事がおこったら、ただこの義経にまかしておけ。さあ、さむらいどもはみんな、ひきとってよろしい」

そう義経がいったので、一同は、それぞれじぶんの宿所へかえっていった。

判官義経は、宵《よい》のさかもりに酔って、前後もしらず眠りにはいった。そのころ義経は、静《しずか》という遊び女《あそめ》(42)を、かたわらにおいていたが、この静が、なかなかりこうな女で、これほどの大事を耳にしたのに、このようにお心をゆるしておられては、ただごとではすむまい、と、そう思ったすえ、こまづかいの女を、土佐坊昌俊《とさぼうしょうしゅん》の宿所へつかわして、様子をみさせた。

こまづかいが行ってみると、土佐坊の宿所では、ちょうどひとびとが、兜《かぶと》の

緒《お》をしめ、馬をひきたてて、まさに出ようとするところである。こまづかいは、もうすこし奥へいって見さだめてから報告しようと、ふるえながらはいっていくと、土佐坊の部下どもが見つけて、

「この女、ただものでないぞ」

「いかにもそうだ。めしとってしまえ」

と、こまづかいをとらえたうえ、なだめたりおどしたりして拷問《ごうもん》した。

こまづかいは、しばらくのあいだ、もちこたえていたが、ひじょうにきびしく責《せ》めたてられたので、とうとう、ありのままに白状した。こんな女を生かしておいては、ろくなことはあるまいと、こまづかいは、その場で刺しころされた。

土佐坊の軍勢百騎は、白川《しらかわ》のあぶれもの五十人を味方にひきいれて土地の案内者にし、十月十七日の丑《うし》の刻《こく》、午前二時ごろ、六条堀川へおしよせた。

義経のやしきでは、すでに夜もふけてきたので、もうどういうこともあるまいと、家来たちは、それぞれとうに宿所へひきあげていた。弁慶や片岡《かたおか》〔義経

の腹心だが、名には異説がある〕は、六条の宿所へもどり、佐藤四郎《さとうしろう》や伊勢三郎《いせのさぶろう》らは、室町《むろまち》の女のところへいって、いずれも不在だった。根尾《ねのお》や鷲尾《わしのお》〔いずれも義経の家来。名は異説あり〕らも、じぶんの宿所へひきあげ、義経のやしきには、ただ下男の喜三太《きさんだ》だけがのこっていた。

義経は、夜ふけまで酒をのんだので、前後不覚に眠っていたところへ、土佐坊らは、いきなりおしよせて、ときのこえをあげた。やしきのなかは、しいんとしていたが、静《しずか》は、ときのこえにおどろいて、

「敵がおしよせました」

と、義経をゆりおこした。しかし、義経は、なおも前後不覚のありさまなので、静は、からびつのふたをあけて、大よろいをひきだすと、義経の身の上へ、なげかけた。義経は、がばっと、とびおきざま、

「なにごとだ」

「敵が攻めてきました」

「そうか。女のこころほど、けなげなものはない。さては土佐めがおしよせた

のだな。これ、だれかおらぬか。土佐をうて」

「さむらいはひとりもおりません。宵《よい》のうちに、おひまをいただいて、みな宿へかえりました」

「なるほど、そうだったな。それにしても、だれか男はいないか」

この義経の言葉に、女どもが走りまわったが、男はじっさい下男の喜三太ばかりである。

「喜三太をよべ」

という命令に、下男の喜三太は、南の縁さきの、くつぬぎのところに、かしこまった。義経は、

「もっと近くへ」

しかし喜三太は、日ごろ来なれないところなので、気やすくは前に進めずにいると、

「これ。遠慮も、時と場合によるぞ」

そこで喜三太は、格子《こうし》にあてる戸のそばまですすんだ。

「義経は風邪ぎみで、ぼんやりしていたが、いま、鎧《よろい》をきて馬にのって出るから、おまえもここで身支度《みじたく》をして、すぐ敵にむかい、義経を待ちうけよ」

「かしこまりました」

と喜三太は、かたわらへとびこむや、大引両《おおひきりょう》の直垂《ひたたれ》に、逆沢瀉《さかおもだか》の腹巻をつけ、なぎなただけをひっつかんで、縁の上から、まさにとびおりかけたが、

「あ、客間のほうに、予備の弓がないでしょうか」

「いってみよ」

喜三太が客間へ走りこんでみると、白篦《しらの》〔竹のままの矢幹〕に白鳥の羽をつけ、矢じりの上が十四にぎりの長い矢に、白木のふとい柄《え》の弓がそえて置いてあったので、これはみごとなものだと、喜三太は、その弓を部屋の柱におしあてるや、えいと張り、まるで鐘でもつく時のように、弓のつるを、びいんびいんと鳴らしながら、大庭のほうへ走りでていった。

いちばん身分のひくい下男(43)だったが、喜三太は、藤原純友《ふじわらのすみとも》や平将門《たいらのまさかど》にもおとらない剛《ごう》のもので、弓矢をとることにかけては、楚《そ》の養由《ようゆう》〔中国古代の弓の名手。

注67参照〕も顔まけするほどの射手《いて》として、四人ばりの強弓《ごうきゅう》で十四束《そく》の矢をいる腕前をもっていた。

だからこそ、いま、この弓矢こそ、じぶんにあつらえむきと、よろこんでとびだした喜三太は、門までかけつけて、門外の敵をと、かんぬきをはずし、扉を一方だけおしひらいて表をみると、おりからの明るい月夜に、敵の兜《かぶと》の星もきらきらとして、その内兜《うちかぶと》をすかして射るのに絶好と思われた。喜三太は、片ひざをつくや、文字どおり矢つぎばやに、さしつめひきつめ、さんざんに射た。

土佐坊《とさぼう》の軍勢の先頭の五、六人は、たちまち馬から射おとされ、二人までその場で死んだ。土佐坊は、不利と思ったか、さっと退《ひ》いたのを、喜三太は、

「土佐、見ぐるしいぞ。それでも鎌倉どのの代官がつとまるか」

と、扉を小盾《こたて》にとってどなった。土佐坊は、

「そうよばわるのはだれだ。名をなのれ、やみうちは、けしからんぞ。かくいうじぶんは、鈴木党にその人ありとしられた土佐坊昌俊《しょうしゅん》、鎌倉どののご代官だぞ」

そう名のったが、喜三太は、じぶんは下男だから、敵が相手になることをさけるかもしれないと思って、わざとだまっていた。

このとき判官義経は、れいの大黒《おおぐろ》という馬に、金覆輪《きんぷくりん》の鞍《くら》をおき、赤地の錦《にしき》の直垂《ひたたれ》に、緋《ひ》おどしの鎧《よろい》をつけ、くわ形《がた》うった白星の兜《かぶと》の緒《お》をしめ、黄金《こがね》づくりの太刀をさし、合戦用の切斑《きりう》の矢をおい、重籐《しげどう》の弓のまんなかをにぎり、馬をとばして、大庭へかけ出るや、けまり場のほとりで、

「喜三太っ」

と、よばわった。喜三太は、背後にこの声をきくや、敵にむかって大音声《だいおんじょう》で、

「下《した》もない身分の下郎ながら、剛《ごう》の気性をみこまれて、こん夜の先陣をうけたまわるのは、喜三太と申すもの。年は二十三。さあ、うでにおぼえのあるものは、ちかよって組みかかれ」

とさけんだ。

土佐坊は、これをきいて、心おだやかでなく、扉のすきまへよりながら狙《ねら》いをさだめ、十三束《ぞく》の矢をひきしぼって、さっと放った。矢は、喜三太の鎧の左

肩のたれを、矢羽いっぱいまで射通した。喜三太は、とたんに弓をかなぐりすてるや、大なぎなたのまん中をつかみ、門の扉を、えいと左右へおしひらくと、敷居をふんまえて待ちかまえた。たちまち敵が、くつわをならべて、わめきながら駆けこんでくるのを、喜三太は身をひらいて、ぞんぶんに切りつけた。馬どもが、首すじや胸板や膝《ひざ》がしらなど、ところきらわず切りたてられて倒れると、騎《の》り手どもがまっさかさまに落ちるところへ、喜三太はとびこんで大なぎなたをふりまわしつつ、なぎころし、うちころした。

こうして、少なからぬものが討《う》たれたが、しかし、敵は多勢で、あら手あら手と、攻めよせたので、ついに喜三太も、いったん走りもどると、義経の馬のくつわにとりすがったのを、義経が上からさしのぞいてみると、胸板から下が真赤に染まっていた。

「手傷をおったな」

「おいました」

「重傷なら、ひきさがっていろ」

「いや、戦いの場へ出たら、ご馬前で死ぬのが本望です」
「殊勝《しゅしょう》なやつだ。よし、なにはともあれ、この義経といっしょにいさえすれば──」

と、義経はいったが、しかし、馬を走らせて討って出ることは、あえてしなかった。一方、土佐坊も、たやすく駆けいることもできず、双方、気負いがすこしくずれかけたところへ、武蔵坊弁慶がかけつけてきた。

じつは弁慶は、六条の宿所に身をよこたえていたところ、その夜は、どういうわけか、眠ることができず、さては土佐坊めが入京しているためだな、どうも判官どののことが不安だ、よし、一まわり見まわってみようと、そう思って、古びた草摺《くさずり》〔鎧《よろい》の胴の下に垂れた部分〕もかまわず、板のつよい兵士鎧をきて、大太刀を腰にぶちこみ、打棒《うちぼう》を杖につき、足には高足駄《たかあしだ》をはいて、六条堀川のほうへ、からりからりと音をたてて出むいてきたのである。弁慶は、どうせ大門は、かんぬきがさしてあるだろうと思ったので、小門から屋敷のなかへはいって、馬屋のうしろへさしかかったとき、広庭のほうから、とつぜん多くの馬の足音がきこえてきて、その地響きは大地震さながらである。

しまった、もう敵めがおしよせたか、と、弁慶は、馬屋をのぞいてみると、大黒《おおぐろ》がいない。さてはこん夜のいくさのため、ご主君がのられたのかと、東の中門の上へのぼって見てみると、義経は、下男の喜三太《きさんだ》ひとりをつきそいにして、ただ一騎で立っている。それを目にした弁慶は、

「やれやれ、これでひと安心だ。とはいえわが君も、おもえばにくらしいわい。あれほど忠告したのに、ききいれもしないで、さぞ胆《きも》をつぶされたことだろう」

そう、つぶやくと、縁の板敷を、つよくふみならして、西のほうへ、むかっていった。

義経は、すわと思って、すかしてみると、大男の法師が、よろい姿で近づいてくる。さては土佐めのうしろから、やしきへ侵入してきたやつだなと思い、弓に矢をつがえて、馬をのりよせながら、

「だれだ。そこを通る法師は。名をなのれ。なのらないで、けがをするな」

しかし弁慶は、板のつよい鎧をきていたので、そうたやすく矢も通るまいと

いう心で、だまっていた。義経は、まんいち射そんじでもしたらと思って、矢をえびらにさすや、太刀の柄《つか》に手をかけ、さっとひきぬいて、

「だれだ。名のらずに斬《き》られるなよ」

と、そのまま近づいていくと、弁慶は心のなかで、わが君は刀をとっては、樊《はん》噲《かい》、張良《ちょうりょう》にもおとらないおそろしいひとだと、はっとしながら、

「遠ければ音にもきけ、いや、いまは近いから、目でよくごろうじろ。天児屋《あめのこや》根命《ねのみこと》の子孫、熊野の別当弁生《べっとうべんしょう》の嫡子《ちゃくし》、西塔《さいとう》の武蔵坊弁慶といって、判官《ほうがん》どののご家来で、一騎当千の剛《ごう》のものだぞ」

といった。義経は、

「おもしろい法師だ。だが、たわむれも、時によりけりだぞ」

「それはそうですが、しかし名のれという仰せなので、あらためて名のりました」

と弁慶は、なおも冗談をいった。義経は、

「土佐めにおしよせられたぞ」

「あれほど言上《ごんじょう》したのに、ご用心もなく、やつらをむざむざ門の外まで、ひづめの音もたかく乗りつけさせたとは、たよりないですな」

「みていろ。どうにでもして、土佐めを生けどってやる」

「いや、お手はくださないでください。やつのところへは、この弁慶が立ちむかって、ひっつかんでごらんにいれます」

「これまで多くの人をみてきたが、弁慶、おまえのようなものは、見たことがない。また喜三太《きさんだ》も、これまでいくさをさせたことがないのに、誰におとるともおもわれない戦いぶりだ。弁慶、大将はおまえにまかせる。戦いは喜三太にさせよ」

この言葉に、喜三太は、やぐらにかけのぼると、四辺にひびく大声で、

「夜《よ》討《う》ちだぞっ。判官どののおやしきが夜討ちをうけたぞっ。みうちのひとびとはいないか。在京のものはいないか。こん夜ただいま馳《は》せつけないものは、あすは敵がたとみなすぞ」

と、よばわった。たちまち、あちらこちらでその大音声《だいおんじょう》をききつけて、市内か

ら北郊白川《ほっこうしらかわ》まで、いっせいに大さわぎとなった。

　義経の家来は、武士らをはじめ、つぎつぎに、こなたかなたから、ひとびとが、かけつけて、土佐坊の軍勢をとりかこんで、大いくさがはじまった。片岡《かたおかの》八郎《はちろう》は、敵勢のなかへとびこんで、首を二つとり、三人を生けどりにしてきて、義経にみせた。伊勢三郎《いせのさぶろう》は、生けどりを二人、首は三つとってきた。亀井六郎《かめいのろくろう》、備前平四郎《びぜんのへいしろう》は、それぞれ二人をうちとってきた。

　これらのひとびとをはじめとして、いけどりも、ぶんどりも、思い思いのたいへんな数だったが、そのなかで、不運な戦いをしたのは、(44)だれよりもあの江《え》田源三弘基《だのげんぞうひろもと》である。宵《よい》に義経の不興《ふきょう》をこうむったので、京極《きょうごく》の女のところへいったが、六条堀川で合戦がおこったと知って、いそいでかけつけた。いかほどもなく、敵の首を二つうちとって、大将弁慶のところへ、ひっさげてくるや、

「武蔵坊どの、これを明日、わが君のごらんにおそなえねがいます」

と、そのままふたたび合戦のほうへむかっていったが、とたんに土佐坊昌俊《しょうしゅん》が射かけた矢に、首の骨を、矢の半ばまでも射ぬかれた。それでも源三は屈せ

ず、みずからつがえた矢を射ようと、弓をあげあげつとめたが、首に立った矢のため、みるみる力がおとろえていった。

源三は、いまは太刀をぬいて、杖につき、まげた上体もまるで地につくようなありさまで、義経の館《やかた》までたどりついて、縁へあがろうとしたけれども、それもできず、

「どなたかおられぬか」

義経の、そばづかえの女たちが出て、

「なにごとです」

「江田源三です。深手《ふかで》をおっていまがさいごです。わが君におとりつぎのほどを」

義経はこれを耳にして、意外さにおどろきながら、ともし火をつけ、それをかざしてみると、江田源三は、黒い矢羽《やばね》もしたたかな矢を、首に射たてられて伏《ふ》していた。

「これはなんと。みよ、みなのもの」

と、義経がいうそばから、江田源三は、息もたえだえに、

「ご勘気《かんき》をこうむりましたが、いまをかぎりの命です。おゆるしをいただいて、冥途《めいど》へ、心やすらかにまいりたくぞんじます」

「もとよりこの義経、どうしてそなたを末ながく勘当《かんどう》しよう。ああ、ただ一時《いっとき》のつもりで申したことが」

と、いいさして涙ぐむと、源三は、この上なくうれしげにうなずいた。鷲尾七《わしのおしち》郎《ろう》がちかくにひかえていたが、

「どうした、源三。弓矢とるものが、敵の矢一すじで倒れるのは、不運のいたりながら、なにか、故郷へいいつたえることはないか」

しかし江田源三は、力よわって、返事もできなかった。鷲尾七郎はさらに、

「いまそなたが枕にしているのは、わが君のお膝《ひざ》だぞ」

するとと源三は、

「わが君のおひざを枕に死ぬとは、一生の面目、このうえ何の思いのこしがありましょう。ただ、さる春のころ、母が信濃《しなの》へくだったとき、冬にはぜひ休暇

をおねがいして帰省するように、といったので、承知の旨《むね》こたえましたが、こんど、むなしく亡きがらを、しもべが郷里へもちかえって母にみせたならば、どんなになげき悲しむだろうと、ただそれがふびんであり、この身の罪ふかさも思われます。わが君に申しあげますが、都におとどまりのあいだは、なにとぞ、ときおりおことばをかけてやっていただきとうございます」

「安心せよ。つねに言葉をかけようぞ」

義経がそういうと、江田源三は、世にもうれしげに涙をながしたが、いまがさいごとみえたので、鷲尾七郎がちかづいて、念仏をすすめると、源三は、

「なむあみだぶつ、なむあみだぶつ」と、声もはっきり念仏をとなえながら、義経のひざをまくらに、二十五で死んでいった。

義経は、やがて弁慶と喜三太《きさんだ》をよんで、

「いくさはどうなった」

「土佐の軍勢は、あと二、三十騎ばかりです」

「江田を討《う》たせたのは、ざんねんだ。土佐めの一類は、ひとりのこらず、生け

どってこい。命はうばうなよ」

するとと喜三太が、

「敵を射ころすことは、たやすいことながら、生けどりにせよとは、なみたいていならぬこと。しかしながら」

と、いいさして、そのまま大なぎなたを手に走り出ていくと、弁慶も、

「これは。やつに先がけされてなるものか」

と、まさかりをひっさげて、あとからとんでいった。

喜三太は、卯《う》の花《はな》の垣根の先を、さっとすぎ、池ぞいの建物の縁のすぐそばを、西のほうへ走りでると、そこに、黄月毛《きつきげ》の馬にのったものが、馬に息をいれさせ、弓を杖にして身をもたせかけていた。喜三太は、かけよって、

「そこにひかえているのは、だれだ」

「土佐坊昌俊《とさぼうしょうしゅん》の嫡子《ちゃくし》、土佐太郎《とさのたろう》だ。生年《しょうねん》十九」

と、名のるや、馬首をこちらへむけてきたが、

「われこそ喜三太」

と、さっと走りよると、土佐太郎は、かなわないと思ってか、とつぜん馬の鼻をかえして逃げだした。

のがすものか、と喜三太は追いかけた。相手の馬は、すでに長い距離を、むちで急がされたうえ、夜どおしの戦いにさんざん使われていたので、いくらむちをあてても、一カ所で棒立ちになるありさまである。喜三太は、大なぎなたをふりあげ、身をひらきざま、馬のあと足の、まがりのあたりへ、えいっと、二本もろとも切りおろした。馬はさかさに倒れ、のり手は馬の下敷になった。すかさず喜三太は、とびかかって組みふせ、あいての鎧《よろい》の上帯《うわおび》をとくや、傷ひとつつけず、しばりあげて、つれてきた。

義経は、家来にめいじて、馬屋の柱に、土佐太郎を、立ったまましばりつけさせた。

弁慶は、手柄を喜三太に先んぜられて、心おだやかでなく、走りまわっていると、南の門のほとりに、伏縄目《ふしなわめ》の鎧《よろい》をきた一騎がいた。

「だれだ」

「土佐のいとこ、伊北五郎盛直《いほうのごろうもりなお》だ」

「われこそは弁慶だぞ」

と、つっと寄ると、あいては、かなわないとみてか、馬にむちをあてて逃げかけた。

「きたないぞ。にがすものか」

と、弁慶は追いせまり、大まさかりをかざすや、身をひらきざま、さっと、ふりおろすと、馬の尻の小高いところへ、大まさかりの先の猪目《いのめ》の彫物《ほりもの》が、ぐさりとくいこんだが、それを弁慶は、えいっと、手もとへひいた。馬がたまらず、どっとたおれたところへ、弁慶は伊北五郎にとびかかって組みふせ、上帯でしばりあげて、生けどりにした。そうして、先刻の土佐太郎といっしょに縛《しば》りつけた。

土佐坊昌俊は、味方が討《う》たれたり、のがれたりしていくのをみて、すでに太郎や五郎まで捕えられては、じぶんも生きていてなんの甲斐《かい》があろうと思ったらしく、のこりの手勢十七騎で、ぞんぶんに戦った。しかしついに、かなわないと思ったか、義経方の徒歩《かち》の兵士らを蹴《け》ちらして、六条河原まで逃げのびたが、十七騎のうち、十騎はどこかへのがれて、七騎になっていた。土佐坊は、さらに賀茂《かも》川にそって、北の鞍馬山《くらまやま》めざして落ちていった。

鞍馬寺の別当《べっとう》は、判官《ほうがん》義経の、かつての師匠《ししょう》であり、また僧徒《そうと》たちも義経とはしたしい間柄だったので、鞍馬山のひとびとは、たとえ、将来はどうなろうと、いまは判官どののご意向にしたがおうと、鞍馬の全山百坊をあげて、追手《おって》に応援して土佐坊のゆくえを、いっしょになってさがした。

六条堀川では義経が、

「いいようもないものどもだ。土佐めのようなやつを、のがしてしまうとは、ざんねんしごく。早くやつをとらえよ」

そういったので、家来の武士たちは、堀川のやしきを、在京の兵士らにまかせて、ひとりのこらず、土佐坊昌俊のあとを追った。

土佐坊は、鞍馬からも追いだされて、西北の僧正《そうじょう》ガ谷《だに》のなかへ身をかくした。大ぜいの追手が、あとから攻めよせてきたので、土佐坊は、鎧《よろい》を貴船《きぶね》神前にぬいでさげ、じぶんは大木のほら穴のなかへかくれた。

弁慶と片岡は、土佐坊を見うしなって、

「なにはともあれ、これをにがしては、どんなおとがめをこうむることか」

と、夢中であちらこちら探しまわっていると、喜三太《きさんだ》が、むこうのほうの、倒れた木の上に、つっ立っていて、弁慶らに気づいてか、それとも気づかずにか、

「あすこの、それ、鷲尾《わしのお》どのが立っておられるところの、うしろの大木のほら穴のなかに、なにか動いているようです。あやしいですぞ」

そうどなったので、鷲尾七郎は、太刀ふりかざして、いそいでほら穴へ近よった。

かくれていた土佐坊は、かなわないと思ったのであろう、とつぜん、ほら穴の中からとびだすと、山腹を下のほうへまっしぐらに逃げだした。

弁慶はこれをみると、よろこびいさんで両手を大きくひらきながら、

「にっくいやつめが。おい、土佐、どこまでにげる気だ」

と追っかけた。

土佐坊は、名だかい早足の男で、このとき、弁慶より三段《たん》（三〇メートル）ほども先を走っていたが、おりから、はるか下の谷底のほうから大声がひびきあがってきて、

「おおい、片岡がここで待っているぞ。ただ追いおとせ」

そうよばわったので、土佐坊は、またもやこれはかなわないとみてか、山腹のけわしいところを、廻りながらのぼりだしたのを、こんどは上から佐藤忠信《ただのぶ》が、二股《ふたまた》の大矢をつがえながら、のがすものかと、矢先を下へむけ、弓はわざと弱くひいたままで待ちかまえた。

土佐坊は、いまはこれまでと、観念したのか、腹も切らないで、平然と弁慶にとらえられた。

弁慶らは、土佐坊をまず鞍馬へつれもどしたが、さらに東光坊《とうこうぼう》から衆徒《しゅと》五十人がつきそって、土佐坊を京都まで護送した。

「土佐坊をひったててまいりました」

という報告に、義経は、大庭に土佐坊をひきすえさせ、縁に出て、

「どうだ昌俊《しょうしゅん》、起請《きしょう》は、書いたとたんに効験《こうげん》があるもの。それは承知だろうのに、なぜ筆をとった。しかし、おまえが生きて帰りたければ帰してやるが、どうだ」

土佐坊昌俊は、頭をふかく地面までさげて、

「猩々《しょうじょう》は血をおしみ、犀《さい》は角《つの》をおしみ、(45)日本の武士は名を惜しむ、と申します。いまさら生きて帰って、侍《さぶらい》どもに、どうして顔をあわせられましょう。ただお慈悲《じひ》として、すぐにも首をおめしください」

「さすが土佐は剛《ごう》のもの。それでこそ鎌倉どのも頼まれたのであろう。ところで、このだいじな囚人《めしうど》は、斬《き》るべきであろうか。それとも斬らずにおくか。これ、弁慶、いいようにはからえ」

そう義経はいって、奥へはいった。弁慶は、

「土佐は大力《だいぢから》のもの、牢《ろう》にいれて、その牢をふみやぶられなどしては面白くない。すぐ斬れ」

と喜三太《きさんだ》に命じて、土佐坊のうしろ綱《づな》をとらせて、六条河原へひきたてさせた。

そうして駿河次郎《するがのじろう》を斬り役として、土佐坊昌俊の首をはねた。このとき、相模《さがみの》八郎《はちろう》、同じく太郎《たろう》は十九歳で、伊北五郎《いほうのごろう》は三十三歳で、やはり斬りころされた。六条堀川で討死《うちじに》をまぬかれたものどもは、鎌倉へ逃げかえって、頼朝に、

「土佐坊は失敗して、判官どのに斬られました」

「この頼朝が代官としてつかわしたものを、とりおさえて斬るとは、遺憾《いかん》しごくに思う」

そう頼朝はいったが、侍どもは、ひそかに、

「斬るほうが当然だ。目のまえの、討手《うって》の本人ではないか」

といいあった。

義経《よしつね》の都おち

ともかく討手《うって》を上京させよと、頼朝《よりとも》は命じた。そこでこんどは北条四郎時政《ほうじょうしろうときまさ》

が大将となって京都へむかった。畠山重忠《はたけやましげただ》は、いったん辞退したが、かさねて命ぜられたので、武蔵七党《むさししちとう》をひきつれて、尾張国熱田《おわりのくにあつた》の宮へ進発した。後陣は、山田四郎朝政《やまだのしろうともまさ》で、七千騎で関東を出発するといううわさだった。

十一月一日（一一八五）(46)五位の判官《ほうがん》義経は、三位《さんみ》の公卿《くぎょう》をつうじて、院（後白《ごしら》河《かわ》法皇）にこう奏請《そうせい》した。

「義経が命をすてて朝敵を平定しましたのは、先祖の恥をすすぐためではありましたが、また平家へのお上《かみ》のお怒りをしずめまいらせるためでもありました。したがって朝恩《ちょうおん》として、かくべつのご褒章《ほうしょう》にもあずかるべきところ、鎌倉の源《げん》二位（頼朝《よりとも》）は、義経に野心があるとして、追討《ついとう》のため官軍をつかわしたときいております。義経としては、朝恩によって、逢坂《おうさか》の関から西をたまわりたくぞんじますが、さしあたっては、四国と九国《くこく》（九州）だけをたまわって、京都をはなれたいと思っております」

この奏請によって、朝廷から義経への回答も、道理をそなえた言葉でなければなるまいと、公卿《くぎょう》たちの会議がひらかれた。

「義経がこのように申すことも、おもえばふびんなことながら、しかし願いのままに宣旨《せんじ》をくだせば、頼朝がふかく朝廷をうらむであろう。といって、宣旨をくださなければ、まえに木曾義仲《きそのよしなか》がふるまったように、もし義経がふたたびふるまうことになったら、またもや、世が世とも思われないような状態になるであろう。しょせん、頼朝がすでに討手《うって》を京都へさしむけた以上、義経には、宣旨はやはりくだしておいて、その一方、近国《きんごく》の源氏どもにひそかに命じ、義経を大物《だいもつ》の浦《うら》(〔兵庫県〕尼ガ崎)あたりで討ちとってしまうのが、朝廷のため、またわれわれのためにも、もっとも然《しか》るべき方策であろう」

と、さいごは意見がそうまとまって一同、同意したので、義経には、さしあたり、希望どおりの宣旨がくだった。

そこで義経は、西国《さいごく》へくだろうとして、その用意をした。そのころ、西国の武士どもが大ぜい上京していたが、義経は、その在京武士のひとり、緒方三郎《おがたのさぶろう》維義《これよし》をよんで、

「このたび九州をたまわって、くだることになったが、そなたは助力してくれ

るか」

　すると緒方三郎は、すぐには承知せず、

「ただいま菊池二郎《きくちのじろう》が上京しておりますから、判官《ほうがん》どのは、さだめし菊池をもお召しのこととぞんじます。しかし私としては、この菊池をお討《う》ちくださったならば、そのとき初めて、よろこんで仰《おお》せにしたがいましょう」

　そうこたえた。そこで義経は、弁慶《べんけい》と伊勢三郎《いせのさぶろう》をよんで、

「菊池と緒方と、どっちがまさっていると思うか」

「それぞれに長所がありますが、菊池のほうが、いっそう頼もしいと思います。しかし、多勢の強さでは、緒方のほうが、まさっているようです」

とこたえた。義経は、こんどは菊池二郎高直《たかなお》をよびよせて
「菊池、この義経に助力してもらいたい」

　しかし菊池二郎は、

「仰せには、何をおいても従いたいところながら、じつは息子を関東へつかわしておりますので、父子がわかれてそれぞれ西と東につくことは、いかがかと

ぞんぜられます」

このこたえによって、義経は、まえの緒方の言葉もあり、「やむをえぬ。菊池を討て」と、弁慶と伊勢三郎を大将として、軍勢を菊池二郎の宿所へむけた。菊池は、矢種《やだね》のあるかぎり防ぎ戦ったのち、ついに家に火をかけて自害した。

こういうわけで、緒方三郎維義《これよし》が、義経の味方にまわった。

義経は、叔父《おじ》の備前守《びぜんのかみ》（源行家《みなもとのゆきいえ》）と同道して、十一月三日に京都を出た。

「この義経の、さいしょの領地入りだから、よそおいも、りっぱにととのえるように」

との命令で、ひとびとは服装も上品ないでたちであった。

そのころ、磯《いそ》ノ禅師《ぜんじ》（女）の娘で、世にもてはやされているれいの静《しずか》という白拍子《しらびょうし》〔白拍子を舞う遊女。注42参照〕がいたが、かねてからこの静を寵愛《ちょうあい》していた義経は、彼女に狩衣《かりぎぬ》の男装をさせて、ともにつれていった。

義経みずからは、赤地の錦《にしき》の直垂《ひたたれ》に、鎧《よろい》は着ないで、ただ小手《こて》や脛《すね》あてなどだけをつけ、馬はあの太くてたくましい、またたてがみも尾もふさふさした大《おお》黒《ぐろ》に、白覆輪《しろふくりん》の鞍《くら》をおいて、乗っていった。

家来たちは、黒糸おどしの鎧をきて、黒い馬に白覆輪の鞍をおいて乗ったものが五十騎、また萌黄《もえぎ》おどしの鎧をきて鹿毛《かげ》〔茶褐色で、脚先などが黒い〕の馬に乗ったものが同じく五十騎、というふうに、毛なみの色分けをして、それぞれ騎乗したが、そのうしろは馬の毛色もとりどりで、百騎、二百騎とつづき、総勢は、じつに一万五千騎にのぼった。

義経は、西国《さいごく》で名だかい月丸《つきまる》という大船に、五百人の家来とともにのりこんだが、財宝もつみこみ、馬も二十五匹のせて、まず四国めざして出帆《しゅっぱん》した。

船の中、そうして波の上の境涯《きょうがい》は、とかく、物がなしいものである。古い歌に、(47)伊勢の漁師のぬれた衣《ころも》は、ほすひまがあっても、じぶんの涙の衣のそでは、かわくひまがないと、なげいているが、そんなうらがなしさが船路《ふなじ》にはあった。入江の葦《あし》の葉につながれた藻《も》かり舟も、荒磯《あらいそ》をこぎわたるときは、浜辺の千鳥《ちどり》の声も、さながら悲しい時をこころえているかのようにきこえるというが、義経の船路もそれに似て、もやをへだてて沖に鷗《かもめ》がなくときは、敵のときのこえかとおそれるようなわびしさがあった。

風にまかせ、潮《しお》にしたがって、すすむうちに、左には住吉明神《すみよしみょうじん》〔大阪市住吉区にある〕をありがたい舟霊《ふなだま》と伏《ふ》しおがみ、右をみては、西宮《にしのみや》神社〔兵庫県西宮市にある〕にも遥《はる》かに祈りをささげ、芦屋《あしや》の浦《うら》〔兵庫県芦屋市〕や生田《いくた》の森〔神戸市の生田神社のまわりにあった森〕などもよそ目にながめつつ、やがて和田《わだ》の岬〔神戸市兵庫区〕をこぎすぎて、淡路《あわじ》の瀬戸《せと》もちかくなった。

さて淡路の絵島《えじま》の磯《いそ》を右にして、こぎすすむうちに、義経が、船の上から、時雨《しぐれ》の小ぶりのすきまを見ると、かなたに高い山がぼんやりと目にうつったので、

「あの山は、どこの国の、なんという山だ」

すると、「どこそこの国の、なになに山」と、ひとびとは口々にこたえたが、そのくせ、どことはっきり見さだめたものは、だれひとりなかった。

このとき武蔵坊弁慶《むさしぼうべんけい》は、船べりをまくらに昼寝をしていたが、がばと起きあがると、船ばたの平板の上に、すっくと立ちあがって、

「遠くもない山なのに、遠いと見ておられるようだが、あれは、播磨国《はりまのくに》の書写《しょしゃ》山《ざん》です」

　すると義経が、

「いかにも、山は書写山にちがいないが、じつは気になることがある。あの山の西のほうから、黒い雲がにわかに頂上へ切れかかってきたが、あれでは、夕方になったら、きっと大風が吹くだろう。もし吹きはじめたら、どんな島かげでも荒磯《あらいそ》でも、船をのりつけて、一同の命をすくうことだな」

　それをきくと弁慶は、

「あの雲の様子をみていると、とうていふつうの風雲《かざぐも》とは思われません。わが君は、いつお忘れになったのです。平家との合戦に、敵の若ぎみらが大ぜい、波の底に死体をしずめ、苔《こけ》の下に骨をうずめたとき、君がこういわれたことが、まるで今しがたのように思いだされます。君は、

『源氏は八幡大菩薩《はちまんだいぼさつ》が守りたもうから、事につけ、また、日につれて、安穏《あんのん》になるであろう』

と、そう仰せられましたが、いかようにもあれ、あの雲は、わが君のためには、凶風《きょうふう》のもとと思います。(48)

あの黒雲がくだけて、この船にかかったら、わが君もごぶじにはすみますまい。われわれも二度とふたたび、故郷へ帰ることはできなくなりましょう」

しかし義経は、

「どうしてそのようなことがあろう」

「いや、わが君は、これまでたびたび、弁慶が申しあげたことを、おききいれなく、そのため後悔しておられます。それでは、ごらんにいれましょう」

と、弁慶は、やわらかい烏帽子《えぼし》をひっかぶり、太刀《たち》やなぎなたはもたずに、白鳥の羽の矢に白木の弓をとりそえ、船のへさきに立って、だれかひとにむかって物をいうかのように、かきくどくような調子で、

「天神《てんしん》七代、地祇《ちぎ》〔地の神〕五代は、神の御代《みよ》、さらに神武《じんむ》天皇から四十一代の帝《みかど》このかた、保元《ほうげん》、平治《へいじ》という二度の合戦におよぶいくさはありません。これらの両度の戦いに、鎮西八郎為朝《ちんぜいはちろうためとも》どのが、五人ばりの弓に、十五束《そく》(49)の矢を射

て、名をあげられてから、たえてひさしくなりましたが、いまは源氏の郎党《ろうどう》のなかでは、この弁慶こそ、形のごとく弓矢をとる身として、屈指の者といわれています。

いま、あの黒雲にむかって射かけますが、ふつうの風雲ならば、射ても消えないでしょう。天のつかさどるところゆえ、あれが平家の死霊《しりょう》ならば、どうして矢先にたえられましょう。もし死霊であるのに、効験《こうげん》がなかったら、日ごろ神をあがめ、仏をたっとび、祈り祭るのも無益なこと、とこう申すものは、源氏の郎党ながら、由緒《ゆいしょ》ただしい武士、天児屋《あめのこや》根命《ねのみこと》の子孫、熊野の別当弁生《べっとうべんしょう》の子、西塔《さいとう》の武蔵坊弁慶」

そう名のりをあげるや、矢つぎ早に、さんざんに射ると、冬空の夕あかりのなかなので、潮《うしお》も光って、矢はどこへ落ちるとも見えなかったが、はたして死霊だったとみえ、黒雲は、かきけすようになくなってしまった。

船のひとびとはこれをみて、

「ああおそろしい。武蔵坊がいなかったら、大事がおこったろう」

といいあった。

こうして、「それ押せ、やれ漕《こ》げ」と、こぎすすみ、淡路国水島《あわじのくにみずしま》の東がかすかにみえるところをすぎていくと、さきほどの書写山の、こんどは北の中腹の下あたりに、またもや黒雲が、それも車輪のような形であらわれた。義経が、

「あれはどうだ」

というと、弁慶が、

「あれこそ風雲です」

と、いいも終わらないうちに、大風が吹きよせてきた。

季節は十一月の上旬なので、あられまじりの吹きぶりで、東西の磯も見わけられなくなった。山腹よりも下のほうは、ことに風がはげしく、摂津《せっつ》の武庫山《むこやま》〔神戸の六甲山の別称〕おろしは、暗くなるにしたがって、いよいよ苛烈《かれつ》になっていった。義経は、船員や水夫どもに、

「風がつよいから、帆は半ばにひけ」

ただちに、水夫らが帆をおろそうとしたが、氷雨《ひさめ》にぬれて、帆柱のさきの滑《かっ》

車《しゃ》が固まりついて動かない。このとき弁慶は、片岡《かたおか》に、

「西国《さいごく》の合戦のとき、大風にはたびたび出あったものだ。ひきづなをさげて曳《ひ》かせ、それに苫《とま》〔スゲやカヤで編んだ雨をしのぐ具〕をまきつけよ」

そう命じたので、綱をさげ苫をまきつけたが、すこしも効果がなかった。この大船、月丸《つきまる》は、神崎《かんざき》川の河口を出たとき、西国船の常《つね》として、安定のための石をたくさんつみこんでいたので、葛《かずら》でその石をゆわえては、海へ投げいれたけれども、綱も石も深くは沈みえず、水の上をひかれていくほどの大あらしだった。

馬どもが、船ばらをたたく波の音におどろいて、いななきわめくこえも、たいへんなさわがしさで、今朝までは、べつにどうとも思っていなかったひとびとも、船底にひれふして、口から黄色い液をはくさまが、あわれであった。義経も、このありさまをみて、

「ただ帆の腹をやぶって風を通せ」

と命じたので、ひとびとは薙鎌《ないがま》〔長柄《ながえ》の鎌〕で、帆の腹をさんざんに破って風

を通したが、へさきには白波がたえずわきたち、まるで千本の鉾《ほこ》で突くようである。

そのうちに、とっぷり暗くなった。ほかの軍船が前方にあるわけでもないので、かがり火もたかなかったが、そうかといって、べつの船がうしろにつづくわけでもないので、漁師のたき火もみえなかった。空まで雲にとざされているので、北斗七星が見えるのでもなく、ただ、無明《むみょう》のやみのなかに、さまよっている思いだった。

義経は、ひとり身ならともかくだが、京都ずまいのあいだに、もともと余人がしらないほど情がふかいひとではあり、しのんでかよった女が、二十四人あるといわれていた。そのなかでも義経がふかく思っていた女性《にょしょう》は、平大納言時忠《へいだいなごんときただ》の娘、久我大臣《こがのおとど》の姫ぎみ、唐橋大納言《からはしの》の娘、鳥養中納言《とりかいの》の娘で、これらの女性たちは、さすがにみな優美なひとびとであった。さらに、静《しずか》をはじめとして、白拍子《しらびょうし》五人その他を加えると、総数十一人の女が、同じ船にのっていた。女たちは、京都では、思い思いの心をもっていたが、いま、一カ所にあつまっていると、いっそ京都でどうにかなってしまっていたら、とたがいに悲しみあった。

義経も、おぼつかない気もちのままに、立ちあがると出ていって、

「いまは夜の何時ぐらいだろう」

「子《ね》の刻《こく》の終りごろ（午前一時）にはもうなっているようです」

「ああ早く夜があけてくれればいい。雲のぐあいを一目みた上でなら、どうにでもなるのだが」

などとも義経はいった。さらに、

「いったい武士のなか、あるいは、めしつかいのなかに、うでのあるものはいないか。あの帆柱にのぼって、滑車の綱を薙鎌《ないがま》で切れ」

するとと弁慶が、

「ひとは、運がつきる時になると、ふだんもっていないような心をもつものだ」

と、つぶやいた。義経は、それをきいて、

「なにも、ぜひおまえに帆柱へのぼれとはいっていない。おまえは比叡《ひえい》の山そだちだから、帆柱にはのぼれまい。常陸坊《ひたちぼう》は、琵琶湖《びわこ》で小舟などの練習はつん

だにしても、大船の帆柱となれば、やはりのぼれまい。伊勢三郎《いせのさぶろう》は上野《こうずけ》のものだし、四郎兵衛忠信《しろうひょうえただのぶ》は奥州《おうしゅう》のものだ。

片岡こそは、常陸国《ひたちのくに》の鹿島行方《かしまなめかた》〔茨城県麻生《あそう》町のあたり〕という荒磯《あらいそ》のはえぬきだし、志田三郎先生義広《しだのさぶろうせんじょうよしひろ》が浮島《うきしま》〔同・桜川村のあたり〕にいたときも、いつも遊びにいっては、『源平の乱がおこったら、葦《あし》の葉のような小舟でも、外国まででも渡ってみせる』と、じまんしていたくらいだから、片岡、おまえがのぼれ」

この命令をうけた片岡八郎経春《つねはる》は、すぐご前《ぜん》をたちさると、小袖直垂《こそでひたたれ》をぬぎ、細幅布《ほそはばぬの》を二すじ、よりあわせて胴に巻き、もとどりをときほぐして、えりもとへおしこみ、烏帽子《えぼし》のひたいにはちまきをしめ、するどい薙鎌《ないがま》をとって、胴のより布へさし、大勢のひとびとのあいだをかきわけて、まず、帆柱の下の横木にのぼった。

帆柱に手をかけてみると、大の男が両手でかかえても指もあわないほどの太さで、高さは四、五丈《じょう》〔一二〜一五メートル〕もあろうかと思われた。しかも、武庫山《むこやま》おろしに吹きつけられて、氷雨《ひさめ》や雪が凍りつき、まるで銀箔《ぎんぱく》をかけたよ

うに光っている。どうみても、のぼれそうにはみえなかったが、義経が、

「やったぞ、片岡」

と声援したので、片岡は、「えい」とかけごえをかけては、のぼっていくと、するりと落ち、またのぼると、またするりと落ち、いくたびか、そんなすべりかたをしたのち、いのちがけで上へすすんでいった。

片岡は、二丈ほどのぼってみると、いったい何の物音であろう、船内に反響して、まるで地震の鳴動《めいどう》のようにきこえた。おや、なんだろうと、耳をかたむけていると、それは、海岸のほうから吹きよせた風が、時雨《しぐれ》とあわさった騒音とわかった。

「おおい、きこえるか、舟子《かこ》〔水夫〕ども。うしろから風がくるぞ。波をよくみろ。風をかわせ」

そう片岡が、さけび終わらないうちに、大風がどっと吹きよせて、帆の残りをびゅうびゅういわせたかと思うと、風もろとも船も、ざざっと波をきって前へ出たが、そのとき、どこともしれず、二カ所に異様な物音がひびいたので、

船のひとびとは、いっせいに、わあっとさけんだ。

帆柱は、滑車から二丈ばかり下のあたりで、ぽっきりと折れた。その二丈の部分が、海のなかへ、ざんぶり落ちこむと、船体がうきあがって、にわかに、船脚が、ぐっとのびた。

片岡は、するすると帆柱を下りてくるや、船梁《ふなばり》の横木をふんまえ、薙鎌《ないがま》をふるって八本のひき綱をはらいおとしたので、船は、折れのこった柱を風にふかれながら、夜じゅう波にゆられていた。

そのうちに、未明になったが、昨夜の風はしずまったのに、またあらたに風が吹きよせてきた。

「これはどこからふいてくる風だろう」

そう弁慶がいうと、年のころ五十ぐらいの水夫が、

「やっぱりきのうの風でさあ」

こんどは片岡が、

「おい、おやじ。よくみてからいえ。きのうは北の風だったが、それを吹きそ

らす風なら、東南か南のはずだ。風しもは、津《つ》の国になるだろう」

するとと義経が、

「いや、おまえたちは、勝手がわからない者だ。水夫どものほうが、よく勝手を知っている。ただ帆をあげて風にふかせるがいい」

そこで、へさきの弥帆柱《やほばしら》を、あらたにたてて、それに帆をあげて船を走らせた。

夜が、白んできたとき、船は、見しらない干潟《ひがた》に走りついた。

「潮《しお》は満ちてくるのか、それともひくのか」

「ひいております」

「それでは、満ちてくるのを待とう」

と義経は、船腹を波にうたせながら、夜があけるのを待っていると、陸のほうに、大鐘《おおがね》がなるのがきこえた。義経は、

「鐘の音がきこえるから、浜べも近いらしい。だれか、小舟にのって、いって様子を見てこい」

この命令を、だれが仰《おお》せつかるかと、ひとびとが固唾《かたず》をのんでいると、義経は、

「いくたびでも、役にたつものに、行ってもらいたい。片岡、いってこい」

命令をうけた片岡は、逆沢瀉《さかおもだか》の腹巻をつけて、太刀《たち》をさした。もともと、うってつけの舟のりなので、小舟にのって、まちがいなく磯《いそ》へのりつけて、陸へあがってみると、漁師の塩やき小屋が、のきをならべていた。片岡は、たちよってたずねようと思ったが、じぶんは相手にとって気のおけない者ではないしと、小屋のむれの前をとおりすぎ、一町〔約一一〇メートル〕ほども海岸から中へはいると、大きな鳥居《とりい》があった。その鳥居をくぐっていくと、古びた神社の境内《けいだい》である。

片岡が神前に近づいて拝んだとき、年が八十にもなろう老人(50)が、ただひとり、かたわらにたたずんでいた。

「ここはどこの国の、なんというところですか」

「ここがわからないのは、よくあることだが、国もわからないとは、あやしい

のう。ただでさえ、この辺りは、ここ二、三日ほど、そうぞうしいことがあった。源九郎判官《げんくろうほうがん》が、きのう、この地を出て、四国めざしてくだったが、夜のうちに風が変ったので、ここの浜べに着くだろうと、この国の住人、豊島蔵人《てしまのくろうど》、上野判官《こうずけのはんがん》、小溝太郎《こみぞのたろう》らが、命令をうけて、陸には五百匹の駿馬《しゅんめ》の装備もぬかりなく、また磯には三十そうの杉船に楯《たて》をならべて、判官《ほうがん》を待ちかまえている。だからおぬしが、もし判官側のひとだったら、ひとまず早くここをのがれることだな」

この言葉に、しかし片岡は、さりげない顔をしながら、

「じぶんは淡路国《あわじのくに》のものですが、おととい釣りに出かけたところ、大風に吹きながされて、いましがた、ここへついたばかりです。どうか、ありのまま、おしえていただきたい」

すると老人は、こう古い歌を口ずさんだ。

いさり火の　むかしの光　ほのみえて
芦屋《あしや》の里に　とぶほたるかな(51)

――むかし在原業平《ありわらのなりひら》がよんだように、漁師の夜釣りの火と見まがうほど、ちらほらと、おぼつかなく光りながら、この芦屋のさとに、ほたるがとんでいることだなあ、と、摂政藤原良経《ふじわらのよしつね》の旧作を口ずさむと、老人は、まるでかきけすように姿が見えなくなった。

あとでわかったことだが、そこは摂津《せっつ》でも武庫《むこ》郡の住吉郷《すみよしごう》で、やはり住吉明《みょう》神《じん》をまつったところだったので、明神があわれみをかけてくれたものと思われた。片岡八郎は、まもなくもどってきて、このことを報告したので、義経は、

「それならば船をおしだせ」

といったが、おりから干潮で、船をだすことができず、不本意ながらも、そのまま夜をあかしてしまった。

住吉《すみよし》と大物《だいもつ》の二カ所の合戦

「天には口がないが、人の口でいわせる」(52)と、ことわざにもあるように、大物《だいもつ》の浦《うら》(〔兵庫県〕尼ガ崎)も、このとき騒然としていた。(53)

前夜みえなかった船が、夜のあいだについて、茅《かや》などの覆《おお》いも、かけたままであるとは、まことにあやしい、いったいどんな船か、ひきよせてみよう、と、五百余騎が、三十そうの船にのりこんで、海へおしだした。

干潮のときながら、小舟なので、船脚《ふなあし》も早く、しかし、腕だっしゃの水夫どもをのせたので、思うままにこぎすすんでいき、口々に、大船を中にとりこめよ、討《う》ちもらすな、と、わめきさわいだ。

義経《よしつね》は、このありさまに、

「敵がおしよせてきたからといって、あわてるな。この船を義経の船と知れば、敵も、そうむぞうさには近づくまい。乱戦をしかけてきたら、兵士どもにはかまうな。柄《え》の長い熊手を用意して、大将らしいやつを生けどりにせよ」

と命令した。すると武蔵坊弁慶《むさしぼうべんけい》が、

「仰《おお》せはごもっともなことながら、船のなかのいくさは、かくべつたいせつなものです。きょうの戦いのあいずの矢あわせは、ほかの者にはゆるさないで、この弁慶におまかせください」

そういうと、片岡八郎経春《かたおかはちろうつねはる》が、

「僧たるものの道は、縁のないものをとむらい、縁のあるものをみちびくべきで、そうしてこそ法師といえるのだ。それなのに、戦いとさえいえば、まっさきにおまえがのりだすとは、どういうわけだ。どけ、この経春が、敵に矢をひとつ射かけるから」

弁慶は、

「なにっ。おまえよりほか、このご主君のもとに、弓矢をとるものがないとでもいうのか」

すると、佐藤四郎兵衛忠信《さとうしろうひょうえただのぶ》が、義経の前にすすみでて、かしこまりながら、

「このような情勢に、ここで先駆《さきが》け争いなどしている間にも、もう敵が近づいてきます。どうか、ご下命《かめい》により、この忠信が、まっさきに矢を射たいとぞん

じます」

「よくぞ、けなげに申した。おまえが望めば、と思っていたところだ」

と義経は、佐藤忠信に、先駈けをゆるした。

そこで忠信は、三目鹿子《みつめかのこ》の直垂《ひたたれ》に、萌黄《もえぎ》おどしの鎧《よろい》をつけ、錏《しころ》が三枚の兜《かぶと》の緒《お》をしめ、いかめしい作りの太刀《たち》をさし、尾白鷲《おじろわし》の羽を二十四本さした箙《えびら》〔矢を入れて背負う具〕を、肩ごしに高くせおい、上矢《うわや》として大きな鏑矢《かぶらや》を二本さしそえ、籐《とう》で節をまいた弓をもって、船のへさきへ出て敵とむかいあった。

敵は、豊島冠者《てしまのかんじゃ》（蔵人《くろうど》）と上野判官《こうずけのはんがん》の二人を大将として、楯《たて》をならべた小船を、矢のとどくあたりまでこぎよせて、

「おおい、その船は、判官《ほうがん》どののお船と見うけたぞ。こちらは豊島冠者と上野判官というものだが、鎌倉どののご命令をうけている。当地へ落人《おちうど》をむざむざ入れて、討ちもらしなどすれば、弓矢とる身の恥辱《ちじょく》。よって見参《けんざん》におよぶぞ」

これをきいて、佐藤忠信は、

「こちらは佐藤四郎兵衛忠信だぞ」

と、いいもおわらず、さっと立ちあがると、豊島冠者は、

「代官なら、義経自身も同じだ」

と、大きな鏑矢《かぶらや》をつがえ、十分にひいて、さっと射た。鳴鏑《なりかぶら》〔鏑矢は飛ぶとき音が鳴る〕は遠くから、うなりながらとんできて、船べりに、ぐさっと立った。

佐藤忠信はそれをみて、

「ときのこえをあげ、その日の敵をたおすには、まん中を、ふっつりと射切ってこそ、おもしろいというもの。おおい。豊島冠者、この忠信ほどの源氏の家来をあざわらう武士とは、とうてい思われない腕まえだぞ。さあ、忠信の手なみのほどをみよ」

と、三人張りの弓に、十三束三伏《ぞくみつぶせ》の矢をつがえ、きりりとひいて、さっと射た。鏑矢は鳴りひびきながら、とんでいき、大きな二股《ふたまた》の矢先が、豊島冠者の内かぶとへとびこんだとみえたが、首の骨にはさわらずに、そのまま、ぷすっと首を射切《いき》り、矢先が兜の下べりの板金に立ったが、首は兜《かぶと》の鉢金《はちがね》もろとも、海のなかへ、ざんぶりと落ちこんだ。

上野判官《こうずけのはんがん》はこれをみて、

「もう高言《こうげん》はさせぬぞ」

と、矢入れの上にさした、戦いのあいずの鏑矢をわざとおしのけ、その下の戦闘用の矢をつがえると、つよくひきしぼって、さっと放った。その矢は、忠信が弓矢を手にして立っていた兜の、鉢金の左端をすこし射けずったが、そのため忠信の第二の鏑矢は、海のなかへおとされた。このありさまに忠信は、

「だいたいこの国の住人は、敵に矢を射かけるすべを知らないな。よし、やつに、手なみのほどを見せてくれるぞ」

と、こんどは先のするどくとがった矢をつがえて、かるく引きながら待ちかまえた。敵の上野判官は、一の矢を射そこなって、むねんに思い、二の矢をつがえて、弓を上へあげながら射ようとしたところを、忠信は、十分にひきざま、さっと尖矢《とがりや》を放った。忠信の矢は、あいての上野判官の、左の脇《わき》の下《した》をつらぬき、矢の先が五寸〔約一五センチ〕ばかり右の脇腹へ出たそのとたんに、上野判官は、水中へざんぶり落ちこんだ。

忠信は、つぎの矢を弓にそえて手にしながら、義経のご前《ぜん》へもどってきた。手柄とか失敗とかいまさら論ずるさえおろかなほどの大手柄だと、殊勲帳《しゅくんちょう》のまっさきに、功名を記入された。敵は、豊島冠者《てしまのかんじゃ》と上野判官の両大将が討《う》たれたので、兵士らは、矢の距離よりも遠いところまで、舟を、こぎ退《ひ》いていった。

このとき片岡八郎が、忠信に近づいて、

「どうだった。忠信どの。いったい、どんな戦いぶりをした」

「あざやかな腕のほどをみせてやった」

「それでは、もうひきさがってくれ。こんどはこの経春《つねはる》も、一本射てみたい」

そういったので、佐藤忠信がひきさがると、片岡八郎経春は、白い直垂《ひたたれ》に、黄白地の鎧《よろい》をきて、兜《かぶと》はわざとかぶらず、折烏帽子《おりえぼし》に、かけひもをして結び、白木の弓を、わきにかかえながら、矢箱を船板の上へ、からりと置いて、箱のふたをあけた。矢の柄《え》の曲りをなおさないで、節の上をけずりそぎ、矢羽《やばね》の上下を檀《まゆみ》の皮でまいた黒樫《くろかし》といちいの木の強そうな矢をととのえ、うなる蟇目《ひきめ》は、まわり四寸、長さ六寸という大鏑矢《おおかぶらや》をつくり、矢の先には、鹿の角《つの》をとがらした五、六寸もある矢じりをつけた。

「なにはともあれ、この矢では、もし敵将を射たなら、鎧の裏まで通す腕もないと、あざけられもしようが、四国あたりの杉舟は、へりが薄いし、そのくせ大勢のっているため吃水《きっすい》はふかいから、水ぎわから五寸ばかり下げたところを狙《ねら》いごろにして、そのあたりへ、ぷすりと射こめば、杉舟などは、まるで、のみで板を割るように、ふなばらをうちくだくことができよう。こうして舟が浸水したら、ぐいぐいふみ沈めて、敵どもを、みなごろしにしてしまえばいい。助け舟がちかよったら、あいてが精鋭であろうと雑兵《ぞうひょう》であろうと、かまうことなく、味方のおのおのがたは、矢を、つるべうちに敵にあびせかけてもらいたい。いいか」

そういうと、兵士らはみな、承知、承知、とさけんだ。

いまや片岡八郎は、まず鏑矢を射るや、船べりの板の上に、片ひざをつきながら、さしつめひきつめ、ぞんぶんに射まくった。敵の舟の腹に、いちいの木の矢先を、十四、五本も射たてたので、海水がいっぱいになった舟もあらわれた。敵は、あわてふためいて、足もともあやうく逃げたが、目のまえで、杉舟が三そうまでも沈んだ。すでに豊島冠者《てしまのかんじゃ》が討死《うちじに》していたので、敵は小舟のむれを大物《だいもつ》の浦《うら》へこぎもどしてのがれ、遺骸をかついで、泣きの涙で宿所へひきあげていった。

一方、義経の船の上では、弁慶が常陸坊《ひたちぼう》をよんで、

「どうも心外《しんがい》せんばんだ。いくさをすればよかった。ただこんなふうにして日をくらすことは、まるで宝の山にはいりながら、何もつかまずにいるようなものだ」

と、残念がった。しかし、このとき、敵方の小溝太郎《こみぞのたろう》は、大物方面で合戦があったときいて、百騎の軍勢もろとも、大物の浦へ、はせつけてきた。そうして、浜にあげてあった船を五そうも水中へ押しおろすと、百騎を五手にわけて、五そうに分乗し、先をあらそって、義経の船めざしておしよせた。

武蔵坊弁慶は、それをみて、黒革おどしの鎧《よろい》をきこんだが、常陸坊海尊《かいそん》は黒糸おどしの鎧をつけた。常陸坊は、もともと腕のいいこぎ手だったので、ただ

ちに小舟をのりだした。弁慶は、わざと弓矢をもたず、鶴《つる》のかざりのついた四尺二寸〔約一三〇センチ〕もある大太刀《おおだち》に、岩透《いわとおし》という名の小太刀をさしそえ、れいの猪《い》の目《め》を彫ったまさかり、さらに薙鎌《ないがま》や熊手を、常陸坊の小舟のなかへ、がらがらと投げいれた。手ばなさずに持っていたのは、いちいの木の打棒《うちぼう》で、それは長さが一丈二尺〔約三・六メートル〕、しかも、だんだらに籐《とう》がまいてあり、そのうえ鉄のすじがね入りで、柄《え》のもとには金具が打ってあったが、その打棒を小わきにひっかかえながら、弁慶は、常陸坊の舟のへさきへ、ひらりととびのった。

「どうもこうもない。ただこの舟を、あの敵どものただなかへ、さっと、こぎいれてくれ。とたんにおれが、熊手を、あいての船べりにひっかけ、つよくたぐりよせて、えいっと、とびうつり、敵の兜《かぶと》のまっ正面、弓小手《ゆごて》の折れ目、膝《ひざ》がしら、腰骨など、ところきらわず、思うぞんぶん、なぎ打ちに打ちのめそう。兜の鉢金《はちがね》がわれては、敵将の頭も、たまったものではあるまい。まあ、まかせておいて、見ていてくれ」

そうつぶやいて、まるで疫病神《やくびょうがみ》が海をわたるかのように、敵のほうへおしすすんだので、義経方のひとびとは、ただ、じいっとそれを見おくった。

敵将の小溝太郎《こみぞのたろう》は、

「そもそも、これほど大勢いるわが軍のなかへ、たった二人でのりよせてくるとは、あいつらは、いったい、なにものだ」

するとだれかが、

「ひとりは武蔵坊、もうひとりは常陸坊です」

「そりゃいかん。手にあまるやつらだ」

と小溝太郎は、船を大物《だいもつ》の浦《うら》のほうへむけさせた。弁慶はそれをみて、

「卑怯《ひきょう》だぞ。小溝太郎と見うけたが、かえせ、かえせ」

といったが、小溝は耳もかたむけず、にげていったので、弁慶は、

「こげ海尊、こげやこげ」

常陸坊海尊は、ふなばたをふんまえ、小舟をぎしぎしいわせてこぎすすんだ。

そうして、五そうのただなかへ、すっとこぎいれたので、弁慶は、熊手をとる

や敵の船につよくうちかけ、ひきよせざま、ゆらりととびうつり、ともからへさきにむかって打棒をぴゅうぴゅうふりふり、敵兵をなぎはらい、また、うちひしぎながら、通りぬけていった。棒にあたったものはいうまでもなく、あたらないものも、夢中で海へつぎつぎにとびこんで、おぼれ死んでいった。

義経はそれをみて、片岡八郎に、

「片岡。あれをさしとめよ。あれほどまでの罪つくりはよろしくない」

そこで片岡は、弁慶にちかづいて、

「仰せだぞ。そんなに罪つくりはするな」

と、さけぶと、弁慶は、

「末も通らぬ青道心《あおどうしん》(54)とは、まさにこういうことをいうのだ。しょせん、なまぐさ坊主の弁慶だ。いまさら、この耳に、仰せを入れたりなどしてくれるな。海尊、八方を攻めたてるのだぞ」

と、ますますさんざんに敵をせめた。敵は杉船を、二そう失い、三そうだけ助かって、大物の浦へにげこんで上陸した。

この日、判官《ほうがん》義経は、合戦に快勝した。しかし乗船のほうにも、負傷者が十六人、死者も八人あった。討死《うちじに》したものらの首は、敵にわたすまいと、大物の浦の沖にしずめた。

義経は、その日は一日じゅう船ですごしたが、やがて夜になったので、ひとびとは義経の女たちをみな上陸させた。彼女らの心のうちを思えば、せつないことではあったが、ひとびとは、いつまでこうしているわけにもいくまいと、すべての女たちを、それぞれのところへ送りだした。平大納言《へいだいなごん》の姫ぎみは、駿河次郎《するがのじろう》がひきうけて送りとどけ、久我大臣《こがのおとど》の姫ぎみは、喜三太《きさんだ》が送っていき、そのほかの女性《にょしょう》たちも、それぞれ縁戚《えんせき》のすじへ送りかえした。

しかし、女たちのなかでも、静《しずか》だけは義経もかくべつふかい思いをよせていたためであろう、そのままひきつれて、大物の浦を出帆《しゅっぱん》し、その夜は摂津《せっつ》の渡辺《わたなべ》〔大阪市天満のあたり〕についた。翌日になると、義経は、住吉《すみよし》神社の神主津守長盛《つもりながもり》のもとへいき、そこで一夜をあかしたが、その後、れいの大和国宇陀郡《やまとのくにうだのこおり》岸岡《きしのおか》というところへ(55)うつって、外戚すじの親しい縁者のもとに、しばらく滞在した。

やがて、北条四郎時政《ほうじょうしろうときまさ》が、伊賀伊勢の両国をこえて、宇陀《うだ》へおしよせるというわさがつたわったので、義経は、じぶんのためにほかのひとびとに迷惑はかけまいと、文治《ぶんじ》元年（一一八五）十二月十四日のあけがた、春は桜の名所として名だかい吉野山をめざし、そのふもとに、馬をのりすてると、山のなかへこもりかくれた。

巻五

義経《よしつね》の吉野山《よしのやま》入り

都には春がきたが、吉野《よしの》はまだ冬の季節だった。まして年のくれなので、谷の小川も氷がはっていた。

吉野は、なみたいていでない山だったが、義経《よしつね》は、つきないなごりをすてかねて、静《しずか》をここまでつれてきた。いろいろな難所《なんしょ》をとおって、一二の迫《はざま》、三四の峠、杉《すぎ》の壇《だん》というところまで、道をわけてはいった。そのとき、武蔵坊弁慶《むさしぼうべんけい》

が、なかまの片岡八郎《かたおかはちろう》に、

「わが君のおともをして、何不足なくお世話をつづけるということは、やっかいしごくだな。四国へおともをしたときも、同じ船に、女性《にょしょう》が十人あまりものって、不安だったが、こんども、こういう深山《しんざん》まで女をつれてくるとは、納得できない。こんなふうにおともをしてあるくうちに、ふもとの里へ知れれば、いやしいやつらの手にかかりなどもしよう。そんなやつらに射ころされて、ろくでもない評判をたてられることは、ざんねんしごくだ。

片岡、おぬしはどうする。どうだ、ひとまずのがれて、じぶんらも助かることにするか」

「そこまではさすがにどんなものかな。まあ、ただ目をつぶっていろよ」

義経は、これをきいて、たいへん心ぐるしいことに思った。なごりをおしんで静をすてまいとすれば、かれらと仲たがいになるし、そうかといって、かれらと仲たがいになるまいとすれば、静とのなごりがおしまれてならない。かれこれ心をくだいて、義経は涙にむせんだ。

ついに義経は、武蔵坊弁慶をよびよせて、いった。

「みんなの心のうちを、義経は知らないわけではないが、わずかの縁をすてかねて、ここまで女をつれてきたことは、われながらわからないような思いだ。ここから静を京都へかえすことにしようとおもうが、どうだろう」

弁慶は、かしこまって、

「それはたいへんけっこうなおかんがえです。じつは弁慶もそう申しあげたいと思いながら、ごえんりょしておりました。そう思いつきになった以上、さっそく、日がくれないうちに、早く、さあ、おいそぎください」

義経は、心のなかで、どうして静を京都へかえそうなどと、いってしまったのだろう、しかし、そういったあとで、やっぱりもとどおりの考えでいたいなどと、いまさらいうことも、家来たちの思わくのほども、どうかとおもわれる、と、やむをえず、

「静を京都へかえしたい」

というと、武士ふたりと、雑役《ぞうやく》のめしつかい三人がおともをしたいと申しでた。

義経は、

「ひとえにこの義経に、命をくれたものとうれしく思うぞ。どうか道中はよくいたわってやって、都までつれて帰ってくれ。そのあとは、各自どこへいこうと、それは思うままにするがいい」

そういってから、静をよびよせて、

「この義経の情けがつきて、都へかえすのではないぞ。ここまでつれてきたのも、情けが、あだやおろそかでなければこそだ。それだからこそ、心ぐるしい旅路にも、人目もかえりみず、あえてともなってきた。しかし、よくきけば、この山は、むかし役《えん》ノ行者《ぎょうじゃ》が、道をわけてひらいた菩提《ぼだい》の峰だから、精進潔斎《しょうじんけっさい》しなければ、けっしてはいってはならない山なのに、じぶんの業《ごう》にひかれて、ここまでおまえをつれてきたことは、神慮《しんりょ》のほどもおそろしく思われる。

これからおまえは京都へかえり、母の磯《いそ》ノ禅師《ぜんじ》のもとにしのびくらして、来年の春を待ってもらいたい。義経も、もし来年ふたたびほんとうに思うようにならなかったら、出家しようとひそかにかんがえている。おまえも、義経をおもってくれるならば、ともに姿をかえ、お経もよみ、また念仏も、ともにとなえよう。そうすればこの世でも、のちの世でも、どうして同じ所にいられないことがあろう」

この言葉を、静は、ききおわらないうちに、衣《きぬ》のそでを顔にあてて、泣くよりほかはなかった。

「お情けがまだつきないあいだは、四国の波の上までも、つれていっていただきましたが、ちぎりがつきましたのでは、いたしかたございません。ただ女のうき身のほどが、思いしられて悲しゅうございます。

申しあげるのも、いかがとおもいますが、じつは、すぎた夏のころから、ただならぬ身になった、と申しますのは、いずれお産をすることも、もうたしかになりましたのでございます。判官《ほうがん》さまとのことは、世にかくれもないことなので、六波羅《ろくはら》へも、鎌倉へも、知れてしまいましょう。東国《とうごく》のひとは、情《じょう》がないときききますから、いまに捕えられて関東へくだされたら、どんなうき目をみることになりますやら。どうか、つよく思いきりくださって、いま、ここで、どのようにもしていただきとうございます。判官さまのおためにも、わたくしのためにも、なまなか生きながらえて物思いにしずむよりは、そのほうがむしろ――」

そう静がかきくどいたので、義経は、

「どうかいまは、無理を承知で、都へ帰ってはくれまいか」

といったが、静は義経の膝《ひざ》のうえに顔をあて、声をあげて泣きふした。武士らもこれをみて、みな目をうるませたが、義経は、鬢《びん》などをうつす男子用の小さい鏡をとりだして、

「これは朝夕顔をうつしてきたものだが、これを見るたびに、義経を見ると思ってくれ」

と、あたえた。静はうけとって、亡くなった人の形見のように、胸にあてて泣きこがれた。そうして涙のあいだにこう詠《よ》んだ。

見るとても　うれしくもなし　増鏡《ますかがみ》
　こひしきひとの　影をとめねば

――見ても、すこしもうれしくございません。この真澄《ますみ》の鏡には、こいしいあなたのお姿がうつらないのですもの、という静の心のうちをきいて、義経は、こんどは枕をとりだすと、
「これも、身からははなさずにいてくれ」
と、いいながら、こう返歌《へんか》した。

急げども　行きもやられず　草枕《くさまくら》
　しづかになれし　心ならひに

――急いでいこうとしても、いくことができないこの旅路だ。かねてから、しずかにいくことになれて、それが心の習慣にもなっているから、と義経は、あたえた枕に、旅寝の枕をかけ、さらに静御前《しずかごぜん》へのなじみの心をも、詠《よ》みこんでかなしんだ。

義経は、さらに財宝を、かずかずとりだして静にあたえたが、そのなかに、とくべつにだいじにしていた楽器で、紫檀《したん》の胴に、羊《ひつじ》の革をはり、多彩な組糸《くみいと》の調緒《しらべお》の鼓《つづみ》(56)があった。それを静にわたしながら、

「この鼓は、義経がかねがね秘蔵していた鼓だ。白河院のとき、法住寺《ほうじゅうじ》〔京都市東山区にあった〕の長老が唐《とう》へわたって二つの貴重な宝をもちかえったが、それは名曲《めいきょく》という琵琶《びわ》と、初音《はつね》という鼓だった。

名曲は内裏《だいり》にあったが、保元《ほうげん》の戦いのとき、新院（崇《す》徳《とく》上皇）の御所でやけてなくなった。初音は、讃岐守《さぬきのかみ》・平正盛《たいらのまさもり》がたまわって秘蔵していたが、正盛の死後、子の忠盛《ただもり》がうけつたえ、さらにその子清盛《きよもり》につたわったが、清盛のあとは、だれがもっていたのだろう。ともかく屋島《やしま》の戦いのとき、だれかがわざと海の中へなげいれたのか、それとも、つい、とりおとしたのか、この鼓が波間にゆれていたのを、伊勢三郎《いせのさぶろう》が熊手にかけてひろいあげた。それを義経がうけとって、いったん鎌倉どのにさしあげたが、はからずもそれが院の御所を経て、ふたたび義経の手にはいった。

命のあるかぎり、末ながく秘蔵しようと思ったこの鼓だが、いま、わかれにさいして、おまえに贈ることにする」

そういわれて、静は、泣く泣く、初音の鼓をうけとった。

いまはどうみても、事を運ばずにはすまないと、是非《ぜひ》の分別を二つにした。しかし、義経が思いきるときは、静が思いきれず、静が思いきるときは、義経が思いきれず、ふたりはたがいに離れ去りえず、帰っては行き、行っては帰るありさまをくりかえした。こうして峰へのぼったり谷へくだったりするうちに、いつともなく離れていったが、静は、義経の姿がみえるかぎり、はるばる遠くからも見おくった。しかし、ついに、たがいに相手がみえないほど、へだたっては、むなしく山彦《やまびこ》をひびかせつつ、よびかわすばかりとなった。

静の供の五人のものは、ようやく静をなぐさめて、三四の峠までくだった。しかしそのとき、二人の侍《さぶらい》が、三人の足軽《あしがる》に、

「おまえらはどうおもう。判官《ほうがん》どのも、ふかく情けをかけておられたが、かねてから、ごじぶんの身のおきどころもないと思われたればこそ、ゆくえしれずに都を落ちのびられたのだ。

われわれにしても、このままふもとへくだって、落人《おちうど》の供をしてあるいては、どうしてこの難所を、ぶじに通りぬけることができよう。ここは、ふもとに近

いから、すておいても、どうにかしてふもとへおりられないこともあるまい。さあ、いまはひとまずわれわれが落ちのびて、じぶんの命を助けることにしよう」

恥を恥と知り、しかも情けをも棄《す》てるべきでない侍さえも、このようなことをいったので、まして身分のひくいものどもは、

「それでは、どのようにでも、おはからいいただきましょう」

といった。そこで侍らは、一本の老木の下に敷皮《しきがわ》をひろげて、静に、

「ここでしばらく、お休みになっていてください。この山のふもとに、十一面観世音《かんぜおん》がまつってあるところがあります。かねてから親しいものが、そこの別当《べっとう》ですから、山をくだってその別当をたずね、あなたのことを相談し、おさしつかえなければ、そこへおいでねがって、しばらくご休養いただき、それから山づたいに京都へお送りいたしたいと思います」

静は、その言葉を信じて、

「ともかく、どうぞみなさま、よろしくおねがいいたします」

といった。

静《しずか》が吉野山に棄《す》てられる

静《しずか》に供をした五人のものらは、義経《よしつね》が静にあたえた財宝をあざむきとって、かきけすように姿をけしてしまった。

日がくれるにしたがって、静は、今か今かとまちうけたが、だれひとり、静の身を案じて帰ってくるものはなかった。静は、せめてだれかにあえないものかと、思いのあまり、泣く泣く老木の下をはなれて、足にまかせて迷いあるいた。

耳にきこえるものといえば、杉の枯葉をふきわたる風ばかり、目にみえるものといえば、枯れた梢《こずえ》をまばらに照らす月ばかりで、静は、ただひとえに心さびしく、足にまかせてあるいていくうちに、高い峰にのぼった。声をあげてさけぶと、谷の底のほうから、こだまがひびいてきたが、もしやだれかがじぶんをよんでくれるのではあるまいかと、涙のうちに、谷のほうへおりてみると、雪がふかい道で、ひとの足あと一つなかった。おりから谷の底で泣きかなしむような声が、峰の嵐とまざってきこえるので、さらに耳をかたむけてみると、かすかにきこえてくるのは、雪の下をながれる細い谷川の水の音で、きくにつけて、いっそうつらさが加わるのであった。

静は、泣く泣くまた峰のほうへひっかえしてのぼっていったが、じぶんがあるいた足あとよりほかに、だれひとり、雪をふみわけてきたものもなかった。しかも静は、このように、谷へくだったり、峰へのぼったりしたので、足にはいた沓《くつ》も雪にうばわれ、頭にかぶった笠《かさ》も風に吹きはらわれていた。よろめき傷ついた足からは、しきりに血がながれ、吉野の山の白雪を、たえまなく紅《くれな》いにそめた。涙にぬれしおれた袖《そで》も、いつともなくこわばって、たもとにつららがさがるありさまとなり、服のすそも、おなじくつららにとざされて、鏡のようにつめたく光った。そのため身もつかれはてて思うようにうごけず、この夜は、夜じゅう山路《やまじ》をまよいながら、あくる日をむかえた。

おもえば、きのう、十六日の昼ごろ、義経にわかれ、日ぐれには供のものらにすてられ、夜をあかしすごして、きょう十七日をむかえたが、この日も、夕ぐれまで静は、ただひとり、山路をさまよいあるいた。思いやるさえかなしい静の心のうちだったが、やがて静は、ふと、雪をふみわけた道を見かけた。あ、これは判官《ほうがん》さまのお近くであろうか、それとも、じぶんをすてたひとびとがこの辺りにいるのであろうか、と思いながら、足のかぎりあるいていくうちに、ついに大きな道へでた。

いったいこれはどこへいく道だろうと、しばらくたたずんで休んだが、あとできくと、宇陀《うだ》へかよう道であった。静は、西をさしてその道をたどっていくと、はるか深い谷のほうに、ともし火がかすかにみえたので、なんという村里だろう、この季節では炭やきの老人もかようまいし、ただの炭やきがまの火でもあるまい。秋の暮ならば、沢のほとりを飛ぶほたるとも思われるところだけれど、と思いながら、ようやく、たどり近づいてみると、それは蔵王権現《ざおうごんげん》の社前の燈籠《とうろう》の火であった。

静は、境内《けいだい》へはいってみると、この寺にはおまいりのひとびとが、正門のなかにみちあふれていた。なんというお寺だろう、あるいは神社だろうか、と思いながら、一つのお堂のそばでしばらく休んで、

「ここはどこなのでしょう」

と、たずねると、

「吉野の御嶽《みたけ》です」

というこたえだった。

静は、この上なくうれしく思った。月日こそ多いが、きょうは十七日、この金峯山《きんぷせん》蔵王権現のご縁日(57)だと、ありがたく思ったので、おまいりのひとびとにまぎれて、社殿の正面にちかづいて拝《おが》んでいると、本尊をめぐる内陣《ないじん》も、その手前の、ふつうのおまいりのひとびとがこもる外陣《げじん》も、貴賤《きせん》の男女が数えきれないほど大ぜいである。静は、僧徒《そうと》らの勤行《ごんぎょう》のあいだは、疲れの苦しさのあまり、衣《きぬ》をひきかぶって身をよこたえていたが、やがて勤行がおわったので、お

きだしていっしょに念仏をとなえていた。

縁日ではあり、ここに参りあったひとびとが、いろいろな芸をもっているままに、思い思いに親睦《しんぼく》の舞いをみせあったが、その馴子舞《なれこま》いのなかでも、静がおもしろく思ったのは、まず近江《おうみ》の国からきた猿楽《さるがく》、つづいては伊勢の国からきた白拍子《しらびょうし》だった。

その白拍子が、ひとさし舞って、しりぞいたとき、静は、心のなかで、

「ああ、じぶんも、気をゆるしてくつろげる身の上だったら、どうしてまごころこめて神前に舞いをささげずにいられよう。ねがわくは権現さま、どうか、このたびは、つつがなく都へかえらせてくださいますよう。また、あかずお別れした判官《ほうがん》さまにも、ぶじにもういちど、おひきあわせてくださいますよう。そのあかつきは、母の磯《いそ》ノ禅師《ぜんじ》とともに、あらためてお礼まいりに参上いたします」

といのった。

連中のおまいりのひとびとが、みな帰ったのち、静は正面へいって祈りをさ

さげたが、そのとき、わかい僧徒のひとりが、

「じつに美しいすがたの女だなあ。たびびととは思われない。どういうひとだろう。ああいうひとこそ、しばしば、おもしろい舞いをみせるものなのだ。さあ、すすめてみよう」

と、正面へちかづいた。すると白無地の絹の衣《ころも》をきた老僧が、なかば水晶をまじえた数珠《じゅず》をもって、すでに静のそばに立っていて、静に、

「どうか権現のご前《ぜん》に、どのようなおたしなみでもけっこうですから、おささげいただけませんか。権現もご嘉納《かのう》〔喜んで受け入れること〕になって、およろこびになりましょう」

しかし静は、

「なにもお手向《たむ》けできるようなわざはございません。わたくしは、この近くに住んでおりますもので、毎月おまいりいたしますが、これという芸のわざも、もちあわせておりません」

「この権現は、ならびない霊験《れいげん》をそなえておられますし、それに、なにかおた

むけくだされば、罪ほろぼしにもなります。仏が神のすがたをかりておられるこの権現は、芸のこころえのあるひとが、ご前にその芸をささげないと、たいへんざんねんな思いをなさいます。たとえつたなかろうと、こころえているかぎりのわざをたむければ、権現は、いくえにもおよろこびになります。と、こう申しますのも、私がじぶんの勝手でおねがいするのではなく、ひとえに権現のおつげとお思いください」

静は、これをきいて、おお恐ろしい、じぶんはいまの世に名を知られた白拍《しらびょう》子《し》であり、神は正直なものをお助けになるときくから、芸をもつじぶんが、このまま何もささげないことは、神にたいして、おそれおおいことだ。舞いまでささげなくても、なにか神がよろこばれる手向《たむ》けをすれば、それでいいであろう。さいわい、ここには、じぶんの顔を見知っているひともよもやあるまい、それでは、……と思いさだめた。

静は、多くのわざを身につけていたが、とくに無伴奏で謡《うた》うことが上手だった。節まわしといい、言葉のつづけかたといい、そのすばらしい謡いかたは、感嘆のしようもないほどで、きくひとびとは、だれひとり、涙に袖《そで》をしぼらないものはなかった。やがて静は、こう謡いおさめた。

「ありのすさみの憎きだに、ありきのあとは恋しきに、あかで離れしおもかげを、いつの世にかは忘るべき。わかれの殊《こと》に恋しきは、親のわかれ子のわかれ、すぐれてげに悲しきは、夫妻の別れなりけり」

——生きていたときは、生きているたわむれに、憎いと思ったひとさえも、死んだあとになると、恋しく思われるのに、まして、慕《した》いながら別れたひとのおもかげは、いつになったら忘れることができよう。別れのうちでも、とくべつに悲しいのは、親との別れ、子との別れだが、それにもまさってほんとうに悲しいのは、夫婦がたがいに別れあうことだ。……

と、謡いおさめるうちにも、涙がとめどもなくわきでてきたので、静は、衣《きぬ》をひきかぶって、そのまま伏《ふ》してしまった。静のうたをきいたひとびとは、

「声といい言葉といい、すばらしいききものだ。たしかに、ただものではない。それに、夫をこいしく思う女らしいが、いったいどんな男がこの女の夫で、こ

れほど思いをこがさせるのだろう」

といいあった。すると治部法眼《じぶのほうげん》というものが、

「みごとなのも当然だ。だれかと思ったら、これこそ名だかい静だ」

そういったので、おなじ坊にくらす僧徒らが、

「どうして顔を知っているのだ」

「ある年、都に、百日も日でりがつづいたとき、[58]院（後白河法皇）のみゆきを仰いで、百人の白拍子が雨ごいの舞いを舞ったことがあるが、なかでも静が舞うと、たちまち感応《かんのう》があって、三日もつづいて大雨がふった。だからこそ静のわざは、日本一という宣旨《せんじ》をうけたが、そのとき静をみたわけだ」

と、治部法眼がいうと、若い僧徒らは、

「それではこの女こそ、判官《ほうがん》どののゆくえを知っているにちがいない。さあ、ひきとめて、ききただそう」

それにかぎると、みな異口同音に賛成し、ただちに寺務総理の宿所のまえに、関をつくって、権現がえりのひとびとが通りかかるのを待ちかまえた。静も、

おまいりのむれにまざって、帰ろうとさしかかったところを、僧徒らはおしとどめて、

「静御前《しずかごぜん》とお見うけするが、判官どのは、どこにおられるか」

そう問われて、静はおもわず、

「おゆくさきは、ぞんじません」

すると、小法師らは、あらあらしく、口々に、

「女だからといって、えんりょするな。ぞんぶんに、ぴしぴしやってやれ」

と、さわぎたてた。静は、はじめは、どのようにしてでも隠したいと思ったが、女ごころのはかなさに、じぶんがひどい目にあうことがおそろしくなり、ついに、泣く泣く、ありのままを語った。あいては、それでこそ情けあるひとだといって、管理僧の宿所のなかへみちびき、いろいろいたわった。その夜は一晩とめたのち、夜があけると、静を馬にのせ、つきそいのものもつけて、北白河《きたしらかわ》へ送りとどけた。そうして、これが衆徒《しゅと》の情けだといった。

義経《よしつね》の吉野おち

一方、夜あけとともに、僧徒《そうと》らは、講堂の庭にあつまって、

「九郎判官《くろうほうがん》どのは、中院谷《ちゅういんだに》〔吉野山・蔵王堂《ざおうどう》の奥にある谷〕にいるらしい。さあ、攻めよせて討《う》ちとり、鎌倉どの（頼朝《よりとも》）のごらんにいれよう」

と評議した。老僧がそれをきいて、

「やれやれ、みなの衆、それは無用な相談というもの。判官どのは、われわれの敵ではないし、そうかといって、朝敵でもない。ただ兵衛佐《ひょうえのすけ》どの（頼朝）とは不仲《ふなか》だというだけのこと。すみぞめの衣《ころも》をきる身が、よろい兜《かぶと》をつけ、弓矢をとって、殺生《せっしょう》なことをたくらむなどは、どうもおだやかでない」

そう、いさめると、若い僧徒らは、

「それはもっともなことながら、あの治承《じしょう》四年（一一八〇）のことも、[59]思ってみてください。高倉宮以仁王《たかくらのみやもちひとおう》の旗あげのとき、三井寺《みいでら》などは味方になったが、

比叡山延暦寺《ひえいさんえんりゃくじ》は心がわりして平家についたのです。三井寺の法師は、高倉宮に忠節をつくしたが一方、奈良の興福寺《こうふくじ》などは、まだ宮の陣営に馳《は》せつけないうちに、宮は奈良めざしてのがれ、光明山《こうみょうせん》の鳥居《とりい》のまえで、ついに平家の流れ矢にあたって、世をさられました。

興福寺は、まだ駆けつけたわけでもないのに、宮に味方をしたという咎《とが》によって、太政大臣入道《だいじょうだいじんにゅうどう》どの（平清盛《たいらのきよもり》）の手で、奈良では寺々が焼きはらわれたのですが、いま、それをよそごとと思ってはなりますまい。判官どのがこの吉野山にいると、関東方面へつたわったら、東国の武士どもが、鎌倉どのの命《めい》をうけてこの山へおしよせ、欽明《きんめい》天皇がおんみずから末代までもと建てられたこの蔵王堂《ざおうどう》を、たちまちのうちに焼きほろぼすでしょう。こんなざんねんなことがありましょうか」

これをきいて、老僧たちも、

「そうならば、いたしかたがない」

といったので、攻める日を待ちくらすことになった。一夜あけて二十日のあけがたになると、僧徒らは、衆徒《しゅと》集会の大鐘《おおがね》をつきならした。

そのころ義経《よしつね》は、中院谷《ちゅういんだに》というところにいたが、雪が全山にふりつもって、谷の小川さえ音もなくひっそりとしていた。馬がかよえないところなので、馬具をつけた馬をひくこともなく、また、召使いどももつれていないので、兵糧《ひょうろう》の米をはこぶこともできず、ひとびとはみなつかれはてて、前後もしらず眠っていた。ところが、まだ、あけがたなのに、はるかふもとのほうから、鐘の音がきこえてきたので、義経は、これはあやしいぞと、侍《さぶらい》どもをよびあつめて、

「ふつうの夜あけの勤行《ごんぎょう》の鐘がなったあとで、また鐘がなりだすとはあやしい。この山のふもとにあるのは、欽明天皇が建てられた吉野の御嶽《みたけ》・蔵王権現《ごんげん》という霊験《れいげん》ならびない寺で、八大金剛童子《こんごうどうじ》、勝手明神《かってみょうじん》、さらに、ひめぐり、しき王子、そうけ、小そうけの諸明神が、社《やしろ》をつらねている権現だ。そのためか、寺務管理の僧をはじめ、衆徒らは、みなおごりたかぶって、公家《くげ》にも武家にもしたがわないものどもばかりだから、宣旨《せんじ》や院宣《いんぜん》がなくても、関東へ忠義だてするため、よろい兜《かぶと》をつけ、衆徒評議をしているのではあるまいか」

すると備前平四郎《びぜんのへいしろう》が、ひとびとに、

「万一のことがおこったばあい、ひとまずのがれるべきか、それとも、うしろをみせず、ひっかえして討死《うちじに》すべきか、さらに腹を切るべきか。いずれにせよ、そのときになって、あわてふためくのはよくない。ここはおのおのがたも、よろしくおはかりありたいところだ」

そういうと、伊勢三郎《いせのさぶろう》が、

「こういうのは臆病のようだが、これという効果もないのに、自害することは無益だとおもう。僧徒どもと戦って討死したところで意味がない。いくたびでも、足場のいいところへ、ひとまず落ちのびるべきだろう」

すると常陸坊《ひたちぼう》が、

「よくぞいわれた。だれでもそう思っている。まことにもっともな言葉だ」

といったが、武蔵坊弁慶《むさしぼうべんけい》は、

「いや、それはけしからん言葉だ。寺の近くにいて、ふもとから鐘の音がきこえるのを、それ敵がおしよせたといって、落ちのびるのなら、敵が攻めよせない山々など、どこにあるものか。どうか、わが君には、しばらくここにおとどまりねがいましょう。この弁慶が、ひとまずふもとへくだって、寺のさわぎを見とどけてまいります」

そういうと、義経が、

「それももっともなことながら、おまえは比叡山《ひえいさん》そだちのものだ。吉野山や十津川《とつがわ》あたりの連中には、顔を見知られているだろう」

しかし弁慶は、かしこまって、

「比叡山の桜本《さくらもと》に、ながいあいだ、いるにはいましたが、この辺のやつらに顔を見知られてはおりません」

と、いいもおわらないうちに、すぐご前《ぜん》をはなれて、こい藍《あい》の直垂《ひたたれ》に、黒糸おどしの鎧《よろい》をつけ、法師なのに日ごろ髪をそっていないので、三寸〔約九センチ〕ほども伸びている頭に、揉烏帽子《もみえぼし》をかぶって腹巻をし、四尺二寸〔約一三〇センチ〕ある黒うるしぬりの太刀《たち》を、うしろへさやじりが反《そ》りあがるようにさし、手には、三日月のように反ったなぎなたを杖《つえ》につき、足には、熊の皮のくくりぐつをはいた姿で、きのうふりつもった雪を、落花のように蹴《け》ちらしながら、ふもとめざして、山をおりていった。

さて弁慶は、弥勒堂《みろくどう》の東の、大日如来堂《だいにちにょらい》の上から見わたすと、寺じゅうが大さわぎで、大ぜいの僧徒が南大門《なんだいもん》にあつまり、上を下への、ごったがえしのさいちゅうである。長老の僧らは講堂にいたが、小法師《こぼうし》どもは集会のなかからぬけだして、気負いたっていた。

歯をおはぐろでそめた若い僧徒らは、腹巻に袖《そで》をつけて、兜《かぶと》の緒《お》をしめ、かんたんな矢入れにいれた矢束《やたば》を、肩の下に低くせおい、弓を杖につき、なぎなたを手に手にひっさげ、年長のものを先頭にたてて、百人ばかり、山の上り口にさしかかっていた。

弁慶は、これをみて、すわと思いながら、すぐ中院谷《ちゅういんだに》へひっかえすと、

「気負いたっているあいだは、容易ならぬ敵と思われます。それに、あいてのほうから、もう矢ごろにはいってきています」

そうきくと、義経は、

「東国の武士か、吉野の法師か」

「ふもとの僧徒どもです」

「それでは不利だ。かれらは土地の勝手をこころえているし、足のつよいやつらを先鋒《せんぽう》にして、難所のほうへわれわれを追いたてるようにしてきたら、こちらは勝味がない。だれか、この山の案内に通じているものがいたら、そのものを先にたて、ひとまず落ちのびよう」

するとと武蔵坊弁慶が、

「この山の案内を知っているものは、なかなかめったにはありますまい。外国《とつくに》の例でいえば、育王山《いおうせん》、こうふ山《せん》、嵩高山《しゅこうせん》(60)の三山のようなもので、わが国では、『一乗の峯《いちじょうみね》』とは葛城山《かつらぎやま》、『菩提《ぼだい》の峯』とは、この金峯山《きんぷせん》のこと。役《えん》ノ行者《ぎょうじゃ》という高僧が精進潔斎《しょうじんけっさい》したところですが、もともと在俗の僧だったのが、お堂のつりかわりまで目にしながら、多年、修行をつづけるうち、あるとき水鳥がけたたましい鳴き声をたてたので、川瀬の波におどろいたのかと目をやると、妙《みょう》智剣《ちけん》とあがめた正身《しょうしん》〔肉身〕の不動明王《ふどうみょうおう》が立っておられましたが、これがすなわち蔵王権現の忿怒《ふんぬ》のおすがたです。

こういう山ですから、この山は不浄《ふじょう》の身では、かりそめにも、はいれる山ではありません。したがって、じぶんも、ふかく立ちいって見ているわけではありませんが、だいたいのことは、きいています。それによれば、三方は難所で、のこる一方は敵の矢先、ことに西のほうはふかい谷で、鳥の声もかすかなくらいです。北は竜返《りゅうがえ》しといって、その崖《がけ》の足もとには、谷川が、水もわきかえるほどはげしく流れています。東は、やはり難所ながら、大和国宇陀《やまとのくにうだ》へつづいています。ですから、どうかそのほうへ、おのがれいただきたいとおもいます」

忠信《ただのぶ》が吉野にとどまる

義経《よしつね》ら主従十七人が、思い思いに落ちのびていくなかに、音にきこえた剛《ごう》のものがあった。

先祖をくわしくたずねると、内大臣藤原鎌足《ふじわらのかまたり》の子孫、淡海公《たんかいこう》〔藤原不比等《ふひと》〕の後裔《こうえい》、佐藤師綱《さとうもろつな》の孫、奥州信夫《おうしゅうしのぶ》〔福島県福島市〕の佐藤庄司元治《しょうじもとはる》の次男、佐藤四郎兵衛忠信《しろうひょうえただのぶ》で、さきに大物《だいもつ》の浦《うら》で、豊島冠者《てしまのかんじゃ》と上野判官《こうずけのはんがん》を射とめた勇士である。

家来たちが、いく人もいたなかから、佐藤忠信は、義経のご前《ぜん》へすすみでて、

「わが君のおすがた、またわれわれの身を、よくよく物になぞらえてみますと、屠所《としょ》へおもむく羊《ひつじ》の、ひと足ふむごとの思いさえ、これほどではあるまいと思われます。

どうかわが君には、お心やすく、おのがれいただきたいとぞんじます。忠信は、ここにふみとどまって、ふもとの僧徒どもを待ちうけ、この方面のふせぎ矢をいたしましょう。そのあいだに、ひとまずおのがれくださいますよう」

そういうと、義経は、

「そのこころざしはたいへんうれしくおもうが、おまえの兄継信《つぎのぶ》(61)が、屋島《やしま》のいくさのとき、この義経のために命をすてて戦い、能登守教経《のとのかみのりつね》の矢にあたって世

をさった。それにもかかわらず、これまでは、おまえがつきそってくれているので、亡き継信もろとも、兄弟がまだそろって生きているような気もちがしている。

ことしも、もう年内は、あといく日もないが、おまえがさいわい命をたもち、この義経もまた生きながらえていたならば、来年の正月の末か、二月の始めごろには、じぶんは陸奥《むつ》へくだろうと思うから、おまえも奥州へきて、秀衡《ひでひら》にもあうがいい。また信夫《しのぶ》の里にのこしてきた妻子にも、もう一度あうがいい」

「おことば、ありがたく拝承《はいしょう》いたしました。しかしながら、治承《じしょう》四年（一一八〇）の秋のころ、陸奥を出たときも、秀衡公から、『きょうからは、命をご主君にささげ、名を後世にあげよ。そなたが矢にあたって討死《うちじに》したときいたら、供養《くよう》はこの秀衡が、まごころをつくしておこなおう。また手柄をたびたび立てたなら、その恩賞はご主君からおこなわれよう』と、そう申しふくめられました。生きながらえて故郷へ帰れとは、ひとこともいわれておりません。

また信夫《しのぶ》にひとり残してきた母にも、これがさいごの別れと、きっぱり、いいきってまいりました。弓矢とる身のならいで、きょうはよそのひとの身の上が、あすはご主君のお身の上となることがあり、これはだれでも同じだとおもいます。おのおのがた、この忠信にたいして、わが君はお心よわくなっておられるが、どうかご一同からも、よろしくごぜんにおとりなしねがいたい」

武蔵坊弁慶がそれをきいて、義経に、

「弓矢をとるものの言葉は、とりけしがたいもので、いちど言葉に出したことは、忠信にしても、けっしてひるがえしは致しますまい。ただ、お心やすらかに、おひまをおつかわしのほど、ねがいあげます」

義経は、しばらくのあいだ、ものもいわなかったが、ややあって、

「惜しんでも、ききいれてはくれまい。それでは、思うようにせよ」

忠信は、よろこんで、ただひとり、吉野の山おくにふみとどまることにした。

それにしても、これまで、夕べには星の光をいただき、朝はあけぼのの霧をはらい、厳冬の夜も、猛夏のあけがたも、日夜、あけくれ、片ときもはなれず仕《つか》えていた主君にわかれ、なごりもいまがさいごかとおもえば、日ごろはむかし

の坂上田村麿《さかのうえのたむらまろ》や藤原利仁《ふじわらのとしひと》にも劣るまいと自負していた佐藤忠信も、さすがに今は、こころぼそい思いがした。十六人のひとびとは、たがいに別れの挨拶《あいさつ》をしたが、前後もわからなくなるほど、なげきかなしんだ。

　義経は、ふたたび佐藤忠信をよんで、

「そなたがさしている太刀《たち》は、寸が長いから、つかれたときは、ぐあいがわるかろう。からだの疲労に、太刀の長いのは、よくないものだ。これで、さいごのたたかいをするがいい」

と、黄金《こがね》づくりの太刀をとりだして、忠信にあたえた。長さは二尺七寸〔約八〇センチ〕で、刀身にみぞがほってあり、地金《じがね》の色つやも、なんともいえないほどすばらしいわざものだった。

「この太刀は、寸こそ短いが、ものは逸物《いちもつ》で、じぶんとしても、命にもかえがたいほど大切にしてきた刀だ。そのわけは、平家が兵船をそろえたとき、熊野の別当《べっとう》が権現《ごんげん》の宝物《ほうもつ》の御剣《みつるぎ》を、神前に願って拝受したうえ、この義経にさずけてくれた名刀だからだ。じぶんも権現にふかい信心をささげていたせいか、三年のあいだに朝敵をたいらげて、同時に、亡き父の恥をすすぐこともできた。だから、命にもかえがたいほどの太刀ながら、いま、そなたも命にかえて義経の身がわりになってくれるのだから、これはそなたにさずけよう。義経に添っている気もちでいてくれよ」

佐藤忠信は、太刀をうけとり、おしいただきながら、

「さてもみごとなお佩刀《はかせ》。おのおのがた、ごらんあれ。おもえば兄の継信《つぎのぶ》は、屋島の合戦のとき、君のお命にかわって戦ったので、奥州の秀衡公《ひでひらこう》献上の名馬、太夫黒《たゆうぐろ》(62)をたまわって、あの世までも乗っていったが、いま忠信は、誠忠によって、ご秘蔵のお刀を拝領した。

どうかこれを忠信だけのことと思わないでくれ。おのおのがたも、みな、この忠信とご同様であろう」

そういったので、ひとびとはことごとく涙をながした。義経は、

「なにか思いのこすことはないか」

「おいとまをいただきましたこの身、なにも思いのこすことはございません。

ただ、末代まで、弓矢とる身のきずになりかねないことで、いささか申しあげたいことがございますが、おそれおおいので、ひかえております」

「さしつかえない。いまがさいごなのに、なんだ、申せ」

忠信は、平伏《へいふく》しながら、

「わが君は、ひとびとがお供して、のがれられますが、忠信は、ひとりでここにとどまりますから、いずれ吉野の僧徒らがおしよせて、『ここに九郎判官《くろうほうがん》どのがおられるか』といったとき、『忠信』となのりでれば、衆徒《しゅと》らは頭《ず》が高いものどもゆえ、『大将がいないところで、私闘をしてもつまらない』などと、ひっかえすことにでもなれば、この忠信にとっては、末代までの恥辱《ちじょく》となります。どうかこのたびばかりは、ご先祖・清和《せいわ》天皇のお名まえを、おあずかりさせていただきとうございます」

「まことにもっともなねがいながら、藤原純友《ふじわらのすみとも》や平将門《たいらのまさかど》も、天命にそむいたため、ついにほろびた。ましてじぶんは敵どもから、『あの義経は院宣《いんぜん》にも添いえず、日ごろ好意をよせたひとびとも、みな心がわりしたため、どうしようもなく、それに、今後ながく朝夕をおくる身の上でもないので、ついにのがれるすべもないままに、清和のお名をゆるした』などといわれることになれば、多くのひとびとの、そしりのまととなろう。これはどうしたものか」

「それは場合によることとぞんじます。僧徒らがおしよせたあかつきは、えびらの矢のかぎり、ぞんぶんに射つくし、矢種《やだね》がつきたら太刀をぬいて、大勢のなかへとびこみ、縦横無尽にたたかったのち、小太刀をぬいて腹をかききるかくごでおりますが、そのとき敵にむかって、

『じつは九郎判官どのと思わせるため、ああいう名のりをあげたが、ほんとうは家来の佐藤四郎兵衛忠信というものだ。主君のお名まえをかりて、合戦に忠義をつくしたもの、さあこの首をたずさえていって、鎌倉どののごらんにいれよ』

と、割腹して死んだならば、わが君のお名まえの拝借も、なんのさしさわりもございますまい」

「なるほど、いまをさいごのとき、そのように申しひらいて死んだならば、義

経としてもなんの心ぐるしいことがあろう。そうではないか、みなのもの」

義経はそういい、忠信は、源氏の祖先・清和天皇のお名まえをあずかったが、これこそこの世での面目、あの世でも披露《ひろう》できることと、忠信は心のうちにおもった。義経は、

「そなたがきているのは、どんな鎧《よろい》だ」

「これは兄継信《つぎのぶ》が、さいごのとき、きておりました」

「それでは能登守教経《のとのかみのりつね》の矢にたえきれず射通された鎧で、たよりにしがたく思われる。衆徒のなかにも、強弓勢《ごうきゅうぜい》で知られたものがいるぞ。これをきよ」

と、義経は、緋《ひ》おどしの鎧に、銀の星の兜《かぶと》をそえて、忠信にあたえた。

忠信は、それまできていた鎧をぬいで、雪の上へおき、

「これを郎党《ろうどう》におさげのほどおねがいいたします」

「いやこの義経も、きかえの鎧がないから」

と、義経はみずからその鎧をきたが、まことに前例のないことであった。

「ときに故郷に思いのこすことはないか」

「忠信も、ひとなみにこの世に生まれてきたならいで、やはり故郷には、思いのこさずにいられないことがございます。国を出たとき、三つになる子を、ひとりのこしてまいりましたが、その子がいずれ物ごころがついて、父はどこかとたずねるこの声を、ききたい思いがいたします。

平泉《ひらいずみ》を出たときは、わが君は早いご進発で、鳥がないてとびすぎるように、郷里の信夫《しのぶ》の里をもご通過になったので、忠信は、兄とともに、ほんのかりそめに、母の家にたちよって、いとまごいをいたしました。年老いた母が、そのときわれわれ息子どもの袖《そで》にすがって泣きかなしんだことも、つい今しがたのように思いだされます。母は、

『年おいた身のすえに、ただひとり物おもいにしずむばかりの、子どもに縁のない身となりました。おまえたちの父、信夫の庄司《しょうじ》どのに先だたれ、たまたま知りあってめんどうをかけた伊達《だて》の里〔福島県伊達郡、信夫の隣〕の娘にも死なれて、ひとかたならぬ悲しい思いをした身ながら、さいわいおまえたちを成人させて、日ごろいっしょにこそ暮らさなかったけれども、同じ奥州にいるとお

もえば、たよりにも思っていました。それを秀衡《ひでひら》公が、なんと考えられたのか、ふたりの子どもを、いずれも、判官《ほうがん》さまのおともに加えられたので、母としては、一時はもちろんずいぶんうらめしいと思ったけれども、しかし、子どもらがりっぱに成人して、二人とも、指を折られるものになったかとおもえば、ほんとうにうれしい思いをしていました。

たとえ、たえまなくいくさがつづこうとも、どうか臆病なふるまいで、亡き父の顔に泥などぬってくれますな。どうかりっぱな手柄をたてて、たとえ四国や九国《くこく》〔九州〕の果てにいようとも、年にいちどでも、二年にいちどでも、生きているかぎり、この信夫の里へかえってきてくれて、たがいに顔を見あいたいものと、かねてから思っていた母としては、二人のむすこのうち、ひとりがとどまって、ひとりが別れていくことさえ悲しいのに、ましていま二人とも、はるばる遠くへ別れて行ってしまうとは、おお、どうしましょう』と、声もおしまず泣いたのを、あえてふりきって、ただ『わかりました』と、家を出ましたが、そのとき以来、三、四年のあいだ、ついに便りもしないで、すごしてしまいました。

　去年の春ごろ、わざわざつかいのものを郷里へおくって、兄継信《つぎのぶ》がうたれたことをつたえますと、母はたいへんかなしみましたが、

『継信のことは、もういたしかたがないけれども、来年の春ごろにでもなれば、忠信がたずねてきてくれるとは、なんというれしいことでしょう。ああ早く今年がすぎてしまえばいい』

などといって、待ち遠しがっていたということです。ですから、いずれわが君が奥州へおくだりのあかつきは、母はいそいで平泉《ひらいずみ》へかけつけ、忠信はどこかとたずねましょう。そのとき、継信は屋島、忠信は吉野で討死《うちじに》したときいたら、どんなになげきかなしみますことやら、忠信としては、これがまことに罪ぶかいことに思われます。

　わが君が奥州へお下りになり[63]、かの地でおつつがなくおすごしのせつは、継信や忠信へのご供養《くよう》は、していただかなくても、どうか年老いた母には、ふびんに思うおことばを、かけてやっていただきとうございます」

と、いいもおわらず、佐藤忠信は袖《そで》を顔におしあてて泣いたので、義経も涙をながしたが、家来一同も、みな、鎧《よろい》の袖をぬらした。義経は、

「ときに、そなたは、ここにはただひとりでとどまるのか」

「奥州からつれてきた郎党《ろうどう》が五十四人おりましたが、死んだものもあり、故郷へかえしたものもあり、このたびは、ただ五、六人のものが討死《うちじに》のかくごをみせております」

「それで、義経の郎党のなかでは、だれがとどまるといった」

「備前平四郎《びぜんのへいしろう》と鷲尾七郎《わしのおしちろう》が、とどまりたいと申しましたが、君《きみ》にご助力申しあげよと、ひきとめませんでした。しかし、おつかえする雑役《ぞうえき》のもの両名が、『どんなことがあろうと、ごいっしょにおります』と申しましたから、この両名はとどまると思います」

忠信がそういうと、義経は、

「その両名の心がけは、まことに殊勝《しゅしょう》におもう」

と、ほめた。

忠信《ただのぶ》の吉野山合戦

　そもそも、師のために命をすてて身がわりになったのは、三井寺《みいでら》の内供智興《ないぐちこう》の弟子、証空阿闍梨《しょうくうあじゃり》(64)であり、また、夫のために命をすてて身がわりになったのは、中国の董豊《とうほう》の妻の節女《せつじょ》(65)である。くだった世に、命をすて身をすてて、主君の身がわりをはたし、名を後代《こうだい》にとどめたのは、源氏の郎党《ろうどう》にまさるものはない。上古《じょうこ》はいざしらず、末代には類例がないことである。

　佐藤忠信《さとうただのぶ》は、いまは義経《よしつね》もはるか遠くまでおちのびたであろうと思い、三目結《みつめゆい》の多い直垂《ひたたれ》に、緋《ひ》おどしの鎧《よろい》、銀の星の兜《かぶと》の緒《お》をしめ、淡海公《たんかいこう》（藤原不比等《ふひと》）からつたわった葛堰《つづらい》という三尺五寸〔約一〇五センチ〕ある太刀《たち》をさし、義経から拝領《はいりょう》した黄金《こがね》づくりの太刀をさしそえ、大中黒《おおなかぐろ》の矢を二十四本たてた矢入れの、上ざしの鏑矢《かぶらや》としては、矢羽《やばね》が青く、蟇目《ひきめ》の下が六寸〔約一八センチ〕ほどもあるのに、大きな二股《ふたまた》の矢先をつけ、また佐藤家代々のならわしとして、蜂熊鷹《はちくまだか》の矢羽をつけたとくべつな中《なか》ざしの矢を、どの矢よりも一寸ほど高く矢《や》筈《はず》〔弓の弦にかける部分〕をだしてさし、その矢入れを、ぐっとたかく背負い、節《ふし》の多い弓で幹《みき》のみじかい射やすいのを、手にもった。

部下の兵士は六人で、中院《ちゅういん》の東谷《ひがしだに》にふみとどまったが、雪の山をたかくきずきあげ、ゆずり葉やさかき葉を、たくさん切ってさしこみ、前方の五、六本の大木を楯《たて》にして、ふもとから攻めてくる僧徒二、三百人を、いまかいまかと待ちかまえた。

未《ひつじ》の刻《こく》の終り、申《さる》の刻の始め、午後四時ごろまで待ったが、敵はおしよせてこなかった。このまま、どう、日をくらしようもないので、

「それでは、あとから追いついて、わが君のおともをしよう」

と、陣を出て、二町〔約二二〇メートル〕ばかり義経一行のあとを追ったが、風がはげしくて雪もふかいため、足跡もきえて白一色になっているので、どうともしようがなく、ふたたびもとの陣へひっかえした。

すると、酉《とり》の刻、午後六時ごろ、僧徒三百人ほどが、谷のむこう側へおしよ

せて、一せいに、ときのこえをあげた。七人も、こちらの杉山のなかから、まるで遠くからでも応ずるように、ぼんやりときのこえをあわせた。僧徒らは、さては敵はあすこにいるぞと思った。

この日は、執行《しゅぎょう》〔管理役〕の代官で、川倉法眼《かわくらのほうげん》という、したたかものの僧が、よせ手の先陣をひきうけていた。法師の身ながら、たいしたいでたちで、萌黄《もえぎ》のひたたれに、紫糸《むらさきいと》の鎧《よろい》をつけ、三枚兜《かぶと》の緒《お》をしめ、当世づくりの太刀をさし、端の尾羽の矢を二十四本さした矢入れを、たかだかと背おい、二カ所を籐《とう》まきにした弓のまんなかをつかみ、本人にもおとらない悪僧五、六人に、前後をかこませてすすんできた。

その五、六人のなかでも、先頭にたった法師は、およそ四十歳ほどにみえたが、こい藍色《あいいろ》の直垂《ひたたれ》に、黒革《くろかわ》おどしの腹巻をつけ、黒うるしぬりの太刀をさしていた。

椎《しい》の板四枚の楯《たて》を、立てならべさせて、矢の距離までおしよせた川倉法眼は、楯のむれのまえに進みでると、大音声《だいおんじょう》をあげて、

「そもそもこの山に、鎌倉どのの弟、判官《ほうがん》どのがおられるときいて、いま、この吉野の管理職が推参《すいざん》いたした。個人としては、なんの遺恨《いこん》もない判官どののゆえ、ひとまず落ちのびられるか、それとも、ふみとどまって討死《うちじに》するおつもりか。さあ、ご前《ぜん》にひかえるだれでも、よろしくおとりつぎねがいたい」

と、きいたふうのいいかたをしたので、佐藤忠信は、

「こともあろうに、さてもおろかなやつ。清和《せいわ》天皇のご子孫、源九郎《げんくろう》判官義経どのが、当地へおいでのことを、これまでおまえらは知らなかったのか。かねてから、よしみのあるものは、ごきげんうかがいにまいっても、すこしもさしつかえはないのだぞ。判官どのは、ひとの讒言《ざんげん》によって、目下、鎌倉どのと不仲ではあられるが、無実の罪ゆえ、鎌倉どのも、いずれかならず思いなおされるであろう。と、こう申すのは、内大臣鎌足《かまたり》の子孫、淡海公不比等《たんかいこうふひと》の後裔《こうえい》、佐藤師綱《もろつな》の孫、信夫《しのぶ》の庄司《しょうじ》の二男、佐藤四郎兵衛《しろうひょうえ》忠信なるぞ。あとでとやかくいわず、いま、しっかりと、きいておけ。吉野の青法師どもめ」

川倉法眼は、おとしめられた思いで大いに怒って、難所もかまわず、谷ごし

に、号令しながらたちむかってきた。忠信はそれをみて、六人の郎党《ろうどう》のところへ走りもどると、

「かれらを近よせては、ろくなことはあるまい。おまえたちは、ここにふみとどまって、敵と問答していてくれ。じぶんは、中ざしの矢二、三本と弓をもって、細谷川《ほそたにがわ》〔固有名詞でなく、細い谷川の意か〕の川上をわたり、敵のうしろへ、うかがい近づいて、鏑矢《かぶらや》を一本、さいごに射よう。楯をおしたてた悪僧の首の骨か、鎧《よろい》のうしろ肩の板を、一矢でうちくだいて、ほかのやつらを追いちらし、大楯をうばってそれをかぶりながら、中院《ちゅういん》の峰にのぼるから、そこでおまえらとともに、楯をならべて相手をむかえ、敵どもに矢を射つくさせよう。そして味方も矢種《やだね》がつきたら、小太刀《こだち》をぬいて、大ぜいの敵の中へ突入し、ぞんぶんにきりまくって討死するのだ」

忠信がそういうと、大将がりっぱな大将だから、つきしたがう若党どもも、ひとりとして悪かろうはずがない。六人のものは、

「敵は大ぜいですから、どうか、しそんじのないようにおねがいいたします」

と、そういったので、忠信は、

「だまって、みていてくれ」

と、戦闘用の中ざしの矢に、手ばやく鏑矢一本をとりそえて、弓を杖《つえ》に、さいしょの谷を走りのぼり、細谷川の川上をわたって、敵のうしろの小暗《おぐら》いところから、様子をうかがうと、ちょうど近くに倒れた木があって、その枝はまるで夜叉《やしゃ》の髪に似ていたが、忠信は、この倒木にすばやくのぼって、むこうをながめると、敵は、もし左手にひきよせれば、矢の的《まと》にしやすいように思われた。そこで忠信は、三人ばりの弓に、十三束三伏《ぞくみつぶせ》の鏑矢をつがえ、ずんぶんにひきしぼって、鏑元《かぶらもと》へ、からりとひっかけると、しばし狙《ねら》いさだめたのち、さっと射放った。

鏑矢は、はるか先まで遠鳴りして、とんでいき、搔楯《かいだて》〔楯を垣のように並べること〕を地上におしたてた悪僧の左の小うでを、楯の板ぞいに、ぶすっと射切り、二股《ふたまた》の矢先が、さらに手楯《てだて》に突きささったかと思うと、もうその矢の下に、敵は、ぱったりと倒れた。

僧徒らは、大いにおどろいたが、そのとき忠信は、弓のもとをたたきながら、

「それ、みなの衆、勝ちに乗じてすすめ。正面はつっこめ。うしろへもまわれ。伊勢三郎《いせのさぶろう》、熊井太郎《くまいのたろう》、鷲尾《わしのお》、備前《びぜん》はいるか。片岡八郎《かたおかはちろう》、武蔵坊弁慶《むさしぼうべんけい》もいるか。それっ、敵どもをにがすな」

そうさけんだので、川倉法眼《かわくらのほうげん》は、

「まったく判官《ほうがん》の家来のなかでも、あいつらは手におえないやつどもだ。矢ごろに近づいては、勝味はないぞ」

と、先陣に号令して、さっと三方へ逃げちった。それは、ものにたとえるならば、竜田《たった》の川や初瀬《はつせ》の山のもみじ葉が、あらしに吹きちらされるのに似ていた。

敵をおいちらし、大楯をうばって、ひっかぶった忠信は、中院《ちゅういん》の峰へのぼり、そこの味方の陣地に敵をむかえて、七人そろって、ふつうの手楯《てだて》をならべた。そうして敵に大いに射させた。僧徒は、手楯でふせがれて、心おだやかでなく、強弓《ごうきゅう》のものどもをえらんで正面にだし、さんざんに射かけてきた。

弓のつるの音が、ただならず杉山にひびきわたり、ふせぐ楯の前面に多くの

矢があたる音は、さながら板屋根の上へ、あられか、あるいは小石の雨が、ふりかかるようであった。敵は小一時間も射つづけたけれども、味方はすこしも射かえさなかった。

六人の若党は、すでに決心したことなので、

「この先いつのために、命を惜しむことがあろう。さあ、たたかおう」

といった。しかし忠信は、

「いや、このままほうっておいて、敵に矢種を射つくさせるのだ。吉野法師どもは、きょうが戦いのはじめの日だし、まもなく矢もない弓を手にしながら、弟子どもと、ごたごたしはじめるだろうから、そのすきを見のがさず、さんざんに射たててやろう。そうして矢種がつきたら、刀のさやをはらい、敵のなかへ乱入して討死《うちじに》するのだ」

そう、いいもおわらないうちに、はたして僧徒らは、こなたかなたに、手をむなしくして、たたずみはじめた。

「それっ、このすきだ。さあ、たたかおう」

と、忠信はすすみでて、鎧《よろい》の左そでを楯《たて》にしながら、思うぞんぶんに射まくった。

しばらくたって、ぱっとうしろへさがってみると、六人の郎党《ろうどう》は、四人が討死して、二人だけになっていた。

その二人は、すでにかくごしたことではあり、大将の忠信を敵に射させまいと思ったのであろう、とびだして敵の矢おもてに立って、忠信をまもった。とたんに、ひとりは医王禅師《いおうぜんじ》が放った矢に、首の骨を射られて死に、もうひとりは、治部法眼《じぶのほうげん》が放った矢に、脇《わき》の下《した》を射られて死んだ。

六人の郎党が、みな討《う》たれたので、忠信は、ただひとりになりながらも、つよ気に、

「なまなか、力のたりない味方がいたのは、足でまといだったわい」

と、矢入れを手でさぐると、尖矢《とがりや》が一本と、二股《ふたまた》の矢が一本、まだ射のこしてあった。どうか、りっぱな敵があらわれればいいが。みごとに一本射こんで、腹かききろう、と忠信は思いさだめた。

川倉法眼《かわくらのほうげん》がこの日の開戦の矢あわせに失敗したため、なんの役にもたたなかった弟子三十人ばかりが、三々五々、こなたかなたに、かたまって立っていた。すると、そのうしろから、身のたけ六尺〔約一八〇センチ〕ほどの法師で、顔色がたいへん黒く、装束《しょうぞく》も黒ずくめにみえる、れいの男があらわれた。

こい藍色《あいいろ》の直垂《ひたたれ》に、二寸〔約六センチ〕幅の黒革《くろかわ》を一寸がさねにした鎧《よろい》をきて、五枚兜《かぶと》の試練ずみのを、すっぽりとふかくかぶり、三尺九寸〔約一二〇センチ弱〕ある黒うるしぬりの太刀に、熊の皮のしりざやをかけたのをさしていた。逆毛《さかげ》に皮をはった矢入れの下飾りもりっぱだったが、ぬり柄《え》に黒鷲《くろわし》の羽をつけた矢の太さは、笛の竹ほどもあり、矢先の巻糸から十四にぎりの長さをたっぷりとって切ったその太い矢を、むぞうさに矢入れにさして、それを肩先たかく背負い、麻糸《あさいと》まきの黒漆《くろうるし》ぬりの、そうして長さが九尺〔約二七〇センチ〕ほどもある四人ばりの強弓《ごうきゅう》を杖についいて、倒れた木の上につったって、こういった。

「そもそも、このたび、吉野の衆徒《しゅと》であるおのおのがたのいくさを拝見したところ、まことにふがいない戦いぶりとお見うけした。源氏を小勢とあなどって、しそんじたのだと思う。九郎判官《くろうほうがん》という人物は、世の常《つね》ならぬ大将で、めしつかわれる郎党《ろうどう》も、一騎当千のものぞろいだ。

いま、源氏の郎党がみな討たれ、味方の衆徒も大ぜい死んだが、さあ、それではこれから、源氏の大将と、僧徒の大将が、武運くらべの一騎うちをしようではないか。

と、こう申すじぶんを、判官どの、だれと思われる。紀伊国《きのくに》の住人鈴木党のなかに、しかるべきものがいることは、かねてからおききおよびでもあろう。さきほどの川倉法眼というおくびょうものなどとは、似てもつきませぬぞ。

おさないときから、根性まがりのしたたかものとよばれ、紀伊国をおいだされて、奈良の都は東大寺《とうだいじ》にはいり、悪僧の名を売ったくせもの、そのため東大寺からもおいだされて、比叡山《ひえいさん》は横川《よかわ》というところにうつったものの、そこでも寺からもおいだされたすえ、川倉法眼をたよって、この二年ばかり吉野に住む身、したがって、横川出のため異名を『横川《よかわ》の禅師《ぜんじ》覚範《かくはん》』と申す者。いまこの覚範が、中ざしの矢を一本おみまいして、この世の手柄にいたしたく、もしまたそちらの矢をいただいたならば、あの世で閻魔《えんま》にも披露するかくご。いざ」というや、横川覚範《よかわのかくはん》は、四人ばりの弓に、十四束《そく》の矢をつがえると、ぐっといっぱいにひきしぼって、さっと放った。その矢は、忠信が弓を地面について立っていたその左手の籠手《こて》を射かすめ、うしろの椎《しい》の木に、矢先の巻糸までかくれるほど、ふかく突ったった。

佐藤四郎忠信は、なにをっ、みっともない射かただわい。保元《ほうげん》の合戦のとき、鎮西八郎為朝《ちんぜいはちろうためとも》どのは、七人ばりの弓で十五束(66)の矢をひき、鎧《よろい》をきた敵を射ぬかれた。もっとも、それはもう古いこと、末の世のこんにち、そのような強弓《ごうきゅう》の射手は、どこにいようとも思われないが、それだけに、一《いち》の矢を射そんじては、二の矢をこそ、的《まと》のただなかに射あてたいと思うだろう。覚範めなどに、胴体のまんなかを射られたりしてはたまらない、と思った。

そこで忠信は、とがり矢を弓につがえて、一ど二ど、ひいてはゆるめ、ゆるめてはひいて、あいてに狙いをつけたが、矢ごろ〔射程〕がすこし遠いうえに、風が谷のほうから吹きあげてくるので、思うようにはとうていとぶまい、そのうえ、たとえ射あてても、覚範は大力《おおぢから》のたくましいやつゆえ、鎧のしたに、板の上等な腹巻など、つけてもいようし、射た矢が、もし裏まで通らないようでは、弓矢とる身の不面目《ふめんぼく》。そうだ、覚範当人をねらえば失敗もあろうから、覚範の手にした弓を射てやろう、とそう考えた。

大陸の楚《そ》の国の養由《ようゆう》(67)は、柳の葉を、百歩のかなたにおいて、百本の矢を射て百本を命中させたというが、わが国の佐藤忠信は、笄《こうがい》を五段《たん》(五十メートル)のかなたにおいて射そこなわない名手である。まして、敵が左手に大きな弓をもつにおいてをやであった。矢ごろはすこし遠いけれども、よし、どうして射はずしてなるものか、と忠信は思った。

それで、いったんつがえたとがり矢を、雪の上へつきたてると、先が小さい二股《ふたまた》の矢をつがえて、すこし引いて待ちかまえたところへ、あいての横川覚範は、一の矢を射そんじたのを無念におもって、二の矢をつがえながら、じりじりとひきかけたところを、忠信は、じぶんの弓をきりきりと十分ひきしぼるや、さっと放った。

その矢は、覚範の弓の上部を、ぶすっと射切ったが、とたんに覚範は、弓を左のほうへ投げすて、腰まである矢入れも、かなぐりすてるや、

「じぶんも、あいても、どこで運がきわまるかは、すべて前世のさだめごと。いざ、勝負しよう」

と、三尺九寸の太刀をぬき、雷光《いなびかり》のようにうちふるや、頭上たかくまっこうにふりかざしつつ、気あいもろとも、たちむかってきた。忠信も、かくごしていたことではあり、おなじく弓と矢入れを、かなぐりすてるや、れいの三尺五寸の葛堰《つづらい》という太刀をぬいて、待ちかまえた。

覚範は、象が牙《きば》をとぐように、わめきせまったが、忠信も、獅子《しし》が怒ったようにに身がまえると、あいては、近づきざま、気おった太刀で、左から右から、ところきらわず、なぎはらうように、えいっえいっと切りかかった。忠信も、やいばをまじえて切りむすび、二人がうちあう刀の音は、さながらかぐらの舞いの銅拍子《どびょうし》（打楽器）のようであった。

やがて覚範が大太刀を手に、ひらりと身をかわすや、その脇《わき》の下へ、忠信は、さっととびこみざま、あたかも新しい鷹《たか》が鳥小屋の戸口をくぐるときのように、頭をひくく兜《かぶと》の板金《いたがね》をかたむけながら、えいと切りつけた。大男の法師、横川《よかわの》覚範《かくはん》は、するどく切りたてられて、ひたいに汗をながし、いまがさいごとさえ思われた。しかし佐藤忠信は、酒ものまず飯もたべない日が、きょうでもう三日もつづいたので、ふるう太刀のいきおいも、弱っていた。僧徒らはそのありさまをみて、

「ようし、覚範、優勢だぞ、その調子。判官《ほうがん》どのは、受け太刀と見うけた。それっ、ぬかるな」

と声援して覚範を奮戦させた。覚範は、しばらく積極的に忠信を切りたてていったが、どうしたことか、やがてふたたび受け太刀にかわっていった。僧徒らは、

「みろよ、覚範のほうが、受け太刀になったぞ。さあ、おりていって助けよう」

「そうだ。それがいい」

といって、加勢にかけつけたひとびとは、だれだれであったか。医王禅師《いおうぜんじ》、常陸禅師《ひたち》、主殿助《とのものすけ》、薬医頭《やくいのかみ》、返坂《かえりさか》の小聖《こひじり》、治部法眼《じぶのほうげん》、山科《やましなの》法眼らの面々で、腕におぼえのこれらしたたかもの七名が、かけ声もするどく佐藤忠信に切りかかった。

このありさまに忠信は、悪夢をみる思いがしたが、そのとき覚範は、七人にむかって、

「なんたることだ、みなの衆。ろうぜきするな。大将どうしのたたかいは、ほうっておいて眺《なが》めるものだ。加勢などして、この覚範の、末代までの不面目を、かたりぐさにするつもりか。助太刀《すけだち》などしたら、来世までも敵と思うぞ」

そうどなったので、七人は、

「加勢してやるのに、うれしいともいわないのでは、もう、ほうっとい て、けんぶつしよう」

と、だれひとり、味方しなかった。

忠信は、心のなかで、つら憎いことをいうやつだ。しかしあいては大ぜい、

今はひと引き、ひきさがって、あらためて勝負しよう、だがそのまえに、と、そう思って、手にした太刀をふりかざすや、覚範の兜《かぶと》の鉢金《はちがね》の上へ、からりと投げつけた。一瞬、覚範がわずかにひるんだところを、忠信は、さしそえた太刀をぬきざま、とびかかって、さっと切りつけた。太刀の切先《きっさき》は、敵の内兜《うちかぶと》へはいって、あわやと思われたが、そのときさらに忠信は、またもや兜の板金をかたむけて、頭もひくく、とびこみざま、ぐっと刀をつきだした。覚範は、兜の板金を、つよく突かれたのに、運よく首はぶじだった。忠信は、予定どおり、三、四段《たん》〔約三〇〜四五メートル〕ほどひきさがっていった。

するとと、倒れた大木があったが、忠信は、ためらわずに、ひらりととびこえた。とたんに覚範が追いせまって、えいと切ってかかったが、空《くう》を切ったので、覚範の刀は、倒木の幹に切りこんだ。覚範が、やっきになって、ぬこうとあせるあいだに、忠信はさらに三段ほども、早足に逃げのびた。

そこまできて、足もとをのぞいてみると、なんと、下は四十丈《じょう》〔約一二〇メートル〕ほどもある大岩の崖《がけ》である。竜返《りゅうがえ》しという断崖で、日ごろ、だれひとり近づかない難所であった。左をみても右をみても、足のかけ場もない急傾斜の深い谷で、まともに見られないほどおそろしかった。しかも背後の敵は、覚範のあとからも、雲霞《うんか》のように、大ぜいが、つづいてくる。

忠信は、もしここで切られたら、たよりない討《う》たれぶりだと、ひとからいわれるだろう、しかし、あの崖で死んだら、自害したといわれるだろう、とそう思って、鎧《よろい》のたれをつかむや、大岩の下のほうをむいて、「えいっ」とかけごえもろとも、とびおりた。

二丈〔約六メートル〕ばかり落ちたところで、岩のあいだに運よく足がかかり、そこにふみ立って、兜の板金をおしのけながら、上を見あげると、覚範が、やはり谷をのぞきこみながら立っていた。

「はてさて、みっともないごようす。判官どの。もどって勝負せられよ。もっとも、判官どののお供とさえ思えば、たとえ西は九国《くこく》の博多《はかた》の津、北は佐渡《さど》の金北山《きんぽくさん》、東は蝦夷《えぞ》の千島《ちしま》までも、おあとについていきますぞ」

と、憎たらしげに、いいもおわらず、えいっとさけんで、跳躍したが、運がきわまる悲しさで、鎧《よろい》のたれを、倒れた木の、つきだした枝にひっかけて、まっさかさまに、もんどりうちながら、忠信が刀をひっさげて待ちかまえていたところへ、いかにものんびりしたふうに、ごろりごろりと、ころがりおちてきた。覚範がおきあがりかけたところを、忠信は、身をひらきながら、さっと切りつけた。太刀は名だかい熊野権現の宝物であり、腕はすじがね入りである。覚範の兜をまっこうから、ぱっと二つにうちわって、つらにくい顔を、半《なか》ばまで切りおろした。忠信が太刀をひくと、覚範は、がばと、つっぷした。しきりに起きようとしたが、ただ弱っていくばかりで、膝《ひざ》をおさえながら、わずかに一《ひと》こえ「ううん」といったのをさいごに、横川覚範《よかわのかくはん》は、四十一歳で死んでいった。

ねがった所で、敵を斬《き》りふせた忠信は、しばらく休んでから、覚範の首をかききり、太刀の先にさしつらぬいて、あらためて中院《ちゅういん》の峰にのぼると、大音《だいおん》声《じょう》をあげて、

「衆徒《しゅと》のなかに、この首を見知ったものはいないか。音にきこえた横川覚範の首を、判官《ほうがん》義経がうちとったぞ。弟子がいるなら、ひきとって供養せよ」

と、雪のなかへ投げつけた。衆徒はそれをみて、

「覚範さえも、かなわないのだから、ましてわれわれは、とうてい手におえまい。さあ、ふもとへかえって、後日のため相談しよう」

だれかが、そういったが、それは卑怯《ひきょう》だ、じぶんは覚範とともに討死《うちじに》する、といいだす者もなく、みな「賛成、賛成」と、ふもとへ帰っていった。

忠信は、ただひとり吉野にのこされて、東西へ耳をかたむけながら、様子をうかがうと、甲斐《かい》ない命をまだ生きながらえて「助けてくれ」とうめくものもあれば、その一方には、むなしく死体をさらしているものもあった。忠信は、郎党《ろうどう》どものなきがらをも見いだしたが、息がかよっているものは、ざんねんながらなかった。

十二月もすでに二十日のことなので、未明にかけて出る月はあっても、宵《よい》のうちはまだ暗かった。ぜったいに死ぬつもりだったのに、死ななかった命を、いまさらわざわざ死なせようとすることも意味がない、と忠信は思い、僧徒らと同じく、寺のほうへいってみようと考えた。

兜《かぶと》をぬいで、鎧《よろい》の肩紐《かたひも》にかけ、みだれた髪をゆいくくり、血のついた太刀をぬぐって肩にかついだ忠信は、いつともなく僧徒らをおいこして、かれらよりも先に、寺へ近づいていった。僧徒らは、うしろから、その姿をみて、

「おおい、寺のもの、きいてくれ。九郎判官どのが、山の合戦にまけて、寺のほうへのがれていくぞ、にがすなっ」

と、わめきさけんだ。

おりから、風はふき、雪はまい、その吹雪《ふぶき》のため、寺のひとびとは、山帰りの僧徒らのさけびごえをきかなかった。忠信は大門をはいって、本尊のほうを伏しおがむと、南大門《なんだいもん》からまっすぐにくだっていった。

すると、左がわに、大きな家があった。山科法眼《やましなのほうげん》の坊だったが、忠信がのぞいてみると、住職の法眼の部屋には、人影もなく、台所のそばに、法師が二人、子どもが三人いた。そこには、いろいろな菓子や果物がつんであり、お祝いのしるしをつけた酒徳利も立ててあった。忠信はそれをみて、

「これはいいところに来た。なにはともあれ、おまえらの酒盛《さかもり》の銚子《ちょうし》は、とん

だところへ廻っていくぞ」
と、太刀を肩にした姿で、縁の板を、ずしんとふみつけて、足音もあらく、はいっていった。子どもらも法師らも、おどろくまいことか、腰もぬけたらしく、四つんばいになって、三方へ逃げちった。

忠信は、気にいった座敷に、どっかとすわりこみ、菓子類をひきよせて、思うぞんぶん食べているところへ、敵のわめきごえがちかづいてきた。それを耳にした忠信は、いまさら銚子や盃《さかずき》をそろえるのに時間をつぶしてはたまらないと思い、もともと酒には達者な男なので、徳利の首へ手をかけると、あたりへこぼしながら、ぐいぐい飲んだ。

兜は膝《ひざ》もとにおき、すこしもあわてず、つめたい額《ひたい》を火にあてたが、おもい鎧をきて、ふかい雪のなかをあるき、そのうえ、戦いにつかれたところへ、酒はのむ、火にはあたるでは、さすがの忠信も、いつともなく意識がぼうっとして、敵の寄せ手がわめく声も、よそにききながしながら、夢うつつの状態で眠りにはいった。

そこへ僧徒らがおしよせてきて、

「九郎判官どのはここにおいでか。さあ、出てこられよ」

その声に、忠信は、はっとおどろきめざめるや、兜をつけ、火をけして、

「なにをえんりょしている。来たいものは、こっちへはいれ」

そういったが、もし命が二つある者なら、あっさりはいりもしたろうが、そうはいかないので、寄せ手は、ただ外でがやがやひしめきあうばかりであった。

すると、この家の持主である山科法眼が、ひとびとにむかって、

「落人《おちうど》を家の中にいれておいて夜をあかさせるわけにはいかぬ。われわれも、世に出る身となったら、こんな家ぐらい、毎日一つずつでも作れよう。かまわぬ。家に火をかけて、判官をあぶりだして射ころしてしまえ」

それをきいた忠信は、敵に焼きころされたという評判など立てられては、ざんねんしごく、むしろ、じぶんで火を放って死んだといわれようと、そう思って、一双《いっそう》のびょうぶに火をつけると、天井へ投げあげた。

僧徒は、火の手をみて、

「あっ、家のなかから火が出たぞ。それっ、判官が出てくるところを射ころせ」と、弓に矢をつがえ、手には太刀や薙刀《なぎなた》をかまえて待ちうけた。家が燃えあがるなかに、忠信は、広縁《ひろえん》へ立ちいでて、

「僧徒ども、一同しずまって、よくきけ。このじぶんを、ほんとうに判官どのと思っているのか。わが君が、いつ、おのがれになったかは知らぬが、こう申すじぶんは、九郎判官どのではないぞ。ご家来の佐藤四郎兵衛《しろうひょうえ》忠信というものだ。ここでじぶんを討死《うちじに》させても、討《う》ちとったなどとはいうまいぞ。忠信はみずから腹を切る。首をとって、鎌倉どののごらんにいれるがいい」

と、刀をぬくや、左のわき腹を、ぐさりと刺しとおしたとみせて、じつはすぱりと刀をさやへおさめ、あとへとびさがって中へ走りこみ、奥の建物への渡り橋をひっぱずすや、焼けている天井へ走りあがってみると、東の棟《むね》の端が、まだ燃えていなかった。棟から軒《のき》にかけての板へ、忠信は、やっと、つよく足をかけて、屋根の上へ身をのりだした。

この家は、山腹をけずって、懸崖《けんがい》づくりにした楼《ろう》なので、山と坊のあいだは、

一丈〔約三メートル〕あまりにすぎなかった。これくらいなところを、もし跳《と》びそこなって、死ぬような因果となったら、もうしかたがない。なむ八まん大ぼさつ、なにとぞご照覧《しょうらん》あって助けたまえ、と忠信は心に祈るや、「えいっ」とひとこえ、跳躍すると、みごと、うしろの山へ、たしかに、とびうつった。ただちに山の上へのぼり、松が一《ひと》むらあるところに鎧《よろい》をぬいで敷き、兜《かぶと》の鉢金《はちがね》をまくらにしながら、敵があわただしげに動くさまを、ながめていた。僧徒らは、

「まったくおそろしい。判官どのと思ったら、佐藤四郎兵衛だったとは。それにしても、やつにだまされて、大ぜいを討死《うちじに》させたとは、心外《しんがい》のいたり。大将であればこそ、首をとって鎌倉どのにごらんに入れたいとも思ったのに、まったくにっくいやつ、ただ封じこめて焼きころせ」

といったが、やがて火もきえ、炎もしずまったのち、せめて焼け死んだ首でも、管理職の治部法眼《じぶのほうげん》におみせしようと、手わけをして探しまわった。

しかし忠信は自害したわけではないから、焼けた首も出てこなかった。僧徒

らは、

「人の心は、剛《ごう》ならあくまで剛なるべきもの。忠信は、死んだのちまでも、なきがらの恥をみせまいと、塵《ちり》や灰になって焼けうせたものであろう」

と、かえって感嘆しながら、寺へひきあげていった。

忠信は、その夜は、蔵王権現《ざおうごんげん》の社前ちかくで夜をあかし、鎧を権現の神前にささげたのち、二十一日のあけがた御嶽《みたけ》を出て、翌々二十三日の夕方ごろ、あやうい命を生きながらえて、ふたたび京都へ潜入した。

吉野法師の義経《よしつね》追撃

さて、義経《よしつね》は、十二月二十三日には、くうしょうの正四位《しょうしい》の嶺《みね》や、ゆずり葉の峠などという難所をこえ、こうしゅうガ谷をへて、桜谷《さくらだに》というところにいた。

雪がふりつもり、氷柱《つらら》が立って、なみたいていでない山路《やまじ》なので、ひとびと

はみなつかれはて、太刀《たち》を枕にしたりなどして野宿した。義経は、こころぼそい思いで、武蔵坊弁慶《むさしぼうべんけい》をよびよせると、

「いったいこの山のふもとに、だれか義経に助力してくれるものはないだろうか。酒をもらって、つかれをやすめてから、さて落ちのびることにしたい」

「心たやすくたのまれるものは、だれもいないとは思いますが、しかし、この山のふもとには、弥勒堂《みろくどう》がたっています。聖武《しょうむ》天皇が建てられたお堂で、奈良の勧修坊《かんじゅぼう》が別当《べっとう》のはずながら、その代官の御嶽左衛門《みたけさえもん》というものが、俗人別当をつとめています」

弁慶がそういったので、義経は、

「たのみになるものが、やっぱりいるのだなあ」

と、手紙をかいて、弁慶にわたした。それをもって弁慶は、ふもとにくだって御嶽左衛門に事情をつたえると、左衛門は、

「近くにおいでなのに、これまで仰《おお》せもなかったとは」

と、さっそく近親のものらを五、六人よんで、いろいろな菓子類をあつめ、酒

や飯とともに、長《なが》びつ二つにいれて、桜谷へ送りとどけた。義経は、

「こんなに心やすくできたことを」

といって、十六人のあいだに、長びつ二つをすえたが、酒がのみたいというものもあり、飯がたべたいというものもあり、それぞれ思うままに包みをひろげて、さてとりかかろうとしたそのとき、東の杉山のほうに、人の声が、かすかにきこえた。義経は、とたんに、あやしいと感じて、

「ここは、炭うりのじいさんも通らない所だから、炭やきの声とは思われない。それに、峠の細道も遠いから、きこりがたきぎを切る斧《おの》の音とも思われない」

と、きっと、うしろをふりむくと、一昨日、中院谷《ちゅういんだに》で佐藤忠信《さとうただのぶ》の手をまぬかれた吉野法師《よしのほうし》が、そのときの怒りの思いをまだ忘れず、よろい兜《かぶと》に身をかため、百五十人ほどもあらわれた。

「すわ、敵だぞ」

義経のひと声に、ひとびとは、死後の恥をもかえりみず、みな、ちりぢりに逃げだした。常陸坊《ひたちぼう》は、ほかのひとびとよりも先に逃げたが、ふりかえってみ

ると、義経も弁慶も、まだ、もとのところをうごかずにいる。

「われわれがここまでにげてきたのに、あのひとたちがとどまっているのは、どういうつもりなのだろう」

と、いいもおわらないうちに、義経と弁慶は、二つの長《なが》びつを、一つずつもちあげると、東のほうの岩崖《いわがけ》にむかって、やっと、投げおとした。そうして、つみあげた菓子類を、雪の下へ、ゆうゆうとおちついて埋めてから、その場をのがれた。

　弁慶は、はるか先へにげのびた常陸坊においついて、

「おい、みんなの足あとをみると、まるで澄んだ鏡をみるように、はっきりしているぞ。命がおしかったら、みんな、沓《くつ》をさかさにはいてにげろ」

　義経が、それをきいて、

「あいかわらず奇妙なことをいうな、弁慶。どうして沓をさかさにはくのだ」

「そういうおかたですから、梶原景時《かじわらのかげとき》が逆櫓《さかろ》の（68）ことをいいだしたとき、おわらいになったのです」

「いや、じっさい、逆櫓ということも知らなかったこの義経だが、まして沓をさかさにはくということは、いまが初耳だ。いずれにせよ、もし末代までの恥になるというのでなければ、さかさにはいてもいいが」

そう義経がいうと、弁慶は、「それではお話ししましょう」と、むかし印度《いんど》にあったという十六の大国、五百の中国、無数の小国にいたるまでの、代々の帝王のことどもや、合戦のありさまをかたった。(69)そのあいだに、敵の吉野法師どもは、矢の距離まで近づいたが、義経をはじめ、ひとびとは、弁慶を中心にまるくならんで、しずかに弁慶の話に、耳をかたむけた。

「中国の西にあたる印度の十六の大国のうちに、『しらない国《くに》』『はらない国』という二つの国があり、そのさかいに香風山《こうふせん》という山がありました。この香風山は、ふもとに千里の広野をもち、しかも宝の山だったのです」

と、弁慶は、かたりつづけた。——あるとき「はらない国」の国王が、この山をとろうと思いたち、五十一万の大軍を、「しらない国」へさしむけたところ、「しらない国」の国王もまたさるもので、かねてから、一見、無用におもわれた象を、千匹も飼っていたが、このとき、それらの多くの象を、「はらない国」の大軍にむけて放った。千匹の象は、「はらない国」の五十一万の大軍を、七日七晩のあいだに、ほとんどみなごろしにふみ殺し、「はらない国」の国王は、供の者もわずか十人つきしたがっただけで、香風山の北のふもとへ逃げのびた。

おりから陰暦十月二十日すぎのことなので、もみじ葉が雪にちっていたが、「はらない国」の王は、一策を案じて、わざと沓《くつ》を前後さかさにはいて逃げた。「しらない国」の追手《おって》の兵士らはそれをみて、「はらない国王のこの計略は、ただごとではあるまい。ただささえ、このあたりは虎の出るところ、深追いしないで、ひきあげよう」と、ひっかえしていった。

「はらない国」の国王は、さかさ沓の妙計《みょうけい》によって、あやうい命を助かったが、あらためて五十六万の大軍をととのえると、ふたたび「しらない国」へ攻めこみ、こんどはみごとに快勝することができた、――という話をしてから、弁慶は、

「異朝《いちょう》の賢王、波羅奈《はらない》国王のことは、このようなしだい。わが君は、本朝の武

士の大将軍で、清和《せいわ》天皇の十代のご子孫、物の本にも、『敵がおごったら、こちらはおごるな。敵がおごらなかったら、こちらがおごれ』と申しますが、余人《よじん》はしらず、この弁慶は」

と、いいさしながら、はやくも沓をさかさにはいて、まっさきに歩きだした。

義経はそれをみながら、

「奇妙なことを知っているな。どこでならった」

「比叡山《ひえいさん》の桜本《さくらもと》の僧正《そうじょう》のもとにいたとき、法相三論《ほっそうさんろん》〈仏教の南都六宗のうちの法相宗と三論宗〉のなかに、釈迦《しゃか》がのこされた教えとして載《の》っているのを読みました」

「あっぱれ文武両道の博学だな」

と義経がほめると、弁慶は、

「この弁慶のほかには、心も剛《ごう》で、思慮も深いというものは、まずありますまい」

と、自讃した。こうして一同が、気もちもおちついて、のがれていくと、まもなく吉野の僧徒らが、そのあとを追っていった。

　この日、吉野法師の先陣《せんじん》は、治部法眼《じぶのほうげん》がひきうけていたが、ふと気づいて、僧徒どもに、

「ふしぎなことがある。どういうわけだろう。ここまで谷のほうへくだっていた足あとが、こんどは、谷底のほうから、またここへ向かってきている。へんだな」

と、いぶかると、後陣《こうじん》にいた医王禅師《いおうぜんじ》が、かけよってきて、義経らの足あとをみながら、

「いや、こんなこともあろう。九郎判官《くろうほうがん》というひとは、鞍馬《くらま》そだちで、文武両道にすぐれた人物だし、つきしたがう郎党《ろうどう》らも、一騎当千のつわものぞろいだ。

　そのなかに法師がふたりいるが、ひとりは園城寺《おんじょうじ》の法師で、常陸坊海尊《ひたちぼうかいそん》という学問修行者。もうひとりは、桜本の僧正の弟子、武蔵坊弁慶というものだが、この弁慶は、外国やわが国の合戦のことにくわしい男だから、香風山《こうふせん》の北のふもとで、象に攻めたてられて、沓《くつ》をさかさにはいてにげた波羅奈《はらない》国王の先例を、

ひきでもしたと思われる。それっ、にげるすきをあたえずに、ただ追っかけろ」

そういったので、追手の僧徒らは、さてはとそのまま追いつづけ、しかも、矢の距離になるまで、音もたてずに、しずかに近づくや、いきなり一せいに、どっと、ときのこえをあげた。義経ら十六人は、みな愕然《がくぜん》としたが、義経が、

「だからいわぬことではない」

といっても、一同、きこえないふりをして、頭をひくく錣《しころ》をかたむけた姿勢で、おしあうようにしながら、逃げつづけた。

すると、またもや難所に出たが、そこは吉野川の上流で、白糸《しらいと》の滝といった。見あげれば、五丈〔約一五メートル〕ほどの滝が、白糸をかけみだしたようであり、見おろせば、あきらかに深さ三丈はある淵《ふち》が、音にきく紅蓮《ぐれん》地獄のおそろしさを思わせる。水上の遠い流れが、雪どけのため増水しているので、瀬々の岩間をうつ川波は、さながら東海《とうかい》の蓬萊山《ほうらいさん》〔中国の伝説上の霊山〕をも、うちくずしそうに激しい。こちら側も、むこう側も、高さ二丈ほどの大岩が、まるで屛風《びょうぶ》のようにそそりたっていて、しかも、ふりつもった雪がきえもしないで、

氷もろとも、まるでいちめんに銀箔《ぎんぱく》をかけたようであった。

武蔵坊弁慶は、ほかのひとびとよりも先に、川べりまでいって様子をみたが、どうみても進めそうには思われない。しかし、ひとびとを弱気にならせまいとして、れいのくせで、

「たかがこれくらいの山川に、みなの衆、なにをぐずぐずしている。さあ、早く越すのだ」

しかし義経は、

「どうしてこれが越せよう。ひとえに思いきって、腹をきることだ」

すると弁慶は、

「余人はしらず、この弁慶は」

といいながら、川岸へちかづき、両眼をとじてこう念じた。

「源氏の祈りをうけられる八幡大菩薩《はちまんだいぼさつ》よ、いつ、わが君をお忘れになったのです。なにとぞわが祈りをおききとどけあって、われらを、安らかにお守りくださいますよう」

そう祈って、目をあけて見わたすと、四、五段《たん》〔約四、五〇メートル〕ほど川下に、おもむきふかい要衝《ようしょう》があった。すぐ走りよってみると、両岸の山がつきだしていて、水がれいによって深くたぎりおちているが、むこう側へ目をやると、岸のくずれたところに、一かたまりの竹がはえていて、そのなかの三本がとくに高くのびている。しかもその三本の頭が、からみあいながら、日ごろふりつもった雪におされて、川の上のほうへ、たわみ曲っていて、氷がまるで飾り玉のように竹の葉にさがっている。義経はそれをみて、

「この義経にしても、越えられそうにも思われないが、まず、瀬ぶみをしてみよう。越えそこなって、川へおちたら、みなつづいてとびこめ」

「かしこまりました」

と一同は、こたえた。この日、義経は、赤地の錦《にしき》の直垂《ひたたれ》に、紅《くれない》すそ濃《ご》の鎧《よろい》をきて、銀の星の兜《かぶと》をかぶり、黄金《こがね》づくりの太刀をさし、大中黒《おおなかぐろ》の矢をさしたえびらを、肩ごしに高くせおっていたが、弓に鉄の爪の熊手をそえて、左腕の下にかかえながら、川べりへ歩みよると、まず鎧のたれをからげて、頭をひくく身

がまえるや、えいっと、かけ声もろとも跳躍《ちょうやく》した。すると、竹のはしに、うまくさっと、とびついて、たやすく向こう岸へ、すらっとわたった。

義経は、鎧のたれがぬれたのを、かるくうちはらいながら、

「おおい、そっちからみたのとちがって、わけはないぞ。つづけ、みなのもの」

その命令で、とびこしたものは、だれだれか。片岡《かたおか》、伊勢《いせ》、熊井《くまい》、備前《びぜん》、鷲尾《わしのお》、常陸坊《ひたちぼう》、雑色《ぞうしき》〔雑役〕の駿河次郎《するがのじろう》、下部《しもべ》の喜三太《きさんだ》らをはじめ、十六人のうち、十四人が川をわたった。

あとに二人がのこったが、一人は根尾十郎《ねのおのじゅうろう》、一人は武蔵坊弁慶である。根尾がこえようとすると、弁慶は、根尾の鎧の左袖《ひだりそで》をおさえて、

「おぬしの膝《ひざ》のふるえぶりをみていると、ぜったいにわたれまい。鎧をぬいで、とびこせ」

「ほかのものがみんな鎧をきてとびこえたのに、おれひとり脱げとは、どういうわけだ」

義経がそれをききつけて、むこう側から、

「弁慶、何をいっている」

「根尾に、鎧をぬいでわたれと申しました」

「それならおまえにまかせる。むりにでもぬがせよ」

そう義経は命じた。ほかのひとびとは、みな三十歳にもならない壮健者ぞろいなのに、根尾十郎は、ひとり老体で、とって五十六歳である。すでに京都を出るときも、義経が、「ここは道理をまげてでも、都にとどまれ」と、たびかさねていったのに、根尾十郎は、「わが君のご運がさかんなとき、ご恩によって、妻子をやしないながら、ご運がこのようになったからといって、じぶんひとり都にとどまって、新しい主君にしたがったところで、しかたがありません」と、かくごのほどを示して、ここまで義経の供をしてきたのであった。

根尾十郎は、義経の言葉にしたがって、鎧や付属の品々を、身からはなしたが、それでもなお越えられそうにみえないので、対岸のひとびとは、弓のつるを、はずしあつめ、それを結びあわせて一本にし、その端を、川ごしに、根尾のほうへ投げてよこした。

「それをひけ、つよくにぎるのだ。しっかりつかまっていろよ」

と、下の流れの水勢のゆるいところを、根尾にかちわたりさせて、ようやく川をこえさせた。

あとにひとりのこった弁慶は、義経らがこえたところをこえず、川上のほうへ、一町〔約一一〇メートル〕ほどのぼると、岩かどにふりつもった雪を、なぎなたの柄《え》ではらいおとして、

「たかが、これくらいの山川をこえかねて、あんな竹にとりつき、ざわざわ、がさりと渡るなどは、見ぐるしいいたり。おおい、そこをどいてくれ。この弁慶は、こんな川ぐらい、しかとまちがいなく、とびこえてみせるぞ」

義経はそれをききつけて、

「こやつ、義経をそねんだな。よし、みなのもの。そっちへ目をむけるな」

といいながら、沓《くつ》のひものとけたのを結ぶため、兜《かぶと》の板金《いたがね》をかたむけていると、

「えいや(70)、えいや」という、うめき声がきこえた。みれば弁慶は、もう水におちて、早い流れのなかに、川波のため、しきりに岩にうちつけられては、ただ、

水の勢いにまかせて流れただよっていった。義経はそれを目にすると、

「や、しそんじたな」

と、熊手をとりなおしざま、川べりに走りより、わきたつ水の流れにただよう弁慶の、鎧《よろい》のうしろひもにひっかけて、

「そらみろ」

と、いったとたんに、伊勢三郎《いせのさぶろう》が、かけよって、熊手の柄を、義経の手から、ひったくるようにうけとった。

義経が下をのぞいてみると、ひとなみはずれた大男の法師が、しかも鎧をきているのを、宙づりにひきあげられたのだから、水が鎧にたっぷりしみこんで、ぽたぽたたれながら、上へひきあげられた。弁慶は、やっと、この日の命びろいをして、にがわらいをしながら、義経のご前《ぜん》へすすみでた。義経はそれをみて、さきほどの高言《こうげん》〔いばったもの言い〕の憎さのあまり、

「どうした。高言にも似あわないやつだな」

弁慶も、へいこうして、

「あやまちは、だれにもあること。世に、孔子《こうし》のあやまちと申すことも、あるではございませんか」

と、冗談にまぎらわした。

一同は、さらに思い思いに、のがれつづけたが、ひとり弁慶は、のがれようともせず、れいの小さい竹やぶのなかへわけて入って、あの三本たかく生えている竹の根もとにむかって、まるで人に物をいうように、こう、かきくどいた。

「竹も命あるもの、じぶんも命ある人間。竹は根をもつものゆえ、陽春がめぐってきたら、またあらたに竹の子も生えるであろう。しかし、われわれ人間は、このたび死ねば二度とかえらない習いの身、竹よ、いま、おまえらをきるが、どうかわれわれの命にかわってくれ」

そういうと、三本の竹を切り、根もとを雪の中へうずめて、頭のほうを、さきほどのように、川の上へさしかけて出した。それから義経らのところへ追いつくと、

「あのあとは、こうしておきました」

ながら、感慨をおぼえ

と報告した。義経が、そのほうをふりかえってみると、谷川なので、あいかわらず水がたぎりおちている。義経は、むかしの話を思いだして、感慨をおぼえながら、

「周の穆王《ぼくおう》(71)は、壁をふんで天にのぼり、漢の張博望《ちょうはくぼう》は、流れ木にのって天の河《あまがわ》にいたったというが、この義経は竹の葉にのって、この山川をわたりこえた」

そういって、さらに山の上のほうへ、のぼっていった。すると、ある谷のくぼみの、風がいくらかおだやかなところへ出た。

「敵が川をこえてきたら、矢先をさげて、射おろすのだ。矢種がつきたら、腹を切れ。しかし、敵どもが渡れなかったら、あざわらって、ひきあげてこい」

義経がそう命令すると、まもなく僧徒らがおしよせてきたが、

「小ざかしくも、わたりおったな。ここから渡ったのか、それとも、あすかな」

と、口々にさわぎたてた。先陣の治部法眼《じぶのほうげん》は、

「判官《ほうがん》だからといって、よもや鬼神《きしん》ではあるまい。かならず、わたったところ

があるはずだ」

と、むこうのほうをみると、川の上へ、なびきかぶさっている竹が目についたので、

「よめた。あれにとびついて、川をこえたのだ。あれなら、だれだって、こせないものはない。それいけ、ものども」

と号令した。

するると、歯を黒くそめ、袖《そで》つきの腹巻をきた法師どもが、手鉾《てぼこ》や薙刀《なぎなた》を小わきに、三人手をくみあって、えいっと声をかけながら、竹の先にとびついた。しかも、ぐっと手前へ引いたが、つい今しがた弁慶が根もとを切って雪の中へつきさした竹だから、肩先でその竹にしがみついたとみえたとたんに、もう岩間の水中へおちいり、川波をかぶって、二度と姿もみえず、底のもくずとなってしまった。

対岸では、山の上から、義経ら十六人が、一せいにどっと笑うと、僧徒らは、なんとも不快な思いで、むっつりとだまったが、このとき日高禅師《ひたかのぜんじ》が、

「これはきっと武蔵坊弁慶というたわけめのしわざにちがいない。しかし、ここでぐずぐずしていては、こっちがかえっておろかにみえるし、そうかといって、上流をまわるのは日数がかかる。さあ、いまはひきあげて、相談しよう」

そういったが、「それは卑怯《ひきょう》だ。つづいて、とびついて死のう」というものは、ひとりもなく、みな、「もっともだ、その提案にしたがうことにしよう」と、一同、もとのほうへ、ひっかえしていった。

義経はそれをみて、片岡八郎《かたおかはちろう》をよびよせると、

「吉野法師どもにむかって、こういってやれ。義経がこの川をこえかねていたのに、ここまで見おくってくれたとは、うれしいとな。のちのためにもなることだ」

そういったので、片岡は、白木の弓に大きな鏑矢《かぶらや》をつがえると、谷ごしに僧徒らめがけて、一の矢を射かけ、

「判官《ほうがん》どのの仰《おお》せだぞ。仰せだぞ」

と大ごえでくりかえしたが、僧徒らは、きこえないふりをして、歩きつづけて

いった。

弁慶は、ぬれた鎧《よろい》をきたまま、倒れた木にのぼり、大音声《だいおんじょう》で、僧徒らにむかって、

「風情《ふぜい》のわかる衆徒《しゅと》がいたら、比叡山《ひえいさん》の西塔《さいとう》で名だかいこの武蔵坊弁慶の、乱《らん》拍子《びょうし》の舞いをみよ」

とさけんだ。すると僧徒らのなかに、そのかけ声に耳をかたむけたものどもがあった。それをみた弁慶は、

「片岡、はやしをたのむ」

そこで片岡は、中ざしの矢を手にして、弓のもとをたたきながら、それ万歳《まんざい》楽《らく》、万歳楽と、はやしたてると、それにのって、弁慶は舞いはじめた。僧徒らも、行きすぎかねて、けんぶつしたが、舞いはおもしろかったものの、うたう言葉は、まさにわらいぐさであった。

「春は桜の流るれば、吉野川とも名づけたり、秋は紅葉《もみじ》の流るるなれば、竜田川《たつたがわ》ともいひつべし。冬も末になりぬれば、法師も紅葉《もみじ》て流れたり」

——春は桜の花が美しくながれて、いいながめの川だから、吉野川という名まえもついた。秋はもみじが、やはり美しくながれるから、おなじ大和《やまと》の竜田川にも、たとえられよう。ところが、いまは冬も末になったので、なんと法師までが、紅葉が水にちるように、流れていくことだわい。

と、くりかえし、くりかえし、舞ったので、ついに、僧徒のなかから、だれともわからないものが、

「この、ばかものめっ」

と、どなりかえした。しかし弁慶は、

「きさまら、なんとでも、いいたいことをいえ」

と応じて、その日は、ついにそこにとどまった。すでに、夕ぐれもせまっていたが、義経は武士らに、

「そもそも御嶽左衛門《みたけさえもん》が、せっかく殊勝《しゅしょう》な気もちで酒やさかなをとどけてくれたのに、ざんねんにも追いちらされたのは、まことに不本意なことだ。だれか、それたべるものをたずさえていたら、出してもらいたい。つかれをやすめて、それ

からおちのびよう」

しかし、ひとびとは、

「敵がちかづいたため、先をいそいだので、だれも、用意してきたものがおりません」

「みんな、あとのことを思わないものばかりのようだな。義経は、じぶんの分だけは、ちゃんと用意してきたぞ」

まえに、のがれたときは、義経も、ほかのひとびとと共に出発したと思われたのに、いつのまに、とり分けたのであろう、たちばな餅《もち》を二十ばかり檀紙《だんし》〔マユミの繊維からつくられる良質の紙〕に包んだのを、鎧《よろい》の右わきのかくしから、とりだすと、弁慶をよびよせて、

「これを、一つずつ」

と、わたした。弁慶は、二十のたちばな餅を、直垂《ひたたれ》の袖《そで》の上にのせると、ゆずり葉を折って敷きながら、

「一つは一葉《いちじょう》の仏（葛城山《かつらぎさん》の仏）に、一つは菩提《ぼだい》の仏（金峯山《きんぶせん》の仏）に、一つは

道の神に、一つは山の神に、たてまつる」

と、ゆずり葉の上へ、四つをのせた。

のこりの餅は、みれば十六、ひとも十六人である。弁慶は、一つを義経のご前におき、そのあとの餅を、みなのものに一つずつくばっていった。

「さいごに一つ残ったが、神仏にささげた四つの餅とあわせて五つを、この弁慶の役得《やくとく》にするぞ」

ひとびとは、もらった餅を、おのおの手にしながら泣いた。

「おもえばかなしい世のならいだ。わが君のご運がさかんなときは、これほどまごころこめてお仕《つか》えすれば、みごとな鎧や、たくましい馬をいただいてこそ、はじめてご恩賞にあずかった思いもするのに、いま、餅ひとつをいただいて、ふさわしいご恩賞をうけたような思いでよろこぶとは、なんという悲しいことだろう」

日ごろ鬼神《きしん》をあざむき、妻子もかえりみず、命を塵《ちり》のように惜しまない武士たちも、みな、鎧の袖《そで》をぬらして泣き、心のうちは、いいようもなかった。

義経も涙をながしたが、弁慶も、しきりに涙がわきでてくるのに、さりげないさまをよそおって、

「この連中のように、だれかからもらったものを、たとえご持参品をいただいたからといって、なにも泣くわけはないのに、わざわざ泣こうとするとは、まことにおろかというよりほかない。神仏がたすけてくださる力は、われらの及びもつかないことながら、この弁慶も、じつはわが身をたすけたいばかりに、少々たずさえてきた。おのおのがたが、めいめいたずさえてこなかったとは、まことに不用意なこと。さあ、べつにかわったものでもないが、それ、ここにもってきた」

といって、餅を二十ほど、とりだした。

義経も、感心なことだと思ってみていると、弁慶は、ご前《ぜん》にひざまずいて、左のわきの下から、黒い大きな物をとりだして、雪の上へおいた。なんだろうと、片岡八郎(72)が近よってみると、ひもを通す穴をくりあけた小さい竹筒に、酒をいれたのを、弁慶はたずさえてきたのである。

ふところから、弁慶は、土器《かわらけ》を二つとりだし、一つを義経のまえにおいて、三度、酌《しゃく》をしたのち、この竹筒をふりながら、

「飲み手は多いし、酒はごらんのように小筒だ。とてもぞんぶんとはいかないが、ほんのすこしずつでも」

と、もう一つの土器をまわして、ひとびとにのませ、さいごにのこった酒を、じぶんの手にした土器にかたむけかたむけ三度のんでから、

「雨もふれ。風もふけ。今夜はもう思いのこすこともないぞ」

と、その夜は、そこで一晩をすごした。

あければ、十二月二十三日、義経は、

「ともかく山路《やまじ》は、むやみに心づらいものだ。さあ、こんどはふもとへ」

と、ふもとめざして山をおり、北の岡、しげみガ谷というところまで出てきたが、もう村里が近いところなので、まずしいきこりの男女の家々も目についた。

「落人《おちうど》のならいとして、鎧《よろい》をきているのはよくあるまい。いずれわれわれが世に出さえすれば、鎧などは思いのままになろう。さしあたっては、命にまさる

ものはない」

と、義経ら主従十六人は、しげみガ谷の老木のもとに、鎧、腹巻、十六領《りょう》をぬぎすてて、思い思いの方向へ、おちのびることになった。義経は、

「来年の正月の末か、二月の始めには、奥州《おうしゅう》へくだろうと思うが、そのときは、かならず、一条今出川《いまでがわ》のあたりで、おちあうことにしよう」

そういったので、ひとびとも承知して、一同、泣く泣くわかれた。木幡《こわた》、櫃《ひっ》川《かわ》、醍醐《だいご》、山科《やましな》〔いずれも京都の地名〕へいくひとびともあり、また鞍馬《くらま》の奥へいくもの、さらに京都へ身をしのびかくそうというものもあった。

義経は、ひとりの武士さえしたがえず、また雑色《ぞうしき》〔下男〕もつれず、身には敷妙《しきたえ》という腹巻をつけ、太刀をさして、十二月二十三日の夜もふけたころ、奈良の勧修坊《かんじゅぼう》のもとをたずねた。


巻五では、弁慶の天竺《てんじく》談の挿話が、やや長すぎるので略述した。ほかに、穆王《ぼくおう》の故事のまえの、「歌をこのみしきょくちょくは」云々の短文をはぶいた――訳者

巻　六

忠信《ただのぶ》の京都潜入

ところで、佐藤四郎兵衛忠信《さとうしろうひょうえただのぶ》は、十二月二十三日に京都へもどって以来、昼は、へんぴなところに忍びかくれ、夜は、市内を歩いては、義経《よしつね》のゆくえをたずねた。

しかし、ひとびとの言葉がまちまちで、たしかなことがわからず、あるいは吉野川《よしの》に身を投げたというかと思えば、あるいは北国《ほっこく》を経《へ》て奥州《おうしゅう》へくだったたなどともいうので、聞きさだめようもなく、あれこれと都で日をおくるうちに、はやくも十二月二十九日になった。

世をしのぶ身なので、一日かたときも安心してくらせるところもなく、年内も、もう、きょうばかり、あすになれば、あたらしい年の初春、三カ日の儀式とあっては、なにかと都合もわるく、どこで今夜をあかしていいかさえ、わからなくなった。

そのころ、かねてから佐藤忠信が、いちずに思いをよせている女があった。四条室町《しじょうむろまち》の小柴入道《こしばにゅうどう》というものの娘で、名は「かや」といった。忠信は、まだ義経が京都にいたころから、かやを見そめて、ふかく思いをよせていたので、義経が都を出たときも、女は、摂津国《せっつのくに》の淀《よど》川の河口まで、忠信を追いしたってきて、どんな船、どんな海であろうと、おともしたいといった。しかし、忠信は、義経が大ぜいの愛人を同じ船にのせたことも、まことに困ったことだと思ったので、ましてじぶんまで女をつれていくことは、よくないと考え、つきない名ごりをふりきって、ひとり身で四国路の船にのったのであった。

その「かや」の思いをまだ忘れかねたので、忠信は、二十九日の夜ふけに、女をたずねていった。女は出むかえて、たいへんよろこんだ。そうして忠信をかくまって、いろいろ、いたわり、父の小柴入道にも、このことを話した。小柴入道は、忠信を部屋へまねいて、

「かりそめに都に出られてからこのかた、どこへおいでとも、おゆくえも知りませんでしたのに、ものの数でもないこの入道をたのみにして、ここまでおいでいただいたとは、まことにうれしいことにぞんじます」

といって、この家で年を送らせた。忠信は心のなかで、やがて陽春の季節がきて、山々にのこる雪もきえ、すそ野も青葉がまざる時になったら、奥州へくだろうと思った。

こうして女のもとにくらすうちに、だれかが「天には口がない。人の口からいわせよ」と教えたわけではないけれども、忠信が京都にいるといううわさが、いつともなく立ったので、六波羅《ろくはら》の京都守護(73)から、さがし出せという布令《ふれ》が出た。忠信はそれをつたえきいて、三月四日に京都を去ろうとしたが、この日は、

日どりがわるいといって、とりやめた。翌五日は、女からなごりをおしまれて、やはり出かけなかったが、心のうちで、六日のあけがたにはぜひ出発しようと思いさだめた。

ところで、およそ男が頼りにしてはならないのは、女である。つい昨日までは、ひとかたならぬ深いちぎりをかわしあった仲なのに、どんな天魔にそそのかされたのであろうか、女は、一夜のうちに、心がわりをした。

いったい、この女「かや」は、佐藤忠信が義経とともに京を去ったのち、東国《とうごく》の住人で在京中の、梶原景時《かじわらのかげとき》のむすこ、梶原三郎景久《さぶろうかげひさ》というものに、はじめて会った。梶原景久は、このころ、時運にのっているものであり、それにひきかえ、忠信は落人《おちうど》である。女は、ふと、忠信を、時運にのった梶原景久に見かえようと思いたち、忠信の潜伏《せんぷく》を梶原に知らせて、梶原が忠信を討《う》ちとるか、あるいはからめとって、鎌倉どののごらんにいれたなら、大手柄は疑いないと、そう梶原に連絡したいと思った。

そこで女は、五条西洞院《にしのとういん》にいる梶原景久のところへ、つかいのものを出したので、梶原は、いそいで女のもとをたずねてきた。女は、忠信を別室にかくしておいて、まず梶原をもてなしたのち、梶原の耳に口をあてて、こうささやいた。

「およびたてしたのは、ほかのしさいでもありません。判官《ほうがん》どのの家来の佐藤四郎兵衛忠信というものが、吉野の戦いで討死《うちじに》をまぬかれて、先月二十九日の夕方から、ここにきています。あすは奥州へくだるのだといって、いまその用意をしていますが、くだったあとで、なぜ知らせなかったと、おうらみをうけてはこまりますからね。いえ、なにもあなたがごじぶんでお手間をかけなくても、足軽《あしがる》どもをつかわして討ちとるか、からめとるかすればいいではありませんか。そうして鎌倉どののごらんに入れて、ご恩賞のほうもおねがいなさいな」

梶原三郎景久は、あまりに思いがけない言葉なので、かえってなんとも物がいえなかった。およそうとましい、うらさびしい、りくつにあわないものといえば、いなびかりの中のかげろうとか、水の上にふる雪とかだが、それよりももっといやらしいものこそ、女の心のうちである。こういったことを、ゆめに

も予感せず、女ごころをあてにして、身をほろぼすことになった忠信こそは、あわれであった。梶原景久は、

「しかとわかった。だが、この景久は、一門のたいせつな任務をおって、京都で三年間の大番づとめをする身、それがことしはもう二年になった。在京の武士は、ふたつの役を同時に兼ねることはゆるされず、したがってこの景久は、『忠信を追討《ついとう》せよ』という宣旨《せんじ》や院宣《いんぜん》をうける身でもない。いま、慾《よく》におぼれて、合戦で忠節をあらわしたところで、仰《おお》せをうけているわけでもなし、ご恩賞もありようがない。まして討ちそこなっては、一門の恥にもなろうから、この景久は、おまえのすすめには応じがたい。もっと、そういう思いがつよい男に話すがいい」

と、いいすてると、さっさと宿所へ帰っていった。みちみち、あれは色も香《か》もしらない無道の女だと、景久はつくづく思い、その後は二度と「かや」をたずねなかった。(74)

女は、景久からこのようにうとまれて、がまんができず、みずから六波羅《ろくはら》へ

うったえでようと思いたった。正月五日もすでに夜にはいってから、「かや」は女中をひとりつれて、六波羅へ出頭し、江間小四郎《えまのこしろう》こと北条義時《ほうじょうよしとき》をよんでもらって、忠信のことをつげたところ、義時は、さらに父の北条時政《ときまさ》にその旨《むね》をつたえた。そこで六波羅探題《たんだい》〔鎌倉幕府の機関で、京都守護ほか幕府に準ずる強大な力をもっていた〕では、

「時をうつさず、すぐおしよせて、忠信をめしとれ」

と、二百騎の軍勢が、四条室町《しじょうむろまち》の女の家へおしよせた。女はすでに忠信に、きのう一日、またこよいもたてつづけに、なごりの酒だといって、のむことをしいていたので、そのため忠信は、前後不覚にねむりこんでいた。たよりにしていた女は、心がわりをして、このとき姿もみえなかったが、日ごろ髪をとかしなどしてくれた女中が、忠信が眠っているところへ、かけこんできて、手あらに忠信をおこしながら、

「敵がおしよせました」

忠信《ただのぶ》の最期《さいご》

佐藤忠信《さとうただのぶ》は、敵の声におどろいて起きあがり、刀をとりなおして、身をかがめて見ると、敵はすでに四方にみちみちていた。どこへも、のがれでるすきもない。忠信は家のなかで、ひとりごとのように、「始めがあるものは、終わりがあり、(75)生あるものは、かならず死ぬ。その期《ご》におよんでは、もう人の力はおよばない。これまでじぶんが、屋島《やしま》、壇《だん》ノ浦《うら》、さては摂津国《せっつのくに》、吉野の奥の合戦にいたるまで、ずいぶん命をすてる気でたたかったのに、まださいごの時でなかったため、こんにちまで生きのびてきたが、しかし、今こそは最期《さいご》であろう。しかし、それにおどろくのはおろかなことだし、そうかといって、むざむざ犬死《いぬじに》すべき理由もない」

と、緊迫のうちに身支度《みじたく》をした。白い小袖《こそで》に、黄色の大口《おおぐち》ばかまをはき、直垂《ひたたれ》の袖《そで》をむすんで肩にかけ、昨日のみだれ髪を、とかしもせず束ねあげて一つにくくり、烏帽子《えぼし》をひったてて、もむようにかぶりながら、うしろくびへおしこみ、その緒《お》でしっかりとはちまきをして、太刀《たち》をさしながら、こごむようにして見すかすと、あたりがまだほのぐらいため、敵のよろい兜《かぶと》の色はよくわからないけれども、その軍勢は、こなたかなたに、むらがって待ちかまえていた。

いっそ敵のあいだをとおって、まぎれてのがれようかとも思ったが、しかし敵は、よろい兜に身をかため、弓には矢をつがえ、馬にはむちをそえている。のがれても、追いかけられて、さんざんに射られよう。もし軽傷をうけたら、死にもせず、生きながらとらえられて、六波羅《ろくはら》へひきたてられもしよう。判官《ほうがん》どののいどころを知っているはずだとせめられて、知らないとこたえれば、それではぞんぶんに糾明《きゅうめい》せよと、きびしくとりしらべられ、いったんは知らないといいはっても、しだいに性根《しょうね》がみだれて、そのあげく、もしありのままに白状するようなことにでもなったら、せっかく吉野の山おくにふみとどまって、わが君に命をささげたまごころも、悲しくもむなしくなろう。よし、どうしてもこの場はのがれよう、と忠信は決心した。

そこで中門《ちゅうもん》の縁へさしかかってみると、かみ手にふるい座敷がある。そこへかけあがると、京都の板ぶきの家によくあることだが、屋根がうすく、まるで月はもれよ、星はたまれというような板ぶきで、ところどころにすきまがある。忠信は、強壮な男なので、左右の腕をぐっとつきあげて、低い天井を破ると、屋根の上へ身をのりだし、まるで鳥が梢《こずえ》をとびわたるように、いとも身軽に屋根をのがれていった。江間小四郎《えまのこしろう》はそれをみつけて、

「すわ、敵はにげたぞ。ただ射ころせ」

と、屈強の部下どもにめいじて、さんざんに射させた。しかし忠信の早わざは、手におえないありさまで、たちまち矢の距離から遠ざかっていった。まだ夜も未明なので、六波羅《ろくはら》の軍勢が大路小路《おおじこうじ》に牛をはずしたまま置いていた雑用の車も、牛の歩みがおぼつかなく、思うように走らないので、六波羅勢は、忠信をついに見うしなってしまった。

忠信は、もしそのままのがれていけば、のがれおおせたであろうのに、じぶんのゆくさきをあれこれと考えてみると、きっと敵は在京の武士どもに命令を

くだして、まず市外へ出る場末場末をふさぐだろう、そうして市内では、北条《ほうじょう》時政義時《ときまさよしとき》父子の軍勢がさがしまわることだろう。とうていのがれられない身ではあるが、末々のやつらの手にかかって射ころされるのは、ざんねんしごく。いっそ判官《ほうがん》どのが一両年ほど住まわれた六条堀川《ほりかわ》のやしき(76)へいって、わが君にお目にかかったつもりで、そこで、どうとでもなろう、とそう決心して、六条堀川のほうへいそいだ。

去年まで住みなれたあとへ来てみると、ことしは様子がいつかすっかりかわって、門をあけたてするものもなく、縁にも一めんにほこりがつもり、つり戸も、ひき戸も、みなくずれていて、すだれも、たえず風がなびいていた。忠信が、部屋の障子《しょうじ》のなかへ、はいってみると、ここにも蜘蛛《くも》の糸が、みだれかかっている。

これらをみるにつけても、忠信は、あのころは、こんなではなかったのに、という思いで、勇猛な心もぼうっとかすんだが、見たいところを見まわったのち、座敷へ出て、すだれをところどころ切っておとし、つり戸をあげ、太刀を

とりなおして直垂《ひたたれ》の袖《そで》でぬぐうと、

「どうとでもなれ」

と、ひとりごとをつぶやきながら、北条の二百余騎を、ただひとりで待ちかまえた。

あっぱれ、いい敵《かたき》だ。関東では鎌倉どのの舅《しゅうと》にあたり、都でも「六波羅《ろくはら》どの」といわれる北条時政なら、この身にとってはむしろ過分の敵。しかしこの敵のため、あったら犬死《いぬじに》をするのはざんねんだ。ああ、いい鎧《よろい》が一領《いちりょう》、りっぱなえびらが一腰《ひとこし》ほしい。それを身につけて、さいごの合戦をしてから切腹したい、とそう忠信は思ったが、じつはこのときほんとうに、りっぱな鎧一領が、この六条堀川のやしきに、去年から置きのこされていたのである。

義経が、去年の十一月十三日に、京都をでて、四国めざしてくだったとき、都になごりがつきないままに、その夜は、鳥羽《とば》の船のり場に一泊したが、このとき常陸坊海尊《ひたちぼうかいそん》をよんで、

「これまで、この義経が住んでいた六条堀川のやしきには、いかなる者が住む

ことになるであろう」

そうたずねると、常陸坊は、

「だれが住みつきましょう。いずれ、おのずから、天魔のすみかにかわると思います」

「義経が住みならしたところが、天魔のすみかになるとは、ざんねんだ。家のぬしとして、ずっしりした鎧や兜《かぶと》を置いておくと、それが守りになって、悪魔をよせつけないときいているから、そうしよう」

といって、義経は、小桜《こざくら》おどしの鎧に、四方白《しほうじろ》の兜、また山鳥の尾羽の矢を十六本さしたえびらに、自然木《しぜんぼく》をけずった弓をそえて、六条堀川のやしきに残したのであった。

いま、佐藤忠信は、それらのものが、まだありはしまいかと思いつき、いそいで天井へのぼって、すかしのぞいてみると、おりから午前十時ごろだったので、東の山から日の光がすきまをとおして明るくさしこんでいて、兜の鉢《はち》の銀色の星が、きらきらかがやいていた。

忠信は、それを天井からとりおろすと、鎧のたれを長くきて、兜をかぶり、えびらをせおい、弓をはって、右手でつるの強さをためしながら、北条の二百余騎を、今やおそしと待ちかまえた。そこへ、相手がおしよせてきたのである。

敵の先陣は、広庭まではいりこんできたが、後陣《こうじん》は門の外にひかえていた。江《え》間小《まのこ》四《し》郎《ろう》こと北条義時《よしとき》が、けまり場の目じるしの木を、小楯《こだて》にとりながら、

「卑怯《ひきょう》だぞ、佐藤四《し》郎兵衛《ろうひょうえ》。いまはとうてい、のがれられないところ、はっきりと姿をあらわすがいい。大将は北条六波羅《ろくはら》どの。こう申すじぶんは江間小四郎義時というものだ。さあ、はやく出てこい」

と、よばわった。これをきいた忠信は、えんがわの上にしめおろしてあった板戸の、下のほうを、ぐっと突いて、その戸をつき落とし、手にした弓に矢をつがえながら、

「江間小四郎にいいたいことがある。おまえらは、物の道理をしらないものどもだな。保元《ほうげん》や平治《へいじ》の合戦は、上のかたがたどうしのあらそいだった[77]たればこそ、内裏《だいり》（天皇）にも、院の御所（上皇）にもえんりょせず、おもうぞんぶんに戦

ったが、いまのこの戦いは、それとは似てもつかないもの、おれとおまえの合戦、つまりは私闘《しとう》だ。

鎌倉どの（頼朝）が、左馬頭《さまのかみ》どの（義朝）の若ぎみなら、われらの主君判官《ほうがん》どのもまた同様で、このおふたりは、ご兄弟のあいだがら。なにやつの讒言《ざんげん》によって、仲たがいになられたにしても、もともとそれは無実の罪の讒言、いったん鎌倉どのが思いなおされたそのあかつきは、ひところはめんどうなこともあったと、かえりみられるだけのことだ」

と、いいもおわらず、忠信は、縁先からとびおりると、雨だれのおちるあたりに立って、さしつめひきつめ、びゅうびゅうと射た。

江間小四郎の先鋒《せんぽう》の郎党《ろうどう》三人は、たちまち、ばたばたと射たおされ、二人は傷をうけたので、寄せ手はすっかりおそれをなし、池の東のへりを、門外へむかった、まるで木の葉が嵐に吹きちらされるように、群《むれ》をなしてわれがちに逃げていった。後陣のものどもがこれをみて、

「きたないぞ江間どの。敵は五騎十騎どころか、ただのひとり。ひっかえして、

たたかえ」

　そういわれて、江間小四郎義時《よしとき》は、馬首をむけなおして、ふたたびおしよせ、忠信を中にとりかこんで、はげしく攻めたてた。忠信は、えびらに十六本だけさした矢なので、まもなく射つくし、えびらをかなぐりすてるや、太刀をぬいて、大ぜいの敵のなかへわってはいり、縦横無尽に切りまくった。馬といわず人といわず、敵は、さんざんに切りたてられたが、やがて忠信は、鎧《よろい》のゆるみを、もろ手でおしあげ固めつつ、身を的《まと》にして敵に射させた。敵の精鋭が射る矢は、ついに鎧の裏まで通ったが、その一方、雑兵《ぞうひょう》どもが射る矢は、しきりにはねかえった。しかも、やはり鎧のすきに立つ矢も多く、忠信は、しばし無我夢中の思いであった。

　しかしまもなく忠信は、どのようにものうのがれられまい、弱ったところをとらえられて首をかきとられるのもおろかしい、よし、いまのうちに腹を切ろうと、太刀を打ちふりながらさっと縁に駈けあがり、西むきに立って、両手のひらをあわせ、

「江間小四郎どのに申す。伊豆や駿河《するが》の若党どもは、とてつもない乱暴を、まだはたらきつづけているようだが、万事をさしおいて、いま、剛《ごう》のものが腹をきるさまを見るがいい。

東国《とうごく》のものでも、主君に忠誠の心をもつものや、大難《たいなん》のなかに首を敵にわたすまいと自害するものにとっては、これこそ末代までの手本だ、みておけ。鎌倉どのにも、この忠信の自害のさまや最期《さいご》のことばを、とくと、おつたえありたい」

そういったので、江間小四郎も、

「こうなるうえは、しずかに腹を切らせてから、首をとれ」

と命令し、馬の手綱《たづな》もゆるめて、忠信のふるまいを見まもった。忠信は、心やすらかな思いになって、念仏を、こえたかく三十ぺんほどとなえ、(78)「願以此功徳《がんいしくどく》」と、さいごに回向《えこう》のことばをとなえおさめると、大太刀をぬいて、鎧の胴わきの緒《お》を切り、膝《ひざ》をつきたてて、上体をぐっとおこした。刀をとりなおし、左の脇《わき》の下《した》へ、ぐさりと突きたてるや、右の肩下のほうへ、きりりとひいてあ

げ、つづいて、下へ、胸もとをさきつつ、へその下のあたりまで腹を切りおろし、さてその刀の血をおしぬぐって、

「あっぱれな刀だ。奥州《おうしゅう》の舞房《もうふさ》(79)に注文したとき、りっぱにきたえあげますと、しかと、うけあっただけのことはある。腹を切るのに、手ざわりのさまたげがぜんぜん感じられぬわ。しかし、いまこの刀をすてたならば、なきがらもろとも、東国《とうごく》まで、もちはこばれるであろう。心ない若いものどもに、刀のよしあしを云々《うんぬん》されるのも、心外なこと、よし、あの世までも、もっていこう」

と、ふたたび刀をおしぬぐうと、さやにおさめて、膝《ひざ》の下へおしこみ、さて腹の切り口に手をかけて、ぐっとひきあけると、にぎりこぶしを腹の中へいれ、腹わたを縁の上へ散々につかみだし、

「冥途《めいど》までもっていくこの刀は、こうするぞ」

と、つかを胸もとへ、さやは腰骨の下へつっこみ、両手をしっかり組みあわせつつ、死の気配もなく、息もしっかりと、念仏をとなえつづけた。それでもなお死ななかったので、忠信は、この世の無常をみつめるように、

「あわれなのは、人の世のならい。まことに老少不定《ろうしょうふじょう》〔老人と若者のどちらが先に死ぬかわからず、世ははかない〕というとおりだ。どういうさだめのものらが、敵の矢ひとつに死んで、のちのちまでも、妻子にうめきをみせることになるのだろう。この忠信は、どういう身にうまれついて、みずから腹をさいても、なおかつ死ねないのだろう。前世のむくいのほども、悲しいことだ。こうなるのも、あまりに判官《ほうがん》どのを慕《した》いまいらせるため、命もこのようにつづくのか。この刀は、判官どのがたまわったお佩刀《はかせ》、これをお形見とながめて、どうか冥途《めいど》への道も、心やすらかに歩めるように」

と、ぬいた太刀をとりなおすと、切先《きっさき》を口にくわえ、(80)膝《ひざ》をおさえて立ちあがり、その手をはなして、がっくりと、うつぶせに倒れた。刀のつばは、口もとにとどまったが、切先は、びんの髪をわけて、ずぶりと、うしろまで通った。

まことに惜しむべき命ではあった。文治《ぶんじ》二年（一一八六）正月六日の午《うま》の刻《こく》〔正午〕、佐藤四郎兵衛忠信は、こうしてついに人手にかからずに、生年《しょうねん》二十八で、この世をさった。

忠信《ただのぶ》の首の鎌倉くだり

北条時政《ほうじょうときまさ》の郎党《ろうどう》で、伊豆の住人、三島《みしま》の弥太郎《やたろう》というものが、佐藤忠信《さとうただのぶ》の死体のそばへちかづき、首をかききって、六波羅《ろくはら》へもっていった。

その首は、いずれ都大路《みやこおおじ》をわたして、ひとびとにけんぶつさせてから、東国《とうごく》へくだされるといううわさだった。しかし公卿《くぎょう》たちは、

「朝敵《ちょうてき》としてさらし首になるようなものこそ、まず都大路をわたすべきものながら、こんど討《う》たれた忠信は、頼朝《よりとも》の敵義経《よしつね》の家来ではないか。かくべつ都大路をわたすほどの首ではあるまい」

そういったので、北条時政も、もっともと思って、市中をわたすようなことはせず、忠信の首を、むすこの小四郎義時《こしろうよしとき》にわたし、五十騎をしたがわせて、関東へ出発させた。

江間《えま》小四郎こと北条義時は、正月二十日に関東へくだりつき、翌二十一日に、

頼朝に対面して、

「むほんものの首をもってまいりました」

「どこの国の、なんというものだ」

「判官《ほうがん》どのの家来、佐藤四郎兵衛《しろうひょうえ》忠信と申すものでございます」

「討手《うって》はだれか」

そう、頼朝にたずねられて、義時は、六波羅の北条時政だとこたえた。このたぐいのことは、けっして初めてのことではないが、頼朝は、舅《しゅうと》どの（北条時政）はご殊勝《しゅしょう》なことと、きげんがよかった。

小四郎義時が、忠信の自害のさまや、最期《さいご》に臨《のぞ》んでの言葉など、こまごまと話すと、頼朝は、

「あっぱれ剛《ごう》のもの。だれでもこういう心はもちたいものだ。九郎《くろう》につきしたがっている郎党《ろうどう》は、ひとりとして、おろかなものがない。奥州《おうしゅう》の秀衡《ひでひら》も、見どころがあればこそ、継信《つぎのぶ》・忠信の佐藤兄弟を、大ぜいの武士らのなかからえらんで、九郎につきそわせたのであろう。

どうして東国には、これほどのものがいないのか。ほかのものを百人めしつかうよりも、もしこの忠信ほどのものが、九郎へのふかい思いをふっつり断《た》って、この頼朝につかえてくれるならば、大国小国はとわず、関東八カ国のどれでも、のぞみのままに一国は」

と、いった。千葉介常胤《ちばのすけつねたね》や葛西清重《かさいきよしげ》がそれをきいて、

「まったく忠信も、つまらないまねをしたものだ。生きてさえいれば」

そう、つぶやくと、畠山重忠《はたけやましげただ》が、頼朝に、

「忠信が、思いもおよばないほど、みごとな死にかたをしたればこそ、わが君も、ごまんぞくに拝《はい》されるのです。もし忠信が生きながら捕えられ、関東までつれてこられたならば、わが君は、おまえは判官《ほうがん》どののゆくえをよもや知らないことはあるまいと、きびしく、といただされましょう。そうなったら忠信も、生きのびたかいもなく、けっきょくは死ぬべき身がほかの武士たちに面《おもて》をさらし、つらい思いをいたしましょう。忠信ほどの剛《ごう》のものは、たとえ日本の国の半分をあたえようといわれても、判官どののご恩をわすれて、わが君に、めし

つかわれたいなどとは、けっして思いますまい」

と、すこしのえんりょもなくそういった。大井実春《おおいのさねはる》や宇都宮朝綱《うつのみやともつな》は、たがいに袖《そで》をひきあい、膝《ひざ》をつっつきなどしながら、

「よくぞはっきりいったものだ。畠山どのの直言《ちょくげん》は、いまに始まったことではないが」

と、ささやきあった。そのためかどうか、頼朝は、

「後代のために、首をかけよ」

と命じたので、堀景光《ほりのかげみつ》がうけたまわって、座敷から立ちあがり、忠信の首を、鎌倉の由比《ゆい》ガ浜《はま》の、八幡《はちまん》の鳥居の、東のほうに、かけてさらした。

三日後に、頼朝が首のことをたずねたので、堀景光が、

「まだ浜にかけてございます」

「それはふびんだ。忠信は郷里が遠いし、したしいものどもも事の次第を知らず、それでもちさりもしないのであろう。剛のものの首を、ながいあいださらしては、土地のたたりになる例もある。あの首は、めしかえせ」

そういって、頼朝は、忠信のさらし首を、とりおろさせたが、そのままですもせず、なき父義朝《よしとも》の冥福《めいふく》をいのるためにたてた勝長寿院《しょうちょうじゅいん》(81)の裏に埋めさせた。しかも、それでもなお、ふびんに思ったのであろう、この寺の別当《べっとう》にめいじて、百三十六部の写経によって供養させた。そのためひとびとは、むかしもこんにちも、これほどの武士はあるまいと、忠信をほめたたえた。

義経《よしつね》の奈良潜伏《せんぷく》

一方、義経《よしつね》が奈良の勧修坊《かんじゅぼう》をたずねたとき、勧修坊は、大いによろこび、おさないときから崇拝している普賢菩薩《ふげんぼさつ》と虚空蔵菩薩《こくぞう》をまつった仏殿へ、義経をみちびきいれて、いろいろ、ねぎらいなぐさめた。

その後、折あるごとに、勧修坊は、義経に、

「あなたは三年のあいだに平家を攻めほろぼして、多くのひとびとの命をとら

れたので、その罪はどうしてものがれられません。ただひとえに菩提心《ぼだいしん》をおこして、高野山《こうやさん》（金剛峰寺《こんごうぶじ》）か粉河寺《こかわでら》にひきこもり、仏のお名まえをとなえて、この世はいかほどもなく去るべきところゆえ、来世で救われようと、お願いになりますように」

と、仏門にはいることを、しきりにすすめたが、義経は、

「たびたびのおすすめは、まことに恐縮なことながら、なお一両年のあいだは、かいのない髻《もとどり》をつけたままで、この世のありさまを、じっと見まもりたくおもいます」

しかし勧修坊は、ひょっとしたら義経が、やはり出家の心をおこしもしようと、たっといお経の言葉などを、たえず説ききかせたけれども、義経には、出家の気もちがおこらなかった。そうして、夜はたいくつであるままに、勧修坊の門のそとにたたずんで、笛をふいて、心をなぐさめなどもした。

そのころ、奈良法師のなかに、但馬《たじま》の阿闍梨《あじゃり》というものがいた。おなじ仲間の和泉《いずみ》、美作《みまさか》、弁《べん》ノ君《きみ》など、あわせて六人が、徒党になって、

「われわれはこの奈良で、無法な悪人という評判をたてられているけれども、これまで、かくべつ何をしでかしたというわけでもない。どうだろう、夜ごとに要所にたたずんで、ひとの太刀をうばいとり、われわれの重宝な道具にしようではないか」

「それは名案だ。さっそく実行しよう」

と、六人は、その後は夜ごとに、ひとの太刀をうばい歩いたが、むかしの樊噲《はんかい》のくわだてでも、あるいはこんなふうででもあったろうか。

するとあるとき但馬の阿闍梨が、

「日ごろ奈良にいるとも思われない若者で、たいへん色が白く、せいも小さい男が、りっぱな腹巻をつけ、思いもつかないほどすばらしい黄金《こがね》づくりの太刀《たち》をさして、夜な夜な、勧修坊の門のそとに、たたずんでいる。いったい本人の太刀だろうか、それとも、主人の太刀だろうか。いずれにせよ、本人には不相応な、りっぱな太刀だ。ちかづいて、奪いとってやろう」

しかし、美作は、

「無用なことをいいだしたものだな。さきごろ九郎判官《くろうほうがん》どのが、吉野の執行《しゅぎょう》（管理僧）に攻めたてられて、勧修坊をたよってきたときいている。これはほうっておくことだな」

「さては臆病風にふかれたな。どうして奪わずにおいていいものか」

「そういうのももっともだが、しかし、うまくいかなかったらどうする」

「もしそうなら、『毛を吹いて、きずをもとめる』(82)たぐいだが、どうせ横紙《よこがみ》やぶりの我々だ。むりは承知で、やっつけよう」

と、但馬《たじま》をはじめ、一同六人は、勧修坊の近所をねらうことにした。但馬は、「同勢六人が、土塀《どべい》のかげの暗いところに、思い思いに立って、相手を見かけたら、その太刀のさやに、自分の腹巻のたれを投げかけるようにするのだ。そうして、わざと、『おおい、ここにいる男が、なぐりかかってきたぞ』と叫ぶ声をあいずに、めいめいが走りよって、『なんたるおろかものだ。この仏法興隆《ぶっぽうこうりゅう》の地で、たびかさねてろうぜきをはたらき、罪つくりなまねをするとはけしからん』と、せまればいい。しかし、命まではうばうなよ。武士だったら、もとどりを切って、寺から追いはらうぞといい、もっと身分のひくいやつだったら、耳や鼻をけずって追放するぞと、そうおどかして、それで刀が奪えなければ、やきがまわったというものさ。わかったか。いいな」

と、一同、すきもなく身支度《みじたく》して出かけていった。

義経は、日ごろのならわしで、余念なく笛をふいていると、(83)一風かわった様子で通りかかったものがある。その男が、義経の太刀のさやおおいの皮に、腹巻のたれを、ざらっと音がたつほど、うちあてながら、

「おおい、ここにいる男が、なぐりかかってきたぞ」

と、さけぶと、

「そんなまねは、させるな」

と応じながら、あと五人の法師どもが、三方から、走りせまってきた。

義経は、こんな災難はあるものではないと、刀をぬくや、土塀をうしろにひかえて、待ちかまえると、早くも一人が、やあっと、なぎなたをひらめかせてきたので、さっと切りすてたが、つづいてひらめいた小反刃《こぞりは》（小なぎなた）も、

すぱっと切りおとし、たちまち二本を、四つのかけらにしてしまった。こうして、するどく切りまくったので、ほどなく五人まで、その場に斬《き》りたおした。

但馬《たじま》は、傷をおってにげだしたが、それを義経は、窮屈な所へ追いつめるや、太刀の背で打ちふせて、生けどりにした

「おまえは、奈良のなんというものだ」

「但馬の阿闍梨《あじゃり》ともうします」

「命はおしいか」

「生をうけた身、どうして惜しくないことがありましょう」

「さりとは、かねてきいたにも似あわない卑怯《ひきょう》なやつ。すぐにも首をうちすててやりたいところだが、おまえは法師、おれは俗人。俗人の身で僧を切ることは、仏をころすのに似ているから、命だけはたすけてやる。

今後、こういう乱暴は、かたく禁ずるぞ。あすになったら、奈良の街で、『われこそは、源九郎《げんくろう》と、とりくんだぞ』と、そう、いいふらせ。きっと剛《ごう》の者といわれるだろう。

しかし、とりくんだ証拠はとたずねられて、無いとこたえたのでは、ひとが承知しまい。だから、これを証拠にするがいい」

と義経は、大男の但馬法師を、あおむけにおし倒し、胸をふみつけざま刀をぬくと、但馬の耳と鼻を切りおとして、にがしてやった。但馬は、いっそ死んだほうがよかったと、なげいたが、いまさらかいもなく、その夜のうちに、かきけすように奈良から姿をけしてしまった。

義経は、この災難をやりすごしたのち、勧修坊《かんじゅぼう》へかえり、「得業《とくご》」の身分の勧修坊聖弘《しょうこう》を持仏堂《じぶつどう》へよんで、いとまごいのあいさつをした。

「ここで年をおくりたかったのですが、思いたったことがあるので、都へ出てまいります。先般来《せんぱんらい》おせわになり、まことにおなごりもつきない思いながら、この義経が、もしこの世に生きながらえていればもとよりとして、死んだとおききのせつも、どうか後世《ごせ》の冥福《めいふく》の祈りは、よろしくお願いいたします。師弟は三世《さんぜ》の縁と申しますから、あの世で、かならずお目にかかりましょう」

そういって、早くも出発しようとしたので、勧修坊得業《とくご》は、

「これはなんというおことば。当分のあいだ、この坊《ぼう》に御滞在とばかり思っていたのに、思いもかけずご出発とは、どういうわけでしょうか。どうも、なに者かのつげ口のためのように思われます。たとえひとがどんなことをいってきても、この得業は、とりあいません。もうしばらくここにおられて、来年の春あたり、いずこへでも、お出かけになってはいかがですか。いまのご出発は、けっしていいことはございますまい」

なごりおしいままに、そうひきとめたが、義経は、

「こん夜こそ、なごりおしくお思いでも、門のそとでおこったことを、明日、ごらんになれば、この義経にも、あいそのつきた思いをなさいましょう」

「さてはこん夜、なにか、ご災難にあわれましたな。ちかごろ、若い僧徒どもが、朝廷のご恩に心おごって、夜な夜な、ひとの太刀をうばいとると、きいておりますが、判官《ほうがん》どののお佩刀《はかせ》が世にもすぐれた刀なので、それをとろうと、きゃつらが切りかけたのでもございましょう。

しかし、これしきのこと、なんの大したことがありましょう。もし、ここへ

おかくまいしたことが、軽率《けいそつ》だとでもいわれたら、この得業《とくご》のため、かいがいしくつくしてくれるものらも、大ぜいいるはずです。

きっと関東へうったえでるものもありましょう。それに都の六波羅《ろくはら》にも、北条時政《ほうじょうときまさ》がいますが、時政はじぶんの一存では処理しがたいと、鎌倉へ委細《いさい》を報告することでしょう。しかし鎌倉どのも、宣旨《せんじ》や院宣《いんぜん》がなくては、そうむぞうさに奈良へ大軍をさしむけることも、けっしてできますまい。

かりに、そのようなことになっても、判官どのは、平家追討《ついとう》後、都におられて、内《うち》（天皇）のおんおぼえもめでたく、院《いん》（法皇）の御感《ぎょかん》にもあずかっておられますから、逆にこちらから宣旨や院宣をお請《こ》いになることで、だれにひけをおとりになりましょう。

判官どののご自身は都におられて、四国や九州の兵をめされたならば、これらもどうして、はせさんじないことがありましょう。きっと畿内《きない》や中国の兵士らも、おなじように合流してまいります。

九州の菊池《きくち》、原田《はらだ》、松浦《まつら》、臼杵《うすき》、戸次《へつぎ》の諸氏が、もし召されても来なければ、片岡八郎《かたおかはちろう》や武蔵坊弁慶《むさしぼうべんけい》といった荒武者連《あらむしゃれん》をつかわして、少々追討なさればよろしい。よそは多少みだれもしましょうが、日本の西の半分が力をあわせて、越前《えちぜん》ざかいの荒乳山《あらちやま》、伊勢の鈴鹿山《すずかやま》の両関《せき》をうばってかため、近江《おうみ》ざかいの逢坂《おうさか》ノ関《せき》もこの両関にあわせて守り、兵衛佐《ひょうえのすけ》どの〔頼朝《よりとも》〕の代官を、これら三つの関から西へは入れないようにするのです。

そうなったら、この勧修坊得業《かんじゅぼうとくご》も、奈良の興福寺《こうふくじ》、東大寺《とうだいじ》、比叡山《ひえいさん》の延暦寺《えんりゃくじ》、近江《おうみ》の三井寺《みいでら》、さらに吉野《よしの》、十津川《とつがわ》、鞍馬《くらま》、清水《きよみず》などの野武士や僧兵らを、一つにまとめて馳《は》せくわわることは、たやすいことです。

もしまたそれができなくても、この得業から一度うけた恩を忘れまいとするものらは、二、三百人もありますから、それらの連中をあつめて、城をかまえ、やぐらをつくり、ご家来の一騎当千の精鋭をしたがえて、やぐらの上から弓矢をとれば、戦いは勇敢な兵士らにまかせて、高見《たかみ》の見物もできましょう。

まんいち味方が滅亡するときは、おさないときからお頼りした本尊のごぜんで、この得業が読経《どきょう》いたしますから、判官どのは念仏をおとなえあって、ご切腹ください。得業も、剣を身につらぬいて、あの世までおともいたしましょう。勧修坊得業は、この世では、判官どののお祈りの師匠《ししょう》、来世では、善知識《ぜんちしき》〔仏道にみちびく者〕として、おみちびきいたしたいとぞんじます」

勧修坊は、この上なく頼もしげに、そういった。この言葉につけても、義経は、もうしばらくここにとどまりたいとは思ったが、世間のひとびとの心もはかりがたく、またわが国にはこの義経よりほか大雄心《だいゆうしん》のものはないとこれまで思っていたのに、この勧修坊得業は、ひとかたならぬ人物で、こういうひとを、いま、まきぞえにはしたくないとも考えたので、義経は、やはりその夜のうちに、奈良を去っていった。

勧修坊は、義経をひとりで出すことはとうていできない思いで、じぶんにとってこころやすい弟子を六人したがわせて、義経を京都までおくらせた。ところが途中で義経は、

「六条堀川《ほりかわ》というところで、しばらく待っていてもらいたい」

といいのこして、ゆくえもしれず姿をけしてしまったので、六人のものらは、

むなしく奈良へかえった。

その後は、勧修坊も、義経のゆくえを知らなかった。しかし奈良では、さきごろ、ひとが多く死んだうえ、但馬《たじま》がいいふらしたのであろうか、「義経が勧修坊のもとで、むほんをくわだて、僧徒らを味方にひきいれようとしたが、勧修坊は、それに応じないものらを、義経のところへさしむけては殺させた」というわさが高くなった。

勧修坊《かんじゅぼう》の関東下向《げこう》

奈良に義経《よしつね》がいることが、六波羅《ろくはら》につたわったので、北条氏《ほうじょうし》は大いにおどろいて、いそいで鎌倉へ知らせた。鎌倉では、頼朝《よりとも》が梶原景時《かじわらのかげとき》をよびよせて、「奈良の勧修坊《かんじゅぼう》というものが、九郎《くろう》にみかたして、世の中をみだし、奈良法師もそのため大ぜい討《う》たれている。和泉国《いずみのくに》や河内国《かわちのくに》のものどもが、九郎にみかたしないうちに、このことを処理せよ」

「それはゆゆしい大事です。勧修坊《かんじゅぼう》が、僧徒《そうと》の身でありながら、そういうくわだてをすることも、おもえばふしぎです」

と、梶原景時がこたえているところへ、またも京都の北条氏から、早馬《はやうま》のつかいがとんできて、すでに義経は奈良には見あたらず、勧修坊が指図《さしず》して、どこかへ隠した、と報告したので、梶原景時は、

「それならば、宣旨《せんじ》か院宣《いんぜん》を願いうけて、勧修坊をこの鎌倉へよびよせ、判官《ほうがん》のゆくえをおたずねになるのがいいと思います。答弁しだいで、死罪あるいは流罪《るざい》にしても、さしつかえございますまい」

といった。頼朝《よりとも》は、ただちに堀藤次親家《ほりのとうじちかいえ》に命じ、五十騎あまりをつけて、京都へ急行させた。

堀親家《ほりのちかいえ》は、京都の六波羅について、北条時政《ほうじょうときまさ》に頼朝の意向をつたえたので、時政は親家を同道して、後白河《ごしらかわ》法皇の御所へいき、ことのしだいを説明した。

すると、

「こちらの一存では、はかりがたい。勧修坊は、今上《きんじょう》（天皇）のお祈りの師匠《ししょう》であり、仏法興隆《こうりゅう》の効験《こうげん》あらたかな高僧であり、広大な慈悲心《じひしん》をもった善知識《ぜんちしき》である。委細は内裏《だいり》につたえるよりほかはない」

というお言葉があって、院の御所から、このことを天皇御所のほうへ、つたえられたので、こんどは内裏から、

「仏法興隆の効験あらたかなひとでも、そのように、よくないことをくわだてては、これをゆるすわけにはいかない。頼朝のいきどおりは、ことごとくもっともである。義経が朝敵となった以上は、勧修坊は頼朝にひきわたせ」

という宣旨がくだった。

北条時政は、大いによろこび、三百余騎をひきいて奈良へはせくだり、勧修坊に宣旨のおもむきをつたえた。勧修坊は、末代の世に王法《おうほう》が尽きたのを、ふかくなげいて、

「そのような仰《おお》せは、たとえ宣旨や院宣であっても、この得業《とくご》としては、奈良で戦って命をすてても、おことわりすべきところながら、それも僧の身として

おだやかでないと思う。たまたま東国《とうごく》の兵衛佐《ひょうえのすけ》〔頼朝〕は、仏法もしらないものとききかねてから、いいついでがあったら関東へくだって、兵衛佐を教えみちびきたいと思っていたから、いま、鎌倉へくだれという仰せをうけたことは、むしろ、よろこばしくおもっている」

そういって、出発の用意をととのえた。身分のたかい多くの弟子たちは、わかれをかなしんで、東国までおともをしたいと申しでたが、勧修坊にいさめられて、泣く泣くあとにとどまった。

こうして勧修坊は、北条時政につれられて、まず京都へはいり、六波羅《ろくはら》の持仏堂《じぶつどう》にみちびかれて、さまざまにいたわられた。江間小四郎《えまのこしろう》こと北条義時《よしとき》が、なにかおのぞみのことは、とたずねると、勧修坊は、

「この近くに、いく年このかた知っているひとがあります。私がここへきたときけば、たずねてきてくれるはずのひとながら、それが来ないのは、いろいろ世間にえんりょしているためだと思います。おさしつかえなければ、そのひとにあってから、東国へくだりたいのですが」

「そのかたのお名まえは」

「もとは比叡山《ひえいさん》の黒谷《くろだに》にいたが、いまは東山《ひがしやま》にいる法然房《ほうねんぼう》です(84)」

「さては近くにおられる上人《しょうにん》のことでしたか」

と、北条義時は、ただちにつかいを法然上人のもとへおくった。

法然上人も、たいへんよろこんで、いそいで六波羅へたずねてきたが、二人の高僧は、目と目を見あわせながら、たがいに涙にむせぶのであった。勧修坊は、

「お目にかかったことは、たいへんうれしくおもいますが、まことに面目もないことになりました。僧の身なのに、むほん人にみかたしたというので、これから東国まで、くだされていくのです。この災難をのがれて、はたしてふたたび都へ帰れるかどうかも、いまはわかりません。あなたとは、むかしから、たがいに、

『お先にあの世へいったら、とむらっていただきましょう。そちらがお先に行かれたら、ご供養《くよう》をいたしましょう』

と、やくそくをかわした間がらでしたが、いま私が先になって、とむらっていただくことは、まことにうれしいしだいです。

どうかこれを持仏堂のまえにおき、ごらんになるたびに私を思いだして、後世をおとむらいいただければとぞんじます」

そういって勧修坊は、九条《くじょう》の袈裟《けさ》をはずして、法然上人にささげると、上人も泣く泣くそれをうけとった。法然上人も、紺地《こんじ》の錦《にしき》の経袋《きょうぶくろ》から、一巻の法華経《ほけきょう》をとりだして、勧修坊に贈った。こうして、たがいに形見をとりかわしたのち、法然上人が東山へかえると、勧修坊は、六波羅にとどまりながら、いよいよ涙にむせんだ。

この勧修坊は、れいの今上《きんじょう》の師匠であり、広大慈悲《こうだいじひ》の善知識《ぜんちしき》であり、ときおり院の御所へあがったときなど、手ごしや牛車《ぎっしゃ》にのって、目にもあざやかな中童子《ちゅうどうじ》や大童子、さらに多くの衆徒《しゅと》を供にしたがえる身分だったので、左大臣や右大臣も、ふかくあがめうやまったものである。

いまはそれにひきかえ、日ごろの精好《せいごう》の素絹《そけん》の衣《ころも》も身につけず、そまつな麻《あさ》の衣をきたすがたで、ひさしく剃《そ》らない髪が、護摩《ごま》の煙にくすぶるありさまも、かえって尊く見うけられた。

北条氏は、勧修坊を六波羅からつれだしたが、見なれない武士をみるだけでも、わびしく思うような勧修坊を、みぐるしい駅馬にのせたので、ところどころで落馬するさまなど、まともに見ることができなかった。近江の鏡《かがみ》の宿《しゅく》からは、勧修坊は、こしにのせられたが、それは堀藤次《ほりのとうじ》が、長者《ちょうじゃ》の女から借りてきたものである。

夜を日についで、東国《とうごく》めざしてくだったので、勧修坊は、十四日に鎌倉へついて、堀藤次の宿所へ入れられた。

四、五日のち、頼朝は、梶原景時《かじわらのかげとき》をよんで、

「きょうのうちに、勧修坊をといただしたいと思う。さむらいどもをあつめよ」

と命じたので、和田《わだ》、佐原《さはら》、千葉《ちば》、葛西《かさい》、豊田《とよた》、宇都宮《うつのみや》、小山《おやま》、小野寺《おのでら》、河越《かわごえ》、畠山《はたけやま》ら大ぜいの武士が、あつまった。

頼朝は、はじめ梶原景時の言葉にしたがって、中門《ちゅうもん》の下口《しもぐち》のあたりに、勧修

坊をすえようとしたが、畠山重忠《しげただ》の、れいの直言によって、おなじ座敷で対面することにした。

すだれを日ごろよりも高くまきあげさせた座敷で、頼朝は、紫べりの畳の上にすわり、水干《すいかん》に立烏帽子《たてえぼし》というすがたで、勧修坊を引見《いんけん》した。

頼朝は、勧修坊を、大きな目で、はったと、にらみつけながら、物もいわなかったが、その目色をみて、勧修坊は、さだめし心もあのように怒っているのであろうと、手をにぎって、しずかに膝《ひざ》の上におきながら、頼朝をつくづくとながめた。ひとびとは、頼朝の訊問《じんもん》も、勧修坊の答弁も、さぞやという思いで、みな固唾《かたず》をのんだ。

「そもそも僧というものは」

と、頼朝はついに口をきった。まず、僧のあるべきすがたを述べ、それなのに勧修坊が判官《ほうがん》義経にみかたして、不穏《ふおん》なくわだてをした条々《じょうじょう》を、つよく非難してから、

「九郎《くろう》の居どころを、知っておられるであろう。虚言《きょげん》をかまえることなく、正

直にいっていただきたい。そうでなければ、腕のつよい下人《げにん》どもにめいじて、拷問《ごうもん》をしてもききただすであろうが、そのとき頼朝を、無法者とはいわせませぬぞ」

するどくそういわれて、勧修坊は、すぐには返事もしなかったが、やがてはらはらと涙をながし、

「万般《ばんぱん》、こころしずかに、どなたもおききとりください」

と、前おきして、京都では鎌倉の頼朝を、日本の国の将軍となった果報もので、情けもふかい人と、かねてからきいていたが、末の弟判官どのにくらべると、はるかに見劣りするかただと、はばかるところなく語りはじめた。

平治《へいじ》の乱から説きおこして、頼朝も義経も、それぞれ、あやうい命をからくも助かって、ひとりは伊豆、ひとりは鞍馬《くらま》や奥州《おうしゅう》と、わかれわかれに成人したが、やがて頼朝が源氏の旗をあげるにおよんで、義経は、はるばる味方にはせさんじ、野に山に海に、身命をすてて、ついに平家をほろぼした。それなのに他人の讒言《ざんげん》のため、兄弟のあいだが、思いもかけない不和の仲となり、義経は

世をしのぶ身となって、旧臘《きゅうろう》〔去年の十二月〕の一夜、奈良のじぶんをたよってきたので、保護を加えたが、たまたま太刀《たち》強盗の悪僧どもを、義経がこらしたのがもとで、こんどはじぶんまで鎌倉へひきたてられることになった、——と、そう述べたのち、

「これ以外は、どんなに糾問《きゅうもん》をうけても、もう申すことがありません。どなたがご下命《かめい》をうけているかはわかりませんが、どうか早くこの首をはねて、鎌倉どののお怒りをしずめていただきとうぞんじます」

と、すこしもえんりょなくいいきって、はらはらと泣いた。心ある武士らは、ふかく感動して、袖《そで》をぬらさないものはなかった。頼朝も、すだれをさっとおろさせたので、ご前《ぜん》もすっかりしずかになった。

ややあって頼朝は、だれかおらぬかと、三浦義連《みうらのよしつら》、和田義盛《わだのよしもり》、畠山重忠《はたけやましげただ》らをよんで、

「勧修坊には、ずいぶんわるくいわれたが、かえす言葉もなく、身の置きどころもない思いをした。まことにみごとな勧修坊の答弁、およそ答弁はあのよう

にありたいものだ。勧修坊こそは、ほんとうの上人《しょうにん》とよべるひと、朝廷のお祈りにめされるのも、重々もっともなことに思う。せめて、これから三カ年、あの上人を鎌倉にとどめて、当地を仏法さかんな土地にしたい」

しかし、和田義盛らが、このことを勧修坊につたえても、勧修坊は、鎌倉には、ながくいたくはないとくりかえした。和田らは、けんめいに説きつづけ、仏法興隆のため、ぜひおとどまりいただきたいと、ていねいにねがうと、勧修坊もついに、

「それならば、三年間はこの鎌倉にとどまりましょう」

頼朝は、大いによろこんで、佐原十郎《さはらのじゅうろう》（三浦義連）を奉行《ぶぎょう》として、御堂《みどう》の造営をはじめたが、頼朝は、その普請場《ふしんば》へ日参するほど熱心であった。(85)

勧修坊は、折にふれては、頼朝に、

「判官どのと、お仲なおりあるように」

とすすめ、頼朝も、

「それはたやすいこと」

と応じたが、梶原景時《かじわらのかげとき》が侍所《さむらいどころ》につとめて勢力がつよかったので、頼朝も思うにまかせなかった。のちに文治《ぶんじ》五年（一一八九）、判官義経が奥州で頼朝の兵士らのため討《う》たれるにおよんで、勧修坊は、

「だれのために、これまで鎌倉で、おめおめくらしてきたのか。このようにつらい思いをさせた鎌倉どのにたいしては、いまさら、いとまごいをする必要さえもない」

と、ただちに京都へもどっていった。さらに奈良についた勧修坊は、門をとざして人にあわず、自筆で三百六十二部の経をかいて供養《くよう》し、判官義経の菩提《ぼだい》をとむらったのち、じぶんの身にたいして、のみ物たべ物を断《た》ち、ついに、七十余歳をもって大往生をとげた。

巻六のこの章は、勧修坊についての叙述や説明が、やや多すぎて、作品の流れを淀《よど》ませているきらいがあるので、要所をえらんで略述した——訳者

静《しずか》の鎌倉くだり

いつぞや判官義経《ほうがんよしつね》が、四国めざして船をのりだしたとき、つれていった六人の身分ある女と、五人の白拍子《しらびょうし》と、あわせて十一人の女性のうち、義経がとくにふかい思いをよせたのは、すでに述べたように、北白川《きたしらかわ》の静《しずか》という白拍子で、吉野《よしの》の奥までもつれていった。

その後、静は京都へかえされ、母の磯《いそ》ノ禅師《ぜんじ》のもとにいたが、義経の子をやどして、産の日もすでに近づいたことが、六波羅《ろくはら》の北条氏《ほうじょうし》にもつたわった。そこで北条時政《ときまさ》は、むすこの江間小四郎《えまのこしろう》こと北条義時《よしとき》をよんで、話しあったが、義時が、

「関東へ報告しなければなりますまい」

といったので、六波羅から鎌倉へ早馬《はやうま》がたって、事のしだいを報告した。

鎌倉では、頼朝《よりとも》が梶原景時《かじわらのかげとき》をよんで、

「九郎《くろう》が思いをよせた静という白拍子が、ちかいうちに出産するそうだが、どうしたものであろう」

「外国の例をみても、かたきの子をやどしている女は、頭をくだき、骨をひしぎ、髄《ずい》もぬくほどの重罪にあたります。静《しずか》の胎内《たいない》の子も、もし男の子ならば、判官に似ても、またご当家に似ても、よもやおろかものではございますまい。

わが君ご一代のあいだは、もとより何ごともおこりますまいが、いずれ、若ぎみがたの代《だい》ともなれば、さきのことが案ぜられます。

ですから、京都で宣旨《せんじ》なり院宣《いんぜん》なりを請《こ》いうけて、静を鎌倉へくだらせ、(86)おそば近くにさしおいて、出産のもようをごらんの上、もし男の子なら、ご処理になり、女の子なら、おめしあげになればよろしいかとぞんじます」

梶原がそういったので、頼朝は、それならばと、堀藤次《ほりのとうじ》をつかいにして、鎌倉から京都へのぼらせた。

堀藤次は、六波羅の北条時政とともに、院の御所へいって、このことを奏上《そうじょう》すると、

「これは、さきごろの勧修坊《かんじゅぼう》と同列にあつかいがたい。六波羅のはからいで、さがしだしたうえ、関東へくだすのがいいであろう」

というお言葉があった。

そこで北条時政は、北白川《きたしらかわ》方面を捜索すると、静は、しょせんのがれられないにしても、たとえ一時でも、というはかない思いで、法勝寺《ほっしょうじ》というところに身をひそめていたのを、時政はついにさがしだして、母の磯《いそ》ノ禅師《ぜんじ》もろとも、六波羅へつれていった。

堀藤次は、静の身柄をうけとって、鎌倉へくだろうとしたが、このときの磯ノ禅師の心のうちこそ、いたましいかぎりであった。むすめの静とともに行こうとすれば、いずれ目のまえでつらい思いをするであろうと悲しく、そうかといって、京都にとどまっていようとすれば、むすめをただひとり遠く手放して、鎌倉まではるばる行かせることが、ふびんでならなかった。

磯ノ禅師は、心のなかで、ひとは子どもを、五人も十人ももっていても、一人欠ければ、なげき悲しむもの。まして静は、ただひとりのむすめ、母のじぶんが京都にとどまって、なやみもだえているだけでいいものか。しかも静は、おろかな子どころか、その姿かたちは王城に名だかく、その芸のわざは、天下の第一人者である。

そう思うと、磯ノ禅師は、静をひとりで鎌倉へくだす悲しさを、ついにしのびえず、じぶんの身柄をあずかっている武士が、ひきとめるのもきかないで、静のあとをおって、徒歩《かち》で鎌倉へむかった。おさないときから、めしつかっていた、内弟子のようなふたりの女中も、たいへんなごりをおしんで泣きかなしんだので、磯ノ禅師は、涙のうちに、この二人もつれて旅にのぼった。頼朝のつかいの堀藤次親家《ほりのとうじちかいえ》は、道中、一行の女たちを、いろいろ、いたわったが、このような旅路をつづけて、十四日に鎌倉へついた。

鎌倉で、堀藤次が到着の報告をすると、頼朝は、静をよんで問いただしたいといって、まず、大名小名をよびあつめた。和田《わだ》、畠山《はたけやま》、宇都宮《うつのみや》、千葉《ちば》、葛西《かさい》、江戸《えど》、河越《かわごえ》らをはじめとして、召されたひとびとは、数のかぎり頼朝のご前《ぜん》に参集した。

頼朝のやしきの門前にも、市民たちが、おびただしくむらがっていた。邸内では、頼朝の妻、「二位どの」こと政子《まさこ》も、静のすがたを見ようと、まん幕をひいて、侍女《じじょ》たちもことごとくあつまった。

やがて堀藤次が、ただひとりで、静をみちびいてきた。頼朝は静をみて、心のうちで、ああ優美な女だ、現在の弟の九郎《くろう》が愛している女でさえなかったならば、という思いを、おぼえずにいられなかった。

磯ノ禅師と、二人の内弟子も、やしきの外までは、いっしょに来たけれども、門前にとどまって泣いていた。頼朝は、それをききつけて、

「門のほうから、女の泣きごえがきこえるが、なにものだ」

と、堀藤次が、

「静の母と、ふたりの女中でございます」

「女ならば、さしつかえない、よべ」

という命令で、磯ノ禅師らも、ご前へみちびかれた。頼朝は、磯ノ禅師に、

「むすめの静を、殿上人《てんじょうびと》にさしださず、なぜ九郎にあたえたのか。ことに九郎

は、天下の朝敵となった男ではないか」

「静は、とって十五になるころまでは、多くのかたがたのご所望《しょもう》にあずかりながらも、なびく心がございませんでした。たまたま院（後白河法皇）の御幸《ごこう》のとき、めしだされて、神泉苑《しんせんえん》の池〔京都市二条大宮にある、通称「御池」〕のほとりで、雨ごいの舞いをいたしましたが、そのおり判官《ほうがん》さまに見そめられて、六条堀川のおやしきへ召されたのでございます。

ただかりそめのお遊びとばかり、思っておりましたところ、ひとかたならぬお情けをこうむり、ほかにもご寵愛《ちょうあい》のかたがたが大ぜいおありだったのに、しかも、それらのかたがたを、ほうぼうにお住まわせになっておられたのに、判官さまは、静を、六条堀川のご本邸に、おとめおきになったのでございます。

判官さまは、清和《せいわ》天皇のご子孫の鎌倉さまの弟ぎみであられますから、私としても、これこそ面目《めんぼく》と思っておりましたのに、いま、このようなことになりましょうとは、ほんとうに夢にも思っておりませんでした」

そうこたえたので、ひとびとは、

「勧学院《かんがくいん》（大学）にあそぶ雀《すずめ》は、蒙求《もうきゅう》（史書）をさえずる、（87）ということがあるが、さすがは才女静の母、みごとなこたえかただ」

と、磯ノ禅師の答弁をほめた。頼朝は、

「ときに、九郎の子をやどしたことは、どう思うか」

「それは世間にも知れわたったことでございますし、申しのべるまでもないことぞんじます。出産は来月のはずでございます」

頼朝は、梶原景時《かじわらのかげとき》をよびよせて、

「おそるべきことだ。きいたか、梶原。とほうもない男のあとつぎが生まれてくるまえに、静の胎内をあけさせ、子をうばって亡きものにせよ」

この頼朝の言葉は、静も、磯ノ禅師も耳にして、手に手をとり、顔に顔をよせあって、声もおしまず、泣きかなしんだ。頼朝の妻政子《まさこ》も、やはりこの言葉には、静の心のうちもさぞやとふかく同情して、涙にむせび、まん幕のなかの、女たちのただならぬ泣きごえは、つつしみもわすれたかのようであった。武士たちも、

「これほど無情なことはない。ただでさえ関東は、遠くておそろしい国だといわれるのに、このように静をころして、関東のわるい評判がいっそう高くなるのがざんねんだ」

と、つぶやいた。梶原景時は、それをききつけて、すっと立ちあがって、頼朝のご前《ぜん》へすすみ、かしこまってひかえた。これをみて、ひとびとは、

「ああ気にかかる。また梶原がどんなことをいいだすのだろう」

と、耳をそばだてていると、梶原は、

「静のことは、うけたまわりました。子どものことは、いたしかたございませんが、母の静まで亡きものにしては、その罪は、とうてい、のがれがたいとぞんぜられます。胎内にやどる十カ月の間じゅう、待ちつづけるのでは、長い月日にもなりましょうが、静の出産は来月ゆえ、この梶原のせがれ、源太《げんた》景季《かげすえ》の家を産所《さんじょ》ときめて、いずれ、おさな子が生まれたら、男の子か、女の子かを、申しあげたいとぞんじます」

そういったので、ご前のひとびとは、袖《そで》をひき、膝《ひざ》をつきあって、

「いまの世は、たしかに末代とはいいながら、ただごとではないな。梶原が、これほど他人のためになることをいったのは、前例がない」

と、ささやきあった。静は梶原景時の言葉をきき、工藤左衛門尉祐経《くどうさえもんのじょうすけつね》(88)をつうじて、

「都を出たときから、梶原という名をきくのさえ、つらい思いをいたしましたのに、ましてお産をして、万一のことでもありましたら、あの世へ行くさまたげにもなりましょう。同じことならば、もし堀さまがおひきうけくださいましたら、どんなにうれしゅうございましょう」

そう申しでたので、頼朝も、

「まことにもっともだ。そうしよう」

と、静をふたたび堀藤次《ほりのとうじ》にひきとらせたが、堀藤次は、

「このさい面目なことだ」

とよろこんだ。そうして、いそいで家へかえると、妻にむかって、

「静御前《しずかごぜん》の身柄は、梶原がすでに申しうけていたのを、静御前のうったえで、

あらためてこの藤次に、あずかれという仰《おお》せがあった。判官《ほうがん》どのへ、いずれは、つたわりもしよう。どうかわが家で、よくよくいたわってあげるように」

そういって、堀藤次は、わきのほうの棟《むね》へうつり、本棟《ほんむね》の建物を「ご産所《さんじょ》」とよんで、もののわかる侍女たちを、十人あまりも静につけて奉仕させた。

母の磯《いそ》ノ禅師《ぜんじ》は、京都の社寺へ、はるかに祈りをささげて、

「稲荷《いなり》、祇園《ぎおん》、賀茂《かも》、春日《かすが》、日吉《ひえ》山王《さんのう》七社、八幡大菩薩《はちまんだいぼさつ》。どうか静の胎内の子を、たとえ男子であっても、ぜひ、女子にかえてくださいますよう」

と、心から神仏にねがった。

こうして日数がかさなるうちに、ついに、うみ月の、その日になった。大地の女神も、あわれみをかけてくれたのであろうか、静は、思いのほか、痛みもすくなく産気づき、堀藤次の妻と、磯ノ禅師の、ふたりの世話をうけて、意外なほどの安産であった。

赤子《あかご》の泣きごえをきき、磯ノ禅師はこの上なくよろこんで、白い絹につつみながら目をやると、かねてからの祈りもむなしく、玉のような男の子であった。

磯ノ禅師は、一目みるや、

「おお、つらいこと」

と、泣きふした。静も、その気配に、身も世もあらぬ思いで、

「おとこ、それとも、おんな？」

と、たずねたが、だれひとりこたえるものもなかった。禅師がだいている赤子のほうへ、静はむちゅうで目をやると、ああ、男の子であった。静はひと目みて、

「おお、かなしい」

と、衣《きぬ》をひきかぶって臥《ふ》した。

ややあって、静は、なかばひとりごとのように、

「前世で、どのようなふかい罪をおかしたのだろうか、この世にたまたま生をうけながら、月日の光さえも、はっきりと目にすることなく、生まれて一日一夜もすごさないうちに、そのままあの世へもどっていくとは、なんという、わが子のいたましさ。前世の業《ごう》は、さだまっているので、世をも人をも、うらん

ではならないとは思うけれども、いまをなごりの別れの、おお、悲しいこと」と、袖《そで》を顔におしあてて、泣きつづけた。すると、堀藤次《ほりのとうじ》が、産所をたずねてきて、かしこまっていった。

「お産のもようを申せという、かねてからの仰せによって、これからご報告にまいりますが」

これをきいて静は、

「とうていのがれられないことですから、どうか、すぐにでも」

そこで堀藤次親家《ちかいえ》は、頼朝のやしきへいそいで、事のしだいを報告すると、頼朝は、安達新三郎清経《あだちのしんざぶろうきよつね》をよんで、

「堀藤次の宿所で静が産をした。頼朝の鹿毛《かげ》の馬にのっていき、由比《ゆい》ガ浜《はま》で、赤子《あかご》を亡きものにせよ(89)」

安達新三郎は、頼朝からたまわった馬にのって、堀藤次の宿所をおとずれると、磯ノ禅師に、

「鎌倉どののおつかいとしてまいりました。若ぎみご誕生の由《よし》をきかれて、だ

きぞめに、抱きまいらせよとの仰せでございます」

「むなしいそのお言葉。いつわれば、真《ま》にうけるとでも、お思いなのでしょうか。親をさえ殺せといわれた憎しみをうけている子、まして男の子ゆえ、早く亡きものにせよとの仰せでしょうが、せめて、しばしのあいだ、いまをさいごの死装束《しにしょうぞく》をさせてやっていただけませんか」

そういわれて、安達新三郎も、木石《ぼくせき》の身《み》〔木や石のように情のない者〕ではないから、さすがにあわれをもよおして、気も弱くなり、少時、待っていたが、いや、このように弱気になってはいけない、と思いなおし、

「どうも大仰《おおぎょう》です。おしたくにはおよびません」

と、磯ノ禅師がだいている赤子を、うばいとって、小わきにかかえると、いそいで馬にのって、由比ガ浜のほうへ、まさに走りでようとした。磯ノ禅師は、そのうしろから、

「命もたすけよ顔もみせよ、というのなら、むりでもございましょうが、そうではないのです。どうかもういちど、顔をみせてください」

そう、なげきかなしんだが、安達新三郎は、

「いや、ごらんになっては、かえって、思いがかさなります」

と、非情な様子をみせて、霞《かすみ》のかなたへ遠ざかっていった。磯ノ禅師は、草履《ぞうり》をはくゆとりさえなく、うすぎぬの被衣《かずき》さえもかぶらず、女中をひとりつれただけで、浜のほうへいそいだが、堀藤次《ほりのとうじ》も、禅師のところへ来あわせて、そのあとを追った。ふしていた静も、やはり共にいきたいと逸《はや》ったが、堀藤次の妻が、

「いまのいま、お産がすんだばかりですのに」

と、さまざまにいさめて、ひきとめたので、静は、起きでた妻戸《つまど》のほとりに、倒れふしながら声をあげて泣いた。

禅師は浜へ出て、馬のゆくえをたずねたが、赤子の死体は、どこにも見あたらなかった。この世の縁こそ薄かったが、せめてむなしい姿でも、もういちど見せておくれと、悲しみつつ、波うちぎわを、西のほうへ、むちゅうで歩いていくと、稲瀬川《いなせ》〔鎌倉・由比ガ浜にそそぐ〕のほとりで、子どもたちが大ぜい、

砂あそびをしているところへ、さしかかった。磯ノ禅師は、

「馬にのった男が、はげしく泣いている赤子を、すてにこなかったでしょうか？」

「なんだかよく見えなかったけれど、あすこの水ぎわの材木のところへ、投げこんでいったよ」

そのこたえに、あとからきた、堀藤次の下男が、水ぎわまでおりていって、さがしてみると、つい今しがたまで、つぼみの花のようだった赤子が、いまはかわりはてたありさまになっているのを、材木のかげに見いだした。下男は、それをとりだして、磯ノ禅師にみせたが、からだにまいた衣《きぬ》の色こそ、まだ変っていないけれども、悲しくもうってかわったその姿に、磯ノ禅師は、おもわずむちゅうで、

「でも、もしや、ひょっとして、もしや」

と、浜のあたたかい砂の上に、衣のはしを敷いて、赤子をねかしてみたが、すでに命はたえていた。このなきがらを、もちかえって、静にみせて悲しませる

のも、かえって罪ふかかろうと、磯ノ禅師は、泣く泣く、その場に埋めようとして、浜の砂を手で掘ったが、おもえばここは四つ足の牛や馬もかようところ、死んだ赤子がいたましい、と思いつくと、さしも広い浜辺にも、ついに埋めるところは、どこにもなかった。

磯ノ禅師は、赤子のむなしいなきがらをだいて、宿所《しゅくしょ》へかえった。静は禅師の手から、なきがらをうけとって、生と死が所をかえたものに、わけへだてなく添《そ》い臥《ぶ》しながら、泣きかなしんだ。それをみて、堀藤次は、

「哀傷《あいしょう》のなかでも、親のなげきは、ことに罪ふかいものと申しますから」

と、じぶんの一存で、赤子の野辺《のべ》の送りをいとなみ、左馬頭義朝《さまのかみよしとも》のために建てられた勝長寿院《しょうちょうじゅいん》の裏に、おさない亡きがらを埋めて帰ってきた。

静は、

「このようなつらい鎌倉には、もう、一日もいられません」

と、京都へいそいでかえる用意をした。

鶴《つる》ガ岡《おかはちまんぐう》八幡宮の舞い

しかし磯《いそ》ノ禅師《ぜんじ》は、

「生まれてくる子どもについては、とうに覚悟をきめていたことですが、もしあなたのからだがぶじだったら、若宮《わかみや》〔鎌倉・鶴《つる》ガ岡八幡宮《おかはちまんぐう》の下宮《げぐう》〕へおまいりしようと、これはかねてから願っていたことですから、このまま京都へは、どうして帰れましょう。

八幡《はちまん》さまは、お産のときの血を、五十一日のあいだ忌《い》まれる神さまとのこと、精進潔斎《しょうじんけっさい》してから、おまいりいたしましょう。それまでは、ここで日数をすごすのですよ」

と、いいきかせて、一日一日と、滞在をつづけていった。

そのころ、頼朝《よりとも》は、三島《みしま》神社〔静岡県三島市あるいは神奈川県金沢文庫近くにある三島社のいずれか〕への参詣《さんけい》の旅をひかえて、鎌倉で、連日、精進まいりをつづけていた。(90)関東八カ国の武士たちも、この精進の宮まいりにつきしたがったが、形ばかりの物忌《ものい》みのたいくつさに、ひとびとは、いろいろな話をかたりあった。

すると、河越太郎重頼《かわごえのたろうしげより》が、静《しずか》のことを話しだしたので、それを機としてひとびとは、頼朝《よりとも》に、

「こんどのようなことでもなければ、静が京都から東国《とうごく》へくだるようなことが、どうしてありましょう。それにしても、あの名だかい舞いを、一《ひと》さしもごらんにならないとは、ざんねんに思われます」

そういわれて、頼朝は、

「静は、九郎《くろう》に思いをよせられて、心がおごっている女だのに、さらに、想う仲はひきさかれ、形見のような子まで殺された身ではあり、どうしてこの頼朝のまえで、こころよく舞いなどまうであろう」

「まことにごもっともな仰《おお》せながら、やはり、どうあろうと見たいとおもいます」

「いったい、どんな舞いゆえ、これほど、みなのものが気にするのか」

するとと梶原景時《かじわらのかげとき》が、

「静は、舞いにかけては、日本一でございます」

「大仰《おおぎょう》な。どこで舞ったので、日本一というのか」

「ある年、百日も日でりがつづいたとき、賀茂《かも》川も桂《かつら》川も、みな瀬がたえて、流れる水もきえ、井戸もまた水がれになって、国じゅうが苦しんだことがあります。すると、由緒《ゆいしょ》もふるい慣例の文書に、

『比叡山《ひえいさん》、三井寺《みいでら》、東大寺《とうだいじ》、興福寺《こうふくじ》などの有験《うげん》の高僧貴僧百人が、神泉苑《しんせんえん》の池のほとりで仁王経《にんのうぎょう》をよんで祈れば、雨をふらす神の八大竜王《はちだいりゅうおう》も、ご嘉納《かのう》あって、おききとどけてくださるであろう』

とあるので、朝廷の仰せによって、じっさい、百人の高僧貴僧が諸寺からあつめられ、仁王経をよみましたが、さっぱりその効験《こうげん》があらわれませんでした。

するとと、あるひとが、

『顔かたちの美しい白拍子《しらびょうし》を百人お召しのうえ、法皇《ほうおう》が御幸《ごこう》あって、神泉苑の

池のほとりで舞いをまわせられれば、竜神《りゅうじん》もご嘉納になりましょう』

といったので、それならばと、法皇が神泉苑へ御幸なさって、めしあつめた百人の白拍子を、つぎつぎに舞わせたところ、九十九人まで舞いおえたのに、まだなんの効験もあらわれなかったのです。

『のこる静ひとりが舞ったところで、いまさら、はたして竜神のご嘉納があろうか。それにしても静は、日ごろ宮中の内侍所《ないしどころ》〔神鏡を奉納しているところ〕へも召されて、おもい禄《ろく》をいただいているのに』

と、いうものもありましたが、

『いずれにせよ、人数のうちだから、舞うだけは舞わせてみよ』

というお言葉があったので、静は立って舞いはじめました。

『しんむしょう』という曲を、なかほどまで舞いすすんだとき、みこしの嶽《たけ》、愛宕山《あたごやま》のほうから、にわかに黒雲がわきおこって、京都の空の上へ、おおいかかってきたかとおもうと、八大竜王が鳴りとどろき、稲妻がひらめいて、ひとびとが、あれよあれよとおどろくまに、滝のような大雨になりました。

三日間も大ぶりがつづいたのに、国土は安穏《あんのん》だったので、これこそ静の舞いを竜神がご照覧《しょうらん》ご嘉納あったものとして、静は『日本一』という宣旨《せんじ》をたまわった、と、そうきいております」

と、梶原景時は、くわしい話をおえた。

頼朝は、ききおわると、

「それなら、ぜひ一さし見たいものだ。ところで、静には、だれをつうじて、意向をつたえたらよかろう」

「この景時がとりはからって、舞わせましょう」

「どのように、つたえるつもりだ」

「およそ日本の国に住むもので、わが君の仰せにそむくものが、どうしてありえましょう。まして静は、すでに死罪にきまっていたのを、この景時のとりなしで、ご寛恕《かんじょ》を仰《あお》いだ女、たとえどうあろうと、かならず舞わせてごらんにいれます」

「それならば、行って、なだめすかしてまいれ」

そこで梶原景時は、静の宿所《しゅくしょ》へいそいで、母の磯《いそ》ノ禅師《ぜんじ》をよびだすと、(91)

「鎌倉どのが、いま、ご酒宴をはじめられましたが、河越太郎《かわごえのたろう》が静御前《しずかごぜん》のことを申しあげたところ、音にきく舞いをぜひ一さしみたいというおぼしめしです。いいえ、どうして心ぐるしいことがありましょう。まげて、一さし、ごらんに供《きょう》していただきたいものです」

磯ノ禅師が、このことを静につたえると、静は、

「おお、いやなこと」

一言いったきりで、衣《きぬ》をひきかぶって、ふしてしまったが、ややあって、

「すべて人は、このように芸の道をたてる身ほど、ざんねんな思いをするものはありません。私も白拍子《しらびょうし》の道の者でなければ、ひとかたならぬ嘆《なげ》きのたえまない今の身に、つらい人のまえで、そのように舞えなどと、たやすく言われることなど、けっしてありますまいと、それがざんねんでなりません。母上がおとりつぎになったお心のうちが、かえってうらめしいくらいです。舞えといえば舞うとでもお思いなのでしょうか」

そう静は母にいって、梶原景時には、もちろん返事もしなかった。磯ノ禅師が梶原にこのことをつたえると、梶原も、案に相違したが、やむをえず、ひっかえした。

頼朝は、やしきで、いまかいまかと待っているところへ、ようやく景時がもどってきたが、それをみると、まず、政子《まさこ》が、ひとをよこして、

「静御前の返事はどうでした」

と、たずねてきた。梶原景時は、

「仰せを申しましたが、返事さえ、いたしません」

すると、頼朝も、

「それはまえから察していた。しかし、いずれ静が都へかえって、内裏《だいり》や院の御所で、鎌倉の兵衛佐《ひょうえのすけ》から舞えといわれなかったかと、たずねられたとき、『梶原をつかいにして舞えと申しでてきましたけれども、なにがおもしろくてそんな舞いができましょうと、とうとう舞いませんでした』とそうこたえたら、この頼朝が、権威をうしなうかっこうになる。ここのところは、どうしたらい

いか。また静には、もういちど、だれをつうじて、行かせたらよかろう」

そういったので、梶原景時は、

「工藤左衛門尉祐経《くどうさえもんのじょうすけつね》こそ、かつて都にいたときも、判官《ほうがん》どのから、つね日ごろ目をかけられていたものです。東国《とうごく》うまれながら、京そだちで、弁舌もたちますから、祐経におおせつけられたら、いかがでしょうか」

「それでは祐経をよべ」

と頼朝はいった。

そのころ、工藤祐経は、鎌倉の塔《とう》ノ辻《つじ》に住んでいたが、さっそく梶原景時と同道で、頼朝のやしきへ、姿をあらわした。頼朝は、

「梶原をつうじて、静に意向をつたえたが、返事さえもしない。そなたが出むいて、なだめすかして、舞わせてはくれまいか」

工藤祐経は、心のなかで、こんなやっかいな用はない。鎌倉どのの仰せだといってさえ、したがわないものを、すかして舞わせよと命ぜられるとは、まったくたいへんなことだ、と思った。思いなやみながら、祐経はいそいで家へか

えると、妻にむかって、

「鎌倉どのから、たいへんな大ごとを仰せつかった。梶原をおつかいにしてのお言葉にさえ、したがわなかった静を、だましすかして舞わせよというご命令をうけたとは、じぶんとしては、まったくたいへんなことだ」

そういうと、祐経《すけつね》の妻は、

「梶原が行ったからどう、あなたが行ったからどう、ということは、ないとおもいます。情けをかけることが、いちばんたいせつでしょう。景時は、いなかものですから、ぶこつな態度で、舞いをまえといったのでしょうが、あなただって、たぶん変りはないでしょう。ですから、ただ、お菓子などをいろいろ用意して、堀《ほり》どののところへいき、おみまいのていにして、表だてずに、なにかとうまくいいすかせば、静御前も、きっとうなずくと思いますわ」

と、さもたやすげにいった。

この工藤祐経の妻は、かつて千葉介常胤《ちばのすけつねたね》が京都でつとめていたとき、ある女とのあいだにもうけた京そだちの娘で、小松殿《こまつどの》(平重盛《たいらのしげもり》)のやしきに「冷泉殿《れいぜいどの》のおつぼね」というよび名でつかえて、おちついた女であった。そのころ、おなじく在京中の工藤祐経が、郷里の叔父《おじ》であり義父でもある伊東祐親《いとうすけちか》と不仲になって、伊豆の本領を伊東祐親から奪いとられ、さらに、愛していた妻までも祐親のため離別させられたので、祐経は、伊東祐親にたいして、かさなる恨《うら》みをはらそうと、京都から伊豆へ、潜入をくわだてたことがある。

そのとき平重盛が祐経になごりをおしんで、この女は年こそすこしとっているが、愛人として世話をしてやったらどうかと、冷泉殿のおつぼねをすすめたが、それ以来、ふたりは、たがいにふかく思いあう仲となった。

さて治承《じしょう》三年（一一七九）に重盛《しげもり》が世を去ったのち、女はたよるところもないままに、祐経につれられて、京都から東国《とうごく》へくだったのである。このときから、もうずいぶん年月がたったけれども、京そだちの女は、さすがに詩歌《しいか》管絃《かんげん》のあそびも、いまなお忘れずにいたので、さればこそ、このたび静御前を、なだめすかすことも、たやすいと思ったのであろう。夫の祐経のことばに、妻はいそいで身支度《みじたく》をすると、夫婦そろって、堀藤次《ほりのとうじ》の家へむかった。

祐経がまず静母子の宿所《しゅくしょ》へいって、磯《いそ》ノ禅師《ぜんじ》に、

「ちかごろは、なにかと、とりまぎれて、ごぶさたしたので、よそよそしいともお思いでしょうが、鎌倉どのの三島ご参詣《さんけい》に、この祐経もおともすることになり、ご出発まえの日々のご精進《しょうじん》に、おともの身も精進しなければならず、そのためこちらへもすっかりごぶさたして、いくえにも恐縮なことにぞんじます。そういえば、祐経の妻は、たまたま都のものですが、ただいま、堀どののおたくまで、まいっております。妻のことは、……そうだ、それがいい、どうかあなたから、静御前によろしくおつたえになってください」

そういって工藤祐経は、じぶんは妻よりも先にかえるふりをして、ほどちかいところにかくれて様子をうかがった。

磯ノ禅師は、静に、祐経夫妻のことをかたると、静は、

「工藤さまが、たびたびたずねてくださるだけでも、ありがたいことですので、奥さままでおいでくださるとは、ほんとうにおもいもかけないうれしさです」

と、さっそく部屋をととのえたうえ、祐経の妻をむかえいれた。堀藤次の妻も、

いっしょに静のところへいって、いろいろ、もてなしにつとめた。はじめから、静をだまそうとしているので、酒宴がはじまると、いかほどもたたないうちに、まず祐経の妻が、今様《いまよう》〔当時はやっていた新しい歌謡〕をうたったが、つづいて堀藤次の妻も、催馬楽《さいばら》〔古い歌謡のひとつ〕をうたった。磯ノ禅師も、いまさらめずらしいじぶんの歌でもないけれどもと、「喜撰《きせん》」という白拍子《しらびょうし》の曲をうたった。京都からつれてきた内弟子の女中たちも、主人におとらないほど上手だったので、いっしょにうたってたのしんだ。

春のおぼろ夜の空に、雨がけぶって、世間はひときわ、しずまりかえっていた。静も心をさそわれて、ひとが壁のかげにたたずんできくならきけ、音楽というものは、一日じゅうつづければ、命を千年ものばすもの、それではこの私もうたってたのしみましょうと、「別れ」という白拍子の曲をうたった。その声といい、ことばのあやといい、およそ心にも言葉にもつくしがたいすばらしさであった。

工藤祐経と堀藤次は、じっさい、壁ごしに静の歌をきいて、

「ああ、ふつうの座敷だったら、どうしておしかけずにいられよう」

と、心もそらにあこがれるばかりであった。

白拍子の曲がおわると、錦《にしき》の袋にいれた琵琶《びわ》と、しぼりぞめの袋にいれた琴が、かねての用意でとりだされ、内弟子のひとりが、琵琶を袋からだし、調子をあわせて祐経の妻のまえにおくと、もうひとりが、おなじく琴をとりだして、琴柱《ことじ》をたてて静のまえにおいた。

こうして、演奏のたのしみも、ひとまずおわると、祐経の妻は、ふたたび、風情《ふぜい》ある話などしながら、心のなかで、今こそいいだす時だと、たえず思った。

「むかし、みやこは、難波《なにわ》（大阪）の都と申しましたが、山城国愛宕郡《やましろのくにおたぎ》に、あらたに都がたてられた世に、東海道をはるか遠くくだって、由井《ゆい》から、足柄《あしがら》の東の、相模国《さがみのくに》へわけいり、由比《ゆい》ガ浜《はま》や小林《こばやし》ノ郷《さと》をひかえた鶴《つる》ガ岡《おか》のふもとに、いまの八幡《はちまん》さまを、おまつりしたのでございます。

この鶴ガ岡八幡宮は、鎌倉どのの氏神《うじがみ》ですから、判官《ほうがん》どのをも、どうしてお守りくださらないことがありましょう。み仏《ほとけ》がお姿をかえられるのは、衆生《しゅじょう》との結縁《けちえん》のはじめであり、また、み仏が八つの相をしめされるのは、衆生へのご利生《りしょう》〔ご利益《りやく》を与えること〕のおわりとやら。ですからふかくお祈りすれば、どうして感応《かんのう》があらわれずにすみましょう。

鎌倉の八幡宮は、この相模国では、ならびない第一の神さまでございますから、夕べはおこもりのひとびとが、門前に市《いち》をなすありさま、また、朝はおまいりのひとびとが、肩をならべて、あいつぐありさまでございます。

したがって、あかるいときのおまいりは、あなたも、むずかしゅうございましょうが、さいわい堀どのの奥さまは、若宮《わかみや》（下宮《げぐう》）をよくごぞんじですし、わたくしも、若宮ならよくこころえておりますから、明日、夜をこめておまいりをなさいましたらいかがでしょう。

かねてからのお祈願《きがん》もおはたしになり、そのついでに神さまにすぐれた芸をおささげになりましたら、鎌倉どのと判官どののご不仲もなおって、すべてがおのぞみのとおりになりましょう。奥州《おうしゅう》へおくだりの判官どのも、このことをおききになったら、わが身のためこれほどまでまごころをつくしてくれるのかと、どんなにうれしくお思いでございましょう。

たまたまこのような折でなければ、どうしてこういうよろこばしいはこびにもなりましょう。ここはまげてご参詣《さんけい》なさいませ。ふかくお思いするあまり、よそごととはいよいよ思われなくなりましたので、せめてこれだけはとおもって申しあげましたが、もしご参詣なさいますなら、私もよろこんでおともいたしましょう」

そう、祐経《すけつね》の妻は、ことばたくみにあざむいた。しかし静は、真《ま》にうけたようで、母の磯ノ禅師が座をはずしていたのをよびよせると、

「どうしましょう」

磯ノ禅師は、もともと、どうか静が参詣してくれればと思っていたので、

「これは八幡さまのご託宣《たくせん》のようなものです。これほどまでお心をよせていただいて、ほんとうにうれしいこと。さっそくおまいりをなさい」

「それでは、昼のうちは、ぐあいがわるいようですから、寅《とら》の刻《こく》（午前四時）におまいりして、辰《たつ》の刻（午前八時）に、形《かた》のごとく舞いをささげて帰りまし

ょう」

そう静はいった。祐経の妻は、一刻もはやく、このことを夫の祐経に知らせたいと、つかいをたてたが、祐経は、すでに壁ごしにきいていたので、妻のつかいさえ出かけないうちに、馬にとびのって、大いそぎで頼朝のやしきへかけつけた。武士の詰所《つめしょ》へかけこむと、そこには頼朝をはじめ、武士たちもそろっていて、口ぐちに、

「どうした。どうした」

と、たずねたので、祐経は、

「参詣は寅のこく、舞いは辰のこく」

声も高らかに、そういった。

頼朝は、やがて参詣に出かけたが、座所《ざしょ》で休息していると、いつのまにつたわったのか、静が舞うという評判に、若宮の門前は、ひとびとが、ひしめきあうさわぎである。

「拝殿や廻廊《かいろう》のまえは、有象無象《うぞうむぞう》が、おすなおすなで、さっぱり聞きわけがあ

りません」

という報告に、頼朝は、

「雑色《ぞうしき》らをよんで、びしびし、追いたててしまえ」

梶原源太景季《かじわらげんだかげすえ》が、うけたまわって、まず、

「仰《おお》せだぞ」

と、群衆をしかりつけたが、群衆はあいてにもしなかったので、ついに雑色らがおそいかかって、びしびしと、ぞんぶんに打ちまくった。烏帽子《えぼし》をうちおとされる男があれば、笠《かさ》をうちおとされる法師もあり、傷をうけたものも大ぜい出たが、

「これほどの見ものは、一生に一度の大けんぶつ。すこしぐらいけがをしたって、はいらずにいられるものか」

と、命しらずの、がむしゃらぶりで、幕をくぐっては、はいってくるので、いよいよたいへんな騒ぎになった。

そのとき、佐原十郎《さはらのじゅうろう》こと三浦義連《みうらのよしつら》が、

「舞いをごらんのことが、かねてからわかっていたら、廻廊のまんなかに舞台をはったものを」

頼朝は、その声をききつけて、

「あれはだれの言葉だ」

「佐原十郎でございます」

「佐原は、古い儀式のことに通じたもの、いかにももっともな言葉だ。すぐ用意させよ」

その命令で、佐原十郎は、なにぶん急なことではあり、若宮の修理用として積んであった材木を、いそいで運ばせて、三尺〔約九〇センチ〕の高さの、にわか舞台をつくって、唐綾《からあや》や紋紗《もんしゃ》でかざりつつんだので、頼朝も大いにほめた。

こうして、ひとびとは、静《しずか》を待ったが、日はすでに巳《み》の刻《こく》、午前八時ごろになったのに、静はまだおまいりにこなかった。

「どうして静は、これほどまで、気をもませるのだろう」

などと、ひとびとはいいあったが、もう朝もずいぶんおそくなったとき、ようやく静は、こしにのって、近づいてきた。

工藤祐経《くどうすけつね》の妻や、堀藤次《ほりのとうじ》の妻とつれだって、やがて、静は、社殿の廻廊へさしかかった。母の磯《いそ》ノ禅師《ぜんじ》と、ふたりの内弟子は、その日の介添役《かいぞえやく》だったので、静とともに、廻廊の舞台の上へすわった。祐経の妻は、おなじような姿の女たち三十人ほどをひきつれて、桟敷《さじき》へはいった。

静が神前にむかって祈りをささげていると、まず磯ノ禅師が、めずらしくもないことながら神をなぐさめるために、内弟子のひとりに鼓《つづみ》をうたせて、好色の少将という白拍子《しらびょうし》の曲を舞った。いいようもないほどみごとな舞いだったので、ひとびとは、

「それほど名だかくない磯ノ禅師の舞いさえ、こんなにおもしろいのだから、まして静が舞ったら、どんなにすばらしいだろう」

と、いいあった。

静は、ひとびとの様子や、幕のひきかたなどが、どうも鎌倉どののご参詣《さんけい》らしい。さては祐経の妻が、じぶんをだまして、鎌倉どののご前《ぜん》で舞わせるつも

りだな、と気づいた。きょうは、どのようにしてでも、舞いをまわずに帰ろうと、静は、いろいろ考えなやんだすえ、工藤祐経をよんでもらって、

「きょうは鎌倉どののおまいりと、お見うけいたしました。かつて京都で内侍《ないし》所《どころ》へめされたときは、内蔵頭信光《くらのかみのぶみつ》のはやしによって舞い、また神泉苑《しんせんえん》の池のほとりの雨ごいのときは、四条の『きすはら』の囃《はやし》で舞いました。しかし、このたびは、嫌疑《けんぎ》をこうむって、この鎌倉までめしくだされた身でございますから、鼓《つづみ》うちのものなども、つれてきておりません。

母が、形のごとく、『かいなざし』の曲を神前にささげましたのちは、わたくしたちは都へかえりのぼり、またのときに鼓うちのものも用意して、あらためてこちらへくだって八幡宮《はちまんぐう》の神前に舞いをささげたいとおもいます」

そういうと、そのまま立ちさる様子をみせたので、多くの大名小名は、すっかり興《きょう》ざめる思いがした。頼朝もそれをきいて、

「これは不めんぼくなことだ。鎌倉で舞わせようとしたところ、鼓うちがいないため、ついに舞わなかったと、ひろく評判になっては、まことに恥ずかしい

いたり。これ、梶原、さむらいどものなかに、だれか鼓をうつものはいないか。さがしだして、うたせよ」

するど梶原景時《かじわらのかげとき》は、

「ほかならぬ工藤左衛門尉祐経《くどうさえもんのじょうすけつね》こそ、小松殿《こまつどの》に仕《つか》えていたころ、内裏《だいり》の御神楽《みかぐら》にめされて、小鼓《こつづみ》の上手《じょうず》という名を、御所でもしられたものでございます」

「それならば、祐経、打って静に舞わせよ」

そう頼朝に命じられると、祐経は、

「あまりにひさしく打たないので、鼓の手色《ていろ》なども思うようにはまいりますまいが、仰せゆえ、あえて打つことにいたしましょう。しかし、鼓ひとつでは、囃《はやし》になりかねます。鉦《かね》の役のものも、おめしくださいますように」

頼朝が、鉦はだれがよかろうとたずねると、

「鉦ならば、長沼五郎《ながぬまのごろう》（小山宗政《おやまのむねまさ》）がおります」

と、いうものがあったが、頼朝が、さがしだして打たせよ、と命ずると、

「眼病をわずらって、きょうは出仕《しゅっし》しておりません」

と、答えがあった。すると梶原景時が、

「それならば、この景時が、打ってみましょう」

しかし頼朝は、工藤祐経に、

「景時の銅拍子《どびょうし》（鉦）は、どの程度のものだ」

「長沼についでは、やはり梶原でございましょう」

「それならば、さしつかえあるまい」

と、頼朝は、鉦の役を梶原にめいじた。すると佐原十郎が、

「時にあった調子というものが、たいせつでございますが、基調《きちょう》の笛は、だれに吹かせましょう」

頼朝は、こんどは、

「だれか笛をふくものはいないか」

それをきくと和田義盛《わだのよしもり》が、

「畠山重忠《はたけやましげただ》こそ、院の御感《ぎょかん》にあずかったこともある吹き手でございます」

「賢人第一といわれる畠山が、さりとはな。いや、ふうがわりな楽党《がくとう》に加わる

などとは、かりにもいうまい」

「それでは仰せのほど、本人に申しつたえてみましょう」

と、和田義盛は、畠山重忠の桟敷《さじき》へいった。すると、重忠は、

「鎌倉どののご家来のなかでも、(92)切れ者で知られた工藤祐経が鼓をうち、関東八カ国の侍所《さむらいどころ》の所司《しょし》(次長)梶原景時が銅拍子をあわせ、それにこの畠山重忠が笛をうけもつとは、さぞや素姓《すじょう》ただしい楽党といわれるであろうな」

そうわらって、仰せにしたがおう、とこたえた。

こうして三人の楽党は、それぞれ別な場所で、思い思いの身支度《みじたく》をして、あいついであらわれたが、まず工藤祐経は、紺色《こんいろ》の葛《くず》ばかまに、黒緑色の水干《すいかん》をきて、立烏帽子《たてえぼし》をかぶり、紫檀《したん》の胴に羊《ひつじ》の皮をはった鼓《つづみ》の、六つの調《しら》べ緒《お》をかきあわせて、左の小脇《こわき》にかかえ、はかまのももだちを高くとった姿で、八幡宮の上の松山や、廻廊の天井にひびかせつつ、手色《ていろ》をうちこころみながら、あとのふたりの楽党をまちかまえた。

つぎの梶原景時は、おなじく紺色の葛ばかまに、青緑色の水干をきて、やは

り立烏帽子をかぶり、銀地に金色の菊形をつけた銅拍子《どびょうし》に、多彩な緒《お》をつけて、祐経の右の座にすわり、鈴虫などが鳴くように、音をだしてあわせながら、のこる重忠をまちうけた。

さいごの畠山重忠は、幕のほころびのすきから、座敷の様子を、のぞいてみて、べつに派手なよそおいもせず、白い大口《おおぐち》ばかまをはき、白い直垂《ひたたれ》に、紫の皮紐《かわひも》をつけ、折《おり》烏帽子の前半部を、きりっと立て、松風《まつかぜ》と名づけた漢竹《かんちく》の横笛をもち、はかまのももだちを高くした姿で、幕をさっとひきあげながら、とつぜんあらわれると、偉丈夫《いじょうぶ》らしく、おもおもしい足どりで舞台へのぼり、祐経の左の座についた。畠山は、世にしられた美男だったので、まことにりっぱにみえたが、年はまだ二十三だった。

頼朝は、三人がそろったのを、すだれのなかから見て、

「あっぱれみごとな楽党《がくとう》だ」

とほめたが、おりからの状況にふさわしく、楽党はおくゆかしくみえた。

静は、この楽党をみて、心のなかで、よくぞひとまず辞退したものだ。おな

じく舞うにしても、このような楽党をえてこそ、舞うかいもあると思ったが、その一方、うかつな心で舞ったならば、どんなに軽々しくみえるだろうとも思った。

そこで、静は母の禅師をよんで、舞いの装束《しょうぞく》をととのえたが、おりから、松にかかった藤の花が、池の水ぎわに咲きみだれ、ふく風に山の霞《かすみ》がなびいて、初音《はつね》もゆかしいほととぎすの声もまた、時をこころえがおの鳴きかたと思われた。

この日の静の装束は、白い小袖《こそで》のひとかさねに、唐綾《からあや》をひきかさね、白い長いはかまを、つよくふんで、菱《ひし》に十字のもようを刺繍《ししゅう》した水干《すいかん》に、たけなす髪を高くゆいあげ、さきごろの嘆《なげ》きのため、いくらかやせた顔に、薄化粧をして、眉《まゆ》をほそくかき、紅《くれない》一色の扇をひらいて、神殿のほうへむかって立った。

さすがに頼朝のご前《ぜん》での舞いなので、静も面《おも》はずかしく思うのであろうか、しばし舞いかねてためらっていた。妻の「二位どの」こと政子《まさこ》が、このありさまをみて、

「静御前は、去年の冬は、四国の波の上でゆられ、吉野《よしの》の雪のなかをさまよったが、ことしの春は東海道の長い旅路にのぼる身となり、やせおとろえてみえるけれども、しかもじっとながめると、日本にもこれほどの女がいるのか、とおもわれるくらいです」

といった。

静は、白拍子《しらびょうし》の曲を、数おおく知っていたけれども、なかでも「しんむしょう」(93)の曲は、ことに心にふかくきざまれている一方、静がとくいな曲でもあったので、たとえようもないほどの声で、たからかにうたった。

きくひとびとは、おもわず、あっと声をあげて感嘆し、ほめそやす声は、雲までもひびきつたわるほどであった。近いものは、きいて心をうたれ、遠くはなれてよくきこえないものも、さこそと察して感じ入った。(94)

しんむしょうの曲が、なかばほどまでうたわれたとき、工藤祐経《くどうすけつね》は、心ないわざと思ったためであろうか、水干の袖《そで》をはずして、おわりの急拍子をうった。

そこで静は「君が代の」と、うたいおさめたので、ひとびとは、

「なさけない祐経だ。もう一さし、まわせてもらいたいものだ」といった。

静は、心のなかで、しょせんは、判官《ほうがん》のかたきである頼朝のまえでの舞い、いっそ胸のおくそこふかく思っていることを、うたってみようと、そう決心して、

　しづやしづ　しづの苧《お》だまきくりかへし
　むかしを今に　なすよしもがな(95)

——倭文《しず》の布《ぬの》を織る麻糸《あさいと》をまるくまいた苧《お》だまきから、糸がくりだされるように、たえずくりかえしつつ、どうか昔を今にする方法が、あったならばなあ——と、静は、わが名の「静《しずか》」にかよう「倭文《しず》」のおだまき（糸玉）をひいて、「しず」を三たびくりかえしつつ、糸をくりだす「おだまき」を、枕ことばにして、義経《よしつね》の運がさかえていた過去を、現在に変えることができたらばなあと、たえず往年をなつかしむ心のうちをうたったのである。

　そればかりでなく、静はさらにつづけて、

　吉野山　みねの白雪ふみわけて

入りにしひとの　あとぞ恋しき

——吉野山の峰の白雪をふみわけて、姿をかくしていったあのかたのあとが恋しい、と静は、義経をこいしくおもう心をも、えんりょなくうたった。

頼朝は、それまであげていたすだれを、さっとおろさせた。そうして、

「白拍子とは、おもしろくもないものだ。いまの舞いかたといい、歌いかたといい、じつにけしからん。頼朝がいなかにすんでいるので、聞いてもわかるまいと思って、うたったにちがいない。『しずのおだまきくりかえし』とは、頼朝の世がおわって、九郎《くろう》の世になれというこころであろう」

と、はげしく怒った。しかし、かたわらから、

「あわれ、おおけなくおぼえしひとの、あとたえにけり」

と、うたうように、いったものがある。——あわれ、静があつかましくも思いをよせた判官は、痕跡《こんせき》もまったく無くなったし、すでに世を去ったのであろう、とそう歌ったので、頼朝もきげんをなおして、ふたたび、すだれを高々とあげさせたが、これは、ほめかたとしては軽々しいように思われた。

静は、頼朝の妻政子《まさこ》から、数多くのいろいろな引出物《ひきでもの》をさずかったが、義経の冥福《めいふく》をいのるため、若宮《わかみや》の別当《べっとう》のもとをたずねて、それらをことごとく神前に奉納すると、堀藤次《ほりのとうじ》の妻とともに、宿所《しゅくしょ》へかえった。

あければ、いざ京都へと、静は、旅路にのぼった。つつがなく北白川《きたしらかわ》の家まで帰りついたが、静は物にまなざしをはっきりすえることもなくなった。辛《つら》いことどもを忘れがたいままに、ひとがたずねてくれるのも、ものういといって、ただ、思いにふけりながら日夜をすごした。

母の磯《いそ》ノ禅師《ぜんじ》も、なぐさめかねて、心ぐるしさをいっそう深めた。静は、あけくれ、持仏堂《じぶつどう》にひきこもって、お経をよみ、み仏の名をとなえていたが、このようなつらい世に生きながらえていても、なんになろうと思ったのであろうか。母の禅師にも知らせないで、髪をおとして頭をそり、(96)天竜寺《てんりゅうじ》のちかくに、小さいいおりをかまえて、母とともに、ひたすら仏門の修行につとめるようになった。もともと、顔かたちも心ばえも、世のひとにぬきんでてすぐれたひとだけに、年からも惜しいことと思われた。

静はこうして十九歳で、姿をかえて尼となったが、つぎの年（一一八七）の秋のくれには、思いが胸につもったためであろうか、念仏をとなえながら、ついに世を去っていった。つたえきいたひとびとは、貞女《ていじょ》のまごころにふかく感じ入ったということである。

巻七

義経《よしつね》の北国《ほっこく》おち

文治《ぶんじ》二年（一一八六）、正月も末になったころ、(97)義経《よしつね》は、六条堀川《ほりかわ》でしのびくらす時もあれば、また郊外嵯峨《さが》の片すみでしのびくらす時もあったが、京都では、義経に関することを原因としてひとびとが損傷をこうむることも多かったので、じぶんゆえに市民にめいわくがかかり、損傷者も多くなるようでは、どこにひそんでも、ひとの目や耳につかずにはいまい、今こそ奥州《おうしゅう》へくだるときだと、それまで別れわかれになっていた家来たちを、ひそかによびあつめた。

十六人は、ひとりの変心者もなく、そろいあつまったが、

「奥州へくだろうとおもうが、どの道を通ったらいいだろう」

と義経がいうと、ひとびとは、

「東海道は、しられた土地が多いし、その一方、東山道《とうさんどう》は、難路のため、万一のことがあったばあい、避けて通りぬけようがありません。北陸道なら、まず越前国《えちぜんのくに》の敦賀《つるが》の港へ出て、それから、出羽国《でわのくに》へいく船にのればいいと思います」

こうして、通るべき道がきまると、こんどは、

「さて、身なりは、どういうふうにして、出かけよう」

と、一同、いろいろ意見をのべあったが、鷲尾十郎《わしのおのじゅうろう》が義経に、

「安心して旅をつづけるためには、まず出家なさってから、奥州へむかわれるのが、よろしかろうと思います」

「さいごは、そうなるかもしれないが、しかし、奈良の勧修坊《かんじゅぼう》が、あれほどたびたび出家せよと説いてくれたのに、それにしたがわずにおいて、いま、身の

おきどころがないままに出家したといわれるのも恥ずかしい気がする。こんどは、どうあっても、出家すがたにはならずに、出かけたいと思う」

　すると、片岡八郎《かたおかはちろう》が、

「それなら、山伏《やまぶし》のすがたになって、奥州へむかわれたら、いかがでしょう」

「さあ、それもどうだろうか。(98)都を出る日から、まず日吉山王《ひえさんのう》、つづいて越前国には気比《けひ》神社、平泉寺《へいせんじ》、加賀国《かがのくに》には白山《はくさん》神社、越中国《えっちゅうのくに》には、芦峅寺《あしくらでら》や岩峅《いわくら》寺、越後国《えちごのくに》には国上《くがみ》寺、出羽国には羽黒山《はぐろさん》と、さきざきまで山社がたいへん多い道だから、もし途中で山伏に出あって、一乗菩提《いちじょうぼだい》の峰（葛城山《かつらぎさん》や金峰山《きんぶせん》）、また釈《しゃ》迦嶽《かがたけ》〔奈良県吉野〕のありさま、八大金剛童子《こんごうどうじ》の護法《ごほう》や身三《しんさん》〔いずれも山伏の知るべき仏法〕のこと、富士の峰、山伏の礼儀のことなど、ひとにたずねられたとき、はたしてあざやかにこたえて、通りすぎることなど、われわれのだれができるだろう」

　そう、義経がいうと、武蔵坊弁慶《むさしぼうべんけい》が、

「それくらいのことなら、たやすいことです。わが君は、鞍馬《くらま》山《やま》においでしたから、山伏のことは、だいたいごぞんじだとおもいます。常陸坊《ひたちぼう》は園城寺《おんじょうじ》にいましたから、申すまでもありません。この弁慶も、西塔《さいとう》にいたので、一乗菩提のことは、だいたいこころえておりますから、問われて答えることも、どうしてできないことがありましょう。山伏のつとめとしては、法華懺法《ほっけせんぼう》や阿弥陀《あみだ》経《きょう》まで、くわしくよみましたし、困ることは、けっしてないとおもいます。どうかただご決心なさってください」

「それにしても、どこの山伏かとたずねられたら、どこの出身といったらいいだろう」

「越後国の直江津《なおえつ》は北陸道のちょうど半《なか》ばごろにあたりますから、あすこより手前では、羽黒山伏《はぐろやまぶし》が、熊野まいりをした帰りだとこたえ、直江津よりむこうでは、熊野山伏が羽黒まいりをするのだと、こたえれば、それでいいとおもいます」

「しかし、羽黒の案内に通じたものが、ここに、だれかいるのか。もし、羽黒ではどの坊のだれかなどと、たずねられたらどうする」

「西塔にいたころ、山の上の坊に、羽黒の出《で》だというものがいましたが、大黒《だいこく》堂《どう》の別当《べっとう》の坊にいたその荒讃岐《あらさぬき》という法師に、この弁慶がそっくりだと、よくいわれましたから、これからは、じぶんは荒讃岐と名のりましょう。常陸坊は、小《こ》先達《せんだち》として、筑前坊《ちくぜんぼう》とよぶことにしたらいかがでしょうか」

「もともとおまえたちは法師なのだから、あらためて受戒《じゅかい》の名をもたなくても、いいようなものだが、法師でない男どもが、山伏用のずきん（頭巾《ときん》）や服（篠《すず》懸《かけ》）をつけ、つづら（笈《おい》）をせおって、おい片岡とか、おい伊勢三郎《いせのさぶろう》とか、鷲《わし》尾《のお》とかいったら、いかにも不似あいではないか。このことはどうだ」

義経がそういうと、弁慶は、一同に、

「それでは、みんな、坊号《ぼうごう》をもってもらおう」

と、それぞれに名をつけた。片岡は京《きょう》ノ君《きみ》、伊勢三郎は宣旨《せんじ》ノ君、熊井太郎《くまいのたろう》は治部《じぶ》ノ君という呼名がついたが、義経は、とくに顔を知るひとびとも多いので、あかでよごれた白小袖《しろこそで》二つに、矢筈《やはず》のもようの白地の帷子《かたびら》、葛《くず》の大口《おおぐち》ばかまに、群千鳥《むらちどり》のもようを摺《す》りだした柿色《かきいろ》の衣《ころも》、それに古びた頭巾を、目のあたりまで、ふかくかぶった姿となって、戒名《かいみょう》を大和坊《やまとぼう》と称した。

こうして、一同、思い思いのよそおいをしたが、ことに弁慶は、大先達《おおせんだち》だったので、袖《そで》のみじかい浄衣《じょうえ》に、藍色《あいいろ》の脚絆《きゃはん》をつけ、ごんずわらじというわらじをはき、はかまのくくりを高くしめあげて、頭には熊野新宮《しんぐう》の山伏ふうの長頭巾《ながときん》をかぶり、こしには岩透《いわとおし》という太刀《たち》をぴたりとさして、ほら貝をさげた。

弁慶は、れいの喜三太《きさんだ》という下男を、山伏の荷はこび役の強力《ごうりき》にしたて、背におわせたつづらの足に、猪の目《いめ》を彫《ほ》った刃わたり八寸〔約二四センチ〕ほどのまさかりを結《ゆ》わえつけ、つづらの上には、四尺五寸〔約一三五センチ〕の大太刀を、まよこにのせそえた。

こうして弁慶は、こころがまえといい、よそおいといい、あっぱれ大先達のかっこうであった。総勢は十六人、つづらは十ちょうで、そのうち一ちょうのつづらには、金剛鈴《こんごうれい》、独鈷《とっこ》、花筥《けこ》、香炉《こうろ》、仏前の水いれ、金剛童子の本尊などを入れ、もう一ちょうには、まだ折ってない折烏帽子《おりえぼし》を十、また直垂《ひたたれ》、大口ばかまなどを入れた。そうして、のこる八ちょうのつづらは、どれにも、鎧《よろい》や腹巻のたぐいを入れた。

このように用意ができたのは、正月の終わりだったが、出発すべき吉日は、二月二日であった。義経は、奥州くだりを前にして、武士たちをよびよせると、

「こうして出かけるにつけても、なおも都には、思いのこすことが多い。ことに一条《いちじょう》今出川《いまでがわ》のあたりにいたものは、いまもまだいると思うが、まえに、いっしょにつれていこうといったこともあり、知らせもしないで出かけては、さぞやなごりもつきまいとおもう。さしつかえなければ、つれていきたいのだが」

すると片岡八郎や武蔵坊弁慶が、

「おともをするものは、みなここにそろっております。今出川におられるとは、どなたでしょう、北の方《きたのかた》〔奥方〕のことではございませんか」

そういったので、義経も、いまのおちぶれた身では、さすがに、そうだとも はっきりいいだしかねて、いろいろかんがえわずらっていた。それをみながら弁慶は、

「事も、事によります。山伏の頭巾《ときん》に篠懸《すずかけ》、それに笈《おい》をせおった身なりで、女

を先に立てたりしては、とうてい尊い修験者《しゅげんじゃ》にはみえますまい。また敵の追いうちをうけたばあいも、女をゆっくり歩かせて、あとについていくのでは、いいことはございますまい」

そう、いったものの、おもえば、かわいそうな、義経の若奥方でもあった。この奥方は、久我大臣《こがのおとど》の姫ぎみ(99)で、九つのとき、久我大臣に死なれ、十三のとき、母夫人にも死なれた。その後は、おもり役の十郎権頭《じゅうろうごんのかみ》よりほかにたよるひともなく、顔が美しく、情がこまやかな人柄だったが、十六の年まで、ささやかなくらしをつづけていたのに、どういう風のたよりのためか、義経に見そめられることになり、それ以来、また義経よりほかに、なじんだ人もない身であった。

なよなよした藤は、松の木をはなれては、たよりないものだが、女も、三従《さんじゅう》のさだめ〔婦人は、家にあっては父、嫁《か》しては夫、夫死しては子に従うべきものとされた〕によって、男をはなれては、力がないものである。弁慶は、心のなかで、奥州へくだったのち、ものの情けもわきまえない東国《とうごく》の女を、判官《ほうがん》どのにおせわすることも、おもえばお気のどくなことだ、それにお心のなかを推量すれば、さきほどの仰《おお》せも、けっしてかりそめな気もちで口にされたのではあるまい。それならば、いっそ今出川の奥方を、おつれして奥州へくだろう、とそう思ったので、

「まことに、お気もちは、ごもっともと思われます。ひとの心に、上下の区別はございません。しかし、うつれば変わる世のならいとも申しますし、いちど今出川へおいでになって、事情などもよくごらんのうえ、北の方を、ほんとうに奥州へおうつしするのがよろしいようでしたら、やはりおつれになっていくのがいいかとぞんじます」

そういうと、義経は、この上なくうれしそうに、それならば、と柿色《かきいろ》の山伏《やまぶし》の衣《ころも》のうえに、薄ぎぬをかぶって、立ち出たが、弁慶も、浄衣《じょうえ》のうえに、やはり衣被《きぬかず》きをして、主従ともに、一条今出川の久我大臣《こがのおとど》の旧邸へむかった。

あれたすみかのならいとして、のきの忍草《しのぶぐさ》に露がひかり、いけ垣の梅が、ほのかにかおっているさまは、あの源氏物語(100)の主人公、光源氏《ひかるげんじ》が、常陸《ひたち》ノ宮《みや》のあ

れた宿をたずねて、蓬生《よもぎう》の露のなかを分けすすんだという古い例を、まさに思いださせるのであった。弁慶は、義経を、中門《ちゅうもん》のわきの廊下に、しのばせておいて、妻戸《つまど》のそばへちかづきながら、

「どなたか、いらっしゃいますでしょうか」

すると、中から声がして、

「あの、どちらから」

「堀川のほうから」

その声に、奥方が妻戸《つまど》をあけてみると、武蔵坊弁慶であった。日ごろ、奥方は、弁慶とは、ひとをつうじて間接にしか話をしたことがなかったが、このときは、あまりのうれしさに、すだれのそばへちかよりながら、直接、弁慶に、

「それで、あのかたは、どこにいらっしゃいますの」

「堀川においでですが、明日、奥州へたたれることを、こちらへお知らせせよとおっしゃって、こう申されました。

『かねてからの約束で、どういう姿をさせてでも、いっしょにつれて行きたい

と思ったが、道があちらこちらふさがれているのを、むりやりにつれていって、うきめをみせるということも、いたましさにたえない思いがする。それで、さしあたっては、この義経がさきにくだって、もしさいわい生きながらえていたら、来年の春ごろ、きっとお迎えのつかいをよこすから、どうかそれまで、気もちをゆるやかにもって、待っていてくれるように』

と、そういう仰せでございました」

　これをきくと、姫ぎみは、

「こんど、つれていってくださらないかたが、どうしてわざわざ、迎えのおつかいをくださるでしょう。奥州までお着きにならないうちに、老少不定《ろうしょうふじょう》の習いで、もし私がどのようなことにかなりましたら、そのとき、判官《ほうがん》さまは、きっと、どのみちのがれられない運命だったのに、どうしてつれていかなかったのだろうと、後悔なさいますでしょう。しかし、そうなったら、もう、おくやみくださる甲斐《かい》もないというものでございます。

まえに、お心をかけてくださったころは、四国や九州の船路《ふなじ》にもおつれいただきましたのに、いつしか移りかわったお心がうらめしゅうございます。大物《だいもつ》の浦《うら》とやらから、都へかえされてからというもの、おたよりもたえましたが、お別れしたとき、いずれまたいいときがめぐってこようと、おなぐさめいただいたままに、心よわくも気をゆるして月日をすごし、いま、ふたたび、このようなつらいお言葉をきくことは、ほんとうにかなしいことでございます。

申すもいかがとおもわれることながら、判官さまにも、また世にも、知られることなく、私の身がどのようにかなりましたら、のちの世までも執念をのこして罪ふかいことになるときき ましたままに、あえて申しあげます。じつは、昨年の夏ごろから、みだれごころの苦しい気もちとなりましたのを、ただならぬ身になったためと、ひとから申されました。月日がたつにつれて、夜も苦しいほどになりましたので、もう人目にもかくしがたいこととおもっております。

このことは、やがては六波羅《ろくはら》へも、つたわりましょうが、鎌倉の兵衛佐《ひょうえのすけ》どのは、情けをしらないひとときますから、とらえられて鎌倉へくだされる身にもなりましょう。北白川《きたしらかわ》の静《しずか》は、歌をうたい、舞いも舞ったればこそ、いったんは罪をまぬかれもしましたが、私は、そのようなわけにはまいりませんから、さしあたっては、うき名ばかりながすことが、悲しゅうございます。なんと申しましても、判官さまがお心をきつくしておられるのでは、いたしかたもございません」

と、そう、くどきながら、久我大臣《こがのおとど》の姫ぎみは、とめどもなく涙をながした。

弁慶も涙にむせびながら、ともし火のあかりのうちに、この奥方の日ごろ住みなれた部屋の、障子《しょうじ》の引き手のもとへ、ふと目をむけると、たしかにおくがたの筆跡で、こうかいてあった。

　　つらからば　われも心の　変はれかし
　　　など憂《う》き人の　恋しかるらむ(101)

――こんなにつらいのなら、じぶんの心も、変わってしまえばいいのに。どうして、じぶんにつらい思いをさせる、あの、心がわりをしたひとが、いまなおこんなに恋しいのだろう、とかいたその歌をみて、弁慶は、ああ北の方は判官どののことを、まだ忘れておられないのだと、気のどくにおもって、いそい

で中門《ちゅうもん》のところへひっかえすと、義経に、ことのしだいをつたえた。義経も、それならばと、奥方のところへいそいで、

「さりとは気のみじかいおうらみ。さあ義経がお迎えにきましたぞ」

そういいながら、いきなり部屋へはいっていくと、姫ぎみの若奥方は、夢のような気もちがして、なだめるほうがつらいほどの涙を、とめどもなく流した。義経は、

「それにしても、この義経の、いまのすがたをみると、日ごろの思いも、さぞ白けたきもちにおなりであろうな」

「かねてからきいておりましたように、ご出家なさいましたのでしょうか」

「さあ、これをみてごらん」

と、義経が上の薄ぎぬをさっとぬぐと、山伏《やまぶし》の柿色《かきいろ》の衣《ころも》に、小《こ》ばかま、頭巾《ときん》という姿であった。奥方は、見なれない夫の姿なので、もしうとんずる心がじっさいあったなら、さぞやおそろしいと思うところであろうのに、

「それで、わたくしを、どのようなよそおいにして、おつれくださいますの」

とたずねた。そこで弁慶が、

「山伏といっしょにいくには、稚児《ちご》のすがたになっていただこうとぞんじます。お顔も、おつくりになれば、さしつかえございますまい。お年ごろも、ほどよいようでございますし、おすがたは、すべておつくりいたしますが、ただ、たいせつなのは、少年らしいおふるまいをしてくださることでございます。北陸道というところは、山伏が多い土地ゆえ、かれらが花の枝など折って、『これをあのお稚児さんへ』などと、さしだすときは、まえもって男らしい言葉をけいこしておいて、しぐさも少年のようにおふるまいくださいますよう。これまでの年月のように、たおやかに羞《はじ》らったお気もちやおふるまいでは、とうてい通りません」

そういったので、姫ぎみそだちの奥方は、

「そういうことならば、判官《ほうがん》さまのお力をかりて、日ごろなれないふるまいをしてでも、ぜひ、ごいっしょに奥州へくだりたいとおもいます。もう、夜もふけていきます。さあ、それでは、はやく」

そこで弁慶は、奥方の身支度《みじたく》の世話役をひきうけ、まず、岩透《いわとおし》という刀をぬいて、清水《しみず》をながしたような、しかも丈《たけ》にもあまる黒髪を、腰のあたりではかりつつ、非情な思いで、ふっつりと切った。そうして、切りさげた末を、ほそく刈りととのえ、その髪を高くゆいあげて、うす化粧をほどこし、眉《まゆ》をほそくかいた。衣服は、匂いやかな色に花やかなのをかさね、黄緑色の一襲《ひとかさね》、唐綾《からあや》の小袖《こそで》、播磨《はりま》浅黄《あさぎ》のかたびらを上にきせた。白い大口ばかま、顕紋紗《けんもんしゃ》の直垂《ひたたれ》をつけさせ、綾《あや》の脚絆《きゃはん》に、わらじをはかせ、はかまのくくりは高くしめて、頭にはあたらしい笠《かさ》をかぶせた。こしには赤木《あかぎ》の柄《つか》の刀に、色どりの濃い扇をさしそえ、吹奏はしないけれども漢竹《かんちく》の横笛をもたせ、さいごに、紺地《こんじ》の錦《にしき》の経袋《きょうぶくろ》に、法華経《ほけきょう》の第五巻を入れたのを、首にかけさせた。

奥方は、じぶんのからだだけでも、らくではないだろうに、このようにいろいろなものを身につけたので、たどたどしいありさまにみえた。かの王昭君《おうしょうくん》という美人が、(102)胡国《ここく》の田舎者につれていかれたときの胸のうちも、いまこそ思いしられるようであった。

さて、このように、おくがたの身支度がおわったのち、柱間《はしらま》が四つの客間に、ともし火の芯《しん》がいくつもあかるくかきたてられたなかで、義経は、弁慶をかたわらにひかえさせながら、おくがたを立たせ、その手をとって、こなたかなたへ、みちびき歩かせながら、弁慶に、

「どうだ、義経は山伏《やまぶし》に似ているか。おくは、稚児《ちご》のようにみえるだろう」

「わが君は、かつて鞍馬《くらま》におられ、山伏にもなれておいでなので、申すまでもございませんが、北の方も、いつおけいこをなさったわけでもないのに、ごようすが、すこしも稚児とかわりありません。すべて神仏のご加護のおかげとぞんじます」

といいながらも弁慶は、内心かなしく思う涙が、しきりに外へこぼれたけれども、さりげないさまをよそおっていた。

こうして、二月二日もまだ夜のふかいうちに、今出川《いまでがわ》の古びた久我《こが》邸を、三人が出ようとしたそのとき、西の妻戸《つまど》のほうに、ひとの足音がきこえた。だれだろうと、義経が目をやると、おくがたのおもり役の十郎権頭兼房《じゅうろうごんのかみかねふさ》が、白い直《ひた》

垂《たれ》に藍色《あいいろ》のはかまをつけ、白髪《しらが》まじりの髻《もとどり》をひきみだして頭巾《ときん》をかぶった姿で、

「年はとりましたが、ぜひ、おともいたしたいとぞんじます」

そういったので、北の方が、

「妻子は、だれにあずけて、出るつもりですか」

「代々つかえているご主人を、どうして妻子に思いかえることができましょう」

と、いいもおわらず十郎兼房は、涙にむせんだ。とって六十三歳だったので、年のたけはすでに十二分の老山伏ではあったが、涙をおさえながら、

「わが君は清和《せいわ》天皇のご子孫、また北の方は久我大臣《こがのおとど》の姫ぎみであられます。世が世なら、桜やもみじのおあそびや、寺社へのおまいりなど、ほんのかりそめにお出かけのときも、おこしやお車におのりになるはずなのに、いま、はるばる遠い東国《とうごく》への旅路を、お徒歩《かち》でいらっしゃるとは、そのご運のありさまが、ほんとうにこの目をむけられないほど悲しゅうございます」

といって、十郎兼房は、またしても涙をながしたので、ほかの、にわか山伏たちも、

「もっともだ、まことに世には神も仏もないものか」

と、みな、浄衣《じょうえ》の袖《そで》をしぼった。

さて、六条堀川のひとびとも落ちあって、いよいよ旅路にのぼったとき、義経は、手に手をとって、稚児《ちご》すがたのおくがたを歩かせていったが、おくがたは、経験のないことなので、さながら一つところにいるように、歩みがはかどらなかった。義経をはじめひとびとは、いろいろおもしろおかしいことなど話しだして、北の方をなぐさめまぎらわしながら、かろうじてその歩みをはかどらせた。

まだ夜もふかいころ今出川を出たのに、すでに、にわとりも、かなたこなたになきはじめ、ほうぼうの寺も、あけがたの鐘をつきならしだした。夜がこのようにあけそめるころになって、一行は、ようやく粟田口《あわたぐち》まで出た。このとき、弁慶が片岡八郎に、

「どうしよう。北の方のおはこびを、さあ、なんとか、もっと早くしようではないか。片岡、おまえ、このことを、わが君に申しあげてみろよ」

そこで片岡は、義経のご前《ぜん》へいって、

「このようなありさまでは、とうてい旅はつづけられそうもありません。つきましては、わが君は、ごゆっくりとおすすみください。われわれは、お先に奥州へくだりついて、秀衡《ひでひら》にごてんをつくらせてから、お迎えにまいります」

そういうと、ほんとうに先にたって歩きはじめたので、義経は、かなしそうに、奥方に、

「どんなに、そなたとのなごりをおしまれても、このものどもに棄《す》てられては、どうにもならないこの義経だ。都から、まだ遠くはなれないうちに、兼房《かねふさ》、そなたは、おくの供をして今出川へ帰ってくれ」

と、おくがたをあとにのこして、義経も、先へすすみだしたので、さすがそれまで忍びこらえていた奥方も、ついに声にだして、

「これからのちは、どんなに道がはるかでも、なげきかなしみなどはいたしません。いったいこの私を、だれにあずけ、また、どこへいけとおっしゃって、お見すてになるのですか」

そう、北の方は、声をあげて、泣きかなしんだので、弁慶も、ついにあとへひっかえしてきて、ふたたび、奥方を、いっしょにつれていくことにした。

こうして粟田口《あわたぐち》をすぎて、松坂《まつざか》がちかくなったころ、春の空のあけがたに、霞《かすみ》にまがう雁《かり》が、かすかにないて飛んでいったのを、義経は耳にして、

み越路《こしじ》の　八重の白雲　かきわけて
　うらやましくも　帰るかりがね

――越《こし》（北陸道）の旅路の空の、いくえにもかさなる白雲をかきわけて、故郷へとびかえっていく雁がうらやましい、と、そう義経がよむと、少年姿の若奥方も、

春をだに見すてて帰る　かりがねの
　なにのなさけに　音《ね》をばなくらむ

――春をさえ見すてて、故郷へかえっていく雁は、なにがかなしくて、声にだしてなくのだろう、と、そうつづけた。

こうして、各所をつぎつぎにすぎて、逢坂《おうさか》の関の、むかし蟬丸《せみまる》が住んでいた

という、わらぶきの家のほとりへさしかかると、垣根に、忍草《しのぶぐさ》に忘れ草（甘草《かんぞう》）がまざった荒れかただったが、こういうふるびた家の常《つね》として、むかしとかわらないのは、月の光ばかりであろうと、思いやられて、あわれさをそそられた。義経が、のきの忍草をとって、奥方にわたすと、奥方は、都でみたときよりも、世をしのぶわが身のあわれさも加わって、いっそう、ふびんな草よという思いになりながら、こう詠《よ》んだ。

住みなれし都をいでて　しのぶ草
おく白露《しらつゆ》は　涙なりけり

――住みなれた京都をでて、世をしのぶ身は、しのぶ草をみるにつけても、その草にやどる白露《しらつゆ》が、そのままわが涙のように思われる、とよんだ奥方は、目に涙のつゆが光っていた。

こうして、大津《おおつ》の浦《うら》〔大津市の琵琶湖岸〕も、しだいに近くなってきた。春の日が長いままに、もっともっと先までも歩こうとしたが、おりから関寺《せきでら》〔大津市関寺町にあった〕の夕方の鐘が、きょうも暮れたと鳴りひびき、ひくい身分の民《たみ》の家に、宿をかりるべき時がきたことを知らせるうちに、一行は、大津の岸にさしかかった。

大津次郎《おおつのじろう》

このとき、わずらわしいことがおこった。

天には口がないから、人の口からいわせよと、だれが命令したわけでもないのに、いつともなく、判官義経《ほうがんよしつね》が山伏《やまぶし》すがたになって、一行十余人が京都を出たといううわさがつたわった。そのため、大津《おおつ》の領主、山科左衛門《やましなのさえもん》が、園城寺《おんじょうじ》(三井寺《みいでら》)の法師らを味方にひきいれて、城郭《じょうかく》をかまえて待ちうけることになった。

ところで、大津の湖畔に、一けんの大きな家があった。それは、塩津《しおつ》、海津《かいづ》、山田、矢橋《やばせ》、粟田《あわた》、松本などこの方面の各地で知られた、商人の宗徒《むねと》(中心人物」の大津次郎《おおつのじろう》の住宅である。

義経は、この家の近くへさしかかって、宿をかりることを、弁慶《べんけい》にめいじた。

弁慶は、おとずれて、

「われわれは羽黒山伏《はぐろやまぶし》ですが、熊野権現《くまのごんげん》で年ごもりをすませて、いま奥州《おうしゅう》へもどる旅をしているところです。どうか一夜の宿を、おかしいただきたいのですが」

街道の宿場では、こういうことは、むかしからつたわるならわしだったので、義経一行は、支障なく宿をかりた。夜がふけてきたころ、義経らは、山伏のつとめとして、法華懺法《ほっけせんぼう》と阿弥陀経《あみだきょう》を、一せいによんだが、これが旅の勤行《ごんぎょう》のはじめだった。

このとき、家の主人大津次郎は、領主山科左衛門のめいれいで、城へ出かけていて留守だった。しかし、次郎の妻が、義経らの勤行のようすを、物かげからのぞいて、おお、きれいな、山伏のお稚児《ちご》さんだこと、遠国《おんごく》の熊野まいりの一行だといっているけれども、あの衣裳《いしょう》の美しさは、とうてい、ふつうの身分とは思われない。そういえば、判官《ほうがん》どのが山伏すがたで、奥州《おうしゅう》へむかわれたというウワサが、つたわっている折から、このように大ぜいの山伏に宿をかすことなどは、お城にきこえたら、わが家の一大事になりはしないかしら、さっそく夫の次郎にこのことを知らせて、もし判官どのだったら、なにもご領主まで報告しなくても、じぶんたちの手だけで、討《う》ちとるか、からめとるかして、鎌倉どののごらんにいれ、恩賞にあずかるのもわるくないことだ、とそう思いついた。

大津次郎の妻(103)は、そこでただちに、城に詰めている夫次郎のところへつかいをおくり、次郎をよびもどすと、一室にうながし入れて、こういった。

「折もいろいろあるなかに、またとない折です。こよい、われわれが宿をかしたのは、ほかでもない判官どの。さあ、どうするおつもりです。あなたの親類や、わたしの兄弟をよびあつめて、からめとってしまいましょう」

「これ、『壁に耳、石に口』ということもある。判官どのであっても、どうしてさしつかえがあるものか。それに、からめとったところで、恩賞はおそらくないとおもう。そのうえ、もしほんとうの山伏だったら、かれらの守り神の金《こん》剛童子《ごうどうじ》のお怒りのほどもおそろしい。

かりに、ほんとうに判官どのだったとしても、もったいなくも鎌倉どのの弟ぎみゆえ、やはりおそれおおいことだ。だいたい、じぶんらがねらって襲いかかったところで、なみたいていにすむことではない。もういうな。うるさい、もういうな」

大津次郎から、そうたしなめられて、妻は、

「だいたいあなたは、女房につよくあたることだけが能《のう》のひとですわ。女のいうことだって、上《うえ》つかた〔身分の高い人〕のお耳に、どうしてはいらないとかぎるものですか。これからお城へいって、うったえますから」

そういうと、小袖《こそで》をひっかぶり、そのまま表へとびだしていった。大津次郎はそれをみると、こやつをほうっておいてはよくないと思ったか、すぐあとをおって、門の外で追いつき、

「おい、いまさらはじまったことではないが、『風になびくかるかや』で、女

は男にしたがうものだ」

と、妻をひきたおして、ぞんぶんに、いためつけた。しかし、大津次郎の妻は、ひじょうに根性のまがった女だったので、路上にひきたおされながらも、わめきさけんだ。

「大津次郎は大悪人です。判官の味方をしています。九郎《くろう》判官の味方です」

土地のひとびとが、それをきいて、

「大津次郎の女房こそ、あいもかわらずの狂乱ぶりだ。亭主に打たれてわめいているが、あれでは、れいによって、泊った大ぜいの法師らにも、めいわくをかけよう。ほうっといて、亭主になぐらせておけ」

と、だれひとり、大津次郎をひきとめるものもなかったので、次郎の妻は、さんざんに打たれたすえ、家でねこんで、しかもなおわめきつづけた。次郎は、あらためて直垂《ひたたれ》を身につけると、義経のご前《ぜん》へきて、まず、ともし火をけしてから、

「こんなざんねんなことはございません。女房めが乱心いたしまして、それ、

また、おききくださいい、あのとおりで、どう仰《おお》せあろうと、ただもう恥じ入るばかりでございます。

それにつけても、こん夜ここでお明かしになりましては、あすのお難儀《なんぎ》を、とうていお避けになれないように思われます。当地の領主、山科左衛門《やましなのさえもん》と申すものが、城をかまえて、判官どのを待ちうけておりますから、どうか、いそいでご出発くださいますように。すぐそこに小舟を一そう用意しておきましたから、それにおのりになって、どなたでもお客僧のなかに、舟の心得のあるかたがおいでしたら、すぐおのがれくださいい」

そこで弁慶は、

「当方には、かえりみてやましいことは、すこしもないが、そんなふうに、いまここで、かかりあいになって、ひきとめられなどしては、旅の日数ものびようというもの。それならば、おいとまごいをしよう」

と、もう立ちあがりながら、ひそかに義経にむかって、

「船は海津《かいづ》の浜《はま》〔琵琶湖北岸、滋賀県マキノあたり〕にのりすてて、はやく荒乳《あらち》

山《やま》〔愛発山《あらちやま》。注105参照〕ごえで、越前《えちぜん》の国へおはいりになることです」

そういったので、義経が、まもなくほんとうに宿を出ると、大津次郎も、ともに船のり場までできて、義経の船の装備に、あれこれ気をくばった。

そのあとで大津次郎は、領主の山科左衛門のもとへ走りもどると、

「海津の浦で、弟が災難にであい、負傷したときくので、しばらくおひまをいただいて、そちらへかけつけたいとぞんじます。とくに別条がなければ、すぐもどってまいりますから」

「それはたいへんだ、さあ、はやくはやく」

と、山科左衛門がいったので、大津次郎は、いそいで家へかえると、刀をこしにぶっこみ、矢をひっせおい、弓を押しはるや、船のり場へかけつけて、義経の乗船にとびこんで、

「おともいたします」

と、大津の浦から、ひろい湖上へ、船をのりだした。

瀬田《せた》の川風が、はげしいので、大津次郎は船に帆をあげたが、こなたかなた

指さしながら、

「あれは粟津《あわつ》大王が建てられた石塔山《せきとうざん》、こちらにみえますのは、唐崎《からさき》の松、あちらの山は比叡山《ひえいさん》」

などと説明した。義経が、日吉山王《ひえさんのう》の神殿のほうを、かえりみると、大津次郎は、

「行く先にみえるあれが竹生島《ちくぶじま》です」

と、おしえて、いっしょに拝ませたりもした。

風にまかせてすすむうちに、船は、夜なかごろ、西近江《にしおうみ》の、どこともしれない浦にさしかかり、磯《いそ》の波の音がきこえたので、義経が、

「ここはどこだ」

「近江の国の、堅田《かただ》の浦《うら》でございます」

それを、奥方がきいて、
しぎが臥《ふ》す　いさはの水の　つもりゐて
堅田を波の　うつぞやさしき

——しぎどもが宿り臥す沢の水がゆたかにみなぎって、堅田の浦を波がうつ音がやさしくきこえてくる、とそう詠《よ》んで、白鬚明神《しらひげみょうじん》をよそながらはるかに拝んだ。この歌は、かの三河《みかわ》の入道寂照《にゅうどうじゃくしょう》こと大江定基《おおえのさだもと》が詠んだあの古歌を思いおこさせた。

うづら鳴く　真野《まの》の入江《いりえ》の浦風に
　尾花《おばな》なみよる秋の夕ぐれ(104)

——うずらがなく真野（堅田の北）の入江のほうから吹いてくる浦風に、湖の水面にも、さながら陸の尾花がなびくように、白波がなびきうごいている秋の夕ぐれよ、という古歌だったが、いま、義経の北《きた》の方《かた》がよんだ和歌は、この寂照入道の古歌の心を、はじめてさとらせる風情《ふぜい》があった。

さて今津《いまづ》の浦《うら》もこぎすぎて、海津《かいづ》の浦《うら》へついたとき、大津次郎は、十何人のひとびとを上陸させて、いとまごいをした。すると、このとき、ふしぎなことがおこった、というのは、それまで南から北へふいていた風が、いまやにわかに北から南のほうへ、吹きかわりはじめたのである。義経は、心のなかで、

「あの男は、身分のひくいものながら、ひとの情けの道を十分わきまえたものだ。これまでだまっていたことを、知らせてやろう」

と、そう思って、弁慶をよびよせると、

「知らせてから旅をつづけたら、のちにうわさをつたえきいたとき、感慨をもよおすことでもあろう。知らせることにしようではないか」

そこで弁慶は、大津次郎をまねいて、

「おまえなればこそ、知らせるのだが、あのかたは、まさしく判官《ほうがん》どのであれる。もし旅路で、どのようにかなられたならば、これをお形見とおもい、また子孫の守りともせよ」

と、つづらのなかから、萌黄《もえぎ》の腹巻《はらまき》をとりだし、それに、小《こ》ふくりんの太刀《たち》をも、とりそえて、大津次郎にあたえた。次郎はそれらをおしいただいて、

「いつまでも、おともいたしたくはぞんじますが、かえって判官さまのおんためにもよろしゅうございますまい。ただいまは、おいとま申しあげますが、いずれいずこなりと、おすごしのところがわかりましたならば、おたずねして、

お目どおりいたしたくぞんじます」

と、船を南のほうへこぎもどしていった。まことに、身分のひくいものながら、情けをわきまえた男だと、ひとびとは感じあった。

さて大津次郎が、家へかえりついてみると、次郎の妻は、一昨日の宵《よい》のことをまだ腹にすえかねたさまで、不貞寝《ふてね》をしていた。

「おい、おまえ、おい」

と、大津次郎が声をかけたが、妻は返事もしなかった。しかし次郎は、

「やれやれ、おまえは、まったくくだらないことを思いついたものだ。いつものように山伏《やまぶし》を泊めておきながら、どういうわけか、おまえが、判官どのの一行だなどと、わめきちらしたため、おれは、すんでのことに、たいへんな目にあうところだった。あの連中を船にのせて、海津の浦まで送り、さあ船賃をと、さいそくすると、連中は、おまえへのうらみで、無法ないいがかりをつけてきたが、しかし、こっちもしゃくだから、船賃がわりに、これをひったくってやった。そら、見ろよ」

と、さきほどの太刀と腹巻をとりだして、がさりと、そこへおいた。妻は、寝みだれ髪のすきまから、こわそうな目を、まばたいておどろいたが、さすがにいまは、きげんもすっかりよくなったらしく、

「これも私のおかげなのですよ」

と、大きく口をあけて笑ったその顔は、いやらしいというのもあまりある表情であった。かりに男がだいそれたことをいいだしても、女の身としては、さあそれはどうでしょうかと、おだやかにひかえさせるのが、当然の道であろうのに、大津次郎の妻が、女でありながら、判官を討《う》とうと思いたったなどは、おもえばまったくおそろしい女ではあった。

荒乳山《あらちやま》

義経《よしつね》は、海津《かいづ》の浦《うら》を出発して、近江《おうみ》と越前《えちぜん》のさかいの荒乳山《あらちやま》（愛発山《あらちやま》(105)）へさ

しかかった。

おととい、京都をでて大津の浦につき、きのうは、まる一日、船にのったが、姫ぎみそだちの奥方は、船よいのため気分がわるくなって、とうてい歩けそうにもなかった。

荒乳山という山は、人跡《じんせき》もまれで、老木は立ち枯れ、岩石はそそりたち、道は難所がつづいた山で、岩角《いわかど》はするどく、木の根は、たえず、足をうばうのであった。

奥方は、歩きなれていないので、左右の足からながれでる血は、色もあざやかに、荒乳山の岩角を、そめないところもないほどだった。少々のきずならば、山伏《やまぶし》の柿色《かきいろ》の衣《ころも》の手まえからも、女人《にょにん》を背負うことははばかりのあることながら、奥方の足の傷を目のまえにした山伏たちは、あまりのいたましさに、ときどき交代しては、奥方を背負ってすすんだ。こうして、しだいに山おくふかく分け入っていくうちに、すでに日もくれかかった。ひとびとは、山道から、さらにわきのほうへ二町〔約二二〇メートル〕ほどはいって、大木の下に敷皮《しきがわ》をし

き、そこへ久我《こが》の姫ぎみをおろして休ませた。奥方は、
「おそろしい山ですこと。なんという山ですか」
するると義経が、
「むかしは、『あらしいの山』といったが、いまは『あらちの山』といってい
る」
「おもしろい名まえですこと。どうして『あらち』と、名まえがかわったので
しょう」
「この山は、あまり岩が多いので、東国《とうごく》から都へ、また都から東国へ、のぼり
くだりするものが、足をきずつけて、たえず血をながす。それで、あら血の山
というのだ」
と、義経がこたえると、弁慶《べんけい》が、
「やれやれ、これほどまで根も葉もないことは、いまだかつて、おっしゃった
ことがございませんのに。もし、ひとの足が、ふみそこなって血をながしたか
ら、あら血の山だというのなら、日本じゅうの岩山は、どれもこれも、みな、

『あら血の山』とよばれるわけではございませんか。この山の名の由来は、この弁慶こそ、よくぞんじております」

「そんなによく知っているのなら、知りもしないこの義経などにいわせないで、どうしてはやくじぶんが言いださなかったのだ」

「いおうとしたはなさきを、わが君がさえぎられたのです。それでは、お話ししようもないではありませんか。

この山を、『あらちの山』といういわれは、加賀《かが》の国の下白山《しもしらやま》というところに、女体《にょたい》の竜宮《りゅうぐう》の神をまつったお宮がありましたが、この女神が、志賀《しが》の都で、唐崎《からさき》の明神《みょうじん》から見そめられて、月日をすごすうち、明神の子をやどして、やがてお産の日もすでに近づきました。おなじことなら、じぶんの国で生みおとそうと、女神は、加賀の国へもどってくると、この山の頂上で、にわかにおなかが痛みだしたのを、唐崎の明神が知って、『これは、お産がちかづいたぞ』と、あとを追って、ここへきて、女神のこしをだきかかえたので、めでたく安産となりました。このとき、あら血、すなわちお産の血を、この山の上にこぼしたことによって、『あら血の山』という名がついたのです。これで、旧名あらしいの山とやらの、あらちの山の、名のいわれがおわかりでしょう」

そういったので、義経も、

「たしかに、そうと知ったぞ」

と、大いに笑った。

三《みつ》ノ口《くち》の関《せき》

夜もすでにあけたので、義経《よしつね》は、荒乳山《あらちやま》を出発して、越前国《えちぜんのくに》のほうへ、くだっていった。ところで、荒乳山の北のふもとのちかくに、若狭国《わかさのくに》へかよう道と、能美山《のうみやま》へいく道と、道がわかれるところがあり、この三《み》つ叉《また》になったところを、三《みつ》ノ口《くち》といった。

このたび、越前国の住人、敦賀兵衛《つるがのひょうえ》と、加賀国《かがのくに》の住人、井上左衛門《いのうえさえもん》のふたりが、鎌倉から命令をうけて、荒乳山のこの三ノ口に、関所《せきしょ》の小屋をつくり、夜は三百人、昼は二百人の番兵をおき、関所のまえには乱杭《らんぐい》をうって、判官《ほうがん》義経を待ちかまえていた。

色が白くて、上前歯《うわまえば》が出っ歯のもの(106)が通りかかると、兵士らは、だまって通さず、いちおう判官どのとみたてて、からめとらえ、口々に、がやがやと、きびしく糾問《きゅうもん》するのであった。したがって、いま、この三ノ口の関所へ、義経が近づくのを、たまたま道で見かけたものは、みな、

「この山伏《やまぶし》たちも、関所の難儀は、とうていのがれられまいなあ」

と、うなずきあった。

これを耳にするにつけても、義経は、いよいよ行く先が心ぼそい思いをそそられているところへ、むこうの越前のほうから、浅黄《あさぎ》の直垂《ひたたれ》をきて、縦《たて》に包んだ書状をもった男が、いそぎ足でやってくるのに行きあった。義経は、その男をみて、

「どうも、あいつは、なにかわけがあって通るやつだぞ」

そう、つぶやきながら、笠《かさ》のはしに手をかけ、顔をかくして、相手を通りすごさせようとすると、相手の男は、十何人の一行のあいだへ、わりこむようにはいってきて、義経のまえにひざまずきながら、

「思いもよらないことでございます。君《きみ》には、どちらへおくだりになりますか」

片岡八郎《かたおかはちろう》が、すかさず、かたわらから、

「君とはだれだ。このなかに、おまえから、君よばわりのかしずきを、うけるようなものはいないぞ」

武蔵坊弁慶《むさしぼうべんけい》も、これにつづいて、

「君とは、京ノ君《きょうきみ》(片岡)のことか、それとも、宣旨ノ君《せんじきみ》(伊勢三郎《いせのさぶろう》)のことか」

すると、相手の男は、

「どうして、あなたがたは、そのようなことを申されます。私は君のお顔をぞんじあげておりますので、君と申しあげるのです。かつて私は、越後《えちご》の国の住人、上田左衛門《うえだのさえもん》というものに仕《つか》えておりましたが、平家追討《ついとう》のとき、君におともいたしましたので、お顔も、よく存じあげております。そういえば、こちら

のご坊は、壇《だん》ノ浦《うら》の合戦のとき、越前、能登《のと》、加賀の、三カ国の軍勢の出陣にさいし、人数や着到《ちゃくとう》のことなど、記帳にしるす筆をとられた武蔵坊弁慶どののと、お見うけいたしましたが、ちがいましょうか」

そういったので、さすが能弁《のうべん》の弁慶も、とっさに言葉につまって、伏目《ふしめ》になった。相手の男は、

「どうも困りましたことで、この道の先には、君を待ちかまえているものどもが、大ぜいおります。どうかここから、おもどりになって、あらためてこの山のとうげから、東のほうへむかわれ、能美《のうみ》ごえの道をとって、ひうちガ城《じょう》から、越前の国府《こう》〔武生《たけお》。福井県武生市の一部〕のほうへ出られると、よろしかろうとぞんじます」

そういって、加賀、越中、越後の北陸道の各地をはじめ、出羽《でわ》の亀割山《かめわりやま》から、陸奥《むつ》の平泉《ひらいずみ》までいく道すじの地理を、きわめてくわしくかたった。それから、

「栗原《くりはら》からさきは、もう松山を一つこえさすれば、秀衡《ひでひら》のやかたも、まぢかでございます。わるいことは申しません。どうか、まげて、ただいまお話しした

道すじを、おとりくださいますよう」

と、ようやく説明をおえた。義経はそれをききおわって、ややはなれたところで、

「あの男はただものではあるまい。八幡大菩薩《はちまんだいぼさつ》のおはからいのように思われる。それでは、さあ、この道のほうへいこう」

そういうと、弁慶が、

「そちらへおいでになるのですか。いや、わざわざ、つらい目にあおうとお思いならば、その道もよろしいでしょう。じつはこやつは、わが君のお顔を見知っておりますからには、しらじらしい作りごとをのべて、わが君をあざむきいつわろうとするものと思われます。このようなやつは、前へ行かそうと、うしろへやろうと、ろくなことはございますまい」

と、言いきったので、義経は、

「それでは、弁慶、いいようにはからえ」

するとと弁慶は、男のかたわらへちかよって立ちならびつつ、

「どの山を、どの谷間へかかっていけばいいだろう」

そう、たずねるふりをしながら、いきなり左腕をのばすと、相手のえりくびをひっつかみ、ねじり倒して、あおむけの胸もとをふんまえるや、刀をぬいて、相手のみぞおちに、切先《きっさき》をつきつけながら、

「おのれ、ありのままに白状しろ」

と、責《せ》めたてた。相手は、全身、ふるえながら、

「じつは、もとは上田左衛門のみうちでございましたが、すこし恨《うら》むすじがでさて、加賀の国の井上左衛門の家来になりました。この主人に『判官《ほうがん》どのを見知っております』と申しましたら、主人が、『それなら出むかえて、あざむいてまいれ』と申しました。しかし、どうしてわが君を、おろそかにお思いもうしあげましょう」

とたんに弁慶は、

「それこそ、きさまの遺言《ゆいごん》だぞ」

と、胸のまんなかを、二度、さしつらぬいた。そうして、首をかききって、雪

のなかへ踏みこんでから、さて、さりげないさまで、一行とともに、その場をあとに歩きはじめた。討《う》たれた男は、井上左衛門の下僕《げぼく》で、平三郎《へいざぶろう》というものだったが、下郎《げろう》があまり口達者だと、かえって身をほろぼすとは、このようなことをいうのであろう。

さて十余人のひとびとは、ともかくも前進しようと、不敵な心がまえで、三《みっ》ノ口《くち》の関所めざして、すすんでいった。十町〔約一・一キロメートル〕ほど手前のところまで近づいたとき、全員を二手にわけた。義経のおともとしては、弁慶、片岡、伊勢三郎《いせのさぶろう》、常陸坊《ひたちぼう》らをはじめ、主従八名、またあとの一手は、おくがたのおともになって、十郎兼房《じゅうろうかねふさ》、鷲尾《わしのお》、熊井《くまい》、亀井《かめい》、駿河《するが》、喜三太《きさんだ》らがしたがい、数はおなじく八名だったが、こうして二つのむれが、間を五町ばかりへだてて進んでいった。

先のほうの八人が、まもなく関所の木戸口《きどぐち》へ近づくと、番兵どもが見かけて、「それっ」と、さけぶやいなや、たちまち百人ほどのものが、八人を中にとりかこんで、

「これこそ判官《ほうがん》どのにちがいない」

と、わめきたてた。すると、これまで縄につながれていた容疑者たちが、

「判官のゆくえなど、これまでぜんぜんわからなかったのに、そういうわれわれを、ひどい目にあわせた当の判官が、正真正銘の姿をみせたぞ」

と、さけびたてたのは、まことに身の毛もよだつ思いをさせた。義経は、このとき、すすみでて、番兵どもに、

「そもそも、われわれ羽黒山伏《はぐろやまぶし》が、なにをしたというので、こんなにさわがれるのですか」

「なにが羽黒山伏だ。そなたは九郎《くろう》判官どのであろう」

「この関所の大将は、どなたですか」

「この国の住人、敦賀兵衛《つるがのひょうえ》と、加賀の国の住人、井上左衛門というおふたりだ。兵衛どのは、けさ、おくだりになった。井上どのは金津《かなつ》におられる」

「主人のお留守ちゅうに、羽黒山伏に手をかけて、主人にめいわくをおよぼすようなことは、ひかえたほうがいいですぞ。おうたがいなら、この笈《おい》のなかに、

羽黒権現《ごんげん》のご尊体の観世音《かんぜおん》を奉安《ほうあん》してあるから、この関所の建物を神殿として、八重《やえ》のしめなわをはり、お榊《さかき》で祓《はら》いきよめてもらいたい」

するとと、関所の番兵どもは、

「ほんとうに判官どのではないなら、ないとだけいうはずなのに、主人にめいわくをおよぼすなとは、いったいどういうわけだ」

すかさず弁慶がすすみでて、

「形のごとく、こういう先達《せんだち》がいるのに、小法師などがいうことを、そのようにとがめられてはかないません。これ、大和坊《やまとぼう》、おまえはそこをどけ」

そういわれて、関所の小屋の縁にこしかけたものこそ、じつは判官義経であった。弁慶は、

「じぶんは羽黒山の讃岐坊《さぬきぼう》という山伏ですが、熊野まいりの年ごもりをして、今年をむかえてから、いま、奥州《おうしゅう》へもどっていくところです。九郎判官とやらを、美濃《みの》の国だか、尾張《おわり》の国だかで生けどりにして、都へのぼすとか、鎌倉へくだすとかいううわさはききましたが、われわれ羽黒山伏が、判官よばわりさ

れるいわれはありますまい」

しかし弁慶が、どんなに申しひらきをしても、番兵どもは、弓に矢をつがえ、太刀《たち》やなぎなたも、さやをはずしたままでいた。

そこへ、奥方をはじめ、あとの八名のひとびとも、近づいてきたが、番兵どもは、いよいよ、さてこそと気負いたち、またもや大ぜいで、八名を、さっととりかこんで、

「なんでもいい、射ころしてしまえ」

と、わめきたてたので、稚児《ちご》すがたの奥方は、身も魂も消えいる思いがした。

このとき、ひとりの番兵が、

「まあしばらくしずまれ。判官でない山伏を、うっかり殺したりしては、あとが大ごとだ。ためしに関所の通行料を、払えといってみろ。むかしから今まで、羽黒山伏は、川の渡し賃や、関所の通行料は、ならわしによって、払ったためしがないものだ。もし判官ならば、そういう事情は知るまいから、通行料をはらって、はやく通りすぎようとするだろう。ほんとうに山伏だったら、通行料

などけっして払うまい。だから、にせものかほんものかは、おのずからわかるはずだ」

そういうと、番兵のなかでも、りこうそうな一人の関守《せきもり》が、弁慶らのほうへ、すすみ出てきて、

「しょせん、山伏といっても、三人や五人ならいざしらず、十六、七人もの大ぜいとあっては、関所を通すのに、どうして通行料をとらずにすませるものか、みなの衆も、関銭《せきせん》をはらって通られよ。鎌倉どののみ教書《ぎょうしょ》にも、旅人の身分をとわず、ただ関銭をとって、関守らの兵糧米《ひょうろうまい》にせよと、仰《おお》せられているから、さあ、払ってもらいましょう」

するとと、弁慶が、

「ずいぶんめずらしいことを、いわれますな。どんな先例に、羽黒山伏が関銭をはらうという法がありますか。先例のないことは、できませんな」

これをきいて、番兵どもは、口々に、

「どうやら判官ではないぞ」

「いや、やっぱり判官だ。世にもすぐれたひとだから、武蔵坊弁慶のような家来もいるはずだし、それでこんな申しひらきもできるのかもしれない」

などと、いいあったが、やがて、また一人がすすみでると、

「それなら、鎌倉へつかいをだして、どうすべきかをたずね、なにぶんのおさしずがあるまで、この連中を、ここに、ひきとめておくことにしよう」

これをきくと、弁慶は、

「それこそ金剛童子《こんごうどうじ》のおはからい。鎌倉へのおつかいが、いってかえってくるあいだ、関所の兵糧米をたべて、いつもの貧しい食事をまぬかれ、ご祈禱《きとう》など勤めながら、しばらくのあいだ、気らくに、この地でくつろぐことにしようではないか」

と、一同にいいわたし、ゆうゆうと、十ちょうのつづらを、関所の小屋のなかへはこびいれ、十余人のひとびとも、三々五々、屋内へはいって、のんびりした顔をしていた。

それでも関守のなかには、なおもあやしむものがいたが、弁慶は、役人も兵

士もふくめた関守どもにむかって、問わず語りに、

「この稚児《ちご》は、出羽国《でわのくに》の酒田次郎《さかたのじろう》どのの若ぎみで、羽黒山では、金王《こんおう》どのというう稚児名の少年です。熊野で年ごもりをして、都で日数をすごしたのち、がんらいなら、北陸道の雪がきえてから、山家《やまが》から山家へと、粟《あわ》のお斎《とき》（食事）など求めてまわり、修験者《しゅげんじゃ》らしいそまつな食物にありつきながら、奥州まで帰る予定でいたところ、なんといってもまだ年わかい稚児、あまりにも故郷を恋しがって、故郷の話ばかりするので、それではまだ雪もきえないけれども帰ろうと、ついこの北陸道をとったため、難儀が多く、じつはどうしようかと弱っていたところなので、この関所で、しばらくのあいだ日数をすごさせてもらうことは、かえってたいへんうれしいのです」

と、そんな話をして、弁慶は、一行のひとびとと共に、わらじをぬいだり、足を洗ったり、思い思いに、そこへ寝たり起きたりして、いい気な顔で、あつかましいふるまいをつづけた。

さすがの関守どもも、

「これはどうも判官どのではないようだ。いつまでここに置いておくのもめいわくだし、通してしまおう」

と、関の木戸をひらいて、「通れ」といったが、弁慶らは、せっかくここに泊まれると思っていたのにざんねんだ、というような顔で、すこしも急がないさまをして、木戸を通るにも、一団にはかたまらず、ひとり、またふたり、というふうに、ゆっくりと、まるで、やすみやすみ歩くようにして出ていった。

常陸坊海尊《ひたちぼうかいそん》は、れいの早逃げのくせで、だれよりもさきに、木戸の外へのがれていったが、すこし先のほうへ離れてから、うしろをふりかえってみると、義経と武蔵坊弁慶は、まだ関所の縁《えん》がわにすわりこんでいた。しかも、そのとき弁慶は、関守たちに、

「関銭《せきせん》は免じていただくし、判官《ほうがん》でないとも認めていただくし、まことにうれしく恐縮なしだいです。ところで、この二、三日、あの稚児に、ろくなもの一つ、食べさせてやれなかったことが、どうも心ぐるしくてなりません。ついては、稚児にたべさせてやるため、関所の兵糧米《ひょうろうまい》を、少々いただいてから、お別

れしたいのですが、いかがでしょうか。どうか、こちらのためにご祈禱《きとう》するお料《りょう》として、また、お情けのご報酬《ほうしゅう》として、よろしくお願いいたします」

そういったので、関守どもは、

「ものをわきまえない山伏だ。判官かとたずねたときは、きつい口調で返事をしたのに、こんどはお斎料《ときりょう》がもらいたいとは、まったくどうかと思う」

しかし、察しのいい一人が、

「ほんとうは、祈禱料がほしいのだろう。それ、このご坊に、お料をさしあげよ」

といったので、唐《から》びつのふたに、白米をいっぱいみたしたのを、下役の番兵どもが、弁慶のまえに、はこんできた。弁慶は、ありがたくおうけいたしますというしぐさで、義経に、

「大和坊《やまとぼう》、これをいただいていけ」

と、いったので、義経は、かたわらからすすみでて、それをうけとった。

いまや弁慶は、敷居のうえに、姿勢をただし、腰のほら貝をとって、大きく

ふきならすと、首にかけた、角珠《かくだま》の大数珠《おおじゅず》を手のうちにおしもみながら、たっとげなさまで、祈りはじめた。

「日本第一の大霊験所《だいれいげんじょ》である熊野は三所権現《さんじょごんげん》、大峰《おおみね》は八大金剛童子、葛城《かつらぎ》は全山にみちた十万の護法童子《ごほうどうじ》、奈良は七堂の大伽藍《だいがらん》、長谷《はせ》は十一面観音、稲荷《いなり》、祇園《ぎおん》、住吉《すみよし》、賀茂《かも》、春日《かすが》大明神、比叡山王《ひえいさんのう》七社の宮、ねがわくは判官にこの北陸道を取らせたまい、荒乳山《あらちやま》の関守の手によってとらえさせ、もって関守の名を後世にあげさせたまえ。かつは恩賞も莫大《ばくだい》となるよう、羽黒山の讃岐坊《さぬきぼう》の祈りの効験《こうげん》のほどを示させたまえ」

これをきいて、関守どもは、たいへんたのもしい思いをしたが、じつは弁慶は、心のなかでは、

「八幡大菩薩《はちまんだいぼさつ》、ねがわくは、数しれない送り迎えの護法童子となって、九郎判官どのを、奥州まで、つつがなく、みちびきたまえ」

と念じたのであり、おもえばかなしい祈念ではあった。

しかし、こうして義経は、さながら夢みつつ旅路をつづける思いで、荒乳山

の三ノ口の関所を通りすぎ、その日、敦賀《つるが》の港まで下った。気比《けひ》菩薩のまえで、夜どおし祈りをささげたのち、出羽《でわ》へいく船をさがしたが、まだ二月のはじめなので、風がつよく、出羽がよいの船がなかった。やむをえず、その夜をあかしたのち、木芽《きのめ》とうげをこえ、日数をかさねて、越前国の国府《こう》（武生）についた。そうしてこの土地に三日間とどまった。

この章では、下人平三郎《へいざぶろう》が義経一行に、北陸道の地理をくわしく語る部分を省略した。数もおびただしい固有名詞は、のちの各章に、旅路の進行につれて再出する——訳者

平泉寺《へいせんじ》けんぶつ

「横道になるが、この国で名だかい平泉寺《へいせんじ》(107)へおまいりすることにしよう」

と、義経《よしつね》はいった。ひとびとは、納得できないいきもちだったが、仰《おお》せだからと

いうので、平泉寺のほうへむかった。

その日は、雨天だったうえに、風もつよく、世の中がいよいよつらい感じだったので、一行は、さながら夢路をたどるようにぼんやりと、越前《えちぜん》平泉寺の観音堂についた。

僧徒《そうと》らは、この到着のことを知ると、座主《ざす》〔首長の僧〕の長老のもとへ、うったえたので、長老は寺務管理のひとびとをあつめ、寺ぜんたいの評議会をひらいた。

「ちかごろは鎌倉からの命令で、山伏《やまぶし》の旅が禁じられているおりから、あの山伏の一行は、ただものとは思われない。判官《ほうがん》が大津、坂本、荒乳《あらち》山《やま》を通ったという通報もあり、あの一行はどうも判官らしい。おしよせて、からめとろうではないか」

それがよかろう、と評議がきまって、一同、その用意をととのえた。

この平泉寺という寺は、比叡山延暦寺《ひえいさんえんりゃくじ》の末寺なので、僧徒の規則も山上におとらず、僧徒ら二百人のほか、寺務の僧兵らも百人、みな物具《もののぐ》に身をかためて、夜なかごろ、観音堂へおしよせた。

義経一行は、このとき、十余人が東の廊下にいたが、義経と奥方の二人は、西の廊下に、はなれていた。そこへ弁慶《べんけい》がいそいでかけつけてきて、

「こんどこそは、と思われます。ここは、ほかのところとは、まったくちがっていますが、どうなさるおつもりです。もとより、できるかぎり、この弁慶が申しひらきはいたしますが、どうしてもそれが通りそうにもなかったら、太刀《たち》をひきぬいて、『おのれ、にっくいやつら』とばかり、とびこんで切りこみます。そのあかつきはわが君は、ご自害のほど、お覚悟くださいますよう」

そういうと、もう去っていったが、義経らは、弁慶が僧兵と問答をはじめるにおよんで、「おのれ、にっくいやつら」という叫び声が、いつきこえてくるかと、耳をそばだてていたとは、まことに心ぼそい身の上ではあった。僧徒らは、

「いったい、そなたらはどこの山伏だ。ここはせけんふつうに宿れるところではないぞ」

すると、弁慶が、

「われわれは出羽国羽黒山《でわのくにはぐろやま》の山伏です」

「そういうそなたは羽黒のなんというものだ」

「大黒堂《だいこくどう》の別当《べっとう》で、讃岐《さぬき》の阿闍梨《あじゃり》と申すものです」

「稚児《ちご》はなんというものだ」

「坂田次郎《さかたのじろう》どののご子息で、金王《こんおう》どのといい、羽黒山では名だかい稚児です」

この言葉に、僧徒らは、

「この連中は、判官一行ではないらしいぞ。判官一行だったら、どうしてこんなに羽黒のことにくわしく通じていよう。金王というのは、羽黒ではほんとうに名だかい稚児のはずだ」

長老も、これをきいて、座敷で、居ずまいをただすと、弁慶をよびよせて、

「先達《せんだち》の坊に、おたずねいたしたいが」

と話しかけてきたので、弁慶も、長老にむかいあって、あぐらをくんで坐った。

長老は、

「稚児のことを、うけたまわったが、いかにもりっぱな稚児ながら、学問の素質のほうはどうであろう」

「学問の点では、羽黒にも並ぶものがありません。また、こう申すと過言のようながら、顔だちも、比叡山や三井寺《みいでら》にも、これほどのものはあるまいと思っています。いや、学問だけでなく、横笛も日本一といえましょう」

と、つい、弁慶は、いいすぎてしまった。すると、長老の弟子に、和泉美作《いずみみまさか》という法師がいて、思慮もふかいくせものだったが、この和泉美作が、長老にむかって、

「女なら、琵琶《びわ》をひくのが、世の常《つね》のこと、と申すのも、じつはあの稚児は女ではないかと疑われるからですが、それだけに、笛が上手だというのは、どうもあやしく思われます。ほんとうに上手かどうか、ひとつあの稚児に笛をふかせてみましょう」

これには、長老も、まことにもっともなことと、弁慶にむかって、

「けっこうですな。それならば、名だかいその横笛を、ぜひ聞かせていただい

て、のちのちまでの語りぐさにもしたいと思いますがいかが」

弁慶もいまはやむをえず、

「そのようなお望みならおやすいこと」

とこたえたが、心のなかは、はっとして、目先がまっくらになる思いだった。

しかし、そのままにしておくわけにはいかないので、それでは稚児にこのことをつたえましょうと、西の廊下へ出ていって、義経夫妻に、

「とんでもないことになりました。ありもしないことを、つい言ったため、それでは笛の吹奏《すいそう》をきかせていただきたいと、申しでられました。どういたしましょう」

義経は、奥方に、

「やむをえまい。吹かないまでも、むこうへ出るがいい」

「おお、どうしましょう」

と、奥方は、衣《きぬ》をひきかぶって、その場に身をふせた。むこうの座敷では、僧徒らが、しきりに、

「稚児がなかなかこないな。どうしたのだ」

弁慶は、

「いや、ただいま、ただいま」

と、くりかえしていたが、このとき、またも和泉美作《いずみみまさか》が、

「なんといっても、わが国では、熊野・羽黒といえば、天下の大どころです。それなのに、羽黒の名誉の稚児を、この平泉寺《へいせんじ》でむざむざ衆目《しゅうもく》のまえによびだして、笛を吹かせたりして何かと軽んじたという評判が高まっては、それこそこの寺の恥と申すもの。いっそ、こちらからも稚児を出して、もてなしのかっこうをととのえ、そのついでに相手にも笛をふいてもらった、ということにすればいいと思いますがいかが」

「なるほど、それがいい」

と、一同、賛成したので、かねてから長老のもとにいた念一《ねんいち》と弥陀王《みだおう》という二人の名だかい稚児に、花を折って持たせ、そういう装いの二人を、若い僧徒らが肩車にのせてつれてきた。

座敷の正面には、座主《ざす》の長老、東には寺務管理のひとびと、西には山伏《やまぶし》一行、そうして仏壇のわきには、南むきに、稚児の座がさだめられた。この座に、平泉寺の二人の稚児がすわると、弁慶は、西廊下の奥方のところへいって、

「おいでください」

そこで、奥方は、ただもう闇路《やみじ》をふむ思いで、立ちあがってすすんだ。きのうの雨のためにしおれた顕紋紗《けんもんしゃ》の直垂《ひたたれ》すがたは、その下の薄萌黄《うすもえぎ》の衣《きぬ》によって、いっそう美しくみえた。少年すがたの奥方は、髪もみごとにゆいつくり、赤木《あかぎ》の柄《つか》の刀に、色どりのこい扇《おうぎ》をさしそえ、手に横笛をもって、しずしずと進んだが、お供としては十郎兼房《じゅうろうかねふさ》、片岡八郎《かたおかはちろう》、伊勢三郎《いせのさぶろう》がしたがった。ことに義経は、奥方のすぐ近くにつきそっていたが、それは、もし万一のことがおこったら、人手にはかけまいという心がまえであった。

さて、奥方が正面に姿をあらわすと、平泉寺側のひとびとは、このとき、ともし火を、とくに高くかかげたので、その明るい光のなかで、おくがたも、扇をとりなおし、衣紋《えもん》をととのえながら、座についた。そこまでは、奥方の身ご

なしにぎこちないところがすこしもなかったので、弁慶も、心おちついた思いをしたが、なにはともあれ、もしひょっとして失敗が生じたら、座主と刺しちがえた上で、なるようになろうと、かくごしていたままに、長老と膝《ひざ》をつきあわせるようにして坐っていた。そうして、

「申しそびれましたが、笛では日本一ながら、じつはいささか事情があります。この金王《こんおう》どのは、羽黒にいたころ、あけくれ笛に熱中し、そのため学問のほうが、うわの空になったため、去年の八月羽黒を出たとき、師のご坊が、こんどの道中は、往復ともに笛をふかないことを誓えといわれました。そのため権現《ごんげん》のまえで金打《きんちょう》の誓い(108)が立てられたほどなので、このたびも、金王どのの笛は、おゆるしいただきたいとおもいます。しかし、たまたま、ここにいる大和坊《やまとぼう》という山伏が、笛はたいへん上手で、じつはこの稚児も、かねがね大和坊に習っているくらいですから、いま、稚児のかわりに、この大和坊に吹かせればと思いますが、いかがでしょう」

そういったので、座主の長老も感心して、

「なるほど、親が子を思う道や、師匠《ししょう》が弟子を思う心がまえは、そういうものでしょう。それほどかたい誓いなら、どうしてここでお破らせしましょう。それでは、笛は代人の山伏どのにお願いすることにして、さあ、どうかお早く」

弁慶はあまりのうれしさに、われとわが腰をおさえ、宙へむかって、大きくためいきをつきながら、

「大和坊、すぐすすみでて、金王どのの笛の代役をつとめよ」

義経は、仏壇のかげの、ほのぐらいところから出て、おくがたのうしろのほうの座についた。僧徒らは、かかりのものに、

「それでは、管絃《かんげん》の調度をおすすめせよ」

そこで、長老のもとから、くさ木の胴の琴一張《ちょう》と、錦《にしき》のふくろ入りの琵琶《びわ》一面《めん》がとりよせられたが、僧徒らは、

「琴はお客人に」

と、おくがたのまえにおき、つづいて琵琶は念一《ねんいち》のまえに、笙《しょう》の笛は弥陀王《みだおう》のまえに、横笛は義経のまえに、それぞれ置かれた。

こうして管絃の演奏が、ひとしきり、おこなわれたので、雰囲気は、おもしろいという言葉も不十分なほどたのしくなった。つい今しがたまで、合戦も避けられそうでなかったのに、いかなる神仏のご嘉納《かのう》かと、ふしぎな思いがするばかりである。平泉寺の僧徒らも、

「これはたいした稚児《ちご》だし、また、笛の山伏も、たいしたものだ。これまでこの念一や弥陀王を、じつにすぐれた稚児だとありがたがっていたが、この羽黒の稚児とは、とうてい同日には論じがたい」

そんなことを、口々にささやきあった。

やがて長老は、寺の部屋へ帰っていったが、夜にはいってから、使いのものにもたせて、いろいろな菓子など積み酒もそえて、観音堂へとどけてよこした。義経一行は、みな、つかれていたので、だれもかれも、

「さあ、酒をのもう」

と、口々にいさみたったのを、弁慶は制しながら、

「はてさて、しようがないひとびとだ。のみたいままに誰もがのんだなら、酒

の気には人はまもなく本性《ほんしょう》をあらわすものだから、はじめのうちこそ、『稚児どのにあげよ』とか、『やれ先達《せんだち》のご坊』、それ『京ノ君《きょうきみ》』などといっていても、のちには、あさましい世のならいで、『おい、北ノ方《きたかた》にもう一つあげろよ』とか、『熊井《くまい》や片岡《かたおか》に、親愛の献盃《けんぱい》といこうか』とか、『伊勢の三郎、おい、もってこい』、『さあ、いこう弁慶』などといいだしたら、それこそ、焼野《やけの》の雉子《きぎす》〔キジ〕の、頭かくして尻かくさず、になってしまうぞ」

と、一同をつよくいましめた。その一方、弁慶は、あらためて長老のもとへ、

「酒は道中は往復とも断っておりますから」

と、つたえて、贈られた酒さかなを、ことごとく送りかえした。長老はいよいよ感心しながら、

「めずらしい山伏たちだ」

と、これもあらためて、大いそぎで僧膳《そうぜん》をととのえさせると、ふたたび観音堂の一行のところへ、とどけてよこした。

一同、僧膳《そうぜん》の食事をすませたが、夜も白んできたので、その夜の分の法華懺《ほっけせん》

法《ぼう》をよんだ。それがおわると、伊勢三郎をつかいとして、座主《ざす》の長老にいとまごいのあいさつをした。

こうして義経一行が、いよいよ平泉寺をあとにすると、僧徒のなかでも心あるものらが、まだらに消えのこっている雪のなかを、徒歩で、二、三町〔約二〇〇〜三〇〇メートルあまり〕ほども送ってきた。しかし、ついに義経一行は、あれほど恐ろしかった平泉寺からも、わにの口をのがれる思いで、ぶじにのがれきって、足早に先をいそいだのである。

こうして、管生天神《すごうてんじん》〔石川県加賀市〕をおがみ、金津《かなつ》の上野《うわの》〔福井県金津町の一部〕についたが、このとき、唐《から》びつをたくさんかつがせ、引馬《ひきうま》の数もまた多い、りっぱな大名らしい五十騎ほどの一行と出あった。だれだろうと思って、たずねてみると、

「加賀国《かがのくに》の井上左衛門《いのうえさえもん》というかたで、荒乳《あらち》の関《せき》へむかわれるところだ」

と、供のものがこたえた。義経はそれを耳にして、

「ああ、のがれようにも、もうのがれがたい。いまはこれまでだ」

と、つぶやきつつ、刀のつかに手をかけ、奥方のかげに背中と背中をあわせるようにして、笠《かさ》をかたむけながら顔をかくして通りすぎようとした。すると、おりから、風がはげしく吹きつけて、義経の笠のへりをさっと吹きあげた。とたんに井上左衛門は、こちらへまなざしをむけたが、義経と、目と目があうや、ひらりと馬をとびおり、路上にかしこまって、

「思いもかけず、旅路の途中でお目にかかって、まことにざんねんでございます。日ごろおりますところが、加賀の井上という遠い所なので、そちらへおたちよりねがうことも、あえてさしひかえますが、山伏《やまぶし》のごあいさつ、まことにおそれいります。さあ、早くお通りくださいますよう」

と、じぶんの馬をわきへひきよせ、すぐにものらず、義経をはじめ一行のうしろすがたをはるかに見おくり、その姿も遠く消えるほどになってから、はじめて、家来たちとともに、じぶんも馬にのった。

一方、義経は、あまりの意外さに、そのままは行きすぎかねる思いで、しきりにうしろをふりかえったが、井上左衛門のために、

「どうか七代の末までも、弓矢の冥加《みょうが》あれ」

と祈った。そうして、ひとびとも同じく念じたことこそ、おもえばあわれなことであった。

その日、井上左衛門は、越前《えちぜん》の細呂木《ほそろぎ》〔金津町の一部〕というところについたが、家来どもをよんで、

「きょう出あった山伏を、いったいだれだとおもう。あれこそ鎌倉どのの弟ぎみの判官《ほうがん》どのだぞ。お気のどくなことに、がんらいなら、お通りときけば国じゅうがさわぎたち、お道すじもふつうのさまではなくなるのに、あのようなおすがたで世をしのんでいかれるおいたわしさ。かりに、お討《う》ちしたところで、こちらも千年万年生きながらえる身でもなし、あまりの痛々しさに、事なくお通ししたのだ」

そう語ったので、家来どもも、井上左衛門の心のうちをさとり、まことに、情けも慈悲《じひ》もふかい主君と、たのもしく思った。

義経は、その日は加賀の篠原《しのはら》〔加賀市片山津のあたり〕に泊った。あくる朝、

斎藤実盛《さいとうさねもり》が手塚光盛《てづかみつもり》にうたれた池(109)をみたのち、安宅《あたか》のわたしをこえ、根上《ねあがり》の松についた。そこは白山《はくさん》の権現《ごんげん》に、読経《どきょう》をたむけるところなので、さあ白山におまいりしようと、まず岩本《いわもと》の十一面観音にこもって、夜どおし祈ったのち、あくる日、白山に参詣《さんけい》して、女体后《にょたいこう》の宮をおがんだ。その日は劔《つるぎ》の権現の神前に夜ごもりをして、終夜、お神楽《かぐら》をたむけ、そのあくる日、林六郎光明《はやしのろくろうみつあき》の館《たち》のうしろをとおって、加賀国《かがのくに》もいまは富樫《とがし》というところ(110)へ近づいた。

この地の富樫介《とがしのすけ》という守護は、加賀国の大名である。べつに鎌倉の頼朝《よりとも》から命令をうけてはいないが、ひそかに警戒して、義経をまちうけているといううわさだった。そこで弁慶は、

「わが君はここから宮腰《みやのこし》〔金沢市金石《かないわ》町の古称〕へおいでになりますように。この弁慶が富樫《とがし》の館《たち》のようすをみてまいります」

「たまたま、人目にもわからず通れる道があるのに、そんなより道をして、なんになるのだ」

「かえって、ただ一人でいくほうがいいのです。山伏が大勢で通るときいては、

むこうはもっと大勢で追いうちなどかけてきましょうから、事はわるいにきまっています。この弁慶だけがいってみましょう」

というと、もう、つづらをひっかついだ。そうして、じっさいただひとりで出かけていった。

さて、富樫の城へちかづいて見ると、ちょうど三月三日の節句の日なので、蹴鞠《けまり》や小弓で遊んでいるものもあり、にわとりの蹴《け》あわせをよろこんでいるものもあった。管絃《かんげん》やさかもりをたのしむようすも見うけられ、もう酔っているものらも見かけられた。弁慶は、ぶじに館《たち》のなかへはいって、侍《さぶらい》の詰所《つめしょ》の縁《えん》の近くをとおって、なかをのぞいてみると、管絃はまさに演奏のただなかである。

そこへ、大声あげて、

「修行者《しゅぎょうじゃ》がまいりました」

と、どなったので、音楽も調子がくるってしまった。だれかが、

「主人はただいま気分がわるく、ふせっておりますから」

しかし弁慶は、

「ご主人がご病気でも、どなたかお側役《そばやく》のかたにおとりつぎねがいます」

と、あえて近くへすすんでいった。すると中間《ちゅうげん》、雑色《ぞうしき》らが数人、ばらばらと、とびだしてきて、

「おい、たちさってもらおう」

といったが、弁慶は耳もかさなかった。

「こやつ、ろうぜきものだぞ。ひっつかんで、たたきだしてしまえ」

と、中間らは、弁慶の左右の腕にとびついたが、おしてもひいても身動き一つしないので、ほかのものもそれをみて、

「おのれ。そんな所にほうっておかずに、びしびし、たたきだしちまえ」

と、大勢のものが駆けよってくるのを、弁慶は、こぶしをかためて、さんざんになぐりつけると、烏帽子《えぼし》をとばされるものもあれば、頭をかかえて空き部屋へにげこむものもあり、

「おおい、ここの坊主がらんぼうするぞ」

と、ついに、大騒動になった。

このとき、主人の富樫介《とがしのすけ》も、大口《おおぐち》ばかまに、押入《おしい》れ烏帽子《えぼし》のすがたで、手鉾《てぼこ》をつきながら、侍の詰所《つめしょ》にあらわれたが、弁慶は、

「それ、ごらんください。ご家来こそ、この通り、らんぼうをしかけてくるのです」

と、いいながら、そのまま縁《えん》の上へあがった。富樫は弁慶に、

「どこの山伏だ」

「東大寺《とうだいじ》のためにご寄進《きしん》をねがってまわる勧進《かんじん》の山伏です」

「どうしてそなたひとりなのだ」

「同行は大勢いますが、さきに宮腰《みやのこし》のほうへやって、じぶんはこちらからご寄進にあずかりたいと思って、まかりいでました。伯父《おじ》の美作阿闍梨《みまさかのあじゃり》と申すものは、中山道《なかせんどう》を経《へ》て、信濃国《しなののくに》へくだりましたが、じぶんは讃岐阿闍梨《さぬきのあじゃり》と申し、北陸道をとって、越後をくだってまいります。こちらのご寄進は、どのようにおねがいできましょう」

そういうと、富樫介は、あんがいすなおに、

「それはよくぞまいられた」

と、加賀の上質の絹百反《たん》、また北《きた》の方《かた》からも、罪障《ざいしょう》の懺悔《ざんげ》のためといって、白はかま一つ、八稜《はちりょう》の鏡が寄進された。さらに家来や侍女や女中にいたるまで、思い思いに勧進に応じたので、寄進の名簿に名をつらねたものは、じつに総数百五十人にものぼった。弁慶は、

「ご寄進の品々は、ただいまありがたくいただくべきところながら、来月中旬に、またここをとおって南都へむかいますから、そのときいただいてまいります」

と、あずけて、富樫の館《たち》を出た。

弁慶は、宮腰まで、馬で送ってもらった。ここで義経一行をたずねたが、姿がみえず、そこから大野《おおの》の湊《みなと》〔金石町の大野川の渡し場〕までいって、ようやく一行にあうことができた。義経は、

「どうして今まで、こんなにながいあいだかかったのだ。いったいどうしたのだ」

「いろいろもてなされて、お経をよんだりしたあげく、馬でそこまで送ってもらいました」

このこたえに、ひとびとはあきれて、弁慶のすがたを、しげしげと、見あげたり見おろしたりした。

その夜、一行は、竹《たけ》ノ橋《はし》に泊り、あくる日は、くりから峠(111)をこえたが、義経をはじめ一同は、馳籠《はせこみ》ガ谷《たに》をみて、ここは平家が大勢うたれたところだと、おのおの阿弥陀経《あみだきょう》をよみ、念仏をとなえて、亡きひとびとの冥福《めいふく》をいのってから通りすぎた。かれこれするうちに、夕日が西へかかり、たそがれどきになったので、松永《まつなが》の八幡宮《はちまんぐう》のまえで夜をあかすことにした。

如意《にょい》の渡し

夜もあけたので、義経《よしつね》一行は、如意《にょい》の城(112)のほとりを、船にのって渡ろうとし

た。渡守《わたしもり》は平権守《へいごんのかみ》といったが、その権守が、

「少々、申しあげたいことがあります。ここは越中《えっちゅう》の守護も近いところですが、かねてからのご命令によって、山伏《やまぶし》は三人や五人ならともかく、十人にもなれば、守護の役所へ届け出ないで渡すことは、おとがめをうけることになっています。みなさんは、十七、八人もおいでなので、じつはあやしく思われますから、いちおう守護に報告したうえで、お渡ししましょう」

この言葉を、弁慶《べんけい》は、小にくらしく思って、

「これはおどろいた。それにしても、この北陸道で、羽黒《はぐろ》の讃岐坊《さぬきぼう》の顔をしらないものがあろうか」

すると、船の中ほどにのっていた男が、弁慶の顔を、つくづくと見て、

「そうそう、たしかにお見かけしたことがあります。おととしも、さきおととしも、上《のぼ》り下《くだ》りごとに、ご幣《へい》でお祓《はら》いをしてくださったご坊でしょう」

そういったので、弁慶は、大いによろこんで、

「おお、よく見おぼえておられた」

しかし平権守《へいごんのかみ》は、相手の男に、

「小ざかしいことをいうひとだ。顔見知りなら、あんたが責任をとって渡せばいい」

弁慶は、それをきくと、

「いったい、この船のなかに、九郎判官《くろうほうがん》と思われるものがいるなら、これがそうだと、はっきり指していってもらいたいものだ」

すると平権守は、

「あのへさきのところに、群千鳥《むらちどり》の摺《すり》の衣《ころも》をきているひとが、どうもあやしく思われます」

「あれは加賀《かが》の白山《はくさん》からつれてきた法師だが、おもえばあれのため、これまでも、ところどころで、あやしまれたし、まったくしまつがわるいやつだ」

弁慶は、そうつぶやいたが、義経は、なんともいわず、うつむいていた。そのありさまに、弁慶は、いかにも腹がたつというようすで、走りよるや、船べりに足をふんばりつつ、義経の腕をつかんで、肩にひっかけて、そのまま船から浜へ走りあがると、えいっと、砂の上へ義経を投げたおし、腰の扇《おうぎ》をぬきざま、情《なさ》け容赦《ようしゃ》もなく、ぴしりぴしりと、めったうちに、さんざんに打ちつづけた。(113)見るひとびとも、目をそらさずにいられないほど、ひどい打ちかただった。奥方《おくがた》は、あまりのつらさに、声をあげて泣きたい思いがしたが、さすがに多くの人目がはばかられて、さりげないさまで、しのびこらえた。平権守も、弁慶のふるまいをみて、

「およそ羽黒山伏ほど、情けをしらないものはない。『判官ではない』といえば、こちらもそうかと思うのに、あれほどむごく情けなく打ったとは、こっちのほうがつらい。けっきょく、じぶんがあのご坊を打ちのめしたようなものだ。こんな気の毒なことはない。さあ、どうかおのりください」

と、あらためて船を近よせてきた。渡守《わたしもり》は、義経と弁慶を船にのせると、弁慶にむかって、

「それでは、あなたの船賃をもらいましょう」

「なんだと。羽黒山伏が船賃をはらったというならわしが、これまでに、いつ

あった」

「日ごろ船賃をとったことはないが、あんたがあんまりらんぼうだから、とってから渡してやるのさ。さあ、早く払ってもらいましょう」

と、船を出さなかった。しかし弁慶は、なおも、

「おまえがそんなふうに、われわれに当たってくるのなら、よし、出羽《でわ》の国へは、いずれおまえも、この一年や二年のあいだに、来ないとはいわせないぞ。酒田《さかた》の港は、ここにいる稚児《ちご》の父、酒田次郎《さかたのじろう》どのの領地だから、おまえが出羽へきたときこそ、たちまち当たりかえしてやるぞ」

そう、おどかしたが、しかし平権守は、

「なんとでもいうがいい。船賃をとらなくては、渡してやるものか」

いまは弁慶もやむなく、

「むかしから羽黒山伏が船賃をとられた例《ためし》はないが、こんどばかりは、らんぼうをしたばちで、とられることになったか」

と、つぶやきながら、奥方にむかって、

「それでは、さあ、それをいただきましょうか」

と、奥方が着ているりっぱな帷子《かたびら》をぬがせて、平権守にあたえた。権守はそれをうけとって、

「規則によって、うけとるにはうけとったが、おもえばあのご坊が気のどくだから、これをあげることにしよう」

と、帷子を、義経にわたした。弁慶は、それをみて、片岡《かたおか》の袖《そで》をひきながら、

「ばかなやつだ。どっちにあっても同じことなのに」

とささやいた。

こうして、越中の六動寺《ろくどうじ》をすぎ、奈呉《なご》の林にむかってすすんだとき、弁慶は、忘れようにも忘れられないままに、いきなり、義経のそばへ走りよりざま、たもとにすがりついて、声をあげて泣きながら、

「いつの日まで、わが君をおかばいするため、あのように現在の主君をお打ちすることになりますやら。冥界《めいかい》の神仏、さては現世のひとびとにたいしてさえ、おそれおおいかぎりでございます。なにとぞ八幡大菩薩《はちまんだいぼさつ》もおゆるしくださいま

すよう。なげかわしい世の中でございます」

そう、むせびわめいて、さしも勇猛な弁慶が大地に伏《ふ》しころんで泣いたので、ほかの家来たちも、その場でだれもかれも、気をうしなうほど泣きかなしんだ。義経は、

「これも余人のためではない。これほどまで非運の義経に、こんなに深い思いをよせてくれるみなのものの、これからの先がどうなるかとおもえば、この義経も、涙がこぼれてならぬ」

と、やはり袖をぬらしたが、一同は、この言葉をきいて、いっそう、はげしく泣いた。

そうこうするうちに、日もくれてきたので、一行は、泣く泣く、旅路をたどっていったが、ややあって、奥方は、

「三途《さんず》の川をわたるときは、着ているものを、はがれるときいておりますが、あの渡しでは、ほんとうに、そのとおりのおもむきの思いをいたしました」

と、悲しみをあらたにした。

こうして、岩瀬《いわせ》の森について、その夜はそこに泊ったが、あくる日は、黒部《くろべ》の宿ですこし休んでから、黒部四十八カ瀬を渡りこえ、市振《いちふり》、浄土《じょうど》、歌《うた》ノ脇《わき》、寒原《かんばら》、長浜《ながはま》などをすぎ、岩戸《いわと》ノ崎《さき》というところに着いた。ここで漁師のそまつな家に宿をとって、暗くなるにつれて、話などしあっていたとき、漁師の女どもが、かちめという海草を、水にもぐっては取ってきたが、それをみながら、奥方が、

四方《よも》の海　波のよるよる　来つれども
　今ぞはじめて　うきめをば見る

——波がたえずうちよせる諸国の海岸を、夜に夜をかさねて、ここまできたけれども、いま、ここではじめて、海女《あま》（浮女《うきめ》）が海草（浮海布《うきめ》）をとるのをみたように、この越中で、私もはじめてこの上なくつらい目（憂目《うきめ》）にあいました、と、そう詠《えい》ずると、これを耳にした弁慶は、いまいましい思いがして、

浦の道　波のよるよる　来つれども
　今ぞはじめて　よきめをば見る

――波がよせる海岸の道を、いく夜もかさねてここまできたが、いまここではじめて、いい目にあったものだ、と、皮肉に応じた。

こうして義経一行は、やがて岩戸ノ崎もあとにして、越後《えちご》の国府《こう》、直江津《なおえつ》の花園《はなぞの》観音堂についた。そこの本尊は、八幡太郎義家《はちまんたろうよしいえ》が、安倍貞任《あべのさだとう》を攻めたとき、当国での祈禱《きとう》のため、直江二郎《なおえのじろう》という富豪《ふごう》に三十領《りょう》の鎧《よろい》をあたえて建て、そこに源氏代々の守護神をまつったお堂だったので、義経は、その夜はこの観音堂にこもって、一晩じゅう祈りつづけた。

直江津《なおえつ》の笈《おい》あらため

越後《えちご》の国府《こう》、直江津《なおえつ》の守護は、鎌倉へ出張中で、いなかったが、海岸の代官として、浦権守《うらごんのかみ》というものがいた。山伏《やまぶし》の一行がついたときいて、浦権守は、海岸のものどもをあつめ、櫓《ろ》や櫂《かい》を、ちぎり木やさい棒などの打棒《うちぼう》代りにして、漁師らをさきに立て、がむしゃらなものども二百余人という大勢で、観音堂へおしよせ、周囲をとりかこんだ。

おりから家来たちは、みな斎料《ときりょう》あつめに出ていって、義経《よしつね》がただひとりのこっていたが、せまい田舎のことなので、観音堂のさわぎはたちまちつたわり、そのため、弁慶《べんけい》は、まにあうようにと、大いそぎでかけつけた。

観音堂では、義経が漁師らに応対していたが、きのうまでは羽黒《はぐろ》山伏だといっていたのを、すでに直江津まできて羽黒のほうが近くなったので、この日からは言葉をかえて、

「熊野から羽黒へ行くところですが、船をもとめて、ここにいるのです。先達《せんだち》のご坊は、檀家《だんか》まわりをしていて、じぶんはるす番ですが、いったい、なにごとですか」

などと問答しているところへ、弁慶が、空をとぶように、いそいで帰ってきて、ひとびとにむかい、

「あの笈《おい》のなかには、三十三体の聖観音《しょうかんのん》をおおさめしてあり、われわれが、京

都からくだしまいらせて、来月の四日ごろ、ご本殿にお入れする予定になっている。おのおのがたは、不浄《ふじょう》の身で、むぞうさに近づいて、権現《ごんげん》のご本体をけがしてはなりませぬぞ。申し分があるなら、よそでいってもらおう。ここで権現のお像をけがしでもしたら、笈《おい》まできよめずにはすまなくなる」

　声あらくそういったが、相手はすこしもききいれず、口々にののしりたてた。

代官の浦権守《うらごんのかみ》は、

「判官《ほうがん》どのが、道々、いいのがれながら通りすぎていることは、いまはかくれもない事実だ。当地は、目下、守護が留守中ではあるが、規則どおりこのじぶんが代官をつとめていて、鎌倉まで報告すべき義務がある。それでこう申すのだが、さあ、はやく安心できるように、笈を一つ、出してみせてもらおう(114)」

「ご本尊をおおさめした笈を、不浄なものに、むぞうさにあらためさせることは、まことにおそれおおいことではあるが、そなたが疑いをかける以上、見せないわけにもいくまい。だが、それほどわざわいをこのむからには、神仏の罰をこうむっても、すべておのが身のせいだぞ。さあ、見よ」

と、弁慶は、手にあたったつづらを、一つとって投げだした。ただ、なんとなくとったつづらだったが、たまたま義経のつづらであった。弁慶は気づいて、はっと思ったが、浦権守は、はやくも、中から三十三枚の櫛《くし》をとりだして、

「これはどういうわけだ」

「はてさて、なんにも知らないおひとだな。髪をとかさない稚児《ちご》がどこにある」

浦権守は、もっともと思って、かたわらに櫛をおくと、こんどは唐《から》の鏡をとりだして、

「これはどういうわけだ」

「稚児づれの旅だ。化粧道具をもってならない理由がどこにある」

「なるほど」

と、いいながら、浦権守は、さらに、八尺〔約二・四メートル〕の女子用の、胸かけの飾り帯、五尺のかつら、紅色《べにいろ》のはかま、かさねの衣《きぬ》などをとりだして、

「これはどうだ。稚児の道具に、このようなものが要《い》るか」

「それはこういうわけだ。じぶんの伯母《おば》は、羽黒権現の巫女頭《みこがしら》をしているが、

かつらや、はかまや、色のいい胸かけ帯など、都から買ってきてくれといったので、こんどの羽黒くだりに、伯母をよろこばせようと思って、買って持っているのだ」

「いかにも、さもあろう。それでは、この笈《おい》はよしとして、もう一ちょう、べつな笈を、あらためさせてもらおう」

「何ちょうであろうと、それはご勝手だ」

と、弁慶は、また一ちょう投げだすと、こんどは、片岡八郎《かたおかはちろう》のつづらだった。じつは、このつづらのなかには、かぶと、こて、すねあて、柄《え》のないまさかりなどが、つめてあった。

浦権守らは、あけようとしたが、つよくからげてあるうえ、あたりは暗く、なかなかひもをとくことができなかった。弁慶は、内心ひやりとして、なむ八まん大ぼさつと、心に念じながら、

「その笈には、権現がおおさめしてある。かえすがえすも、不浄なまねをして、天罰をうけるなよ」

と、つづらの肩紐《かたひも》をとって、ひきあげざま、ふるようにすると、なかの、こて、すねあて、まさかりなどが、がらがらと音をたてた。浦権守は、にわかに、はっと動悸《どうき》をおぼえて、

「これは思いもかけないこと。まことにご神体であられるようだ。もういい。うけとっていただこう」

「だからこそ、あれほどいったのだ。これ、ご坊たち、笈のけがれをきよめないうちは、むざむざうけとりたもうなよ」

そういったので、あとからかけつけてきた一行のひとびとも、かんたんにうけとろうとしなかった。弁慶は、

「あらかじめ、いわないことではない。そちらがきよめないならば、こちらが祈るよりほかない。代官どの、浄《きよ》めの祈りは、物要《ものい》りもたいへんであることはご承知であろうな」

浦権守は、すっかりよわりきって、

「わるかった、ここはどうか、理をまげて、おうけとりねがいたい」

「ならぬ。笈《おい》をきよめなければ、浦権守どの、そなたのもとにご神体をうちすてて、われらは羽黒にもどり、僧徒らをあつめて、ふたたびお迎えにまいるぞ」

この威嚇《いかく》には、ここへおしよせた漁師らも、すっかりおそれをなして、ちりぢりに、にげさってしまった。浦権守は、いまはただひとりとなり、たいへんなことを一身にかぶって、

「笈をきよめるためには、物要りはどのくらいでしょう」

「権現《ごんげん》も、衆生《しゅじょう》にご利益《りやく》をさずけたもうお慈悲《じひ》の神ゆえ、ふつうのならわしでさしつかえない。まずご幣《へい》の紙のお料《りょう》として、檀紙《だんし》百帖《じょう》、白米三石三斗《ごくと》、玄米も三石三斗、白布百反《たん》、紺布《こんぬの》百反、鷲《わし》の尾羽百しり、黄金五十両、毛色が同じ馬七匹、粗《あら》こも百枚、これらを敷き積んでささげられたら、形どおり浄《きよ》めよう」

「いかにさしあげたくても、じぶんはいたってまずしい者で、とうていそこまでは、ととのえられませんが」

と、浦権守は、やがて米三石、白布三十反、鷲の尾羽七しり、黄金十両、毛色が同じ神馬《じんめ》三匹を、ととのえて、

「これよりほかは、もう持っておりません。これでおさしつかえなければ、お祈りをしていただきたいのですが」

そうわびたので、弁慶は、

「それならば、権現のおこころを、おなぐさめすることにいたそう」

と、かぶと、こて、すねあてなどがはいったつづらにむかって、なにごとかを口のなかでつぶやき、

「むつむつ、かんかん、らんらん、そわかそわか。おんころおんころ般若心経《はんにゃしんぎょう》」

などと、となえたり祈ったりした。それから、つづらをつきうごかして、

「権現に、しだいを申しあげておわびをした。世のならわしで、このように浄めたが、さて、これらの品々は、そなたのとりはからいで、羽黒へおとどけねがいたい」

と、すべてを浦権守のもとにあずけた。

夜もふけてきたので、片岡八郎が直江《なおえ》の港へくだってみると、佐渡《さど》からここへきた船で、苫《とま》もかけず、のり手もなく、しかも、ろやかじはついていながら、

波間にただよいうかんでいる一そうがあった。片岡は、

「これは見つけものだ。ぶんどってのっていこう」

と、観音堂へもどって、弁慶に、そうつげたので、弁慶も、

「それでは、さっそくその船をとって、けさのつよい風に乗りだしていこう」

と、ただちに一行そろって港へくだり、十余人がのりこんで船をおしだした。

妙高山《みょうこうさん》の峰からふきおろす嵐に、帆をあげて、米山《よねやま》をすぎ、やがて角田山《かくたやま》をみながら、

「みろよ、風はまだあのとおり荒い。よわくなったら、櫓《ろ》をそえてこぐのだ」

と、いいあって、粟島《あわしま》の北のほうへ目をやると、白雲が山の中腹あたりをはなれて、風にふかれて空中へただよい出てきた。片岡はそれをみて、

「このあたりでは、どういいならわしているか知らないが、あの雲は、風雲《かざぐも》のような気がする。どうしよう」

と、いいもおわらないうちに、北風がにわかに吹きつのってきて、陸には砂をあげ、沖には潮《しお》を巻きあげて、漁師どもの釣船も、浮きつ沈みつしたが、義経

はそれをながめながら、この船もああなりはしまいかと、こころぼそい思いで、はるかな沖に、うかびただよっていた。

「しょせん、どうともならない以上、ただ風まかせにしよう」

と、ひとびとは、船を佐渡ガ島へむけ真帆《まほ》をおろして、加茂潟《かもがた》へ乗りつけようとしたが、波がたかく、船をよせることができず、風のままに船は松ガ崎海岸のほうへ走っていった。ここでも、佐渡の白山《はくさん》の峰からふきおろす風がはげしく、ついに船は佐渡ガ島をはなれ、能登国《のとのくに》の珠洲《すず》ガ崎《みさき》のほうへ、へさきをむけて流されていった。

そのうちに日もくれてきたので、不本意の思いもただならず、義経はひとびとと共に、ご幣《へい》をつぎあわせ、つづらの足にはさんで、

「天をまつることも、さることながら、この風を、どうかやわらげて、竜神よ、もういちど陸につけてから、どのようになりと、ご処理くださいますよう」

そう祈りながら、つづらのなかから、白鞘巻《しろさやまき》の太刀《たち》をとりだし、

「八大竜王にささげます」

と、海のなかへ投げいれた。奥方も、紅《くれない》のはかまに唐《から》の鏡をそえて、おなじく、

「竜王にささげます」

と、海へなげいれた。

それでも、風はやまなかった。そのうちに、日もすでにくれて、たそがれどきになったので、いっそう心ぼそさがつのったが、このとき、能登国の石動山《いするぎやま》から、ふたたび西風が吹きだしてきて、船を東のほうへむけた。おお順風だと、一同は大いによろこび、またも風にまかせてすすむうちに、夜なかごろになって、風もしだいにしずまり、波もおだやかになったので、ひとびとも、いくらか安心の思いをしたが、なおも、のこりの風をたよりにしていくと、あけがたごろ、どこともわからない浜に、船をのりつけた。

陸にあがり、漁師のそまつな家にたちよって、

「ここは、なんというところだ」

と、たずねると、

「越後国《えちごのくに》の寺泊《てらどまり》です」

そうきいて、一同は、

「これは思いどおりのところについたぞ」

と、大よろこびで、その夜のうちに、国上《くがみ》というところにあがり、みくら町《まち》に宿をとったが、夜があけると、弥彦《やひこ》の大明神をおがみ、八十八里の浜にさしかかり、やがて荒川の松原や岩船をとおって、瀬波《せなみ》というところの、「左やない、右うつぼ」とか、「せんが桟《かけはし》」とかいう名所をつぎつぎにすぎ、越後と出羽のさかいの念珠《ねず》ガ関《せき》にちかづいた。

そこは、関の警固がきびしく、とうてい通れそうにもなかったので、義経が、

「どうしよう」

しかし、弁慶は、

「これまで多くの難所をのがれて、ここまでこられたのです。いまさら、なにごともございますまい。しかしながら、やはり用心はいたしましょう」

そういうと、義経を、身分のひくい山伏《やまぶし》のすがたによそおわせて、二つのつづらを、主人が下男にたいしていばるように、たっぷりと背負わせ、弁慶自身

は大きな若枝を杖につきたてて、

「あるけ、法師、しっかりあるけ」

と、力づよく打ちたてながら、関所に近づいていった。関守《せきもり》どもはこれをみて、

「なんの咎《とが》で、そんなに責《せ》めさいなむのだ」

「じぶんは熊野の山伏ですが、この小山伏は、これまで代々仕《つか》えてきたやつなのに、さきごろ行方《ゆくえ》をくらましたのを、このほど見つけたので、どんな罰でも、くらわしてやりたいところです。だれからも、とがめられるすじはありません」

と、いよいよたえまなく、うちつづけながら近よったので、関守どもも、このありさまに、木戸《きど》をあけて、やすやすと通した。

こうして、いかほどもなく、義経一行は、出羽国《でわのくに》へはいり、その日は原海《はらかい》というところについたが、あくる日は、笠取山《かさとりやま》などをすぎて、田川《たがわ》郡の三瀬《さんせ》の薬《やく》師堂《しどう》についた。ここで雨がふって、川が増水したので、二、三日とどまった。

ところで、この田川郡の領主、田川太郎《たがわのたろう》実房《さねふさ》は、若いころから多くの子をもっていたのに、つぎつぎに死なれて、いまは十三の子ひとりだけになっていた

のが、このほど、その子まで、瘧病《おこりやまい》〔悪性の疫病。マラリアの一種といわれる〕にかかって、命もあやうくなっていた。羽黒山《はぐろさん》もちかい土地なので、しかるべき山伏などもまねいて、祈ってもらったが、効果がなかった。そこへ熊野の山伏たちがきたとつたえきいて、田川実房は、家来どもに、

「熊野・羽黒といって、威光にまさりおとりはないことながら、熊野の権現《ごんげん》はまたいちだんと尊い権現だから、修験者《しゅげんじゃ》たちもそれだけすぐれていると思われる。おまねきして、おそろいの祈禱《きとう》をおねがいしてみたい」

そういうと、田川の妻も、わが子のいたましさに、夫に、

「いそいでおつかいをさしあげるのが、よろしゅうございましょう」

そこで田川は、代官の大内三郎《おおうちさぶろう》を、すぐ三瀬の薬師堂へつかわして、義経一行に、このことをつたえると、義経は、一同に、

「まねきをうけたが、われわれのような不浄の身では、どう祈ったところで、効験《こうげん》があろうか。祈りがいもないのだから、行っても何になろう」

しかし弁慶は、

「わが君こそ不浄のおん身でしょうが、われわれは都を出てから、精進潔斎《しょうじんけっさい》も、りっぱにしていますから、たとえ霊験《れいげん》はないまでも、われわれが祈るかっこうのおそろしさに、悪霊《あくりょう》も死霊《しりょう》も、きっと姿をあらわして退散するにちがいありません。たまたま招かれたことではあり、ここは、すなおにおいでになるのがいいとおもいます」

というと、ほかのひとびとも、それぞれよりあって笑いながら、義経に冗談などもいいかけたが、だれかが、

「ここはもう秀衡《ひでひら》の知行地《ちぎょうち》ですから、きっとこの田川実房《たがわのさねふさ》も、秀衡に仕《つか》えているものと思われます。もう、さしつかえないでしょうから、ご身分をあかしておやりになりましては?」

すると弁慶が、

「貴公《きこう》、なにをいう。『親の心は、子知らず』ということもあり、ひとの心はわからないものだ。もし万一のことがあれば、『後悔、さきに立たず』だぞ。わが君がいずれ平泉《ひらいずみ》へおつきののちは、田川実房も、かならず伺候《しこう》するだろう

が、そのときの笑いぐさのためにも、いまは身分など知らせてはならないぞ。ところで、祈り手は、だれにしたらよかろう。護身《ごしん》の役はわが君、また数珠《じゅず》をおしもむわざは、この弁慶にまさるものはあるまい」

と、弁慶は、祈りの役々を、ひとびとにわりふったので、それでは、と義経も、身支度《みじたく》をした。

おともは、武蔵坊《むさしぼう》弁慶、常陸坊海尊《ひたちぼうかいそん》、片岡八郎、十郎兼房《じゅうろうかねふさ》の四人で、これらのひとびとと共に、義経は田川実房のやしきをおとずれた。持仏堂《じぶつどう》へみちびかれたが、まず田川実房が姿をあらわすと、つづいて十三歳の病気の子も、乳母《うば》を世話役としてつれられてきた。

祈禱《きとう》をはじめるにさいして、べつにもうひとり、悪霊がのりうつるべき十二、三歳の少年を、義経はよびよせた。義経は患者の少年の護身の祈りをささげると、弁慶は、しきりに数珠をもみはじめ、常陸坊らも、声をあわせて祈った。

この五人の山伏《やまぶし》一行が祈るありさまをみて、悪霊のよりつき役の少年は、心おびえたのか、あらぬことをさかんに口走った。さて、祈りのあいだ、ゆれうごいていたご幣《へい》も、やがてしずまると、悪霊も死霊も、ついに退散したのであろうか、患者の少年は、はやくも病気がなおっていた。

義経をはじめ、修験者《しゅげんじゃ》たちは、いよいよ尊くみえた。田川実房も大いによろこんで、その日は義経たちをひきとめて泊まらせた。これまで日ごとにおこっていた少年のおこりやまいは、いまはほんとうにあとかたもなくなった。田川実房は、熊野権現への信心がいよいよ深くなり、そのよろこびもひととおりではなかったが、一方、義経らも、内心、かりそめながらも権現のご威光のほどが思いしられて、たっといことに感じられた。

田川実房は、祈禱のお布施《ふせ》だといって、鹿毛《かげ》の馬に、黒い鞍《くら》をのせたのを、義経にさしだした。また砂金百両のほか、さらに、

「国のならわしですから」

といって、鷲《わし》の尾羽百しりをさしだし、また、弁慶以下の四人の山伏にも、小《こ》袖《そで》を一かさねずつさしだしたうえ、一行を三瀬《さんせ》の薬師堂まで見送らせた。

その見送りのつかいが帰るとき、義経らは、

「お布施《ふせ》をいただいて、まことにおそれいりますが、しかしわれわれは修験道のならわしで、これからしばらく羽黒山におこもりをいたしますから、いずれ下向《げこう》のとき、ちょうだいしてまいります。それまでは、あずかってくださるよう、おねがいいたします」

そういって、品々を返した。

こうして、田川郡を出発し、大泉《おおいずみ》の庄《しょう》、大宝寺《だいほうじ》をもすぎて、羽黒山《はぐろさん》をよそながら拝みつつ、参籠《さんろう》したいとは思ったが、奥方のお産の月がもう今月のはずなので、なにかと懸念《けねん》されるままに、ただ弁慶ひとりが、義経の代参として羽黒山にむかった。ほかのひとびとは、小野の鷹浦《たかうら》を経《へ》て清川《きよかわ》へついたが、弁慶は、あげなみ山を経て、清川で、ふたたび一行とおちあった。

その夜は、清川の五所王子《ごしょおうじ》の神前で、夜どおし祈りをささげた。この清川という川は、羽黒権現の御手洗《みたらし》の水であり、月山《がっさん》の頂上からふもとにながれおちているが、熊野の岩田川とならんで、羽黒の清川といえば、ともに流れの清さで知られた名流である。

義経一行は、この清川で身をきよめて、権現をふしおがんだ。無限に遠い前世の罪も消えよと、五所王子の各王子のまえに神楽《かぐら》をささげ、また、神をなぐさめるための、思い思いの、なれこ舞いをささげるうちに、夜も、ほのぼのとあけてきた。

やがて義経一行は、船にのったが、この清川の、弥権守《いやごんのかみ》という船頭が、船をりっぱにととのえたにもかかわらず、上流が雪どけのため、うす白くにごった水がふえていて、船は川上のほうへさかのぼることが、なかなかできなかった。この春、千種《ちぐさ》の少将(115)が、庄《しょう》の皿島《さらしま》というところへ流されて、「月の光だけがおとずれるのは、棚峡《たなかい》川の上流であり、稲をつんだ船が行きわずらうのは最上《もがみ》川の早瀬だが、この早瀬には、どこからともわからない琵琶《びわ》の音《ね》が、霞《かすみ》のあいまからつたわってくる」と謡《うた》った心も、今にしてはじめてさとられる思いであった。

さて、ようやく船を、清川の本流の最上川の、川上のほうへ、すすめていくと、左手の山の峰からおちてくる滝があったが、それをみて、奥方が、

「あの滝は、なんというのですか」
すると、船頭が、白糸《しらいと》の滝とこたえたので、奥方は、
もがみ川　瀬々の岩波　せきとめよ
よらでぞ通る　白糸の滝(116)
もがみ川　岩こす波に　月さえて
よるおもしろき　白糸の滝
と、つづけて二首を口ずさんだ。――最上川よ、瀬々の岩波を、せきとめてはくれまいか。流れの早さに、いま、私はあの白糸の滝へは、寄らないで通りますよ、せっかく白糸をよるような、おもむきのふかい滝だのに、とまず一首詠《よ》んだかとおもうと、すぐつづけて、――最上川の岩瀬をこす川波に、月の光がさえて、夜は、あの糸をよるような白糸の滝の風情も、ひとしおおもしろいことであろう、と、夜のさままで、思いえがいたのである。
こうして義経一行は、やがて、おなじく最上川ぞいの、「よろいの明神」や「かぶとの明神」もふしおがんで、高屋《たかや》の瀬にさしかかると、ここは難所なの

で、船がのぼりなやんだ。そのさなかに、かみ手の山のはしのほうから、猿のさけぶ声がきこえたとき、またも、奥方は、

ひきまはす　うちはは弓にあらねども
　たが矢で猿を　射てみつるかな

――かざして見まわす団扇《うちわ》は、引いて見まわす弓とはちがうけれども、高屋の瀬で、だれの矢が猿を射たので、あの声がきこえ、私もうちわのかげから、猿を見ることができたのでしょう。

こうして、さらに川をのぼっていき、「みるたから」、「たけくらべの杉」などという、土地の名所をみたのち、矢向《やむけ》の大明神をふしおがみ、やがて合川《あいかわ》の津《つ》についた。このとき義経は、奥方に、

「これからの道中は、二日間かかるが、湊《みなと》まわりでいくと、宮城野《みやぎの》の原、つつじガ岡、千賀《ちか》の塩釜《しおかま》などをすぎて、三日間の道になる。亀割山《かめわりやま》をこえて、野村の里から、姉歯《あねは》の松へ出る道ならば、ほぼまっすぐだが、どっちの道をけんぶつしたいと思う」

「名所はいろいろ見とうございますが、一日でも近い道がとおりたいと思いますので、亀割山とやらのほうへ行きとうございます」

そこで義経一行は、亀割山へむかった。(117)

亀割山《かめわりやま》のお産

義経《よしつね》一行が、亀割山《かめわりやま》をこえていくと、奥方は、からだに疲れがでてきて、お産がしだいにちかづいたので、かねてからのおもり役の十郎権頭兼房《じゅうろうごんのかみかねふさ》は、たいへん心ぐるしい思いをした。

山がふかくなるにつれて、奥方は、いっそう力がつきたさまになったので、十郎兼房は、折にふれては、いたわりながら、すすんでいった。

ふもとの里も遠いので、一夜の宿をかりるところもなかった。一行は、山のとうげの上まできたとき、山道からわきへ二町〔約二二〇メートル〕ばかり分け入ったところの、一本の大木の下に、敷皮《しきがわ》をしき、その木の下を産所《さんじょ》とさだめて、奥方をやすませた。

やがていよいよ陣痛がさしてきたままに、それまでなかば気絶していた奥方も、いまはもう、はずかしさもわすれて、ふかい息をつきながら、

「ひとびとがちかくにいるのはうとましゅうございます。遠くへおはなれになってください」

といったので、家来たちは、みな、こなたかなたへ遠ざかっていった。身ぢかには、ただ十郎兼房と義経だけが、のこったが、奥方は、

「このひと（十郎）がいてさえ、気がねの思いをいたしますが、しかしこう苦しくては、いたしかたもございません」

と、つぶやきながら、また気をうしなってしまった。義経も、いまがかぎりかと思うにつけても、もちまえの勇ましい気性も、きえはてたように、

「こういうことになるとは、かねてから承知していながら、ここまでつれてきて、京からは遠くはなれ、しかも、めざすところへもまだ行きつかないうちに、

このように旅路で死なせてしまうとは、ほんとうに悲しくてならない。はるばる遠く、これまでも、思いもよらない村里などに、すがたもみじめにおとろえながら、ただこの義経ひとりをしたう心ひとつで、こういうつらい旅路の空にもまよいつづけてきたものを、こちらはかたときも、心やすらかな思いをさせてやることもできず、いまついに、むなしくさせてしまうとは、あまりにも悲しくつらい。このまま別れては、この義経も、もうかたときも生きていられそうにもない。ああ、ただおなじ死出《しで》の旅路に」

と、かきくどいて、わきでる涙をおさえきれずにかなしんだので、暗やみごしに様子をさっした家来の武士たちも、

「合戦の陣では、このようなお気のよわさではなかったものを」

と、みな、もらい泣きをした。

奥方は、しばらくたつと、ふたたび息をふきかえして、

「水を」

といったので、武蔵坊弁慶《むさしぼうべんけい》が、水がめをもって出かけていった。しかし、雨は

ふる、暗さは暗し、どこへ探しにいくべきか、そのあてもぜんぜんなかったが、ただ、足にまかせて、谷のほうへと、おりていった。

耳をそばだてつつ、もしや谷川の水が流れていはしまいかと、聞きとることにつとめたが、ちかごろの日でりつづきに、ここの谷川の水も、かれはてたのであろう、あたりがしずまりかえっているままに、弁慶は、ただ、かきくどくようなひとりごとで、

「いかにご運がわるいにしても、たやすいはずの水さえ、さがしかねるかなしさよ」

と、涙をこぼしつつ、なおも谷へとおりていくと、ふと、谷川のせせらぎが耳についた。

弁慶は大いによろこんで、かめに水をくみ、さて峰のほうへのぼろうとすると、山は霧がふかくなって、帰る方角もわからなかった。山伏《やまぶし》用のほら貝をふこうと思ったが、ふもとの里が近いかもしれないと気づくと、そう、むぞうさに吹くこともできなかった。しかし、時がむなしくすぎてはやはりよくあるま

い、と思いなおして、ついに、ほら貝をふくと、峰のほうからも、それにこたえる合図のほら貝がなった。

　こうして弁慶は、ようやく、水をもって、義経らのところへ帰りつくと、奥方の枕もとへちかづいて、水がめをさしだしたが、義経は、はやくも涙にむせびながら、

「せっかく水をさがしてきてくれたけれども、いまはもうそのかいがない。おくは、こときれてしまった。ああ、だれにのませようと、ここまで苦労してはこんでくれたのか」

と声をあげて泣くかたわらには、十郎兼房《かねふさ》も、奥方の枕もとにひれふしながら、おなじく泣いていた。

　弁慶も、涙をおさえながら、枕もとにちかより、奥方の髪を手にとりながら、

「あれほど都におとどめしようと、申しあげたのに、わが君がお心よわくも、ここまでつれてこられて、いま、このようなつらい目におあわせになるとは、悲しいかぎりでございます。たとえ前世からさだまったたむくいであろうとも、

これほどまで弁慶がまごころこめて探しもとめてきたこの水は、せめてすこしでもめしあがってから、どのようにもおなくなりくださいますように」

と、かめをかたむけて、奥方の口へ水をしずかにそそぐと、なんと、それをうけつけたらしく、奥方は、義経の手に、力よわくすがりついたが、とたんにまたもや気をうしなった。義経は、じぶんもともに絶《た》え入《い》る思いで、茫然《ぼうぜん》としているのを、弁慶は、

「おこころよわいことです。事も事によるもの、十郎権頭《ごんのかみ》、そこをのきたまえ」

と、奥方の上体をおこして、腰のあたりをだきささえながら、

「なむ八幡大菩薩《はちまんだいぼさつ》。ねがわくは、ご安産あらせたまえ。なにとぞわが君をお見すてくださいませんよう」

と祈りつづけると、暗さを通して、常陸坊《ひたちぼう》も、弁慶とともに、両手をあわせて祈った。十郎権頭兼房は、声をたてて泣きかなしみ、義経はただ昏迷《こんめい》の思いでぼんやりと、奥方と、かしらをならべつつ、そこに臥《ふ》した。そのとき、奥方が、ふと気がついて、

「おお、つらい」

と、義経にすがりついたが、弁慶がうしろから奥方の腰をだきあげると、そのままするすらと、めでたく安産になった。(118)

うまれた赤ん坊の泣きごえをきくと、弁慶は、山伏《やまぶし》の衣《ころも》にまきくるんで、だきあげ、はっきりとは知らないながらも、ともかく臍《へそ》の緒《お》をきった。そうして、初湯《うぶゆ》をつかわせようと、水がめにあった水で洗いきよめ、

「さあ、すぐお名まえをつけてさしあげましょう。ここは亀割山《かめわりやま》、それで亀の万年にあやかり、鶴《つる》の千年になぞらえて、亀鶴御前《かめつるごぜん》と申しあげましょう」

義経は、赤子《あかご》のようすをみながら、

「ああ、このいとけないもののありさまをみると、いつ成人するとも思われない。この義経の身がつつがなければ、この子の将来もまたぶじであろうに。……ふびんながら、まだ、ものごころのつかないうちに、時をうつさず、この山にすててしまうことだ」

そういったのを、奥方がききつけて、つい今しがたまで苦しんでいたのも忘

れたように、

「なんという、うらめしいおことばでございます。たまたま人の世にうまれましたものを、月日の光もみせずに、むなしくさせてしまうとは、いかがなものとは、おぼしめしませんか。もしお心にそまないのならば、それ、権頭《ごんのかみ》、どうか、そなたが赤子をうけとっておくれ。たとえ、ここから都へつれもどすにしても、どうしていますぐ、ここで赤子をむなしくさせてなりましょう」

そう泣きかなしんだので、弁慶は、

「これまでは、わが君おひとりをたよりにしてきたわれら、もしわが君に万一のことがあったならば、ふたたびたよるかたがなかったのに、いまこの若ぎみを主君と仰ぐことができるのは、たのもしいかぎりに思われます。これほどかわいらしい若ぎみを、どうしてむなしくおさせすることなどできましょう。若ぎみよ、なにとぞご運は、鎌倉の伯父《おじ》ぎみ（頼朝《よりとも》）におあやかりになるように。そうしてお力は、威力とまではいかないにしても、この弁慶にお似になるように。またお命は、お名まえのように千年も万年もたもちたまえ。

さて、ここから平泉《ひらいずみ》までは、さすがにまだまだずいぶんございますが、途中で行きあうひとも多いままに、若ぎみよ、むずかってこの弁慶をうらんだりなどは、どうか、してくださいますなよ」

と、山伏の篠懸《すずかけ》の衣《ころも》にまきくるんだまま、つづらのなかへ、赤子をいれた。それから三日たって義経は目的地につくことになるのだが、そのあいだ、赤子がいちども泣かなかったことこそ、おもえばふしぎなことであった。

その日は、瀬見《せみ》ノ湯《ゆ》へついて、一両日、奥方の身をいたわり、そのあくる日は、馬をさがして奥方をのせ、栗原寺《くりはらでら》についた。この栗原寺から、亀井六郎《かめいのろくろう》と伊勢三郎《いせのさぶろう》のふたりがつかいとして、平泉へ先発した。

義経《よしつね》の奥州平泉《おうしゅうひらいずみ》 到着

藤原秀衡《ふじわらのひでひら》は、判官義経《ほうがんよしつね》のつかいがきたときいて、すぐ対面した。

「このほど、北陸道を経《へ》て、こちらまでおくだりとは、ほぼ承知してはおりましたが、たしかなことを、うかがっていなかったため、お迎えにもまいりませず、重々、恐縮なことにぞんじます。越後《えちご》や越中《えっちゅう》にこそ、うらむすじもありましょうが、出羽国《でわのくに》は、この秀衡が知行《ちぎょう》する土地ゆえ、おのおのがたも、どうしてこの国のものどもがお出迎えできるように、はからってくださらなかったのです。

さあ、いそいでお迎えのものを、つかわさなければ」

と、秀衡は、嫡男《ちゃくなん》の泰衡冠者《やすひらかんじゃ》をよんで、

「判官どののお迎えにまいれ」

そこで泰衡は、百五十騎で迎えに出かけたが、奥方のためには、輿《こし》を用意した。迎えられた義経は、

「このようになった身が」

と、いいながら、陸奥《むつ》の磐井《いわい》郡の、秀衡の平泉館《ひらいずみのたち》があるところまで着いた。(119) 秀衡は、義経を、じぶんのやしきへむぞうさに入れなどはせず、月見殿《つきみでん》という名

の、日ごろひとびとがはいれないごてんへ、義経を住まわせて、まいにち、ごちそうをととのえて歓待《かんたい》した。

奥方のためには、秀衡は、顔だちがうつくしく心もやさしい侍女《じじょ》らを十二人、そのほか、女中や雑用の女にいたるまで、数をそろえて仕《つか》えさせた。

また、かねてから義経と約束がしてあったので、秀衡は、名馬百匹、鎧《よろい》五十領《りょう》、征矢《そや》五十腰《こし》、弓五十張《ちょう》をささげ、さらに私領地として、桃生《ものう》郡、牡鹿《おじか》郡、志太《しだ》郡、玉造《たまつくり》郡、遠田《とおだ》郡という、国内でもすぐれた土地で、しかも一郡が三千八百町〔約三八平方キロ〕ずつある五郡を、義経にささげた。また家来の武士たちにまで、胆沢《いざわ》、江刺《えさし》などの三庄《しょう》を、それぞれ分配した。そのうえ、

「ときどきは、どこへでも出かけて、気ばらしをなさるといいでしょう」

と、武士たちにも、骨のがっしりした十匹の馬をあたえ、さらに沓《くつ》や、むかばきにいたるまでも、心をつかってくれた。そういう秀衡だから、三男の泉冠者《いずみのかんじゃ》こと、忠衡《ただひら》にも、

「しょせん、いまとなっては、なんのはばかるところがあろう。ご家来しゅう

も、ぞんぶんに、おくつろぎねがうようにせよ」

と、めいじて、陸奥出羽《むつでわ》両国の大名三百六十人をえらんで、日々の饗応《きょうおう》をした。

やがて、秀衡は、判官《ほうがん》どののために御所をつくる必要があるといって、じぶんのやしきから西にあたる平泉衣川《ころもがわ》というところを、整地したうえ、りっぱな居館《きょかん》を建てて、そこへ義経を、移し住まわせた。

この衣川の城は、高館《たかだち》ともいい、まえには北上《きたかみ》川支流の衣川がながれ、東には秀衡の館《たち》、西には達谷《たっこく》ガ窟《いわや》という旧跡をひかえていたが、この窟の方面は、いかにもそれらしい山つづきの地形である。義経は、このような城郭《じょうかく》におさまって、まるでじぶんの頭上を仰ぎみない鷲《わし》のように誇らかな暮らしにはいった。

つい、きのうまでは、にせ山伏《やまぶし》だったのが、きょうは、いつしかあっぱれ男子の面目《めんぼく》をそなえて、栄華《えいが》の運がひらけたありさまである。おりにふれては、北陸道の旅のことや、奥方の当時のふるまいなどのことも話題になり、家来たちも、話しだしては、それを笑いのたねにした。

こうして、この年もくれて、あければ文治《ぶんじ》三年（一一八七）になった。

巻八

佐藤《さとう》兄弟のとむらい

さて義経《よしつね》は、高館《たかだち》へうつってから、佐藤庄司《さとうしょうじ》の未亡人である尼《あま》のところへ、(120)ときどき、つかいをおくって、なぐさめたので、ひとびとは、奇特なことと思った。

あるとき義経は、武蔵坊弁慶《むさしぼうべんけい》をよんで、佐藤継信忠信《つぎのぶただのぶ》兄弟の後世《ごせ》をとむらいたいと思う、とかたったが、つづいて、

「そのさい、四国や九州で討死《うちじに》したものたちも、忠節の浅い深いをとわず、故人ゆえ、過去帳にいれて、とむらうことにしたい」

弁慶は、涙をながして、

「この上なくありがたいことでございます。主君として、このようにお思いたちのことは、まことに延喜《えんぎ》天暦《てんりゃく》の帝《みかど》（醍醐《だいご》、村上《むらかみ》天皇）も、これほどではあられなかったろうと思われるくらいでございます。それでは、どうぞ、さっそくおとりはからいくださいますよう」

といったので、義経も、それならば高僧たちをまねいて、法要をいとなむ段取りをせよ、と命じた。弁慶がこのことを藤原秀衡《ふじわらのひでひら》につたえると、秀衡入道《にゅうどう》も、義経のこころざしに感じいるとともに、亡き佐藤兄弟にたいしても、いっそうふびんの思いをまして、しきりに涙にむせんだ。

佐藤兄弟の母である尼のところへは、さっそく義経のつかいが行って、尼のほか、兄弟の両未亡人や子どもらを、信夫《しのぶ》から平泉《ひらいずみ》までつれてきた。義経は、亡き佐藤兄弟をふかくいたむ心から、みずから書写した法華経《ほけきょう》をよんで、兄弟の冥福《めいふく》をとむらったので、世にもまれなことだと、ひとびとは、かたりあって感服した。

母の尼末亡人は、義経に、

「継信忠信両名をご供養《くよう》いただきまして、おこころざしのほど、ほんとうにもったいなく、死後の面目としても、この上ないことでございます。これほどのおこころざしを、もし両名が生きながらえておりましたならば、いかばかりありがたくぞんじあげましたろうことかと、いよいよ、涙がこぼれてなりませんが、しかし、いまこそは、思いきりましてございます。つきましては、まだ年《とし》歯《は》もいかないものどもを、亡き子らにひきつづいて、お手もとへさしあげたいとぞんじます。まだ幼名のままではございますけれども」

そういったので、義経は、

「がんらいなら秀衡が名をつけるべきところであろうが、継信忠信兄弟のわすれがたみゆえ、この義経が、あえて名をあたえよう。しかしながら、やはり、まず秀衡につたえなければなるまい」

といって、秀衡入道のところへ、つかいをだすと、秀衡は、

「かねてから、ひそかにそう申しあげたい折々がございました。ただおそれいるばかりでございます」

そうきいて、義経は、

「それならば、秀衡がはからうように」

そこで秀衡が、うけたまわって、佐藤兄弟の子らの髪を結《ゆ》いあげ、烏帽子《えぼし》をかぶせて、義経のまえにかしこまった。義経は、わかい二人の遺児をみながら、継信《つぎのぶ》のむすこに、佐藤三郎義信《さぶろうよしのぶ》という名を、また忠信のむすこに、佐藤四郎義《しろうよし》忠《ただ》という名をあたえた。

孫ふたりのりっぱな元服《げんぷく》に、祖母の尼は、ひとかたならずよろこびながら、供のものに、

「それ和泉三郎《いずみのさぶろう》、かねて申しつけておいた品を、わが君に、たてまつるように」

といって佐藤家に代々つたわる名刀を、義経に献上した。また、奥方のため、唐綾《からあや》の小袖《こそで》、絹布《けんぷ》の巻物なども、これにそえあわせ、べつに、家来たちにも、

それぞれ贈り物をしたが、このとき尼は、いよいよ涙にむせびながら、

「おお、同じことなら、継信忠信がわが君のおともをして、ここまでくだり、そうしてわが君のご前《ぜん》で、このように孫どもに烏帽子をかぶせることができたなら、どんなにうれしいことであろう」

と、泣きかなしんだので、継信忠信兄弟の両未亡人も、それぞれ亡き夫のことを、いっそう思いおこし、別れたときとおなじく、声もおしまずなげき悲しんだ。義経も、かわいそうに思って、涙をながし、ご前のひとびとも、秀衡はもとより、だれもかれも、たもとを顔におしあてて泣いた。

義経は、さかずきをとって、まず佐藤義信にあたえたが、義信は、さかずきのおしいただきかたといい、その場のあいさつといい、まことに大人びてりっぱにみえたので、義経も、

「ほんとうに継信によく似ているな。おまえの父は、屋島《やしま》の合戦のとき、源平両軍の目のまえで、この義経のかわりに命をすて、ひとびとをおどろかせて、たぐいない勇士といわれた。ほんとうに、わが国はいうにおよばず、唐土《とうど》や天《てん》

竺《じく》にも、たとえ主君をふかく思うものは数々あっても、この継信ほどのものはないと、三国一の剛《ごう》の者とさえ、たたえられたものだ。義信、きょうからこの義経を父と思えよ」

そういって、義経は、わかい佐藤義信を、かたわらへまねきよせると、烏帽子の下のおくれ毛をなでてやりながら、こらえきれず涙をながした。亀井《かめい》、片《かた》岡《おか》、伊勢《いせ》、鷲尾《わしのお》、増尾《ましお》、十郎兼房《じゅうろうかねふさ》、そうして荒法師《あらぼうし》の弁慶以下、すべてのひとびとは、声をたてて泣いた。

ややあって、義経は、涙をおさえながら、こんどは佐藤義忠に、さかずきをあたえて、

「おまえの父は、吉野山で、僧徒らが追討《おいう》ちしてきたとき、ただひとり山の上にとどまりたいといったので、義経もかなしく思って、いっしょにのがれるようにと、いくたびとなくすすめたのに、忠信《ただのぶ》は、武士の一言は、ながした汗のように、もとへもどせないことは、帝《みかど》の仰《おお》せとかわりませぬと、いいきって、まさに自害さえしようとしたままに、ついに義経もいたしかたなく、忠信を、

ひとり峰にのこすことにした。すると忠信は、数百人の敵を、わずか六、七騎でふせぎとめ、そのうえ鬼神《きしん》といわれた横川覚範《よかわのかくはん》をうちとって、都へのぼったが、こんどはあらためて、江間小四郎義時《えまのこしろうよしとき》の軍勢におそわれたものの、やはり血路をひらいてきりぬけた。

ふつうのものなら、もうこうなったら、すぐ奥州《おうしゅう》へくだるところだろうのに、忠信はこの義経をしたう心ふかく、義経のありかがわからないままに、六条堀川の、もとのやしきへきて、義経を見る思いで、ここをさいごにと自害したそのまごころを、いつの世にわすれることができよう。たぐいないまごころの剛《ごう》の者と、鎌倉どのも惜しんで供養をいとなまれたときいている。おまえも父の忠信におとらないものと思うぞ」

そういって、義経は、またもはらはらと涙をながしたが、あらためて伊勢三郎にめいじて、小桜《こざくら》おどしの鎧《よろい》と、卯花《うのはな》おどしの鎧を、それぞれ、義信《よしのぶ》と義忠《よしただ》にあたえた。

二人の祖母の尼は、涙をおさえながら、孫たちにむかって、

「おお、なんというもったいない仰せ。さむらいほど、剛《ごう》の上にも剛たるべきものはないけれども、わが子ながらも、継信忠信が、もし剛でなかったならば、どうしてこれほどまでのおことばをたまわろう。おまえたちも、成人のうえは、父うえのように、わが君のお役にたって、名を後世《こうせい》にあげるのですぞ。まんいち不忠なふるまいなどすれば、父におとったものと、同僚たちからも、さぞや笑われましょう。うしろ指をさされたりしては、家門の恥、これ二人とも、わが君のご前でこう申すことを、しかときいて心にとどめておくのですぞ」

といった。ひとびとはこれをきいて、

「佐藤兄弟が剛の者だったのもむりはない。ただいまの尼ぎみのことばは、まことに奇特のいたり。まことにこの母なればこそ」

と、感服した。

秀衡《ひでひら》の死去

文治《ぶんじ》四年（一一八八）十二月十日ごろから、(121)藤原秀衡入道《ふじわらのひでひらにゅうどう》は、病気がおもくなり、日がたつにしたがって、おとろえていった。耆婆《ぎば》・扁鵲《へんじゃく》(122)のような名医のわざでさえも、いまは救いがたいようなありさまになったので、秀衡は、むすこやむすめ、さらに家来たちもあつめて、涙をながしながら、

「およそ前世《ぜんせ》のやくそくによって、先をかぎられた病いにかかった身が、命をおしむということは、これまで、見ず知らずのひとのばあいでさえ、ふがいないことだと思っていたが、それがじぶんの身の上になってみると、まことにむりもないことと思い知られる。

いまとなって、この入道が命にみれんをもつわけは、判官《ほうがん》どのが、入道をたよりに思われたればこそ、この奥州《おうしゅう》までも、はるかな旅路を、奥方や若ぎみもろとも、くだってこられたのを、入道も、せめてこのさき十年は心やすらかにおくらしねがいたいと、そう思いながら、果たすことができなくなったためだ。きょうあすのうちにも、この入道が死んだなら、ひょっとして、判官どのが、

やみ夜にともし火をうしなったように、山野にまようおん身にもなられはしまいかと、そう思うだけでも、口おしい気がする。ただこれだけが、この世の心のこりで、冥路《めいろ》の旅路《たびじ》のさわりにもなりかねない思いだが、しかしながら、世のつねの、いかんともしがたいことゆえ、入道も、力およばない。判官どののおやしきへいって、さいごにお目にかかりたいとも思うが、あまりに胸がくるしいし、からだも思うようにならない。

そうかといって、判官どのに、こちらへおいでねがうことも、おそれおおいから、ただ、このことをお耳にいれておいてもらいたい。

また、おまえたちは、この入道の遺言にしたがうか。したがう心があるなら、これからいうことを、おちついてきいてもらいたい」

秀衡がそういうと、あつまったひとびとは、みな、

「どうしておことばにそむきましょう」

と誓った。そこで秀衡は、くるしい息の下から、

「秀衡が死ねば、きっと鎌倉どのから、判官どのを討《う》てと、宣旨《せんじ》や院宣《いんぜん》にこと

よせて、命令してくるだろう。討ったら恩賞として、常陸《ひたち》をあたえよう、などともいってくるにちがいない。しかし、けっしてその命令をきいてはならない。この秀衡入道の身にとっては、陸奥出羽《むつでわ》の両国だけでも、身分にすぎるくらいだ。まして親にまさるとも思われないおまえたちの身で、ほかの国をさずかろうなどとは、思ってはならないぞ。

たとえ鎌倉どのからつかわされたつかいであろうと、かまわぬ、首を斬《き》れ。二度、さらに三度、鎌倉のつかいの首をきれば、その後は、もう、つかいも来まい。

かりに、それでもなお来たら、ことは重大だから、すぐその用意にかかるのだ。念珠《ねず》と白河《しらかわ》の両関は、西木戸《にしきど》（庶子《しょし》国衡《くにひら》）に防がせよ。

判官どのを、けっしておろそかにしてはならない。よく仰《おお》せにしたがい、過分のふるまいなど、あってはならない。この遺言さえたがえなければ、末《すえ》の世とはいえ、おまえたちの将来は、安穏《あんのん》であると思っていい。忘れるなよ。おまえたちと、まもなく、この世あの世に、別れても」

そういいのこしたのをさいごに、藤原秀衡は、十二月二十一日の未明に、ついに世をさった。

妻子や一門のひとびとは、ふかく泣きかなしんだが、むなしかった。秀衡の死が、高館《たかだち》へつたえられたとき、義経《よしつね》は、馬にむちをあててかけつけた。そうして秀衡の亡きがらにむかって、なげきうったえるように、

「ああ、はるかな旅路をここまでくだってきたのも、ただこの入道だけを、たのみに思えばこそだったのに。義経は、父の義朝《よしとも》には二歳のとき死にわかれ、母は都にいたとはいえ、平家側へまわったので、たがいにこころぐるしく、また兄弟もあったものの、おさないときから、はなればなれにくらして、あつまったこともなく、そのうえ、いまは兄頼朝《よりとも》とも不和の身になった。ああ、どんな親子のわかれのなげきも、いまこのなげきにはおよぶまい」

そう義経は、この上なく悲しみ、いまこそじぶんの運もきわまる時がきたと、日ごろのあれほどの勇猛な気性にも似あわず、いつまでもなげきつづけた。

葬式の日は、亀割山《かめわりやま》でうまれた若ぎみも、義経とおなじように白い浄衣《じょうえ》をき

て、野辺《のべ》の送りに加わったが、それをみて、ひとびとは、いっそう、悲しさをそそられた。義経は、じぶんもいっしょに世をさりたいとまで悲しんだが、むなしい野辺に、義経がさいごの見おくりをすませて、ぽつねんとひっかえしたその姿こそは、あわれなことに思われた。

秀衡《ひでひら》の子が義経《よしつね》にそむく

秀衡入道《ひでひらにゅうどう》はこのように死んだが、これまでとおなじく、むすこの泰衡《やすひら》ら兄弟は、かわるがわる義経のもとへ出仕《しゅっし》するうち、ほどなくその年もくれた。あけて文治《ぶんじ》五年（一一八九）の二月ごろ、あるとき泰衡の郎党《ろうどう》が、なにを耳にいれたのか、夜もふけて、ひとびとも寝しずまったころ、ひそかに泰衡をたずねてきて、

「判官《ほうがん》どのが、泉《いずみ》の御曹司《おんぞうし》（忠衡《ただひら》）と共謀して、こちらを討《う》とうと準備してい

ます。合戦のならいで、先手をとられては不利になりますから、すぐご用意ください」

　泰衡は、心おだやかでなく、

「よし、それなら、用意せよ」

と命令し、二月二十一日、がんらいなら亡父秀衡入道の供養《くよう》の法事《ほうじ》をいとなむつもりで、手はずをとってあったのに、法事をとりやめにして、同腹の弟である泉冠者《いずみのかんじゃ》こと三男藤原忠衡《ふじわらのただひら》を、いきなり夜討《ようち》にして殺してしまった。まことになげかわしいことであった。

　これらをみて、庶兄《しょけい》の西木戸太郎《にしきどのたろう》こと長男国衡《くにひら》、嫡弟《ちゃくてい》の本吉《もとよし》冠者こと四男高衡《たかひら》、樋爪五郎《ひづめのごろう》こと親戚の季衡《すえひら》らも、これはよそごとではないと、思い思いの心をもつにいたった。六親〔父母・兄弟・妻子〕が不和になると、仏の加護もなくなるとは、このようなことを、いうのである。

　義経《よしつね》も、これではじぶんもねらわれるであろうと、武蔵坊弁慶《むさしぼうべんけい》をよんで、廻《かい》状《じょう》をかかせた。そうして、九州の菊池《きくち》、原田《はらだ》、臼杵《うすき》、緒方《おがた》らに、いそいで馳《は》せさんずるようにつたえよと、その廻状を、雑色《ぞうしき》の駿河次郎《するがのじろう》にわたして出発させた。駿河次郎は、夜を日についで、京都まで着いたが、さらに九州へむかおうとしたとき、だれがうったえたのか、ことが六波羅《ろくはら》につたわって、駿河次郎は、めしとらえられ、二十四人の下郎の護衛つきで、関東の鎌倉へ、身柄をうつされた。

頼朝《よりとも》は、廻状をみて、大いに怒り、

「九郎《くろう》は、奇っ怪なやつだ。おなじ兄弟でありながら、この頼朝に、たびかさねてそむこうとするとは、まことに奇っ怪千万。さいわい、いまは秀衡《ひでひら》も死んだし、奥州《おうしゅう》も下り坂だ。攻めていけば、なにほどのことがあろう」

すると、ご前《ぜん》にいた梶原景時《かじわらのかげとき》が、

「おことばながら、それはおろかなおはからいと申すもの。かつて宣旨《せんじ》によって秀衡を都へめされたところ、秀衡は、『むかし平将門《たいらのまさかど》は八万余騎だったのに、いまのじぶんは十万八千余騎、したがって、往《ゆ》きか帰りかの経費をいただければ上京いたします』といったので、そういうわけにはいかないと、沙汰《さた》やみになり、そのため秀衡はついに都の姿を見るにいたらなかった、と聞いております。

たとえ秀衡ひとりでも、そういう十万あまりの大軍ですから、もし奥州勢が抵抗の態度をとり、念珠《ねず》、白河《しらかわ》の両関をかため、判官《ほうがん》どのの指揮にしたがって、あくまで抗戦をつづけたならば、たとえ日本じゅうの軍勢をもって、百年も二百年もたたかっても、全国民の悩みにこそなれ、奥州を征服することはとうていできまいと思われます。

さいわいこのたび秀衡が亡くなり、いまは器量おとる泰衡《やすひら》の世、したがって、まずひとえに泰衡をあざむきすかして、判官どのを討《う》たせ、その上で奥州へ攻めよせる、ということにすれば、よろしかろうとぞんじます」

これをきいて頼朝も、

「まことにもっともだ。頼朝個人の命令では、むずかしかろうから、院宣《いんぜん》を請《こ》うことにしよう」

と、京都へつかいをおくって、院宣をたまわったが、その院宣は、もし泰衡が義経を討ったならば、まえからもっている陸奥出羽《むつでわ》両国の本領に、さらに常陸《ひたち》をくわえて、子々孫々にいたるまで、うけつがせよう、という主旨《しゅし》であった。

頼朝は、べつにじぶんの命令書をかいて、この院宣のおもむきを、奥州の泰衡のもとへつたえさせた。泰衡は、いつともなく、すでに心がわりしていたので、ついに亡父秀衡の遺言にそむいて、頼朝の命令を承知した。しかし泰衡は頼朝に、院宣を直接たまわってから、義経を討ちたいと、鎌倉へこたえてきた。

頼朝は、それならばと、安達四郎清忠《あだちのしろうきよただ》をよんで、

「この両三年のあいだに、九郎も、ひげの黒ずんだ顔になったことであろう。それも、しかと見とどけよ」

と、検視の役として奥州くだりをめいじた。安達清忠は、命令にしたがって奥州へくだった。

日数がすぎたとき、平泉の泰衡は、あるとき、にわかに、狩りをもよおし、そうして義経も、それに加わった。鎌倉からついた安達清忠は、ひとびとにまぎれこんで、様子をうかがうと、うたがいもなく義経当人であることがわかっ

た。そこで、義経をうつべき合戦は、(123)文治《ぶんじ》五年（一一八九）四月二十九日の午前十時ごろ、おこすことに、軍議がきまった。義経は、このことをゆめにもしらなかった。

そのころ、民部権少輔基成《みんぶのごんのしょうもとなり》というものが、平泉《ひらいずみ》にいた。平治《へいじ》の乱のとき死んだ悪衛門督《あくえもんのかみ》こと藤原信頼《ふじわらののぶより》の兄であった。むほん人信頼の一門の身として、東国《とうごく》へくだったのを、亡き秀衡が保護したが、さらに、この基成の娘が秀衡の妻となった。したがって、基成は、秀衡の嫡男《ちゃくなん》である二男泰衡や三男忠衡《ただひら》らの母方祖父にあたり、そのため、ひとびとからおもんぜられて、「少輔《しょう》の御寮《ごりょう》」とよばれた。

右の泰衡や忠衡よりもまえに、長男の西木戸《にしきど》こと国衡《くにひら》が、別の腹にうまれていた。この国衡は、上背《うわぜい》も十分あり、身につけたわざもひじょうにすぐれた偉《い》丈夫《じょうぶ》で、強弓《ごうきゅう》の勇士であるとともに知謀《ちぼう》もゆたかだったから、亡き秀衡も、がんらいなら、この西木戸国衡を、あととり息子ときめればよかったであろう。しかし秀衡は、庶出《しょしゅつ》〔正妻以外の母から生まれたこと〕の男子が十五にならないうちに、正妻の子がうまれたばあいには、庶子《しょし》は長男でもあととりにすべきではないといって、基成の娘がうんだ二男泰衡を嫡子《ちゃくし》に立てた。おもえば秀衡入道も、この点では、期待はずれのひとであった。

ところで、少輔のご寮こと藤原基成は、孫の泰衡らのくわだてを、ほのかにつたえきいて、あさましく思い、孫どもを制したいと思った。しかし、はずかしいことに、じぶんは孫どもに所領をゆずったこともないし、だいたいじぶんみずからが、この奥州藤原家にあずけられた勅勘《ちょっかん》〔天皇・上皇からのおとがめ〕の身の上である。しかも、すでに院宣《いんぜん》がくだった以上、どうにも制しようがあるまい、と、悲しくおもうあまり、基成は、義経のもとへ、ひそかに手紙をかいた。

「判官《ほうがん》どのを鎌倉どのが討《う》つようにという院宣がくだりました。それなのに、あなたは、先日の狩りを、けっこうなもよおしとでも、思っておいでではないでしょうか。命こそは、たいせつなもの、さしあたっては、お落ちのびになるのがよろしかろうとぞんじます。あなたのご尊父《そんぷ》義朝《よしとも》どのは、わが弟信頼《のぶより》の味方になり、むほんのとがを同じゅうして、死罪をうけられました。こう申す基成も、東国《とうごく》にはるばる流される身となり、たまたまあなたも当地にこられたままに、辱知《じょくち》〔知り合いであることをへりくだっていう語〕のご縁もふかいと思っておりましたのに、このたび、もし私が死におくれて嘆《なげ》くようなことになっては、ざんねんでなりません。

ごいっしょにお供するのが本意ながら、すでに年老いて、てきぱきと行動することもできない身は、かいないご供養をすることをおもえば、行くも止《とど》まるも、おなじ道とおもわれます」

と、そう、くどくようにかきつらねて、泣く泣く、つかいを義経のもとへつかわした。義経も、この手紙をよんで、

「おたよりうれしく拝見いたしました。仰《おお》せのように、どこへでも落ちていくべきわが身ながら、勅勘の身として、たとえ空をとび地にくぐっても、のがれることはむずかしいと思われます。ここで自害の用意をいたしますが、こういうかくごをしたからといって、こちらから鏑矢《さびや》の一つも射るというわけにもま

いりますまい。ご高配《こうはい》のご恩は、この世ではおむくいすることができませんが、来世では、かならずおなじ弥陀《みだ》の浄土《じょうど》にうまれあうご縁をもちたいとぞんじます。これは一生の秘録《ひろく》ですが、どうぞおん身をはなさず、ごらんいただければとぞんじます」

とかき、唐《から》びつ一つを、この返書にそえて、基成のもとへおくった。

その後も、基成から手紙がとどいたが、義経は、自害の準備をしつつあるところだからといって、返事もかかなかった。

こういうわけで義経は、あるとき、二度目のお産から七日たった奥方をよびよせると、

「義経は、院宣が関東からここまでくだってきたので、遠からず討たれることになった。しかしむかしから、女子は、罪のため討たれるということはない。だからそなたは、どうかよそへのがれてもらいたい。義経は、ここで、心しずかに自害の用意をととのえたいと思う」

しかし奥方は、聞きも終わらないうちに、そでを顔におしあてながら、

「おさないときから片ときもはなれまいとしたった京の乳母《めのと》の、なごりさえもふりすてて、あなたのおともをして奥州までまいりましたのは、そのように、あなたからまたはなれるためでございましょうか。女のならいで、片思いこそ恥ずかしゅうございますが、他人の手にだけは、どうか、かけてくださいますな」

と、義経のそばをはなれまいとしたので、義経も、涙ながらに、持仏堂《じぶつどう》の正面に座をつくって、奥方をそこへみちびきいれた。

鈴木《すずき》三郎《さぶろう》重家《しげいえ》が高館《たかだち》へ来る

旧臣である鈴木《すずき》三郎《さぶろう》重家《しげいえ》が、義経《よしつね》をしたって、はるばる奥州《おうしゅう》の平泉《ひらいずみ》に着いたのは、一昨日であったが、いま義経は、その鈴木重家を近くへよびよせると、

「そもそもおまえは、鎌倉どのから、恩賞の領地をたまわりながら、おちぶれ

た義経のもとへ、はるばるきてくれたのに、着いていかほどもなく、このような事態になったことは、まことに気のどくにおもう」

「仰《おお》せのように、鎌倉どのから、甲斐国《かいのくに》〔山梨県〕に、一カ所の領地をたまわりましたが、ねてもさめても、わが君のことを、かたときもお忘れすることができず、お姿も身にしみてなつかしいままに、ぜひこちらへまいりたいとぞんじ、多年つれそった妻は、もともと熊野のものゆえ、子とともにそちらへ送りましたので、いまは、この世に思いのこすこともまったくない身の上になっております。

ただ心にかかることは、おとといこちらへ着く途中で、馬のため足にけがをして、痛みをおぼえましたが、ご当家のもようも、いかがとぞんじたままに、だまってひかえていたことでございます。しかしいまは、ごらんのとおりで、これこそ、こちらへまいりがいのある、かねてかくごの戦いだと思っております。たとえ、馳《は》せさんずるのが、遅れて間にあわなかったとしても、それは所が遠いか近いかというだけのちがいで、この重家としては、もしわが君がお討《う》たれになったときききましたら、どうしてわが命をおしみましょう。また、わが君とはなればなれに、死ぬことになりましたら、死出《しで》の旅路でも、わが君から遠くはなれておりましたろうが、いまこうして、おそばにまいりましたからには、その旅路にも、こころやすくお供いたしたいとぞんじます」

そう鈴木三郎重家は、いかにもうれしそうにいったので、義経も、涙にむせびながら、うなずいて感服した。ややあって鈴木重家は、

「このたびは下郎に、腹巻だけをもたせて、馳せさんじましたが、討死《うちじに》のとき、身につけた物具《もののぐ》のよしあしなどは、問うべきではないといえ、死後に何かとうわさされることも、おもえばざんねんにぞんぜられます」

それをきくと義経は、鎧《よろい》は数おおく用意させたからといって、二色につづった赤糸おどしの、りっぱな鎧をとりだすと、それを馬とともに重家に贈った。鈴木三郎重家は、これまでのじぶんの腹巻は、弟の亀井六郎重清《かめいのろくろうしげきよ》にあたえた。

衣川《ころもがわ》の合戦

　そうこうするうちに、寄せ手は、長崎太夫ノ介《ながさきたいふすけ》を大将として、じつに三万騎あまりが、一団となって、衣川《ころもがわ》の高館《たかだち》へおしよせた。義経は、かたわらのひとびとに、

「きょうの討手《うって》はなにものだ」

「秀衡《ひでひら》の郎党《ろうどう》、長崎太郎太夫《ながさきのたろうたいふ》です」

「なに、せめて泰衡《やすひら》か西木戸《にしきど》あたりでもあったら、さいごのいくさもしようが、東国《とうごく》の郎党のやつどもにむかって、弓をひき矢を射るなどは、すべきことでない。この義経は、自害する」

　このとき、奥方《おくがた》の乳母親《めのとおや》である十郎権頭兼房《じゅうろうごんのかみかねふさ》と、下男の喜三太《きさんだ》の二人は、楼上《ろうじょう》へのぼって、遣戸《やりと》格子《ごうし》を楯《たて》にしながら、さんざんに射た。

　正面では、武蔵坊弁慶《むさしぼうべんけい》、片岡《かたおか》、鈴木《すずき》亀井《かめい》兄弟、鷲尾《わしのお》、増尾《ましお》、伊勢三郎《いせのさぶろう》、備前《びぜんの》平四郎《へいしろう》の八人が敵をむかえた。常陸坊海尊《ひたちぼうかいそん》をはじめ、あとの十一人のものども

は、けさから、近くの山寺へおまいりするといって出ていったが、そのまま帰らず、ついに、ゆくえしれずになった。まことに、いいようのないふがいなさであった。

弁慶のこの日のいでたちは、黒革《くろかわ》おどしの鎧《よろい》の、たれの平《ひら》うちの金物に、蝶《ちょう》を二つ三つ打ちつけたのをきて、大なぎなたのまん中をにぎり、敷皮《しきがわ》がわりの板の上につったって、

「はやせ、おのおのがた。東国のやつらに、いいけんぶつをさせてやろう。わかいころ比叡山《ひえいさん》で、風流の道では詩歌管絃《しいかかんげん》のわざをみとめられ、武勇の道では悪僧の名をしられたこの弁慶だ。一《ひと》さし舞って、東国のいやしいやつどもに、みせてやろう」

そういって、鈴木亀井兄弟にはやさせながら、弁慶は、

「うれしや滝の水(124)、鳴るは滝の水、日は照るとも、たえずとうたり。東のやつばらが鎧かぶとを、首もろともに、衣川《ころもがわ》に、斬《き》りつけ流しつるかな」

――うれしいぞ滝の水、なりひびく滝の水、日は照っていても、たえずとう

とうと流れおちている。そのうれしい滝の音にまがうこのざわめきのなかに、東国のやつらのよろいかぶとを、首もろとも衣川のなかへ斬りおとして流してやったことだわい、と、早くも戦勝の祝賀の舞いを舞った。

寄せ手のものどもは、このありさまに、

「判官《ほうがん》どのの、みうちのひとびとほど、剛《ごう》のものはない。寄せ手が三万騎なのに、城のうちはわずか十騎ばかりで、どれほど楯《たて》をつくつもりで舞いなどまうのだろう」

ひとりがそういうと、またひとりが、こんどは弁慶らにむかって、

「どんなにふるまったところで、こちらは三万騎だぞ。舞いなどやめろ」

しかし弁慶は、

「三万といっても、三万によるし、十騎といっても、十騎によるぞ。きさまらが、合戦しようとくわだてたそのありさまがおかしいから、こうして笑ってやったのだ。きさまらのありさまは、比叡山や春日山《かすがやま》のふもとで、五月のまつりに競馬をするのとそっくりそのままだ。なんたるこっけいな寄せぶりだ。なあ

鈴木、さあ東国のやつどもに、手なみのほどをみせてくれよう」

というや、太刀《たち》をぬいて、鈴木亀井兄弟もろとも、弁慶は、兜《かぶと》の板金《いたがね》をかたむけて、頭をひくくしながら、太刀を鉢金《はちがね》の正面にふりかぶるや、うおおっ、とさけびざま、敵兵のなかへ突入していった。その勢いに、寄せ手のものらは、まるで秋風に木の葉が吹きちらされるように、うしろの陣地へ退却した。弁慶らは、

「口にも似ない臆病者どもめ。数にもよるぞ。卑怯者《ひきょうもの》ども。返せ返せ」

と、さけんだが、ひっかえしてたたかうものは、一人もなかった。

そのうちに、鈴木三郎重家《さぶろうしげいえ》は、敵の照井太郎《てるいのたろう》と組もうと思って、

「おまえはだれだ」

「泰衡《やすひら》どののみうちのさむらい、照井太郎高治《たかはる》だ」

「それではおまえの主人こそ、鎌倉どのの、源氏の、郎党《ろうどう》だぞ。おまえの主人の曾祖父《そうそふ》、藤原清衡《ふじわらのきよひら》は、後三年《ごさんねん》の合戦のとき、八幡太郎義家《はちまんたろうよしいえ》どのの家来になったときいている。その子が基衡《もとひら》、その子が秀衡《ひでひら》、その子が泰衡、したがって、

藤原泰衡は、源氏のわが君にとっては、四代にわたる家来だぞ。この重家《しげいえ》は、鎌倉どのにとって重代の家来。だからおまえは、この重家にたいしては、格ちがいの、ふさわしくない敵ではあるが、弓矢とる身というものは、戦場で出あった相手が、そのままかたきなのだ。おもしろい。おまえは、泰衡の家来のなかでは恥を知るものときいている。そのおまえが、もとよりこちらも恥を知る重家に、うしろを見せるという法があるか。卑怯だぞ。にげるな、とどまれ、とどまれ」

そういわれて、照井太郎もひっかえして戦ったが、右の肩をきられて、にげさっていった。

しかし鈴木重家も、つづいて左に二騎、右に三騎をきりふせ、七、八騎に傷をおわせるうちに、じぶんも重傷をおい、

「亀井六郎《かめいのろくろう》、犬死するな。重家は、いまはこうだぞ」

と、それをさいごの言葉に腹をかききって、つっぷした。弟の亀井六郎重清《しげきよ》は、

「紀伊国《きのくに》の藤代《ふじしろ》を出たときから、命はわが君にたてまつったこの六郎、いま、

思いがけず兄上と同じところで死ぬうれしさ。死出の山では、かならず待っておられよ」

とさけぶや、鎧《よろい》の草ずりを、かなぐりすてて、

「うわさもきこうが、目にも見よ。鈴木三郎の弟の亀井六郎、生年《しょうねん》二十三、弓矢の手なみは、かねてからひろく知られているが、東国のものどもは、いまだに知るまい。それ、はじめて、目に物をみせてやるぞ」

と、いいもおわらず、大勢の敵兵のなかへ、割ってはいり、左にひきつけ、右に攻めよせ、ぞんぶんに斬《き》ったので、まともに立ちむかってくるものがなかった。亀井六郎は、こうして敵の三騎をきりふせ、六騎に傷をおわせる奮戦をしたが、じぶんも重傷を何カ所にもうけたので、鎧の上帯をおしひらくと、腹をかききって、兄の鈴木三郎の伏《ふ》したところに、枕をならべて自害した。

一方、弁慶は、かなたで斬りあい、こなたで打ちあう奮戦のうちに、のどもとに裂傷をうけ、血がとめどもなくながれた。ふつうのひとならば、出血のため茫然《ぼうぜん》となるところだのに、弁慶は、血が出れば出るほど、ますます血に興《きょう》ず

る態度になって、敵を敵とおもわない奮戦をつづけたので、のどから胸になが
れる血は、鎧のうごくままに、真赤にたれおちるありさまであった。それをみ
て、敵兵どもは、

「あの坊主は、すっかり気がくるって、まえのほうにも、うしろ矢をふせぐ母《ほ》衣《ろ》をかけているぞ」

「あんな不敵なやつには近づくな」

などと、口々にさけんで、手《た》づなをひかえ、あえて近よろうとするものもなかった。

弁慶は、たびかさなるいくさに慣れてきたため、倒れるかとおもうと起きあがり、そういう動作をくりかえしては、衣川《ころもがわ》の河原を走りすぎたが、まともに立ちむかってくるものは、ついに一人もなかった。

そのうちに、増尾十郎《ましおのじゅうろう》が討死《うちじに》したが、備前平四郎《びぜんのへいしろう》も、敵を大ぜい討《う》ちとったすえ、じぶんも多くの傷をおい、自害して死んだ。片岡と鷲尾《わしのお》は、いっしょになって戦ううち、鷲尾は敵五騎を討ちとって死んだが、そのため片岡の一方が

あいたところへ、弁慶と伊勢三郎が来あわせて、あいともに戦った。伊勢三郎は、敵六騎をうちとり、三騎に傷をおわせたが、ぞんぶんな奮戦のうちに、重傷をこうむったので、

「死出の山で待つぞ」

と、弁慶と片岡に別れをつげて自害した。

弁慶は、敵を追いはらうと、義経のご前《ぜん》へいそいで、

「弁慶がまいりました」

このとき義経は法華経《ほけきょう》の第八巻(125)をよんでいたが、

「ようすはどうだ」

「いくさも、いよいよさいごになりました。備前、鷲尾、増尾、鈴木亀井兄弟、伊勢三郎は、おのおの、ぞんぶんに戦ったすえ討死し、いまは弁慶と片岡ばかりになりました。これがさいごですから、もういちど、わが君にお目にかかりたいと思ってまいりました。もしわが君がお先だちになりましたら、死出の山でおまちください。弁慶がお先にまいりましたら、三途《さんず》の川でおまちもうしあ

げましょう」

そう、弁慶がいうと、義経は、

「いまとなっては、ひとしお、なごりおしくおもわれる。かねてから、死なばもろともと、約束をかわしたが、この義経がともに出て戦うには、不足な敵であり、かといって弁慶を、ここにとどめようとすれば、味方のめんめんが討死したあとではあり、自害すべきところへ、雑人《ぞうにん》どもを入れたなら、武門の恥ともなるであろう。いまは、やむをえぬ、かりにじぶんが先だつことになっても、死出の山で待っていよう。おまえが先だったら、三途の川で待っていてくれ。お経も、あともうすこしだ。よみおわるまでは、弁慶、死んでも、この義経をまもってもらいたい」

「かしこまりました」

と、弁慶はこたえて、すだれをひきあげ、義経をつくづくとみながら、なごりおしげに涙にむせんだ。しかし、敵がちかづく音がしたので、弁慶は、いとまごいをして立ちさったが、すぐまたひっかえしてきて、

六道《ろくどう》の　みちのちまたに　まてよ君
　おくれ先だつ習《ならひ》ありとも
――冥途《めいど》への旅路の辻《つじ》で待っていてください、わが君よ。たとえ、ならわしとして、死ぬときが、あとさきになっても、と、これほど多端《たたん》〔あわただしいこと〕のさなかにも、なお未来をかけて、一首をよんだので、義経も、
　のちの世も　又のちの世も　めぐりあへ
　　染《そ》む紫の　雲の上まで
――のちの世も、そのまたのちの世までも、どうかじぶんにめぐりあってくれよ。むらさき色にそまった雲にのって浄土へ行くまでも、と、そうよんだので、弁慶も、声をたてて泣いた。
　さて弁慶は、片岡と、たがいに背中をむけあうようにしながら、一町〔約一一〇メートル〕ほどのところを、二手《ふたて》にわかれて突入したので、寄せ手の敵兵どもは、二人に切りたてられて、いっせいに逃げた。片岡は、敵の七騎のなかへ、走りこんで戦ううちに、肩も腕も、たえきれなくなって、傷をたくさんこ

うむったので、いまはもうかなわないと思ったか、腹をかききって死んだ。

弁慶は、今やついに、ただひとりとなった。なぎなたの柄《え》の端のほうを、一尺〔約三〇センチ〕ばかり、踏み折って、それを、えいっと、かなぐりすてると、

「ひとりのほうが、かえっていいわい。ろくでもない味方は、足手まといで、むしろ、やっかいだった」

と、敵にきかせる豪語をしつつ、両足をぐっとふんばって立ち、敵兵が近づけば、さっと寄りざま太刀をひらめかせて、右に左に斬《き》りすて、敵の馬も、腹の太いところであれ、前ひざであれ、するどく切りつけて、敵が馬から落ちれば、とたんに、なぎなたの先で首をうちおとし、あるいは太刀で峰うちをくわせるなど、ここを先途《せんど》とたたかったので、敵は弁慶ひとりに切りたてられて、正面からむかってくるものがなかった。

そういううちにも、弁慶の鎧《よろい》には、とんでくる敵の矢が、数しれず立ったが、弁慶は、その矢を折りながらも抜かなかったままに、さながら蓑《みの》をさかさに着

たようなかっこうになった。尾羽の黒いのや白いのや染めたのや、色とりどりの数多くの矢が、風をうけてゆれうごくそのありさまは、あたかも武蔵野《むさしの》の尾花《おばな》が秋風になびくようであった。そういう弁慶が、なおも八方を走りまわって、ものぐるおしくたたかったので、寄せ手のものどもは、

「敵も味方も、討死《うちじに》したのに、弁慶だけは、どんなに狂いまわっても死なないのがふしぎだ。ききしにまさる剛《ごう》のものだが、たとえわれわれの手にかけえないまでも、なにとぞ鎮守《ちんじゅ》大明神よ、ちかよって蹴《け》ころしたまえ」

と、のろったことこそ、おろかしい願いと思われた。

弁慶は、敵兵をなぎはらうと、なぎなたをさかさまに、杖《つえ》のようにつきたて、仁王立《におうだ》ちにつっ立った。まさに金剛力士《こんごうりきし》さながらであった。しかも、口に笑いをうかべてさえいたので、敵兵どもは、

「あれをみろ、あの坊主は、われわれを討とうとして、こっちを見つめているが、妙な笑いかたをしているのは、ただごとではないぞ。近よって討たれるな」

といって、ちかづくものもなかった。そのうちに、あるものが、

「剛の者は、立ったまま死ぬということがあるそうだ。おい、だれか、あたってみろ」

しかし、だれひとり、「じぶんがあたってみよう」と、いいだすものもなかった。

このとき、たまたま一人の武士が、馬にのって、弁慶のそばを走りすぎた。つっ立っていた弁慶は、じつはとうに死んでいた[126]ので、馬のあおりで、ばったりと倒れた。しかも、なぎなたをにぎって、やや前かがみの姿勢になっていたので、倒れたとたんに、そのなぎなたを前へふり出すかのようにみえたため、

「それ、また、狂いだしたぞ」

と、敵どもは、にげ走りつつ、ふりむきふりむき、身がまえた。しかし弁慶は、ついに、倒れたまま動かなかった。そのときになって敵兵が、はじめて、われもわれもと先をあらそって、倒れた弁慶にせまったのは、まことにおろかしいすがたであった。

弁慶が、立ったままじいっと動かずにいたことは、主君義経が自害するあい

だ、敵兵を寄せつけまいと守ろうとしたためと思われ、ひとびとは、いよいよふかく感じ入った。

義経《よしつね》の自害

楼上《ろうじょう》で戦っていた十郎兼房《じゅうろうかねふさ》と喜三太《きさんだ》は、やがてそこからとびおりたが、このとき喜三太は、敵の矢に、首の骨をいられて死んだ。十郎兼房は、楯《たて》を背中にあてがいながら、本棟《ほんむね》の垂木《たるき》にとりつき、持仏堂《じぶつどう》の、幅びろい内縁《うちえん》のなかへとびこんだ。

すると、「しゃそう」という名の、雑役《ぞうやく》の下男に出あったが、このしゃそうは、亡き秀衡入道《ひでひらにゅうどう》が、義経《よしつね》のもとへさしだしたとき、

「あの男は万一のときにはお役にたつやつですから、どうぞ、おめしつかいになってください」

と、たって推薦《すいせん》した男だった。それで義経も、ほかの雑色《ぞうしき》には武士と差別をつけたが、このしゃそうにだけは、馬にのることもゆるしてやったところ、はたして、このたび、高館《たかだち》に仕《つか》えるひとびとが、武士までも、大ぜい逃げていったのに、しゃそうばかりは、ふみとどまっていたのである。いま、しゃそうは、十郎兼房に、

「わが君におつたえくださいませんか。しゃそうは、このとおり、ここにひかえて、防ぎ矢をいたします。亡き秀衡入道からお言葉をうけました以上、下郎の身ながらも、死出の山へのお供をいたします」

そういって、敵をあいてに、さんざんに戦ったので、まっこうからたちむかう相手がなかった。下郎でありながら、このしゃそうひとりが、亡き秀衡のいった言葉どおり、ふみとどまって奮戦したことは、まことにふびんなことではあった。

義経は、持仏堂に、十郎兼房をむかえて、

「さあ、自害の時刻になったとおもう。自害は、どのようにするのがよかろう」

「佐藤忠信《さとうただのぶ》が都でいたしましたような方法が、のちのちまで、ひとのほめたたえるところとなっております」

「さしつかえない。それでは、傷の口のひろいのがいいであろう」

と、義経は、秘蔵の太刀《たち》をとりだしたが、この太刀は、かつて京都の三条小鍛冶《こかじ》が宿願をかけて、きたえあげ、鞍馬寺《くらまでら》へおさめたもので、長さは六寸五分〔約二〇センチ〕あり、その後、鞍馬寺の別当《べっとう》が、神前から願いさげて、「いまの劔《つるぎ》」と名づけ、たいせつにもっていたのを、義経が幼時鞍馬へきたとき、守り刀として別当が贈った名刀である。義経もそれ以来たいせつにして身をはなさず、西国《さいごく》の合戦のときも鎧《よろい》の下にさしていた太刀であった。

いま、この太刀を手にとると、義経は、左の乳の下に、ぐっと突きたて、背までも通れとばかり、ふかく腹をかききって、傷口を三方へおしひろげ、はらわたをたぐりだして、さて刀を衣《きぬ》の袖《そで》でおしぬぐい、その衣をひっかけると、脇息《きょうそく》に上体をもたせかけながら、奥方をよびよせて、

「いまは、亡き入道の後家のかたのもとへなり、あるいは、その父ぎみ（基成《もとなり》）

のもとへなり、いくがいい。いずれも、都のひとだから、つらいあたりかたはしまいし、そなたの生まれたところへ送りとどけてもくれるだろう。いまからのちは、そなたはたよりをうしない、さぞやなげきもふかかろうと、のちの世までも、それが気がかりになるが、なにごとも前世《ぜんせ》からの因縁《いんねん》とおもって、どうかあまりひどくはなげかないようにしてもらいたい」

そういわれて、奥方は、

「おつれいただいて、都を出たときから、きょうまでながらえていられようとは思っておりませんでした。すでにこちらへの途中でも、万一のことがあったら、まずこの身を討《う》っていただこうとかくごしておりましたので、いまさら、おどろきおそれることはございません。さあはやくこの身を、お手にかけて死なせてくださいますよう」

と、義経にすがりついた。義経は、

「じぶんが自害するまえに、じつはそなたに自害せよといいたかったが、あまりのいたましさに、いいだしえないでいた。いまとなっては、このことは兼房《かねふさ》にいいつけてもらいたい。これ、兼房、ここへ」

十郎権頭《ごんのかみ》兼房は、そうよばれて近づいたものの、奥方の体のどこへ、刀をたてていいかもわからず、ただ、ひれふすばかりであった。それをみると、奥方は、

「わが親ながら、お目のほどの高さと申しましょうか。父ぎみも、このような臆病者と見ぬかれたればこそ、権頭、そなたを、大ぜいのもののなかから、ことさらに選んで、女であるこの私の、つきそいになさったものとおもわれます。もともと、私からいいだされるまでもなく、そなたのほうからすすんで、こちらの言葉のまえに、手にかけてくれるべきところであろうのに、しばらくのあいだでも、なおこの私を生かしておいて、恥ずかしい思いをさせるとは、なんというなさけなさ。さあ、その刀を、こちらへわたしてもらいましょう」

そう、奥方がいったので、十郎兼房は、

「このことばかりは、臆病なほうが、道理と申すものでございます。おもえば、おくさまがお生まれになってから、まだわずか三日目ほどのころ、父ぎみの久《こ》

我大臣《がのおとど》が、兼房をおよびになって、

『こんどうまれた姫は、そなたのせわにまかせるぞ』

と仰《おお》せられたので、そのままご産所《さんじょ》へまいって、はじめてお抱き申しあげましたが、そのときこのかた、日夜、出仕《しゅっし》の休みの折さえも、たえずご心配申しあげたこの兼房でございます。ご成人のあかつきは、内裏《だいり》へお入れして、女御《にょうご》から皇后さまにもと、ふかく念じておりました。それなのに、父ぎみの大臣につづいて、母ぎみの北《きた》の方《かた》まで亡くなられましたので、思ってもかいのないなげきばかりつづけておりましたところ、さいわい判官《ほうがん》どののお情けをこうむるおん身となられ、兼房も、この上なくうれしくぞんじましたのに、このたび、神や仏に祈ったこともむなしく、このような悲しいおすがたを、目《ま》のあたりにすることになろうとは、まことに、つゆほども、思ってもおりませんでした」

そういって十郎権頭兼房は、鎧《よろい》のそでを顔におしあて、さめざめと泣いた。

しかし、奥方は、心づよくも、

「たとえなげいても、いまは、かいもないこと。さあ、敵も近づいてきますから」

そういわれて十郎兼房は、目もくらみ魂もきえるような思いをしながらも、「こうあってはならない」と、心をとりなおして、腰の刀をぬくと、奥方の肩をおさえ、右の脇《わき》から左の乳の下のほうへ、さっと刺し通したので、奥方は、あえぎつつ念仏をとなえながら、ほどなく世をさっていった。

兼房は、遺体に衣《きぬ》をかぶせて、義経のかたわらによこたわらせたが、つづいて兼房は、とって五つになる若ぎみの亀鶴御前《かめつるごぜん》が、乳母《うば》にだかれているところへ、すっと近よって、

「父ぎみも、母ぎみも、死出《しで》の山という道をこえて、はるか遠い冥土《めいど》の境までお出かけになりました。若ぎみも、はやくおあとから来るようにと、おっしゃっていらっしゃいましたよ」

そういうと、若ぎみは、じぶんの命をうばう兼房の首に、とびつきながら、「じゃあ、その、しでの山とかへ、早くいこうよ。兼房、はやく、さあ、すぐつれてって」

と、せきたてたので、十郎兼房は、いまは応ずることばもなく、茫然《ぼうぜん》たる思いで、ただ涙ばかりがとめどもなくながれたが、心のおくそこで、

「おお、前世の罪のむくいのくちおしさよ。この若ぎみが判官《ほうがん》どののお子さまとして生まれたのも、やはりこうなる約束だったのか。判官どのが亀割山《かめわりやま》で、『この山にすてよ』といわれたお言葉のはしばしも、いまなお耳にのこっている思いがする」

と、ふたたび、さめざめと泣いたが、そういううちにも、敵がいよいよ近づく気配がしたので、十郎兼房は、いまはもうこうしてはいられないのだと、ついに悲しい決心をするや、刀をとって、若ぎみの亀鶴御前を、二《ふ》タ刀で刺しつらぬいた。若ぎみは、わっと一声さけんだだけで、はやくも息がたえたが、その遺体を、兼房は、義経の衣《きぬ》の下へおし入れた。

つづいて兼房は、うまれてからまだわずか七日の、おさない姫ぎみをも、同様に刺しころして、それは奥方の衣の下へおしいれながら、

「なむあみだぶつ、なむあみだぶつ」

と、となえつつ、われとわが身を抱くようにして立ちあがった。このとき、義経は、まだ息がかよっていたのか、目をあけて、うつろに見ながら、

「おくはどうした」

「もう、ご自害なさいました。おそばにいらっしゃいます」

そう兼房がこたえると、義経は、かたわらをさぐりながら、

「これはだれだ。若か」

と、手をさしのばしながら、奥方の死体にとりすがった。兼房は、いよいよ悲しさに胸をつらぬかれる思いだったが、義経は、

「はやく館《たち》に火をかけよ」

と、これをさいごの言葉として、ついに息がたえはてた。(127)

兼房《かねふさ》の最期《さいご》

十郎権頭兼房《じゅうろうごんのかみかねふさ》は、(128)
「いまとなっては、かえって、心にかかることもない」
と、ひとりごとをつぶやくと、まえから用意しておいたことではあり、高館《たかだち》じゅうを走りまわって火をかけた。
　おりから西の風がつよく、猛火はまもなく建物に燃えひろがった。兼房は、義経《よしつね》らの死体の上へ、遣戸《やりど》格子《ごうし》をはずしたのをかぶせて、跡がそれと見てとれないようにしつらえた。いまは、炎にむせびながら、兼房は、西も東もわからなくなったが、心のなかで、義経の警護のため、まだ最後の戦いを十分にしていない、と思ったのであろう、鎧《よろい》をぬぎすてると、腹巻の上帯《うわおび》を、つよくむすんで、妻戸《つまど》から、さっととびだした。すると、この日の寄せ手の大将である長《なが》崎太郎《さきのたろう》兄弟が、中庭に馬をとどめながら、相手が自殺した以上、もはや何ほどのことがあろう、という顔をしていたが、その長崎兄弟にむかって、兼房は、「唐《から》(中国)や天竺《てんじく》(インド)はいざしらず、わが国では、将軍のご産所《さんじょ》に、馬にのりながらひかえているとは、承知しかねるぞ。こう申すじぶんをだれだと思う。清和《せいわ》天皇十代の後裔《こうえい》、八幡太郎義家《はちまんたろうよしいえ》どのから四代目の子孫、鎌倉どののご舎弟《しゃてい》、九郎判官《くろうほうがん》源義経どのの家来、十郎権頭兼房。もとは久我大臣《こがのおとど》どのに仕《つか》えた武士ながら、いまは源氏の郎党で、樊噲《はんかい》をも物ともしない剛《ごう》のものだ。さあ、手なみのほどを見せてやるぞ。おきてもわきまえない無法者どもめが」

と、ひさびさに名のりをあげるや、敵将長崎太郎の鎧の、右の草ずり半枚を通して、膝《ひざ》がしら、あぶみの金輪《かなわ》、馬のあばら骨五枚もろとも、えいっと、斬《き》りおろしたので、のり手も馬も、足を立てなおすまもなく倒れた。

兼房は、そこへとびこんで、相手をおさえつけざま、首をかきとろうとしたそのとき、弟の長崎次郎《じろう》が、兄を討《う》たすまいと、馬上から兼房に打ちかかった。兼房は、走りかわすようにして、次郎を馬からひきずりおとすと、左の脇《わき》にひっかかえ、

「ひとりで越えるつもりの死出の山だったが、ともを申しつけるぞ」

と、そのまま炎のなかへ、とびこんだ。おもえば十郎権頭兼房もおそろしい武士で、まことに鬼神のふるまいであった。もちろん、兼房としては、かねてか

ら、かくごしていたことではあったが、それにひきかえ長崎次郎は、内心、行賞《こうしょう》にあずかり領地もさずかって朝恩《ちょうおん》を誇るつもりでいたところ、予期に反して兼房にだきかかえられて焼け死んだとは、まことにむざんなことではあった。

泰衡《やすひら》への追討《ついとう》

藤原泰衡《ふじわらのやすひら》は、こうして高館《たかだち》で死んだ義経《よしつね》の首を、つかいにもたせて、平泉《ひらいずみ》から、鎌倉へおくりとどけた。すると、頼朝《よりとも》は、

「そもそも奇っ怪なものどもではある。はるばる奥州《おうしゅう》へ頼っていった義経を討《う》ったのみならず、だいたい義経をこの頼朝の弟と知りながら、いかに院宣《いんぜん》とはいえ、むぞうさにこの暴挙におよんだとは、かさねがさね奇っ怪しごくである」

そういうや、泰衡が報告書につきそわせたおもだった武士二人をはじめ、雑色《ぞうしき》、下部《しもべ》にいたるまで、ひとりのこらず首をきって、獄門《ごくもん》にさらした。

しかも、鎌倉では、ただちに軍勢を奥州へつかわして泰衡を討つべきである、という評議がおこなわれたので、千葉介《ちばのすけ》、三浦介《みうらのすけ》、左馬介《さまのすけ》、大学頭《だいがくのかみ》、大炊介《おおいのすけ》、梶原《かじわら》をはじめとして、ひとびとが、われもわれもと、奥州追討《ついとう》の先陣をのぞんだ。しかし、頼朝は、

「よかれあしかれ、これは頼朝個人の考えでは決しがたい」

そういって、鶴《つる》ガ岡八幡宮《おかはちまんぐう》に参詣《さんけい》したが、ご神託《しんたく》が畠山《はたけやま》を示唆《しさ》したというので、はじめて畠山重忠《しげただ》に先陣をめいじ、こうして総数七万騎の軍勢が、奥州へむかって進発した。

かつて奥州は、十二年の長きにわたって、抗戦がおこなわれたところである。それなのに、今回は、わずか九十日のうちに、攻めおとされてしまったことこそ、ふしぎであった。庶出《しょしゅつ》の長男西木戸太郎《にしきどのたろう》こと国衡《くにひら》、嫡子《ちゃくし》で大将の二男泰衡《やすひら》をはじめ、三百人の首が、畠山の手で討ちとられたが、そのほかのものらも、雑人《ぞうにん》どもにいたるまで、みな首をとったので、総数はどのくらいになるかわからなかった。

亡き秀衡入道《ひでひらにゅうどう》の遺言のように、長男国衡らが念珠《ねず》と白河《しらかわ》の両関をふさぎ、二男泰衡、三男忠衡《ただひら》らが義経の指揮にしたがって戦ったならば、どうしてこのように、たやすく敗れさったたであろう。親の遺言にそむいたことといい、主君への不忠といい、悪逆無道なことを思いたったればこそ、命もほろび、子孫もたえ、代々の領地も他人の宝となるにいたったのは、まことにかなしいことである。武士たるものは、忠孝に専念すべきであるのに、泰衡らは、ざんねんなものどもではあった。

注釈

犬井善壽

（1）「わが国で、むかしから知られた勇将をたずねると」　日本と中国の古来有名な武将を列挙し、それらと肩をならべる人物として、本書の主人公源義経を紹介する。『平家物語』の冒頭で「秦の趙高、漢の王莽、梁の朱异、唐の禄山」や「承平の将門、天慶の純友、康和の義親、平治の信頼」と平清盛《たいらのきよもり》とが対比され、『保元《ほうげん》物語』で「将門・純友にも越え、貞任・宗任にも勝れたり」と源為朝《ためとも》を紹介しているなど、これと似た叙述は、他の作品にも多い。

（2）「父の源義朝は」　以下、「常盤の都おち」「牛若の鞍馬いり」の章の件《くだり》は、『平治《へいじ》物語』の古活字本系統に詳しい。

（3）「神仏混淆の世に」　わが国固有の神の信仰と外来の仏教信仰とが融合していること。奈良時代に始まるが、本書が描く時代には特に著《いちじる》しい。貴船明神に高僧が勤行し神主もいたと記す点、「仏のちえも神の力もおとろえてきて」とある点、義経が「なむ、大慈大悲の明神、八まん大ぼさつ」と神と仏に祈っている点に注意。

（4）「毬杖あそびのまり」　槌《つち》の形をした杖で木製の球を打ち合って勝負を争う、子供の遊び。義経は、その球を人の首に見たてたのである。『平家物語』巻五「奈良炎上」の章にも、奈良の衆が大きな毬杖の球を清盛の首に見たてて、「打て、踏め」と言い合った、という記事がある。

（5）「牛若どのは」　義経の容貌について、『平家物語』巻十一「鶏合壇浦合戦」の章に、越中次郎兵衛盛嗣《もりつぐ》の言葉として、「九郎は、色白う背小さきが、向歯《むかば》の殊に差し出でて、著かんなるぞ」とある。敵の言葉ではあるが、色の白い小男で出歯だというのである。これと、「鏡の宿の強盗」の章などにも見える、義経を美貌の持ち主とする本書の記述を比べると、本書の志向するところがうかがえる。（注106参照）

（6）「遮那王」「遮那」は梵語《ぼんご》 Vairocana を意訳した「毘盧遮那《びるしゃな》」の略。「光明遍照《こうみょうへんじょう》」（阿弥陀仏の光明が遍《あまね》く照らす）の意。義経にかような名を付けた点に、その身体や知恵の勝《すぐ》れることを望む気持ちがうかがえるわけで、興味深い。

（7）「吉次信高」　義経と金売り吉次の出会いから奥州下りの件は、『平家物語』の「牛若奥州下りの事」の章に詳しい。

（8）「かつて安倍頼時（頼義）というものが」　以下、吉次の語る前九年の役・後三年の役の逸話は、『陸奥話記《むつわき》』と『奥州後三年記』に詳しい。なお、「(頼義)」は、「(頼良)」が正しい。

(9)「承安四年(一一七四)二月二日」『平治物語《へいじ》』には、「承安四年三月三日の暁、鞍馬を出でて、東路はるかに思ひ立つ」とある。この方が正しいらしい。

(10)「近江の鏡の宿場」現在の滋賀県蒲生《がもう》郡竜王町鏡。『平治物語』では、ここで義経が元服し、「ここ一年ばかり忍びておはしけるが、武勇人に勝れ、山立《やまだち》・強盗をいましめ給ふこと、凡夫の業とも見えざりしかば」と記す。義経の元服と強盗退治の話は、謡曲「熊坂」と「烏帽子折《えぼしおり》」では美濃の赤坂でのこととし、幸若《こうわか》「烏帽子折」では鏡の宿とする。鏡の地に、「義経元服池」と称する池がある。

(11)「紅い花は……」原文「紅は園生に植ゑても隠れなし」。「紅」は「紅い花」ではなく「紅花《べにばな》」。『曾我物語』巻三、謡曲「頼政」「安宅」などにも見える語句。

(12)「色の白さはもとより」義経の容貌については注5参照。ここで、『万葉集』や『肥前国風土記《ひぜんのくにふどき》』に載る松浦佐用姫《の》と『長恨歌《ちょうごんか》』に記される楊貴妃など、日本と中国で美貌をうたわれた女性と義経とを対比している点は、本書冒頭で和漢の武将と対比する(注1参照)点と対照的。なお、この章での盗賊を相手の義経の活躍は、合戦場での知略にたけた義経の活躍を語る『平家物語』とは全く異なる。

(13)「小野の摺針峠をこえ」以下、義経が熱田神宮に着くまでの原文は、旅の光景と旅情とを歌枕を多用しつつ七五調を主として綴《つづ》った、流麗な道行文《みちゆき》。「小野の摺針うち過ぎて、番場《ばんば》醒井《さめがい》過ぎければ、今日も程なく行き暮れて、美濃国青墓の宿にぞ着き給ふ」という調子で続く。本書には、このような道行文が非常に多い点も、注目される。

(14)「業平中将や山蔭中納言が歌によんだ名所」『伊勢物語』第九段に業平の東下りの記事があり、ここにも見える八橋や宇津の山の記述がある。山蔭中納言についてこの記事に該当する逸話は不明。

(15)「むかし在原業平がながめて歌によんだ土地」『伊勢物語』第九段に、武蔵と下総の境の隅田川で都鳥の歌を詠《よ》んだ記事があり、第十段には、武蔵国入間《いるま》郡三芳野《みよしの》の里の女を歌に詠んだ記事がある。

(16)「色をも香をも、知るひとぞ知る」「君ならで誰にか見せむ梅の花色をも香をも知る人ぞ知る」(『古今和歌集』春上・紀友則《きのとものり》)の下句を引いたもの。上句を省いたのは、「あなた以外には誰にわかってもらえようか」という意を言外に強める結果になっている。後に、女が、これを「おくゆかしい」と評している点に注意。武勇だけではなく、歌にも通じている風流人としての義経の造型なのである。

（17）「おもえば、ほんのかりそめの縁のようだったのに」以下、「上野の宿の主人だったのである」までは、義経と伊勢三郎の出会いというこの場面を外れて、語り手が一人称で伊勢三郎の後日のことを説明する、一種の草子地《そうしじ》である。本書には、かような、語り手の独言が多い。

（18）「藤原実方中将が」実方の「安達が原の弓」の歌は、『後拾遺和歌集』巻十九に載るが、ここに引かれているのは、原文「安達の野辺の白真弓、押し張り素引《すび》きし肩にかけ、馴れぬ程は何恐れん、馴れての後は恐るぞ悔しき」というもの。当時流行の歌謡らしい。このあたりも道行文《みちゆき》である。

（19）「年こそまだおわかくても」秀衡が、若くても「詩歌管絃のわざ、仁義礼智信の道も、よくわきまえておられることであろう」と述べているのは、義経が熱田で元服を済ませたいと言った件《くだり》や、伊勢三郎の妻に「色をも香をも」と古歌を引いて気持を伝えた件と照応している。

（20）「そのまま京都への旅路にのぼった」奥州下りは、かなり詳しく描いてあるが、この上洛《じょうらく》は、ごく簡略に記すだけである。このような点にも、この上洛を義経が急いだということが表わされている。

（21）「十六巻の本」中国周代の太公望《たいこうぼう》の撰述《せんじゅつ》と称される兵法書『六韜《りくとう》』。文・武・

龍・虎・豹・犬の六巻から成り、各巻十編合計六十編。「十六巻」は「六十編」の誤りか。太公望・張良・樊噲《はんかい》や坂上田村麿・藤原利仁・平将門・俵〔田原〕藤太など、中国・日本の武将がこれを読んだとするのは、義経が苦労して写し取るというこの章の伏線であるが、一方では、義経がこれらの武将と比肩しうる武人であることを強調していることにもなろう。

(22)「賢臣は二君につかえず、貞女は両夫にまみえず」『史記』田単伝に載る語。斉《せい》を破った燕《えん》の楽毅《がくき》が、斉の王蠋《おうしょく》は賢臣であると聞き、燕に仕《つか》えよと推《すす》めた時、王蠋は「忠臣ハ二君ニ事《つか》ヘズ、烈女ハ二夫ヲ更《か》エズ」と答えたという。鬼一法眼の娘は義経の妻の心でいたことになる。

(23)「摂津国住吉の、おさない松」住吉は松の名所。「住吉の岸の姫松人ならばいく世か経しと問はましものを」(『古今和歌集』雑上・読人知らず)の歌があるように、古来、二葉の松が千年の松になることが、長い時間の経過するたとえとされる。

(24)「幅一丈の堀をとびこえ」義経が幅の広い堀を越え、高い壁にあがるというのは、有名な「義経八艘跳《はっそうと》び」の伝承と関係があろう。『六韜《りくとう》』を読んだ太公望や張良が高く跳べるようになった、という伝承があることも、これと関連がある。

(25)「法華経の第二巻」『法華経』巻二は、譬喩品《ひゆぼん》第三と信解品《しんげぼん》第四にあたる。有名な火宅《かたく》の譬《たとえ》と長者窮子の譬が載る。

(26)「西塔の武蔵坊弁慶」　弁慶の素姓の良さを述べ、「天下にならびないほどの美人」の母を持つという紹介は、本書冒頭の「源義朝の都おち」「常盤の都おち」の義経の紹介と似ている。巻三は、最後の二章は別として、「弁慶物語」と呼んでよい。この弁慶は、『平治《へいじ》物語』には登場せず、『平家物語』でもその活躍はない。『源平盛衰記』になると、大きく取りあげられ、本書では、副主人公ともいうべき位置を占める。室町時代初めごろには数種の「弁慶物語」が存したらしく、面白い伝承が数多く残されている。

(27)「中国の黄石の子」　黄石公は中国秦《しん》代の隠士。最後は黄色の石になったと伝えられる。母の胎内に長くいたというのは、『酉陽雑俎《ゆうようざっそ》』や『史記正義』に載る、老子に関する伝承との混同らしい。老子についてのその伝承は、わが国の『八幡愚童訓』『源平盛衰記』『弁慶物語』にも載る。なお、「八幡大菩薩のおつかい」は、「黄石の子」ではなくて、武内宿禰《たけのうちのすくね》。

(28)「太刀を千振うばいとって」　よく知られている「弁慶の太刀奪い」の話。謡曲「橋弁慶」に脚色されているが、本書とは違って、義経が千人斬りの願を立て、弁慶がそれを退治しようとして逆に打ち負かされる、という話になっている。

(29)「数えてみると、九百九十九本あった」満願に一つ欠けるというのは、深草《ふかくさ》の少将が小野小町の許《もと》へ通った「百夜通《ももよ》い」と同じく、九十九伝説が背景にある。
(30)「ひとの器量に似ざりけり」「器量」に「切り様」を掛けた洒落。延暦寺の僧は器量に似ず人を斬ることばかりに専念しているのか、と皮肉ったもの。続いて「器量ばかりにて生きたりぞする」という、下句を載せる伝本もある。
(31)「中国の周の穆王が……」穆王が天を飛んだという話は、『平治《へいじ》物語』巻中・『太平記』巻十三・『曾我物語』巻八などにも見える。天を飛ぶことが『六韜《りくとう》』との関連で記されている点は、注24参照。
(32)「六月十八日のことである」毎月十八日は観音の縁日であるが、六月十八日は特に功徳《くどく》の大きい参詣日とされていた。
(33)「おもえば弁慶は」伊勢三郎の場合と同様（注17参照）、語り手が弁慶の後日のことをここでさきに説明している。
(34)「源頼朝は、ついに平家に叛旗をひるがえした」『平家物語』巻五「早馬」以後の章に詳しい。本書で『平家物語』と重なる武人義経の記事は、この章から巻四の前半までにすぎない点に注意したい。
(35)「源は同じながれぞ……」「源」は源氏と根源との掛詞《かけことば》。「源」「流れ」「石清水」

「せきあげ」は縁語。「雲の上」は、天上にたとえて、「宮中」の意。
(36)「在原業平が墨田川と名づけたが」『伊勢物語』第九段の都鳥の故事をさすらしいが、隅田川の命名の記事はない。
(37)「このときの義経の家来としては」ここで、弁慶・常陸坊海尊・伊勢三郎・佐藤継信・同忠信という、本書の後半で大活躍する義経の家来が全て紹介されている。また、その勢《ぜい》の奥州から伊豆まで駆ける記事が、道行文《みちゆき》を含んで、非常に早い進度で描かれている点も注目される。
(38)「後三年の合戦で」以下、頼朝が、義経との邂逅《かいこう》を、八幡太郎義家と新羅三郎義光の兄弟対面の件《くだり》を引いて喜ぶという述べ方に注意。なお、義家が厨川で京都の方を伏し拝んだ件は、義家の父頼義の逸話として『陸奥話記』に載る話による。
(39)「義経は、寿永三年(一一八四)に京都へいって、都から平家を追いはらったが」『平家物語』に詳しく語られている義経の平家追討が、本書では、ごく簡略に記されているにすぎない点に注意。
(40)「梶原景時が、義経の兄頼朝に、こういった」以下、景時の讒言《ざんげん》という形で、義経の平家追討の活躍に触れている点に注意。有名な「逆櫓」の話も、続いて「大名小名たち」の言葉として載っている。登場人物に語らせるのである。

（41）「腰越からの申し状」　よく知られる「腰越状」の全文。『吾妻鑑《あずまかがみ》』の元暦《げんりゃく》二年五月二十四日の条に収められているほか、『平家物語』諸本にも載る。日付けと宛名に小異があるが、ほとんど同文である。鎌倉市腰越の満福寺に、弁慶がしたためたと伝える腰越状が蔵されている。

（42）「静という遊び女」　白拍子《しらびょうし》〔女性が白い狩衣《かりぎぬ》という男装で舞う舞い。また、それを業とする遊女をいう〕の静。ここで「なかなかりこうな女」と評され、機転のきいた処し方が語られているのは、後の巻六「鶴ガ岡八幡宮の舞い」の章で、頼朝の前で義経思慕の舞いを舞う大胆さや気丈《きじょう》さが描かれるのと応じている。

（43）「いちばん身分のひくい下男」　土佐坊の夜討ちに対して、最も活躍するのが、主人公義経ではなく、下男の喜三太である点に注意。本書では、このように、義経配下の人物の武勇を多く描いている。

（44）「そのなかで、不運な戦いをしたのは」　以下、江田源三が義経の膝を枕にして死ぬ話は、合戦の描写を中断してのもの。義経主従の情誼《じょうぎ》が合戦のさなかでも厚かったことが、こうして強調されている。

（45）「猩々は血をおしみ、犀は角をおしみ」　『曾我物語』巻四に「それ、大海の辺りの猩々は酒に著して血を絞られ、滄海の底の犀は酒を好みて角を切らるるなり」とある。当時の諺《ことわざ》らしい。ここで「酒好き」の点が省かれているのは、続く「日本の武士は名を惜しむ」と対比のため。

(46)「十一月一日(一一八五)」 文治《ぶんじ》元年。『吾妻鏡《あずまかがみ》』文治元年十一月七日の条に、院《いんの》庁《ちょう》の下文によって、行家が四国地頭《じとう》、義経が九州地頭に任ぜられた、とある。

(47)「古い歌に」「塩垂るる伊勢をの海人《あま》の袖だにも乾すなる隙はありとこそ聞け」(『千載《せんざい》和歌集』巻十三・前参議親隆)をさす。このあたり、歌語が多い。

(48)「あの雲は、わが君のためには、凶風のもとと思います」 この章と同じ素材を語る『平家物語』巻十二「判官都落」には、「たちまちに西の風吹きけることも、平家の怨霊《おんりょう》の故《ゆえ》とぞおぼえける」とある。義経一行が暴風雨のために遭難した件《くだり》は『吾妻《あずま》鏡《かがみ》』文治《ぶんじ》元年十一月二十日の条に載り、史実らしい。『源平盛衰記』では、それを平家の怨霊によるとする。謡曲「舟弁慶」や幸若《こうわか》「四国落」の素材とされた話である。

(49)「五人ばりの弓に、十五束の矢」『保元物語』諸本で、為朝の弓矢を「五人張り」「十五束」とするのは、古活字本の系統。「五人張りの弓、長さ八尺五寸にて」(上巻)、「鏑《かぶら》より上、十五束ありけるを」(中巻)。他系統には小異がある。

(50)「年が八十にもなろう老人」 所の老人が出て、その土地を説明し、実はその老人は住吉明神の化身《けしん》であった、という筋立ては、複式夢幻能の典型に似ている。

(51)「いさり火の……」『新古今和歌集』巻三に載る後京極摂政良経の歌。この歌は、「晴るる夜の星か川辺の螢かもわが住む方の海人《あま》のたく火か」(『伊勢物語』八八段)の業平《なりひら》の歌を本歌としている。

(52)「天には口がないが、人の口でいわせる」自然に物事が洩《も》れること。『平家物語』巻一「清水炎上」などにも載る諺《ことわざ》。

(53)「大物の浦も、このとき騒然としていた」住吉と大物での合戦を、『平家物語』巻十二「判官都落」や『源平盛衰記』巻四十六「義経行家出都」では、漂流の前の陸上でのものとする。佐藤忠信・片岡八郎・弁慶・常陸坊など、義経の部下の活躍が大きく描かれている点に注意。

(54)「末も通らぬ青道心」いい加減な気持ちで出家したので、最後まで戒律を守り通すことができない生ぐさ坊主。巻三の弁慶の誕生から出家までの記事に応じる。

(55)「れいの大和国宇陀郡岸岡というところ」常盤《ときわ》が、牛若など三人の子供をつれて平家の追手からのがれた土地。巻一「常盤の都おち」の章を参照。宇陀は、次巻に描かれる吉野にきわめて近い。

(56)「調緒の鼓」鼓の両面の革の端にかけて胴と連結する紐《ひも》を「調緒《しらべお》」という。この「初音《はつね》の鼓」をめぐる話が、浄瑠璃の『義経千本桜』として戯曲化されている。

(57)「金峯山蔵王権現のご縁日」　十七日が蔵王権現の縁日にあたるということは、今日では明らかでない。

(58)「ある年、都に、百日も日でりがつづいたとき」　静が雨乞いの舞いを舞ったことは、巻六「静の鎌倉くだり」「鶴ガ岡八幡宮の舞い」の章に詳しく語られる。

(59)「あの治承四年（一一八〇）のこと」　以仁王を戴《いただ》いての源三位《げんざんみ》頼政らの挙兵の件をさす。『平家物語』巻四の「源氏揃」から、巻五の「奈良炎上」に詳しい。

(60)「育王山、こうふ山、嵩高山」　育王山と嵩高山は、それぞれ、中国五山・中国五嶽《がく》の一つに数えられる。「こうふ山」は、経典中の山で、香風山をさす。全て、仏教上の重要な山。吉野山を中国と日本の名山の対比の中で説いている点は、義経の紹介や美貌の説明と同じ型である。

(61)「おまえの兄継信が」　佐藤継信が能登守平教盛の矢にあたって死んだ件《くだり》は、『平家物語』巻十一「嗣信最期」の章に詳しい。本書の「忠信が吉野にとどまる」の章は、構成・表現の点で、屋島における継信の死の話をふまえたものらしい。

(62)「秀衡公献上の名馬、太夫黒」『源平盛衰記』巻四十二「源平侍共軍付継信盛政孝養事」の章に、馬の名前の由来と、秀衡が義経に献じた由《よし》が載る。『吾妻鏡《あずまかがみ》』文治《ぶんじ》元年二月十九日の条には、この馬は院から義経に下賜《かし》されたものとある。

(63)「わが君が奥州へお下りになり」 巻八「佐藤兄弟のとむらい」の章に応じる。

(64)「証空阿闍梨」『今昔物語』巻十九第二十四話、『宝物集』巻三、『発心集』巻六、『三国伝記』巻九などに、内供智興の身がわりになった証空の話が載る。

(65)「董豊の妻の節女」『今昔物語』巻十第二十一話に載る話。『源平盛衰記』巻十九「東帰節女事」も、同じ話である。

(66)「七人ばりの弓で十五束の矢」 為朝の弓を「七人張り」とすることは、他の文献には見られない。(注49参照)

(67)「楚の国の養由」 中国春秋時代の楚の国にいたという弓の名手。『史記』巻四「周本紀」に、「去《ルコト》ニ柳葉《ヲ》一百歩《ニシテ》而射《ル》レ之《ヲ》、百発《シテ》而百中《ル》レ之《ニ》」とあり、この話は、中国の多くの文献に載る。『保元物語』に為朝《ためとも》の弓の技を評して「養由が百歩の芸にあひ同じ」とあり、謡曲「花月」に「異国の養由は百歩に柳の葉を垂れ、百に百矢を射るに外さず」とあるなど、わが国においても、弓の上手として引かれる。

(68)「逆櫓のこと」 四国の屋島にいる平家を攻めようと、摂津国渡辺で船揃えをした時、船に逆櫓をつけて前後いずれにも進めるようにしようと主張した梶原景時と反対する義経の口論をさす。『平家物語』巻十一「逆櫓」に詳しい。逆櫓も沓を逆にはくことも、義経が「末代の恥」を懸念《けねん》して反対している点に注目したい。

(69)「合戦のありさまをかたった」　弁慶のこの合戦談義は、巻一「吉次の奥州ものがたり」とともに、挿話的な説話。本書では、かような挿話的説話が、生のままでなく、登場人物の口を通して語られている点に注意。弁慶の語る話は、典拠は不明であるが、『源平盛衰記』巻三十四「象王太子事」との関連が考えられる。
(70)「弁慶は、もう水におちて」　せっかく沓を逆にはいたのにその策略は見ぬかれ、義経以下が竹を利用して川を越えたのにひとり跳《と》び越えようとして水に落ちるなど、弁慶をめぐるユーモラスな話とその描き方にも、注意を向ける必要がある。
(71)「周の穆王」「漢の張博望は、流れ木にのって天の河にいたったというが」は、『今昔物語』巻十第四話にも載る、博望侯張騫《ちょうけん》の故事をさす。
(72)「小さい竹筒に、酒をいれたのを」　義経は「たちばな餅」を持って来たが、弁慶は、餅のほかに酒までも持って来たとして、機敏さでは弁慶の方がうわてを行ったことを語っている。ユーモラスな話。
(73)「六波羅の京都守護」　巻一「常盤の都おち」などに見える六波羅は、平家一門の根拠地をさす。平家の滅亡後、頼朝は六波羅に代官を置いて、京都を監視させた。『平家物語』巻十二「六代」の章にも、北条時政が、この地で代官として平家の残党を捜索している記事がある。

(74)「色も香もしらない無道の女」「色も香も」は、『古今和歌集』に載る紀友則《きのとものり》の歌を引く（注16参照）。巻二「義経のさいしょの家来、伊勢三郎」の章で、義経が伊勢三郎の妻に歌いかける。同じ歌を、一方では義経に好意を寄せる女性に用い、一方では義経の部下忠信に背く女性に用いるという、対照は興味深い。

(75)「始めがあるものは、終わりがあり」「有《ル》レ生者《ハ》有《リ》レ死、有《ル》レ始者《ハ》必《ズ》有《リ》レ終。自然之道也」（『揚子法言』巻十二）による。

(76)「判官どのが一両年ほど住まわれた六条堀川のやしき」頼朝の嫌疑を蒙《こうむ》って京都にいた義経が六条堀川に住んでいたことは、巻四「土佐坊が義経を討ちに上京」の章に見える。祖父為義《ためよし》の旧宅の地。

(77)「保元や平治の合戦は、上のかたがたどうしのあらそいだった」保元の乱は後白河天皇と崇徳《すとく》上皇の政権争いであり、平治の乱は少納言入道信西《しんぜい》と藤原信頼《ふじわらののぶより》との紛争であり、ともに武士同士の合戦ではない。『保元物語』巻上で、信西が「さすがに主上・上皇の国争ひに、夜討ちなんどしかるべからず」と言ったとある。

(78)「念仏を、こえたかく三十ぺんほどとなえ」阿弥陀如来《あみだにょらい》が、念仏の声を頼りに、人を極楽浄土へ迎えて下さると信じられていた。「願以此功徳」は、『観経四帖疏《かんぎょうしじょうしょ》』第四巻の玄義分に載る句の一節。

(79)「奥州の舞房」 陸奥国《むつのくに》の刀鍛冶《かたなかじ》の名人。平泉の近くの舞草の地の鍛冶らしい。「奥《お》州《く》の舞房、三条の小鍛冶、かれらは名誉の上手なり」(舞曲「剣讃談」)。

(80)「切先を口にくわえ」 以下、忠信の最期の描写は、「死に様」そのものの描写である点に注意。『平家物語』でも多くの人間が死ぬが、「死に様」は描かない。本書の描き方は、むごたらしい「人の死に様」をも描く『太平記』に似ている。

(81)「なき父義朝の冥福をいのるためにたてた勝長寿院」『吾妻鏡《あずまかがみ》』によると、元暦《げんりゃく》二年(一一八五)十二月三十日建立。父義朝を弔《とむら》うために建てた寺に、忠信を葬ったというのは、特別の処遇である。

(82)「毛を吹いて、きずをもとめる」「毛ヲ吹キテ小疵ヲ求メズ、垢ヲ洗ヒテ知リ難キヲ察セズ」(『韓非子《かんぴし》』)による。この場合、勧修坊のあらをさがして難くせをつける、の意らしいが、続く「どうせ横紙やぶりの我々だ云々」との脈絡がない。原文も、少々意味が通じない。

(83)「余念なく笛をふいていると」 笛を吹く義経が、太刀を奪おうとする僧を討つ、という型は、巻三「弁慶の太刀強盗」と同じ。弁慶の場合は義経の部下になるが、ここでは五人が斬られ但馬の阿闍梨は大きな恥辱をうける。そこに繰返して同じ型の話を載せる意味がある。

(84)「東山にいる法然房」　勧修坊が鎌倉へ護送される前に法然房との対面を望むのは、『平家物語』で、平重衡《たいらのしげひら》が関東下向の前に法然に会って戒文《かいもん》を授けられる話（巻十「戒文」）と同じ型である。法然の浄土宗の教義《きょうぎ》の広がりを窺《うかが》わせる一節。

(85)「頼朝は、その普請場へ日参するほど熱心であった」　原文では、この後に、「鎌倉はこれぞ仏法の始めなる」とある。

(86)「静を鎌倉へくだらせ」　史実としては、本書で勧修坊とされる周防得業聖弘《すおうとくごしょうこう》が鎌倉に呼ばれたのが文治《ぶんじ》三年（一一八七）三月で、静の鎌倉護送はその前年である。本書の史実離れの一例である。

(87)「勧学院（大学）にあそぶ雀は、蒙求（史書）をさえずる」「門前の小僧、習わぬ経を読む」と同じ意味の諺《ことわざ》。

(88)「工藤左衛門尉祐経」「鶴ガ岡八幡宮の舞い」の章にもあるように、所領の件で従弟《いとこ》の伊東祐親《すけちか》と争い、その子祐泰《すけやす》を殺し、後年、祐泰の遺児曾我《そが》兄弟に殺される。『曾我物語』に詳しく載る。

(89)「由比ガ浜で、赤子を亡きものにせよ」　静の産んだ赤子を鎌倉由比ガ浜にすてた件は、『吾妻鏡《あずまかがみ》』の文治《ぶんじ》二年八月二十八日の条に載る。忠信は勝長寿院の墓に葬られたが（注81参照）、この赤子はその裏に埋められた、という対照的な描き方の点も注目される。

(90)「精進まいりをつづけていた」『吾妻鏡《あずまかがみ》』によると、文治《ぶんじ》二年（一一八六）四月四日に、頼朝と政子が鶴岡八幡宮に参詣し、静を廻廊に召して、強《し》いて舞いを舞わせたもので、若宮での法楽舞は、赤子の出産以前のことである。本書では、故意に順序を変えて、巻六をもって静をめぐる悲話をしめくくろうとしたもの。舞曲「静」などでも詳しく語られる話。

(91)「母の磯ノ禅師をよびだすと」頼朝の召しに母の磯禅師を介在させる語り方は、清盛《きよもり》の召しに母の刀自《とじ》が仲に入るという、『平家物語』巻一の「祇王《ぎおう》」の話に似るところがある。静の返事の言葉の中に、「私も白拍子の道の者でなければ云々」とあるのも、祇王の言葉と共通する点が大きい。

(92)「鎌倉どののご家来のなかでも」工藤祐経の鼓、梶原景時の銅拍子、畠山重忠の笛と、頼朝配下の最高幹部が楽党を組むこと、各人の華やかな装束が描写されていること、などは当然のこと、「多くの大名小名」が列席し、「拝殿や廻廊のまえは、有象無象が、おすなおすなで」あるとすることなどは、静の舞への大きな期待であると同時に頼朝を中心とする鎌倉政権の威容を強調するものでもある。

(93)「しんむしょう」白拍子の曲名であるが、その内容は不明。「新無常」か。

(94)「あっと声をあげて感嘆し」　世阿弥《ぜあみ》の能楽論『花鏡《はなかがみ》』に「面白き位より上に、心にも覚えず『あつ』といふ重（＝段階）あるべし」（上手之知感事）とある。静の白拍子の謡《うた》いが、世阿弥の芸論と同一の言葉で評されている点は興味深い。

(95)「しづやしづ……」　この歌は「古《いにしえ》のしづのをだまきくり返し昔を今になすよしもがな」（『伊勢物語』第三十二段）を本歌とする。続く「吉野山」の歌は、「み吉野の山の白雪踏み分けて入りにし人のおとづれもせぬ」（『古今和歌集』冬歌・壬生忠岑《みぶのただみね》）の歌を本歌としている。

(96)「髪をおとして頭をそり」　静が出家して庵《あん》を構え、母と一緒に仏道修行につとめたというのは、『平家物語』の「祇王」の話と同じ型である。注91参照。

(97)「文治二年（一一八六）、正月も末になったころ」　『吾妻鏡《あずまかがみ》』には、文治三年二月十日に、義経主従が山伏姿で奥州に向かった、と記されている。

(98)「さあ、それもどうだろうか」　以下、義経の懸念《けねん》と弁慶の返答は、北国落ちの旅におけるあらゆる難儀の伏線であるが、特に、「三ノ口の関」の章や、「平泉寺けんぶつ」の章の篠原の条、「如意の渡し」の章、「直江津の笈あらため」の章など、謡曲「安宅《あたか》」や舞曲「富樫《とがし》」「笈探し」でも知られる話の伏線になっている。

(99)「久我大臣の姫ぎみ」　当時の久我大臣は源通親《みちちか》をさすが、その娘が義経の妻という事実はない。当道座〈盲人の職業を保護・管理する幕府公認の組織〉を支配していた久我家の娘をここで持ち出しているのは、本書と琵琶《びわ》法師の「語り」との関係を示唆《しさ》するものとして、注目されている。

(100)「あの源氏物語の」『源氏物語』の「蓬生《よもぎう》」の巻をふまえている。

(101)「つらからば……」『閑吟集《かんぎんしゅう》』に、「人の辛《つら》くは我も心の変はれかし、憎むにいとほしいはあんはらや」という歌謡が載る。『菟玖波集《つくばしゅう》』巻九にも、「思はぬ人のなどか恋しき　問はれずは我も心の変はれかし」〈平景右〉が載る。

(102)「王昭君という美人」漢の元帝時代の宮女で、匈奴単于《きょうどぜんう》に嫁がされたという。『西京雑記』巻二などに載り、『今昔物語』巻十第五話、『俊頼無名抄《としよりむみょうしょう》』、『曾我物語』巻二などにも見える。謡曲「昭君」は、その話を素材にしている。

(103)「大津次郎の妻」巻二に載る伊勢三郎の妻と対照的な描き方である点が、注目される。大津次郎夫婦の激しい口論が、ユーモラスに描かれている点にも注意。

(104)「うづら鳴く……」『金葉和歌集《きんようわかしゅう》』巻三に載る源俊頼《としより》の歌。俊頼自撰の『散木奇歌集』や藤原定家の『近代秀歌』にも載る。本書で寂照の歌とするのは誤り。

(105)「荒乳山〈愛発山〉」西近江路の七里半越えにある、疋田《ひきた》と梅津の中間らしい。現在は敦賀市に入っているが、福井県敦賀郡に愛発《あらち》村の地名が残っていた。

(106)「色が白くて、上前歯が出っ歯のもの」義経の容貌を記す「牛若の貴船まいり」などとの相違は注目される。「出っ歯」の点など、『平家物語』巻十一「鶏合壇浦合戦」に見える敵方の越中次郎兵衛盛嗣《もりつぐ》の言い方と、この関所の兵士の判断とが共通しているのは、偶然の一致ではあるまい（注5参照）。

(107)「平泉寺」白山《はくさん》の麓《ふもと》にあった白山中宮平泉寺。白山信仰の中心地で、修験道の霊場。北陸の唱導文芸にも関連のある寺。

(108)「金打の誓い」仏前で誓いをする時に、カネをたたいたことから出たもの。

(109)「斎藤実盛が手塚光盛にうたれた池」『平家物語』巻七「篠原合戦」に詳しい。謡曲「実盛」は、実盛の染めた髪を洗い落したという池のあたりが舞台である。

(110)「富樫というところ」以下が、謡曲「安宅《あたか》」や歌舞伎の『勧進帳』に発展する話。本書では、弁慶一人が富樫の館におもむき、対決することになっている。

(111)「くりから峠」越中と加賀の国境にある峠。木曾義仲がここで平家の大軍を撃ち破ったことは、『平家物語』巻七の「倶梨迦羅落」の章に詳しく描かれている。

(112)「如意の城」五位荘《ごいのしょう》をさすらしい。「如意の渡し」は、五位山《ごいやま》村に発し小矢部《おやべ》川に注ぐ子撫《こなで》川の渡しと考えられる（現在は富山県福岡町のうち）。

(113)「さんざんに打ちつづけた」謡曲「安宅《あたか》」や歌舞伎『勧進帳』で、弁慶が義経を打ちすえるのは、富樫の記事とこの記事をあわせて脚色したものと見てよい。
(114) 「笈を一つ、出してみせてもらおう」 舞曲「笈探し」に脚色された話。山伏の笈の中から櫛《くし》・鏡・飾り帯・かつら、かさねの衣《ころも》などが出て来て、弁慶がいちいち弁解するところはユーモラスな描き方。
(115) 「この春、千種の少将が」 この部分、原文は「これやこのはからうさの少将」とあり、意味がとれない。「月の光だけが云々」も、歌謡らしいが、意味不通。
(116) 「もがみ川……」 二首の歌は「最上川上れば下る稲舟のいなにはあらずこの月ばかり」(『古今和歌集』巻二十・東歌)や「最上川滝の白糸くる人のここによらぬはあらじとぞ思ふ」(『夫木抄《ふぼくしょう》』巻二十六・源重之)などをふまえたもの。
(117) 「亀割山へむかった」 山形県の最上郡と新庄市の境にある山。修験道の地。義経一行が奥州下りの途中で平泉寺や亀割山に立ち寄ったとすることは、本書の素材源になった伝承や義経をめぐる話の伝播《でんぱ》に、修験者が関係した影響と思われる。
(118) 「めでたく安産になった」 山中誕生や山中棄子《きし》の話は、熊野の語り手の得意なもの。ここにも修験道の反映がある。
(119) 「秀衡の平泉館があるところまで着いた」 以下、巻八「泰衡への追討」まで、『平治物語』巻下「頼朝義兵を挙げらるる事並びに平家退治の事」および『源平盛衰記』巻四十六「義経始終有様」の記事と重なりあうところがかなり多い。

(120)「佐藤庄司の未亡人である尼のところへ」 佐藤継信《つぎのぶ》忠信《ただのぶ》兄弟の母。巻五「忠信が吉野にとどまる」の章で、忠信が義経に訪ねてほしいと頼んだ（注63参照）。

(121)「文治四年（一一八八）十二月十日ごろから」『吾妻鏡《あずまかがみ》』によると、秀衡の死は文治三年十月二十九日。この日付けは、本書の諸伝本の間でもかなり相違がある。

(122)「耆婆・扁鵲」 耆婆《ぎば》は、インドの仏教伝説上の名医。扁鵲《へんじゃく》は、中国春秋戦国時代の名医。ともに、古来名医の代表。

(123)「義経をうつべき合戦」『吾妻鏡《あずまかがみ》』文治五年五月二十二日の条に、義経の訃報《ふほう》が鎌倉の頼朝の許《もと》にもたらされたとある。

(124)「うれしや滝の水……」「滝は多かれど、嬉しやとぞ思ふ、鳴る滝の水、日は照るとも、絶《た》へでとうたへ、やれことつとう」（『梁塵秘抄《りょうじんひしょう》』巻二）に載るような、当時流行の民謡の替歌。『平家物語』巻二「額打論」や謡曲「安宅」にも載る。

(125)「法華経の第八巻」『法華経』の第八巻は最終巻にあたる。このあたりにも、義経の最期《さいご》ということが暗示されている。

(126)「つっ立っていた弁慶は、じつはとうに死んでいた」 いわゆる弁慶の立往生。

(127)「ついに息がたえはてた」 文治五年閏《うるう》四月三十日のこと。義経の最期《さいご》については、舞曲「高館」として脚色されている。ここでは、武人としての勇壮な死ではなく、悲劇の貴公子としての死が描かれている点に注意。これが、本書全巻を通じて描かれた義経像の完結でもある。

(128)「十郎権頭兼房は」　後年、芭蕉の『奥の細道』の旅に同道した曾良《そら》が、「夏草や兵《つわもの》どもが夢の跡」の句に「卯《う》の花に兼房見ゆる白毛かな」と和したのは、この章の兼房の活躍を念頭においてのこと。

解説

高橋 克彦

実に面白い物語だ。

以前に義経を物語に登場させる必要があったとき、この注釈本を一応は読み通しているので、いまさら気付いたようなこの感想は妙なものだが、偽りない実感だ。注釈本にはほとほと難儀して、読了には確か三月かそこらかかったような気がする。そして結局私の書く物語にはあまり役立たないという結論に達した。歴史に忠実でない、とか、私が主要舞台に設定していた平泉と義経の関わりが稀薄というのが一番の理由だったが、なによりこの物語に登場する義経のキャラクターに違和感を覚えたのだ。そういう自分がこの解説を引き受けたのはいい加減な気がするけれど、すでに十年が過ぎている。別の視点で読み直すことができるのではないかと思ったのだ。そして驚いた。資料の一つとして向き合うという緊張がなかったせいもあろうが、わくわくしつつ頁を捲り、この長大な物語をたった五時間ほどで読破してしまったのである。現代語訳で読みやすいというのが最大の理由ではあるものの、今書かれている小説でも詰まらないものはやはり読めない。面白さに満ち満ちた物語が、現代語訳によって見事に再生された、というのが正しい。

読んだあと、しばらく興奮が続いた。これほど古い本に興奮したなど何十年ぶりのことだ。ひょっとしたら中学生のときに『雨月物語』や『東海道四谷怪談』を読んだとき、あるいは高校時代に山東京伝の怪奇性たっぷりの読本に陶酔して以来のことかも知れない。

そしてそれらよりもっと凄いはずだ。

なぜなら、私の読解力は当然のごとく中学や高校時代より進んでいるだろうからだ。無数の物語を読んできている。多少のけれんや洞察にはだまされない。

第一、他人の書いた物語にいちいち打ちのめされていたら自分の小説が書けなくなる。ま、それは冗談だが、冷静に見るくせがついているのは確かだ。

なのに、これには参ってしまった。

以前の私はこの本の読み方を間違っていたようである。伝記という先入観があり、資料としてしかとらえていなかった。だから義経から外れた部分は流し読みしたり、あまりに極端な逸話と感じたところは飛ばした。なにしろ注釈本なので目があちこちに動いて苛々する。その状態で余計なものまで読まされてはたまらない。それではこの物語の面白さの九割を捨ててしまうこととなる。無駄な枝葉の多い物語にしか思えなかった。

が、これは義経の伝記ではないのだ。

作者が伝記を意識していたなら、一の谷、壇ノ浦の戦さを中心とする平家との対決をあっさり片付けるはずがない。後白河上皇に寵愛された華々しい時代も絶対に無視しない。頼朝との対立ももっと細かく記述する。

この物語は、すでに英雄として定着していた義経を主人公に据えたスケールの大きい、波乱万丈な逃亡劇なのである。その証拠に義経の逃亡はこの物語の三分の一を過ぎた辺りから開始される。そして様々な危機を脱して目的地である平泉に到達するのだが、それからはばたばたと幕が閉じられる。作者の意図がなににあったか明白だ。

いや、おそるべし。

この物語の成立は鎌倉時代後期から室町時代初期のことと目されているが、とすれば西暦では一三三〇年前後。七百年近くも前のことだ。その時代にこれだけ破天荒な逃亡劇が書かれたなど、にわかには信じがたい。軍記や冒険譚なら世界ばかりか日本にも数多くの先例がある。しかし、英雄の逃亡劇に主眼を置いた物語（しかも大長編）はこれが嚆矢と言ってもいいのではないか。その上、逃亡劇のスタイルを完成させている。義経の伝記と見れば筋がふらふらと揺れている。けれど義経の逃亡劇と見做せば、佐藤忠信の忠心も静の悲運も物語の盛り上がりには不可欠なものとなってくる。おなじ物語なのだから、視点の違いによって面白さが変わるなどおかしいと思うかも知れないが、これは現実にいくらも例を挙げられる。たとえば作者が怪奇色の濃い恋愛小説を書いた場合。メインは恋愛にある。なのに怪奇小説という先入観で、怖さだけを求める読者にはだらだらと続く恋愛場面が邪魔と感じられる。そこを飛ばし読みすれば作者の意図は無視されたことになる。ところが恋愛小説と最初から意識しているなら怪奇の場面が無類の味付けとなる。同様の風景を見ながら人によって感じるものがそれぞれ異なるのと似ている。視点の違いはそれほどに大きなものなのだ。

それにしても佐藤忠信最期の場面の壮絶さはなんとしたことか。腹を切っただけでは足りず、義経から授かった短い刀を敵の手にむざむざ渡すまいと、自ら臓物を引き摺りだし、腹の中に無理に押し込める。その姿を頭に描いて肌に粟立つものを覚えた。この想像力はただごとではない。この場面、そのまま映像に再現すれば、現代の我々とて思わず目をそむけるに違いない。まったく古くなっていないということだ。数々の決闘シーンも手に汗握る迫力描写。あまりに派手で現代的な書き方なので訳者の筆の勢いではないかと疑いさえ抱く。

原文と照合したらその通りに書かれてある。もはや脱帽するしかない。

初読のときに違和感を覚えた義経のキャラクターも、伝記にしては生々し過ぎるということであって、冒険小説と見做せばこの人間臭さがむしろ魅力となる。逃避行なのに配下らの顰蹙の目を気にせず二十人以上もの愛人を同行させたり、さほど罪のない者の館に一人で火を放ったり、ある意味無茶苦茶な男だ。弁慶たちも「困った人だ」と嘆く。そういう男なればこそ奇想天外な逃避行となる。筋が行き当たりばったりの印象もあるが、これとて先行きの見えぬ逃亡劇のリアリティだ。

私は義経を、頼朝の野心の犠牲になった悲劇の武将ととらえている。頼朝の真の目的は平泉討伐にあり、その理由付けとして義経にわざと国賊の烙印を押し、平泉に匿わせることで攻めの口実としたのであって、義経そのものの存在など頼朝にすれば大きなものではなかった。それを当の義経は知らない。そこに義経にとっての悲劇が生まれる。自分を中心に世界が回っていると思いがちな若者に特有な悲劇と言えばいいのか。

そういう義経像とこの物語のそれは極端に違う。だからこそ豪快でもある。こういう義経もありだな、と今は思いはじめた。読者も私とおなじ思いでこの物語を堪能したに相違ない。

本書は、一九七四年に小社より刊行された『日本の古典14　保元物語・平治物語・義経記』収録の『義経記』をもとにしたものです。

本文中の（　）は原注、〔　〕は編集部注を表します。

本書中に、身体や社会的身分などに関して、今日から見ると差別的用語と思われるもの、偏見を喚び起こす恐れのある表現が使用されていますが、作品が成立した時代背景を考慮されてお読み下さるよう、お願いいたします。

（編集部）

現代語訳　義経記《ぎけいき》

訳者　高木《たかぎ》卓《たく》

二〇〇四年一一月二〇日　初版発行
二〇一六年　五　月三〇日　2刷発行

発行者　小野寺優
発行所　河出書房新社
東京都渋谷区千駄ヶ谷二―三二―二
☎〇三―三四〇四―八六一一（編集）
〇三―三四〇四―一二〇一（営業）
http://www.kawade.co.jp/

デザイン　粟津潔

印刷・製本　中央精版印刷株式会社

定価はカバーに表示してあります。
落丁本・乱丁本はおとりかえいたします。

Printed in Japan ISBN978-4-309-40727-2

現代語訳　古事記

福永武彦〔訳〕　40699-8

日本人なら誰もが知っている古典中の古典「古事記」を、実際に読んだ読者は少ない。名訳としても名高く、もっとも分かりやすい現代語訳として親しまれてきた名著をさらに読みやすい形で文庫化した決定版。

現代語訳　南総里見八犬伝　上

曲亭馬琴　白井喬二〔訳〕　40709-9

わが国の伝奇小説中の「白眉」と称される江戸読本の代表作を、やはり伝奇小説家として名高い白井喬二が最も読みやすい名訳で忠実に再現した名著。長大な原文でしか入手できない名作が身近なものに。

現代語訳　南総里見八犬伝　下

曲亭馬琴　白井喬二〔訳〕　40710-2

全９集98巻、106冊に及び、28年をかけて完成された日本文学史上稀に見る長編にして、わが国最大の伝奇小説を、白井喬二が雄渾華麗な和漢混淆の原文を生かしつつ分かりやすくまとめた名抄訳。

現代語訳　徒然草

吉田兼好作　佐藤春夫〔訳〕　40712-9

世間や日常生活を鮮やかに、明快に解く感覚を、名訳で読む文庫。合理的・論理的でありながら皮肉やユーモアに満ちあふれていて、極めて現代的な生活感覚と美的感覚を持つ精神的な糧となる代表的な名随筆。

現代語訳　平家物語　上

中山義秀〔訳〕　40724-2

「祇園精舎の鐘の声」で始まる有名な古典が、明智光秀を描いた『咲庵』などで知られる戦前の芥川賞作家・中山義秀の名訳で鮮やかに甦る。上巻は平清盛の全盛時代と平家打倒の陰謀、鹿谷事件、俊寛流罪まで描く。

現代語訳　平家物語　中

中山義秀〔訳〕　40726-9

源平合戦を壮大に描いた日本の代表的古典を戦前の芥川賞作家中山義秀の名訳で読む。中巻は、勢力を挽回した源氏が富士川の合戦、倶利加羅谷と篠原の両合戦、一の谷などで、屋島に移った平家を追いつめる。

著訳者名の後の数字はISBNコードです。頭に「4-309-」を付け、お近くの書店にてご注文下さい。